KB163014

졸부집
딸입니다

윌브라이트 장편소설

I

동아

졸부집
딸입니다 1

초판 1쇄 인쇄일 | 2022년 08월 30일
초판 1쇄 발행일 | 2022년 09월 13일

지은이 | 윌브라이트
펴낸이 | 박성면
펴낸곳 | (주)동아

출판등록 | 제406-3960100251002007000071호
주소 | 경기도 파주시 문발동 223-1 2층
전화 | (031)8071-5201
팩스 | (031)8071-5204
E-mail | bear6370@hanmail.net

정가 | 12,500원

ISBN 979-11-6302-605-1 (04810)
　　　979-11-6302-604-4 (set)

I

졸부집
딸입니다

월브라이트 장편소설

동아

목   차

Prologue

세상엔 얼토당토않은 미신이 많다.

귀신에 씌었다느니, 환생했다느니, 나는 그런 한심한 미신과는 아주 거리가 먼 사람이었다.

하지만 가끔, 살다 보면 말도 안 되는 일이 벌어지고는 한다.

예를 들자면,

"네이필리나, 정신이 드니!"

죽고 나니, 다른 사람의 몸에서 다시 눈을 뜨는 일 같은 거 말이다.

그것도 나를 죽인 원수의 가족으로.

* * *

나는 스테프니 거리의 개다.

좀 더 있어 보이게 '번견'이라는 명칭이 있긴 하지만 결국 따져 보면 개라는 사실에는 변함이 없다.

나는 빈민굴에서 태어났다.

그곳의 고아들이 으레 그렇듯 부모가 누군진 모른다.

4지구, 수도에서도 가장 열악하고 가난한 거리가 내 유일한 집이요 고향이었다.

열다섯, 4지구의 정보 길드 스테프니에 들어와 살수로 키워지기 전까진 거리에서 빌어먹고 살았다.

이름은 없다. 그건 살수가 되고 나서도 마찬가지였다.

하긴, 사람 죽이는 놈이 이름은 있어서 뭐 할까.

살수로 키워진 나와 길거리 형제들은 높으신 분들의 더러운 흔적들을 지우거나 적들을 사냥하는 데 쓰였다.

멀쩡한 삶은 아니지만, 거리의 여아가 대개 그러하듯 창관이나 질 낮은 귀족에게 팔려 가는 것보단 썩 나은 인생이라고 생각했다.

헬리오스 제국엔 꽤 많은 살수 단체가 있다지만 우리도 그럭저럭 입에 풀칠할 정도는 먹고살았으니까.

"411. 새로운 의뢰가 들어왔어."

411. 나를 부르는 거다. 내가 버려진 집이 스테프니 거리 411번지라서 그렇게 불렸다.

스테프니에서 나고 자란 지 십수 년.

조그마한 정보 길드였던 스테프니에도 꽤나 현란한 변천사가 있었다.

첫 번째 보스가 의뢰 중 죽고, 두 번째 보스는 내부 폭동으로 암살.

그 후 세 번째로 이 자리에 앉은 게 지금의 보스였다.

아주 똑똑하지도, 야망이 있지도 않았지만, 그래도 허구한 날 우리를 두들겨 패던 두 번째 보스를 대신 죽여 준 사람이다.

형제로서는 제법 괜찮은 사람이라 할 수 있었다.

"디온 신전에서 왔는데, 성공 보수가 어마어마해. 네게 먼저 보여 주려고.

이래 봬도 우리 스테프니 제일의 책사가 너잖냐."

그가 내게 양피지 뭉치를 던졌다.

휘갈겨 쓴 의뢰지를 내려다보다 적혀진 숫자에 멈칫했다.

"5천 골드. 귀족 나리 저택에서 물건 하나만 가져오면 돼."

"돈이 문제가 아니야. 지금 그 귀족 나리가 섭정공이라는 게 문제지."

기디언 콘체른. 2황자를 황제로 만들어 낸 킹 메이커이자 제국 최초의 평민 출신 권력가.

나는 새도 떨어뜨릴 만한 사람을 과녁으로 삼아야 하는 의뢰가 녹록할 리 없잖나.

"이상해. 의뢰자가 디온 신전이라는 것도 마음에 걸려. 2황자를 지지할 때만 해도 신전은 콘체른과 서로 협력 관계였는데 지금 와서 뒤통수를 친다고?"

잘못하다간 고래 싸움에 새우 등 터지는 게 우리가 될지도 모른다고 나는 경고했다.

하지만 보스는 고개를 저었다.

"둘 사이가 틀어졌다는 뉴스가 있어. 섭정공이 신전의 보물을 몰래 빼돌렸다는군. 성국 엘 리체에서부터 고이 모셔 온 성물을 말이야."

수도에서 구른 시간이 많은 만큼, 스테프니의 정보력만큼은 확실하다.

보스의 입에서 나왔다면 거의 기정사실이라 봐도 무관했다.

"설마……. 가져와야 할 물건이란 게."

"맞아. 섭정공의 집에 성물이 있어. 신전은 그걸 조용히 되찾아 달라고 우리에게 의뢰했고."

"왜 제 손을 쓰지 않고? 엘 리체의 성기사들이 있을 텐데?"

옆에 있던 89가 고개를 갸웃거렸다.

보스는 네가 대답해 보라는 듯 나를 바라보았다.

섭정공. 엘 리체. 그리고 성물.

양초에 불이 밝혀지듯 모든 것이 분명해졌다.

"성기사단을 움직일 수가 없는 상황이구나."

"뭐? 그게 무슨……. 보스, 411이 말하는 거 알아들었어?"

"신전이 눈뜨고 성물을 도둑맞았다는 얘기가 퍼지면 디온을 믿지 않는 이단들이 가만히 있겠어? 성물조차 지키지 못할 만큼 디온의 힘이 쇠락했다 떠들어 대겠지. 섭정공이 노리는 것도 그거고."

"역시 우리 411이야. 후계 선정에 힘을 보태 줬다지만 요즘 우리 제국사에 성국이 사사건건 관여하려는 게 좀 많았어? 섭정공의, 아니, 폐하의 심기가 거슬릴 만도 하지."

섭정공과 다혈질의 황제가 한 몸 한뜻이라는 건 우리 4지구에 나다니는 길거리 쥐새끼도 알 거다.

"로피진 때문에 눈치 보는 것도 하루 이틀이지, 3년이면 폐하도 오래 참은 거야."

3년 전, 2황자 레클란이 즉위하자마자 제국에서 반란이 일어났다.

이종족들로 이루어진 역도의 세력이 단숨에 북부의 앙헬 대공령을 점령했다.

그들은 죽은 앙헬 대공의 목을 걸고 나라를 선포했다.

로피진.

오래전 중간 대륙에 존재했던, 잊혀진 망국의 이름을 재건한 거다.

그리고 주변국들을 연이어 점령하며 순식간에 세를 불리는가 싶더니, 헬리오스로 쳐들어왔다.

"헬리오스 수도까지 뚫릴 뻔 했었지. 성국이 개입하지 않았다면 여기까지 벌써 로피진 깃발이 꽂혔을 거야."

성국의 십자군이 원군으로 오고 나서야 헬리오스는 그들을 북부 국경까지 물릴 수 있었다.

이미 국토의 3분의 1 이상을 빼앗긴 후였지만.

어쨌든 그 후 3년, 헬리오스 황실은 패전의 수치를 설욕한답시고 애먼 백성들을 쥐어짰다.

세금은 나날이 올라가고, 멀쩡한 장정들은 징집해서 군으로 육성하니 귀족, 평민 할 것 없이 제국민들의 고통은 나날이 더해져 갔다.

"콘체른만 빼고."

그럼에도 변함없이 성공 가도를 달리는 이가 있다면 그건 섭정공의 가문뿐이었다.

"아니, 파산한 가문들 사업을 흡수하면서 오히려 더 세를 불렸지. 예전에 콘체른과 쌍벽을 이루던 보그너 후작가의 상단도 콘체른 밑으로 들어갔잖아. 거기, 요즘 꼴이 말이 아니라지?"

"보그너 후작은 지금쯤 빚더미에 올라서 도망쳐 다니느라 정신없을걸. 우리 길드에도 추적 의뢰가 들어왔었다고."

"그런 거 보면 기디언 콘체른이 대단하긴 대단해. 밀이나 팔던 상단 아들내미가 이젠 디온 신전을 상대하는 큰손이라니, 누가 믿겠어."

형제들이 낄낄거렸지만 나는 웃을 수 없었다.

"너무 위험해. 괜히 거물들 힘겨루기에 끼었다가 등 터지는 건 만만한 피라미야. 보스, 이번 의뢰는 거절하는 게 좋겠어."

"안타깝지만 이미 승낙서를 보냈어."

"보스!"

자리에서 벌떡 일어나는 나를 보스가 어깨를 쥐고 잡아 세웠다.

"잘 들어, 411. 위험하다는 거 나도 알아. 이 일이 우리 같은 소형 길드에까지 넘어온 걸 보면 네 예상대로 정신 있는 길드장들은 전부 거절했다는 뜻이겠지."

"……"

"하지만 이건 동시에 우리에게 기회야. 우리 인생에 딱 한 번, 아니, 단한 번도 찾아오지 않을 기회."

내 어깨를 쥔 그의 손에 힘이 잔뜩 들어갔다.

"411, 자그마치 5천 골드야. 이 돈이면 너랑 나, 아니, 우리 스테프니 모두가 평생 떵떵거리고 살 수 있어. 더 이상 귀족들 뒤나 닦아 주느라 애먼 목숨 날릴 필요도 없고, 이 시궁창에서 벗어날 수 있어. 새 인생을 살 수 있다고. 알아들어?"

보스의 눈에서 파르라니 불이 일었다.

누군가는 욕망이라, 누군가는 희망이라 부르는 저 작은 불이 그를 지탱했던 유일한 원동력임을 알았다.

"……하아. 알아서 해."

그래서 말리지 못했다.

그 작은 불이 우리 전부를 집어삼켜 불살라 버릴 화마란 걸 그때 알았더라면 좋았을 텐데.

* * *

콘체른 저택에서 성물을 훔쳐 내는 데는 성공했다.

그러나 우리를 기다리고 있던 것은 5천 골드가 아니라 죽음이었다. 추격자들을 따돌리고 길드로 돌아왔을 때, 나는 널브러진 내 형제들의 시체를 내려다보고 있는 사내를 마주해야 했다.

사내의 가슴에 박혀 있는 태양 모양의 브로치. 황제를 제외하고 헬리오스의 상징을 허락받은 자는 이 제국에 하나뿐이다. 섭정공이었다.

"처음부터 노렸던 건가? 출처를 지우려고 우릴 이용한 거고?"

"이런, 들켜 버렸군."

섭정공이 킬킬 웃었다.

사람의 얼굴을 찢어 버리고 싶은 생각이 든 건 처음이었다.

"말 그대로야. 너희는 충분히 잘해 주었어. 콘체른은 성물을 도둑맞았고,

훔친 성물은 여기서 행방불명되겠지. 덕분에 성국의 의심을 피할 수 있을 거야."

성국의 의뢰가 아니었다.

처음부터 우리에게 의뢰한 것도 기디언 콘체른이었다.

섭정공은 성물을 가로채려는 제 자작극에 우리를 미끼로 이용한 거다.

"자, 이제 성물을 내놔."

나를 에워싼 포위망이 점점 더 좁혀 들어왔다.

틈이 보이지 않았다.

이미 형제들은 죽었고 홀로 남은 나는 막다른 골목에 몰린 채였다.

"……이걸 말하는 거야?"

은빛 원통에 담긴 까만색 액체.

원통의 외부에 새겨진 디온의 모습은 이것이 곧 성물임을 짐작케 했다.

도대체 이게 뭐길래.

"아주 중요한 건가 봐. 사람 목숨을 개만도 못하게 여기는 걸 보면."

"그래. 디온께서 이 제국을, 아니, 중간 대륙 전체를 뒤흔들려 보내 주신 소중한 선물이란다. 순순히만 내놓으면 내 너만은 고통 없이 보내 주마."

기디언 콘체른은 이 와중에도 나를 살려 보낸다는 약속은 하지 않았다.

자신만만한 얼굴은 이미 모든 게 제 뜻대로 될 것임을 알아서겠지.

"그래?"

쨍그랑!

"이, 이 미친년이! 저게 뭔 줄 알고!"

그래서 저 얼굴을 깨뜨려 버리고 싶었다. 바닥으로 내팽개쳐진 성물이 산산이 조각났다.

깨어진 유리 조각 사이로 쏟아진 검은 액체가 곧 웅덩이를 이뤘다.

웅덩이에서 피어난 검은 연기가 회오리치며 나를 감쌌다.

"아아아아악!"

동시에 말도 못 할 고통이 엄습했다.

상처 입은 살갗 하나하나로 검은 연기가 스며들었다.

심장이 터질 것처럼 박동하기 시작하고 혈관이 한계를 모르고 매섭도록 팽창했다.

엿이나 먹어.

새하얀 고통 속에서도 나는 가운뎃손가락을 들어 올렸다.

악귀처럼 일그러진 섭정공의 얼굴을 보자 웃음이 났다.

그리고 다시 눈을 떴을 때, 나는 과거로 되돌아와 있었다.

* * *

'엄마 아빠를 부탁해요.'

'뭐?'

'미안해요, 이렇게 다 맡기고 가 버려서.'

"허, 허억!"

거친 숨을 토해 냈다. 누가 식도를 칼로 긁기라도 한 것처럼 날카로운 통증이 번졌다.

"아가씨!"

"허억, 무, 물……! 물!"

팔을 붙잡는 누군가의 손길을 뿌리친 채 물을 찾아 댔다.

"여기요, 아가씨, 여기!"

이내 눈앞에 들이밀어진 컵을 잡고 물을 벌컥벌컥 들이켰다.

얼음처럼 차가운 물이 목구멍을 넘어가고 나서야 정신이 좀 차려졌다.

나는 눈을 끔뻑거렸다.

"이제 좀 괜찮으시와요? 정신이 드세요?"

오렌지빛 머리칼에 주근깨가 흩뿌려진 뺨. 양처럼 순박한 얼굴의 계집애가 나를 걱정스럽게 살피고 있었다.

'기디언 콘체른에게 잡혔나?'

나는 흠칫 몸을 굳히며 이불 안의 손을 더듬거렸다.

뭐라도 잡히면 그대로 소녀의 목을 찌르기 위해서였다. 마침 가늘고 뾰족한 것이 손에 잡혔다.

동그란 진주가 알알이 만져지는 게 여인들이 하는 머리핀인 듯했다.

"네이 아가씨?"

소녀가 나를 불렀다. 순간, 핀을 쥐고 있던 손에서 힘이 빠졌다.

"뭐?"

지금 날 뭐라고 불렀지?

"네이 아가씨, 저여요. 젤피여요. 알아보시겠사와요?"

'네이라니, 그게 누구야.'

411. 나를 부르던 익숙한 호칭도, 내가 아는 이름도 아니다.

"아가씨가 쓰러지셔서 집안이 발칵 뒤집어졌사와요. 헨리 주인님은 드러누우셨고 릴리엔 마님은 기절하셨사와요. 약혼자를 만나러 가신 분이 흑, 호수에 빠져서 정신을 잃고 돌아왔는데 어느 부모가 멀쩡하겠사와요. 게다가 아가씨가 그리되셨는데 앙길레라 그 괘씸한 놈은 코빼기도 비치지 않고 파혼서나 보내고……."

헨리. 릴리엔. 앙길레라.

어느 하나 아는 이름이 없다.

"도대체 무슨 일이 있었던 것이와요? 앙길레라가 콘체른 백작가를 버리고 보그너 후작가로 갈아탔다는 건 뭐고요? 아가씨, 소문이 이상하게 났사와요. 지금 사람들이 전부…….."

"콘체른?"

그중에서 귀에 들어오는 이름 하나.

"콘체른이란 말이야!"

"왜, 왜 그러시와요?"

이 기이한 상황을 이해하기도 전에 머리가 핑핑 회전하기 시작했다.

"지금이 몇 년이지?"

"네? 제, 제국력 637년이와요."

내가 죽은 건 652년. 무려 15년의 세월을 거슬러 왔다.

'원래의 나라면 지금 빈민굴에서 한창 구걸을 하고 있을 때야. 그런데 콘체른가로 들어왔다고?'

"계보를 가져와. 가문의 계보를 봐야겠어."

"네?"

"어서!"

차라락.

단 한 장. 시녀가 가져온 콘체른의 계보는 단출하게 한 장뿐이었다.

"아, 아가씨도 아시다시피 작위는 현 가주님 대에서부터 시작하잖사와요? 그래서 계보랄 게 딱히 없어서……. 가계도라도 가져와 봤사와요."

맥밀란 콘체른.

가계도의 맨 위에 자리한 이름은 섭정공이 아니다.

'아직 그가 가문을 장악하기 전의 시점이란 거야.'

시선은 맥밀란 콘체른 아래로 네 갈래로 갈라진 선을 따라, 또 거기서 파생되는 선을 따라 빠르게 움직였다.

"여기 맨 아래에 있는 헨리 막내 주인님과 릴리엔 마님, 그리고 그 사이에 있는 아가씨 이름이 보이시죠? 확실하게 있사와요. 이걸 걱정하셨던 것이와요? 또 이오테 아가씨가 뭐라고 했사와요? 엉덩이에 뿔 난 못된 망아지 같으니. 네이 아가씨가 가문에 입적한 시기가 늦긴 했어도 가주님께선 릴리엔 마님과 아가씨를 인정하셨는데 누가 감히 입을 댄단 말이어요?"

순진한 시녀는 제풀에 성이 나 씩씩거리느라 내가 귀 기울이지 않고 있다는 걸 알아차리지 못했다.

'헨리가 막내. 그 위로 제시안느. 볼락. 그리고…….'

가주의 바로 아래 위치한 장남의 이름.

"……기디언 콘체른. 역시 콘체른이란 말이지……."

톡톡 시트를 두드리며 생각에 잠겼을 때 문이 벌컥 열렸다. 두 사람이 뛰어 들어왔다.

"네이가 깨어났다고!"

아름다운 여자 하나, 어쩐지 익숙한 이목구비를 한 남자 하나.

'이 여자애의 부모구나.'

빈민굴의 살수로 살면서 평생 늘었던 건 눈치뿐이다.

'헨리 콘체른은…… 이런, 아는 얼굴이네. 동부 아카데미 이사장이잖아.'

교무실에 숨어 어느 귀족 도련님의 성적표를 조작해 달라는 의뢰를 받았을 때 조사했던 인물 중 하나다.

내가 기억하던 때보단 훨씬 젊어 보이긴 했지만.

"맙소사, 깨어났어요. 신이시여, 감사합니다!"

"이 못난 것! 부모 마음을 찢어 놓을 셈이 아니면 어찌 그 깊은 곳에 몸을 던져!"

둘에서 침대로 달려와 나를 붙잡고 하는 말들이 예사롭지 않았다.

'콘체른가의 형제들은 섭정공이 백작 작위를 넘겨받기 전 전부 죽은 거로 알고 있는데.'

그래서 치열하리라 생각했던 콘체른 백작가의 후계 선정이 물 흐르듯 흘러갔다고 들었다.

헨리 이사장 역시 얼마 안 가 병사했었지.

'잠깐, 그가 아직 살아 있다는 건…….'

불길한 예감이 들었다. 나는 천천히 주위를 둘러보았다.

호화로운 장식과 부드러운 침구. 장인이 혼신의 힘을 기울인 게 분명한, 정교하게 만들어진 가구들.

황녀의 방에 비교해도 모자람 하나 없을 듯했다.

귀하고 좋은 것만 가득한 이곳은 만약 내 짐작이 맞는다면…….

더듬더듬 몸을 일으켰다. 벽에 걸린 커다란 거울에 비친 작은 소녀는 확실히 내가 아니었다.

근육 하나 없이 빼빼 마른 하얀 손과 가슴 아래로 흐트러지듯 물결치는 금빛 머리카락.

녹음을 연상시키는 초록빛 눈동자까지.

"네, 네이! 왜 그러느냐!"

동시에 찌르르한 통증과 함께 기억이 밀려들었다.

'네이필리나! 네가 지긋지긋해! 난 사랑하는 여자가 생겼다니까!'

내 것이 아닌 낯선 타인의 기억들.

다리에 힘이 빠져 주저앉은 내게 헨리 콘체른이 놀라 달려왔다.

"하아."

한숨을 내쉬었다. 이쯤 되면 이제 인정할 수밖에 없겠다.

아무래도 나는,

"네이필리나 콘체른!"

나를 죽인 원수의 조카딸이 되어 버린 모양이다.

＊ ＊ ＊

"정말 괜찮은 거냐? 의원을 부르지 않아도 되겠어?"

바닥으로 주저앉은 지 두 시간 후, 네이필리나 콘체른의 부모는 여전히 이 방에 있었다.

과보호도 이런 과보호가 또 없었다.

과도한 관심의 대상이 된 건 처음이라, 피부가 따끔따끔할 정도로 낯간지러웠다.

　　"저…… 헨리 님."

　　헨리의 뒤에서 사내 하나가 서성였다.

　　20대 중반 남짓 되었을까, 코끝에 걸린 동그란 안경이 인상적이었다.

　　"헨리 님, 지금……."

　　"제임스, 내가 일정은 전부 취소하라 했잖나."

　　"하지만 헨리 님……. 가주님의 연락인데요……. 네이필리나 아가씨를 소집하셨습니다."

　　"뭐? 아버지가 왜?"

　　제임스는 헨리의 보좌관인 듯했다. 그가 쭈뼛쭈뼛 대답했다.

　　"아무래도…… 앙길레라 자작과 아가씨의 파혼 때문에 부르시는 게 아닌가 싶습니다. 지금 사교계 안팎으로 아가씨와 백작가의 평판이 바닥을 기고 있잖습니까……. 호수에 빠진 것도 파혼을 무마하기 위한 아가씨의 자작극이라는 소문도 있고……."

　　자작. 파혼. 호수. 자작극.

　　대충 상황을 눈치챌 만한 키워드는 다 나왔다.

　　"어떤 놈들이 그런 망발을 지껄여! 네이가 그딴 놈 때문에 죽을 뻔했는데!"

　　헨리의 반듯한 얼굴이 그대로 일그러졌다.

　　"아버지는 방금 자리에서 일어난 애를 불러서 도대체 뭘 하시겠다는 거냐? 파혼에 대한 이유를 네이에게 묻기라도 하시겠다고?"

　　그가 벌떡 자리에서 일어나며 내 어깨를 지그시 눌렀다.

　　"네이, 너는 여기 있거라. 내가 가 봐야겠다."

　　"하지만 헨리 님, 다른 분도 아니고 가주님의 명입니다……. 다른 형제분들에게 그랬던 것처럼 무시하실 수 있는 게 아닌……. 마님, 제발 헨리님을 설득해 주십시오."

"여보."

"릴리엔, 네이는 내 딸입니다. 우리 가족에 관해선 나는 타협할 생각이 없어요."

헨리는 제 아내에게도 단호하게 고개를 내저었다.

나는 대충 눈치를 살피며 머리를 굴렸다.

'얘긴 듣자 하니 이 집안의 실세는 아직 가주인 거 같은데. 이쪽은 파혼 당하고 자살 소동까지 벌였다니 마냥 뻗대고 있을 수 있는 상황이 아니야.'

정보 길드상으로 귀족가를 오가며 꽤나 잔뼈가 굵어진 나로서는 위기감이 들지 않을 수 없었다.

네이필리나처럼 어린 나이의 귀족 영애에게 평판이 얼마나 치명적인지 알고 있으니까.

'일단 이대로 있을 수만은 없지.'

내가 네이필리나 콘체른의 몸에 들어온 이상, 내 살길은 내가 도모해야 했다.

"갈게요."

"네이필리나!"

자리에서 일어나자 스르르 시트가 떨어졌다. 힐긋 돌린 시선이 탁자 옆 거울에 닿았다.

"안내해 주세요."

낯설기만 한 얼굴 위로 떠오른 결연한 눈빛만큼은 어쩐지 익숙하게 느껴졌다.

Ch 1. 앙길레라

콘체른의 가주실.

"네이필리나 너, 듣고 있느냐?"

먼저 와 있던 여러 사람이 나를 둘러쌌다. 꼭 심문이라도 받는 것 같은 모양새였다.

'아까 가계도에서 봤던 얼굴들이네. 맥밀란의 자식들.'

정말로 이 가문의 일원이 되어 버렸다는 게 다시 실감이 났다.

나는 한숨을 내쉬었다.

"이제 어찌할 테니? 너 하나가 콘체른의 이름에 아주 똥물을 끼얹었는데. 아주 난리도 아니더구나. 어딜 가도 네 얘기뿐이야. 얼굴이 뜨거워서 일주일 동안 파티 하나도 참석을 못 했다니까?!"

공작 깃털이 달린 부채를 우아하게 흔들며 빈정거리는 화려한 옷차림의 여자.

'맥밀란의 셋째, 제시안느라고 했던가?'

"네 약혼자라는 이유로, 빅터 앙길레라 그놈을 후원하는 데 들어간 돈이 얼만 줄은 아느냐? 그 돈이었으면 신식 무기 하나는 새로 들여올…… 아니지, 신입 기사단 하나는 더 만들었겠지. 네 신랑감은 기사들 중 아무나 고르면 됐었는데. 쯧, 아버지는 도대체 무슨 생각으로 이 약혼을 허락하셨던 거야."

"작은형, 말 다 했어, 지금?"

콧김을 내뿜는 우락부락한 남자는 맥밀란의 둘째인 볼락 콘체른으로 보였다.

"내가 틀린 말 했냐? 헨리, 내 기사 중 누굴 골라도 네 딸이 고른 어중이 떠중이보단 나을 거다!"

'기사로군. 검을 주로 쓰는.'

여기 있는 맥밀란의 자식 중에서 제일 기골이 장대하고 힘 좋아 보이는 덩치, 굵은 손에 거칠게 박인 굳은살로 미루어 짐작했다.

바락바락 고함을 치는 거로 보아 성질도 꽤나 불같아 보이고.

"볼락, 아버지가 계신다. 함부로 목소리를 높이지 마."

그리고 마지막이자, 가장 기다리고 기다렸던.

"네이필리나. 너도 잊지 말거라. 이 모든 사달이 일어난 건 다 네 형편없는 처신 때문이라는 것을. 네가 얼마나 우습게 보였으면, 놈이 파혼장을 던지자마자 냉큼 보그너와 약혼을 했겠느냐."

맥밀란의 첫째, 기디언 콘체른이 시야에 들어찼다.

'내 원수.'

나는 의자에서 튀어 오르려는 분노를 꾹꾹 눌렀다.

'나는 왜 이곳에서 눈을 뜬 걸까. 왜 하필…… 왜 하필 콘체른인 거야.'

눈을 감아도 아직 선명하기만 했다.

체스 말처럼 부려졌던 인생, 허무하게 죽어 간 동료들, 피부에 스며든 검은 연기와 통증.

그 아픔, 그 비참함, 그 절망…….

기디언 콘체른을 생각하면 이가 갈렸다. 자다가도 눈이 번쩍 뜨일 정도다.

'저놈의 조카라니. 억만금을 준대도 싫어.'

심지어 과거로 돌아오기까지 했다.

15년을 돌아온 만큼 기디언 콘체른의 얼굴도 덩달아 젊어졌다. 아무리 많이 봐도 40대 후반 정도였다.

'가주가 살아 있으니 조용히 몸을 숙이고 있을 때로구나.'

가주의 죽음과 작위 계승식 사이에는 아주 짧은 텀이 있다.

그 잠깐 사이에 형제가 모두 불운하게 죽어 나간 게 과연 우연일까.

'절대 그럴 리 없어.'

전생에서 겪은 과거가 말했다.

콘체른 형제들의 갑작스러운 죽음 뒤에는 분명 기디언이 있을 거라고.

'잠깐.'

순간 번개 같은 생각이 내 머리를 스쳐 지나갔다.

'평생을 귀족들의 개로 살았지.'

동료들은 모두 죽어 버렸고 시간까지 되돌려졌으니 현재 나보다 앞으로의 흐름에 대해 더 잘 알고 있는 사람은 없다.

'난 알고 있잖아. 앞으로 기디언이 어떤 식으로 가주가 되고 제국의 권력가로 변모할지.'

"다들 말이 심하잖아!"

헨리는 얼굴까지 시뻘게진 채로 그는 거의 형제들에게 달려들 태세였다.

"흥, 내가 없는 말 했니? 번화가에 나가 보렴. 다들 콘체른이 죽 쒀서 개 줬다는 얘기만 하고 있으니까."

"정말 이딴 식으로……."

"다들 그만해라."

낮고 중후한 음성에 모두가 말싸움을 멈췄다. 원탁의 중심에 앉아 있던 노인이 고개를 들었다.

'이 사람이 콘체른의 가주, 맥밀란 콘체른.'

희끗희끗한 백발. 앙상해진 팔다리와 노화로 주름진 얼굴.

그러나 푸른 눈만은 스무 살의 청년처럼 이글이글 빛나고 있었다.

'풍문으로만 전해 들었었는데 이 사람의 손녀가 되다니, 실감이 안 나네.'

헬리오스 제국에는 이런 말이 있다.

길 가는 사람 아무에게나 제국에서 가장 우아한 장사꾼을 물으면 후작가의 미하일 보그너라 답하고, 가장 천박한 장사꾼을 물으면 암시장의 사일러스 블랙이라 답하고, 가장 뛰어난 장사꾼을 물으면 벼락부자 맥밀란 콘체른이라 답한다고.

눈앞에 있는 이 작은 노인은 밀을 나르던 수레에서 시작하여 제국에서 제일 큰 상단을 키워 낸 사업가였다.

대륙 전쟁 당시, 화살이 빗발치는 전선을 가로지르며 헬리오스군에 식량을 조달하고 군량 독점권을 따냈다는 일화는 헬리오스 제국민이라면 모르는 이가 없었다.

'그리고 그 대가로 평민 최초로 황실에서 백작 작위를 받았지.'

돈으로 신분 상승을 만들어 낸 상재의 전설, 맥밀란 콘체른.

나는 그 전설을 지금 눈앞에서 마주하고 있는 거다.

"너희, 그만하란 말을 듣지 못한 거냐."

"아, 아버지……."

주춤주춤 자식들이 물러난 가운데 맥밀란 콘체른이 나를 응시했다.

발끝이 저릴 정도로 날카로운 눈빛.

내 의사가 아닌데도 손끝이 저절로 떨리는 걸 보니 네이필리나는 제 조부를 몹시 두려워했던 듯하다.

"네이필리나."

"아버지."

맥밀란이 나를 부르자 헨리는 보호하듯 내 앞을 막아섰다.

"나는 저 아이를 불렀다. 헨리, 네가 아니라."

싸늘한 음성에 헨리의 어깨가 우뚝 굳었다. 그러나 물러서진 않았다. 맥밀란의 눈썹이 매섭게 치켜 오르는 게 보였다.

더 버틴다면 정말 가주의 눈 밖에 나고 말 테지.

헨리는 여기서 내 유일한 보호자였다. 아직 그를 잃어서는 안 된다.

"괜찮아요, 아버지."

나는 헨리의 뒤에서 걸어 나와 맥밀란의 앞에 섰다.

'기디언 콘체른.'

원탁의 의자에 방만하게 기대앉아 상황을 관망하는 기디언의 모습이 보였다.

내 형제들을 죽였을 때처럼 평온한 얼굴을 보자 묻어 두었던 분노가 치밀었다.

주먹에 박힌 손톱이 아린 통증을 유발했다.

'기다려. 지금은 때가 아니야.'

참아야 하는 이유는 비단 기디언 때문만은 아니다.

'네이필리나 콘체른은 자진해서 호수에 몸을 던진 게 아니야.'

네이필리나의 기억 속에서 등을 거칠게 떠미는 낯선 손이 있었으니까.

'누가 이 아이를 죽이려 했을까.'

눈앞에 있는 헨리의 형제들? 아니면 전 약혼자? 그것도 아니면 보그너 후작? 아직까진 뚜렷하게 짚이는 데가 없었다.

그러니 나 역시 몸을 숙여야 했다.

"죄송합니다."

주먹을 쥐며 잠시 숨을 고르는 사이, 둘째 볼락이 씨근덕거리며 나를 노려보았다. 콧김을 팡팡 내뿜기까지 했다.

"아버지, 조치를 취해야 합니다. 다들 콘체른을 비웃고 있어요. 콘체른의 막내 계집애가 혈통을 세탁하려다가 보그너에게 뺏겼다고요."

혈통 세탁.

부친의 얼굴이 순간 차갑게 굳었다는 걸 볼락은 알아차리지 못한 듯했다.

"당장 저 계집애를 내치시지요."

"작은형!"

"아니면 영지로 내려보내든지! 저 계집애가 멍청하게 몸을 던지는 바람에 모두가 이 수치를 다 알아 버렸잖나! 어떻게 할 거냐? 그것 말고 다른 방법이 있어?"

"먼저 파혼을 요구한 건 앙길레라, 그 빌어먹을 자식이야! 우리 네이는 그저……."

"모두 조용."

가주의 서늘한 한마디에 시끄럽게 떠들어 대던 놈들이 한순간에 입을 다물었다.

맥밀란이 내게 물었다.

"네이필리나. 너는 이 약혼을 계속하고 싶더냐."

나는 조금 놀랐다. 그의 물음은 마치…….

'내 의사를 묻는 것 같잖아?'

"아버지, 지금 놈이 이미 보그너 쪽에……."

"그건 중요치 않다, 기디언. 콘체른이 권력이 없지 돈이 없더냐? 수도에서 내 돈을 받아먹지 않은 놈은 나와 보라 해라. 우리가 선택하기 전까진 아무것도 끝나지 않아."

맥밀란의 목소리는 제국에서 가장 많은 금화를 쥐고 있다는 가문의 수장답게 오만하게 들리기도, 자신만만하게 들리기도 했다.

나는 이 상황에서도 내게 선택지를 쥐여 주는 것이 놀라울 뿐이었다.

"제가 계속하고 싶다 하면 그리해 주실 건가요?"

"그게 네 대답이더냐."

맥밀란의 눈은 곧게 이쪽을 향해 있었다. 문득 생각했다.

않다 일어난 손녀를 걱정하는 말 한마디나 따뜻한 눈빛 같은 건 없지만, 어쩌면 이게 이 노인이 가족에게 애정을 표현하는 방식일지도 모르겠다고.

"아니요. 이미 끊어진 인연을 억지로 이어 붙이고 싶진 않아요."

"알겠다. 그만 나가 보거라."

맥밀란은 간단히 그리 대답하고 고개를 돌렸다. 무심한 시선은 나를 비켜 나간 지 오래였다.

네이필리나를 부른 이유는 그것뿐이었던 듯했다.

그러나 나는 여전히 자리에서 움직이지 않았다.

"폐가 되어 죄송합니다. 가문에 끼친 불명예는 제가 만회하겠습니다. 그러니, 아버지를 너무 몰아세우지 말아 주세요."

"하, 만회한다고? 네가 무슨 수로!"

나는 대답 대신 맥밀란을 응시했다.

"할아버지. 수단이 중요한가요?"

"……."

서늘한 시선이 나를 훑었다.

'맥밀란 콘체른은 뼛속까지 장사꾼이지.'

성공할 만한 것들은 기가 막히게 알아차리고 미리 선점했고, 독점했다. 그게 사람이든 물건이든 간에.

'피가 이어진 가족에게도 예외일 리 없어.'

그러니 그가 지금 내게서 일말의 싹을 본다면,

"그래. 결과만 나온다면 수단은 중요치 않지."

그는 기꺼이 기회를 줄 테지.

노인의 냉정한 눈매에 찰나의 흥미가 깃들었다.

"하지만 네이필리나, 네 힘으로 얻어 낸 결과여야 할 것이야. 이 일을 만회할 때까지 네게 들어가는 모든 지원을 끊겠다."

'나를 시험해 보겠다는 건가?'

쉽진 않을 거다.

그러나 이건 내게 주어지는 처음이자 마지막일지도 모르는 기회였다.

"네, 물론이죠. 할아버지."

나는 고개를 끄덕였다.

* * *

3별관.

방으로 되돌아온 내게 헨리가 한숨을 내쉬었다.

"네이, 도대체 무슨 생각인 거니."

잘생긴 미중년의 얼굴에는 근심이 짙게 내려앉아 있었다.

"이건 가문 간의 일이야. 네 잘못으로 벌어진 게 아니라고 아빠가 말했잖니. 이건 다 전부 보그너 후작가의……."

네이필리나의 전 약혼자, 빅터 앙길레라가 그녀를 차고 만난 상대는 레이첼 보그너.

그녀의 조부, 미하일 보그너와 맥밀란 콘체른은 해묵은 앙숙 관계였다.

'하긴 보그너 상단이 콘체른 상단과 유독 겹치는 사업이 많긴 했지.'

이번 파혼 역시 두 가문의 알력에 휘말려 벌어진 일이라고 헨리는 말했다.

얼마 전 북부의 거래처를 콘체른에 빼앗긴 데 앙심을 품은 보그너가 네이필리나의 약혼을 깨뜨리는 것으로 보복했다는 것이다.

'결국, 지금 콘체른의 혈족 중에서 가장 만만한 게 나라는 거네.'

집안 안팎으로 이 몸이 서열의 최하위라는 걸 몸소 확인받았다.

"알고 있어요. 하지만 어쨌든 제 약혼이었으니까요."

'하지만 그게 계속 당해 줄 이유가 되진 않지.'

결국, 이 싸움의 가장 마지막에 승리하는 건 콘체른이다.

2황자가 황위에 오르며 그의 후원자였던 기디언이 제국의 주요 사업들을 독점하기 시작했기 때문이다.

보그너 상단과 후작가는 형편없이 몰락했다.

'하지만 아직까진 건재하지.'

암. 멀쩡한 남의 약혼자를 뺏어서 차지할 정도론 건재하겠지.

"네이필리나, 뭔가…… 달라진 것 같구나."

헨리가 나를 낯설게 바라보는 게 느껴졌다.

나는 담담히 대답했다.

"달라질 수밖에 없는 경험이었으니까요."

'기다려. 네 복수를 해 줄게.'

무엇을 하든 원래의 네이필리나가 받은 상처에는 비할 바가 못 될 테지. 하지만 넘겨받은 삶에 대한 최소한의 감사 인사는 될 터.

"네이, 어찌하려고 그러니. 아빠가……."

"아니요. 아빠는 그냥, 지켜만 봐 주세요."

하아. 헨리의 한숨이 더 깊어졌다.

* * *

자식들이 모두 되돌아간 텅 빈 가주실.

"자네는 어찌 생각하나."

맥밀란은 제 옆에서 목석처럼 자리한 중년의 사내에게 물었다.

표범을 연상케 하는 늘씬한 체격에 날카로운 눈매를 자랑하는 그의 이름은 바터 스테판.

콘체른 백작가가 일개 소형 상단이었을 때부터 함께했던 그의 비서이자 수족이었다.

가족회의에 동행시킬 정도로 맥밀란이 깊이 신임하는 인물이기도 했다.

"그 아이 말이야."

맥밀란은 조금 전 자식들이 앉아 있던 마호가니 원탁을 내려다보았다.

툭. 툭. 주름진 손이 윤기 나는 탁자의 윗면을 규칙적으로 두들겼다.

"네이필리나 아가씨를 말씀하시는 겁니까?"

"……내 눈도 제대로 못 마주치던 녀석이었는데."

'할아버지. 수단이 중요한가요?'

맥밀란은 저를 마주하던 녹색 눈동자를 떠올렸다.

"글쎄요……. 큰일을 겪고 나면 사람이 변하게 된다지 않습니까."

파혼과 배신.

열여덟 살의 어린 소녀가 겪기엔 확실히 거창한 사건들이다. 바터는 그녀를 조금은 동정했다.

네이필리나 콘체른. 재능도, 외모도, 별다른 특출함 따윈 없는 평범한 소녀.

'차라리 다른 가문이었다면 좀 편하게 살 수 있었을 텐데…….'

콘체른에선 그 평범함이 더 두드러져 소녀의 목을 옭아매는 족쇄가 되었다.

"그래, 생사를 한 번 넘기 했으니……."

"좋은 변화라고 생각하십시오, 가주님. 중요한 건 보그너입니다."

네이필리나의 변화가 만든 관심은 거기까지였다.

둘 다 애초에 그녀에게 아무런 기대가 없었기 때문이다.

보그너 얘기로 넘어가자 맥밀란이 이를 부득 갈았다.

"그 뱀 같은 자식이……."

"올 초 동부 식량 운송 입찰에서 진 것에 대한 보복일 테지요. 가주님께서 동부 쪽 입찰 건을 전부 싹쓸이하지 않으셨습니까."

"동부는 처음부터 내 관할이었어. 그 탐욕스러운 능구렁이가 어디 상도

덕도 없이 남의 거래처를 뺏어 가려고."

맥밀란이 콧방귀를 뀌었다.

콘체른 상단은 동부에서 처음 시작했으니 그의 말에도 일리가 있었다.

보그너 후작은 콘체른이 거래하던 동부의 귀족들을 꼬드겨 식량 운송 의뢰를 가로채려다 거하게 실패했다.

바터가 한숨을 내쉬었다.

"그리고 그 보복으로 가주님께서 후작이 도맡던 서부 쪽 운송 건들도 같이 뺏어오셨지요. 보그너 후작이 길길이 날뛸 만하잖습니까."

보그너 후작이 낙점받기로 했던 계약들을 대신 맥밀란이 가로챘다.

부들부들 떨던 후작이 어째 이번 일은 잘 넘어간다 싶더니만…….

"그런다고 멀쩡한 애 약혼자를 뺏어? 귀족 놈들 인성 머리는 도대체 어떻게 되어 있는 게야?"

맥밀란은 저 역시 그 '귀족 놈들'에 속한다는 사실을 종종 잊은 것처럼 신랄하게 욕설을 지껄였다.

"가주님, 이번 일은 그냥 넘어가시지요."

바터는 고개를 저었다.

"앙길레라 자작 백 명을 넘겨줘도 서부의 상로를 뚫은 것에 비교하진 못합니다."

"누가 그따위 자식이 아깝다고 그러나? 보그너 놈이 작정하고 내 이름에 똥칠을 하려 드니 말이지."

혀를 차며 맥밀란이 투덜거렸다.

"하면 어찌할까요. 후작가에 선전포고를 할까요? 황실에 고발하든지, 영지전을 선포하든지, 아니면 암살 길드에 의뢰하셔도 됩니다. 뭐든 하명하십시오. 물론 상대는 순혈 귀족이니 콘체른의 팔다리 한쪽은 족히 내줘야 할 겁니다."

팔다리로만 끝나면 나행이시오. 바터는 난조로운 목소리로 대꾸했다.

"포기를 모르는 후작은 또 반격하려 들 테고요. 끝이 없는 되돌이표입니다."

"……."

"지금으로선 콘체른이 더 잃을 것이 많다는 것, 가주님께서 더 잘 아실 텐데요. 네이필리나 아가씨 하나로 끝난 게 차라리 다행입니다."

맥밀란 역시 지금 콘체른이 제국에서 가지는 어정쩡한 위치를 누구보다 잘 알았다.

콘체른을 고까워하는 건 비단 보그너뿐만이 아니다.

잘못하면 다른 귀족 '놈'들까지 등을 돌리게 만들 수도 있었다.

"가주님, 분부를 내려 주십시오."

"자네, 내 대답을 알면서 꼭 그렇게 물어야겠나?"

맥밀란이 퉁명스럽게 대꾸했다.

네이필리나의 파혼에 대해 콘체른 백작가는 아무런 입장도 표명하지 않겠다는 확인 사살이었다.

"에잉……."

쯧쯧 혀를 차는 노인의 얼굴에 얼핏 아쉬움이 스쳤다.

농사꾼의 아들로 태어나 제국의 주류 사회에 끼기까지 수십 년이 걸렸다.

콧대 높은 놈들의 오만한 면상을 눌러 주고 싶은 마음은 나이를 먹을수록 한 뼘씩 더 자라났다.

그건 앞에선 기어도 뒤에선 여전히 배척당하는 콘체른의 현실에 대해 아쉬움일까, 아니면 끝끝내 넘지 못할 것만 같은 신분의 벽에 대한 열등감일까.

하지만 무엇이 됐든, 맥밀란 콘체른은 장사꾼이다.

수지가 맞지 않는 장사는 시작조차 않는다는 게 그의 신조였다.

"이렇게 된 거, 서부에 들어가는 운송 규모를 확장해. 보그너 놈이 배가 아파서 뒤로 넘어갈 정도로."

바터가 고개를 끄덕였다.

"예. 콘체른을 건드린 걸 반드시 후회하게 해 주겠습니다."

* * *

르 아라크네.

아름다운 장미 정원을 끼고 세워진 섬세한 저택은 현재 헬리오스 수도에서 가장 유명한 개인 살롱이었다.

4대에 걸쳐 내려온 이 살롱의 현재 주인은 마담 포프리.

마담 포프리는 눈부신 지성과 고상한 예법, 우아한 화술로 제국의 사교계를 사로잡으며 아라크네 백작과 결혼했다.

미망인이 된 이후에도 그녀는 살롱의 주인으로 군림했다.

그리고 각 분야의 명사들을 살롱에 초청해 자유로운 토론과 대화를 나누었다.

재상 포스윈드를 비롯해 헬리오스에서 내로라하는 정치가, 예술가, 귀족들이 살롱을 오갔다.

오늘은 시 낭송회가 열리는 날이었다.

살롱은 여느 때처럼 손님들로 북적였다.

달그락달그락.

낭송회가 중반쯤 이르렀을 때 마차 한 대가 살롱 앞에 멈춰 섰다.

입구에 우거진 장미 덩굴로 인해 마차에 입혀진 가문의 문장이 보이지 않는 교묘한 위치에서.

"이거, 이거, 엉덩이가 무거운 지각생이 계신 모양이로군. 감히 르 아라크네의 낭송회에 늦을 생각을 하다니!"

누군가 농을 던졌고 청중들 사이에 한바탕 웃음이 터졌다.

"마담."

그때 살롱의 시종이 다가왔다.

"아, 카펠리온 후작 부인이시지? 오늘 다른 일이 있어 불참하신다 하시더니 웬일이람. 얼른 모셔 오거라."

마담 포프리는 조금 전 도착한 손님을 짐작하며 시종에게 손짓했다.

"아닙니다, 마담."

하지만 시종은 고개를 저었다.

'참석하지 않은 초대 손님은 후작 부인뿐인데?'

그럼 누구란 말인가?

마담 포프리의 눈썹이 우아하게 올라가자 시종이 허리를 숙여 귀엣말했다.

"그게……. 네이필리나 콘체른 양입니다."

뭐?

마담 포프리가 귀를 의심했다.

네이필리나 콘체른이라면 지금 사교계에서 가장 뜨거운 감자가 아닌가?

콘체른의 막내 영애에 대해선 그녀 역시 조금은 들어 알고 있었다.

'평민 모친 출생으로 태어난 지 한참이 지난 뒤에야 겨우 가문으로 입적했다지.'

겨우겨우 사교계에 데뷔했다가 망신을 당한 후론 집안에만 박혀 사교 활동을 거의 하지 않는다고 들었다.

콘체른이라는 화려한 정원에 피었는지 졌는지도 모르는 들꽃.

그게 네이필리나 콘체른에 대한 대다수의 인식이었다.

그래서 그녀와 앙길레라 자작이 약혼했다는 소식을 들었을 때 조금 놀라기도 했다.

'콘체른의 이름값에 비교할 바는 못 되지만, 그 남자, 꽤 촉망받는 마도학자잖아.'

아카데미에 다니며 마법에 관한 수십 개의 논문을 써내면서 이름을 알렸고, 이제는 황실 연구소 수석 입소를 앞둔 인재라지.

'집안이 좀 가난한 것만 빼면……. 하긴, 그러니 콘체른과 약혼했겠지만.'

그래서인지 젊은 학자의 새 약혼녀도 콘체른을 압도하는 거상, 보그너 후작의 손녀딸이었다.

콘체른에서 보그너라니. 앙길레라 자작의 물주를 찾는 능력은 천부적인 듯했다.

'여태까지 절 뒤치다꺼리해 준 건 콘체른일 텐데. 배은망덕하긴 하군.'

마담 포프리는 옅게 인상을 찌푸렸다.

'후작가를 등에 업었으니 그 자작은 앞으로 승승장구할 일만 남았으려나.'

콘체른은 또 얼마나 배가 아플까. 눈탱이를 맞다 못해 뒤통수까지 맞았으니.

뭐가 됐든 그녀로서는 구미가 당기는 이야기였다.

'사랑과 배신, 그리고 음모는 언제나 인간의 원초적인 욕구를 자아내는 조미료지.'

게다가 그녀의 손을 거친다면…….

우아하게 무릎 위에 얹고 있는 마담 포프리의 손가락이 움찔거렸다.

금방이라도 펜을 쥐고 글을 써 내릴 것처럼 말이다.

'하지만 안 돼. 보그너를 건드리긴 껄끄러워.'

콘체른과 보그너 둘이 붙는다면 아직까진, 보그너였다.

돈은 콘체른이 더 많을지 모르지만, 세상엔 돈보다 더 중요한 것들이 많았다.

이를테면 전통이나 명망이라든지. 헬리오스의 귀족으로 살아가려면 필수인 가치들.

'작위를 받았다고 해서 다 같은 귀족인 건 아니지.'

콘체른이 백작 위를 받은 지 채 30년이 안 된다.

아직 기성 귀족들에게 인정받거나 졸부 이미지를 벗어던지기엔 너무 이른 기간이다.

특히 이렇게 귀족들만 모이는 르 아라크네에 출입하기엔 말이다.

"마담, 어찌할까요?"

시종이 다시 물으며 그녀의 상념이 끝났다.

'가주가 와도 들여보내 줄까 말까인데 고작 막내 손녀딸이 왔다고?'

마담 포프리의 아름다운 이마가 잠시 불쾌감에 찌푸려졌다.

쫙 펼친 공작 깃털 부채 뒤로 그녀가 시종에게 우아하게 속삭였다.

"돌려보내렴."

"예."

그녀는 알지 못했다.

조금 뒤, 그녀가 자랑하는 깃털 부채가 휘날리도록 자신이 네이필리나 콘체른에게 달려가게 될 거란 사실을.

* * *

르 아라크네의 입구.

"……하여, 죄송한 말씀을 드리게 되었습니다."

마담 포프리의 시종은 더없이 공손하게 고개를 숙였다.

"준비했던 좌석이 모두 채워져 부득이하게도 이번엔 모시지 못하게 되었다고, 꼭 사과를 전해 달라 하셨습니다."

"흐응."

'이번엔?'

살짝 열린 마차의 창문 너머로 나는 코웃음 쳤다.

유명 살롱의 명성답게 거절하는 것도 버터를 바른 듯 매끄러웠다.

하지만 마차에서 내리지도 못하게 하는 시종이 전해 온 마담의 메시지는 분명했다.

一네가 올 곳이 아니니 돌아가라.

"아가씨, 이런 법은 없사와요. 이놈들이 우리 아가씨를 알로 보는 게 아니면 뭣이겠어요!"

'알로 본다는 건 또 뭐야……'

옆에서 시녀 젤피가 씨근덕거렸다.

동부 지방 출신이라 말씨가 이렇다는데 잘 모르겠다.

"쉿, 젤피. 음. 뭔가 전달에 오류가 있었던 것 같네."

나는 창문을 좀 더 내려 시종의 얼굴을 마주했다.

"낭송회에 참석하려고 하는 게 아니야. 나는 레이디 달루비어를 찾아왔거든. 오늘 이곳에 계신다고 해서."

시종이 고개를 갸웃거렸다.

"레이디…… 달루비어요? 실례지만 그런 분은 안 계십니다만……."

"마담 포프리는 아실 거다. 내가 레이디 달루비어를 만나러 왔다고 전하렴."

그에게 은화 하나를 쥐여 주었다. 긴가민가하던 시종의 얼굴이 대번에 밝아졌다.

"예! 마담께 그리 전하겠습니다!"

시종은 쏜살같이 사라졌다.

"아가씨! 저 씨부랄 놈, 뭐가 예쁘다고 돈까지 주셔요!"

나는 어깨를 으쓱했다.

"은화 하나에 마담을 움직이는 거면 싸게 먹히는 거지."

"마담이요? 마담 포프리를 말씀하는 것이와요?"

아까는…… 레이디 달루비어를 찾는다고 하셨잖아요?

젤피의 얼굴도 아까 그 시종처럼 혼란스러워졌다.

"그래?"

그럴 수밖에.

나는 킥킥 웃음을 참았다.

레이디 달루비어는 마담 포프리가 쓰는 가명이다.

좀 더 정확하게는 레이디 D.

레이디 D는 스캔들 폭로로 악명 높은 칼럼니스트였다.

[레이디 D의 특종 르포! 하인리히 백작의 숨겨진 사생아. 애처가의 이중성을 파헤친다!]

[레이디 D, 이번에도 한 건 했다! 요드로비치 궁무부장, 카타르 반도에 숨겨 둔 은닉 재산 의혹]

[리첸 양의 자작극? 레이디 D가 드레스를 찢은 진범 공개!]

신랄한 문체로 그녀는 스캔들의 이모저모를 가감 없이 전부 까발렸다.

하인리히 백작의 사생아가 몇 살인지, 요드로비치 궁무부장의 재산 목록에 무엇이 포함되었는지, 리첸 양이 사건 당일 마셨던 차의 종류까지 전부.

그녀가 폭로한 사건 하나하나가 사람들의 이목을 끄는 굵직한 대어였다.

레이디 D의 칼럼이 나올 때마다 제국이 들썩거렸다.

사람들은 가감 없이 드러난 스캔들의 수위에 놀라면서도 레이디 D가 어떻게 이 비밀들을 알 수 있었는지 궁금해했다.

하지만 마담 포프리가 얼마나 철저했는지 그들은 '레이디 D'라는 가명 말고는 아무것도 알아낼 수 없었다.

마담은 칼럼이 나오는 신문사와 인쇄소까지 모두 사서 자신의 정체를 완벽하게 숨겼으니까.

누가 예상이나 했을까.

날카로운 펜으로 귀족들을 살리고 죽이는 레이디 D가 귀부인의 대명사, 수도에서 가장 호평받는 살롱의 주인이라는 것을.

나는 길드의 의뢰를 수행하다가 레이디 D의 진짜 정체를 알게 됐다.

'그녀를 죽여 달라는 의뢰였다더군. 그 계집이 2황자의 비밀을 폭로하

려 했던 모양이야.'

레이디 달루비어, 아니, 마담 포프리가 2황자의 치명적인 약점을 손에 쥐고 있었기 때문이다.

'뭘 폭로하려 했는진 몰라도 이 여자가 2황자파의 손에 그냥 죽게 놔두지 않을 거야.'

마담 포프리의 존재는 기디언을 찌를 비기가 될 것이다.

'겸사겸사 이번에 도움도 좀 받고.'

그리고 정확하게 10분 뒤.

바람보다 빠르게 마담 포프리가 모습을 드러냈다.

다른 사람도 아니고 살롱의 주인이 직접 마중 아닌 마중을 나온 상황.

"아가씨, 마담이 왔사와요······."

여전히 마차에 앉아 있는 내게 젤피가 조심스럽게 속삭였다.

'이걸 마중이라고 할 수 있다면 말이야.'

하지만 나는 느릿느릿 창문만 열었다.

"콘체른 양."

"안녕하세요, 마담 포프리."

반쯤 열린 창문으로 르 아라크네의 명성에 걸맞은 우아하고 오만한 미녀가 나를 응시했다.

마담은 내 인사를 받아 주기는커녕, 차갑게 쏘아붙였다.

"죄송하지만, 콘체른 양이 찾으시는 분은 이곳에 없습니다. 뭔가 착오가 있었던 것······."

하지만 나는 보았다.

마담의 우아하게 틀어 올린 머리에선 잔머리 몇 가닥이 흘러내렸고 손에 쥔 공작털 부채에선 깃털이 두어 개 빠져 있는 것을.

한마디로.

'헐레벌떡 달려왔다는 거지.'

"그래요? 전 레이디 달루비어가 여기 계시는 줄 알았는데 유감이네요."

"……."

"그분이 쓴 글을 굉장히 감명 깊게 읽었거든요."

순간 마담 포프리의 얼굴에서 혈색이 쑥 빠져나갔다.

칼보다 날카로운 레이디 D의 펜에 무너진 인사가 어디 한둘인가.

그녀에게 이를 부득부득 가는 사람들만 줄지어도 수도의 성벽을 휘감을 수 있을 테다.

대부분 그녀가 까발린 스캔들의 주인공은 고위 귀족들이었다.

땡전 한 푼도 없이 이혼당한 하인리히 백작이나, 횡령으로 감옥에서 썩고 있을 궁무부장, 떨어진 평판으로 인해 지방 영지에 있는 수녀원에서 강제로 말뚝을 박게 된 리첸 양 등.

모두 레이디 D가 누군지 알게 된다면 그녀를 산 채로 씹어 먹으려 들 것이다.

살롱 르 아라크네도, 백작가도, 그녀가 쌓아 온 모든 평판과 지위를 무너뜨리려 들겠지.

나는 눈썹을 늘어뜨렸다.

"이런, 아쉽군요. 아무래도 그분은 다른 살롱에 계신 모양이니 그리로 가 봐야겠……."

착.

창문을 다시 닫으려는데 하얀 손이 들어와 막았다.

"……뭘 원하는 거예요?"

창문 가까이 선 마담 포프리가 이를 악물고 속삭였다.

"잠시 대화가 하고 싶을 뿐인걸요. 괜찮을까요?"

"괜찮을 리가……!"

될 거 같냐는 듯 마담 포프리가 울컥 목소리를 높이자 나는 그녀에게 작은 쪽지를 내밀었다.

위그모어 거리
221B번지,
3지구

"이곳에서 이야기하고 싶지 않다면 여기도 좋아요."
쪽지를 본 마담 포프리가 멈칫했다.
"······살롱 뒤쪽에 문이 있어요. 낭송회를 정리할 테니 기다려요."
그리고 옆의 시종에게 명령했다.
"이분을 다이아 룸으로 안내해 드려."
"하지만 마담, 다이아 룸은······."
"하라면 하는 대로 해!"
애꿎은 시종에게 날카로운 목소리가 튀었다.
"아니, 대체 그 쪽지가 뭐시길래 안색이 싹 바뀐대요?"
시종의 안내에 따라 살롱으로 들어가는 내내, 젤피는 한순간에 바뀐 마담 포프리의 태도에 고개를 갸웃거렸다.
"글쎄."
나는 어깨를 으쓱했다.

* * *

탁탁탁탁.
르 아라크네의 복도를 걸어가는 마담 포프리의 발걸음 소리가 날카로웠다.
갑작스럽게 끝난 낭송회에 불쾌해하는 인사들을 달래 줄 여유도 없이 달려오는 길이었다.

이 복도의 끝에 다이아 룸이 있다.

르 아라크네의 가장 깊숙한 곳에 자리한, 오직 살롱의 주인이 선택한 사람만 초대받을 수 있는 비밀의 방.

사교계의 문조차 두드리지 못하던 열여덟 살짜리 계집애가 들어가기엔 몹시도 과분한 방이다.

하지만 마담 포프리에겐 다른 선택지가 없었다.

네이필리나 콘체른은 그녀의 가장 은밀한 비밀을 손에 쥐고 있었으니까.

'대체 어디까지 알고 있는 거야.'

레이디 D에서 달루비어라는 풀 네임을 알아낸 것만 해도 기함할 지경인데.

'그 쪽지.'

네이필리나가 건넨 쪽지에는 레이디 D의 칼럼을 발간하는 신문사의 주소가 쓰여 있었다.

그 발칙한 계집애는 얄밉도록 은근하게 제가 마담 포프리의 목줄을 쥐고 있다는 걸 드러냈다.

"어서 오세요, 마담."

문을 열고 들어가자 네이필리나 콘체른이 미소를 지었다.

"많이 서두르셨을 텐데 차라도 먼저 들고 얘기할까요?"

중앙의 의자에 편안히 앉아 있는 모양새가 마치 손님을 맞는 주인 같았다.

"시녀를 들일까요?"

금방이라도 종을 칠 듯한 꾸며 낸 우아함도, 달콤한 향을 뿜는 찻잔을 제 쪽으로 밀어 주는 가식적인 상냥함도 모두 주도권을 잡기 위한 것임을 안다.

마담 포프리는 여태껏 이런 기 싸움에서 물러선 적도, 져 본 적도 없는 여인이었다.

"뭘 원하는 거예요?"

하지만 지금은, 그런 여유를 가장할 수 없었다.

"내 비밀을 쥐고 도대체 뭘 원하는 거냐고!"

네이필리나는 대답 대신 평온하게 찻잔을 들어 올릴 뿐이었다.

"콘체른 양……!"

"그냥 작은 제안을 하고 싶어요."

"제안이라면?"

마담 포프리의 눈이 가늘어졌다.

"간단해요. 당신의 칼럼에 내 이야기를 써 줬으면 좋겠어요."

"뭐?"

마담이 멈칫했다.

'네이필리나 콘체른의 이야기라면…….'

"지금 세간을 떠들썩하게 하는 치정 싸움 말인가요?"

"…….'

네이필리나는 살짝 입꼬리를 들어 올리는 것으로 대답을 대신했다.

'나도 관심이 있긴 했지만…….'

당장 조금 전까지만 해도 쓰고 싶어서 손이 근질근질하지 않았나.

하지만 지금처럼 약점을 잡힌 상황에서 쓰기엔 마담의 자존심이 허락지 않았다.

게다가 보그너라는 위험한 도박을 하고 싶지도 않고.

"거절하겠어요."

"보그너 때문에?"

"……큿."

정곡을 찔리자 마담 포프리는 숨을 고르며 애써 당황을 감추었다.

"알다시피 나는 지켜야 할 게 있는 사람이라서요. 콘체른 양이 이해해 줄 거라고 믿어요."

"…….'

마담 포프리는 등에 꼿꼿이 힘을 줬다.

"다른 걸 요구하도록 해요. 콘체른가의 아가씨가 돈이 필요한 건 아닐 테고, 인맥이 필요한가요? 좋은 혼처가 필요해요? 말만 해요. 무엇이든 최고로 가져다주죠."

르 아라크네의 주인이 제공하는 건 무엇이든 최고일 테니까.

"……콘체른 양?"

네이필리나의 입가에 흐릿한 미소가 번졌다.

"이런 실수가."

소녀는 애석하다는 듯 양 눈썹을 늘어뜨렸다.

순진한 얼굴 위로 옅은 슬픔이 내려앉자 마담 포프리는 하마터면 이 소녀가 안타까워한다고 착각할 뻔했다.

"제가 한 말이, 마담께는 선택권을 드린 것처럼 들렸나 봐요."

높낮이 없는 목소리가 누가 그녀의 목줄을 쥐고 있는지 다시 한번 깨우쳐 주고 있는데 말이다.

"마담, 짧은 식견으로 조언하건대 내 사소한 부탁은 당신 비밀의 값어치엔 비할 바가 못 될 거예요."

앳된 기가 가시지 않은 소녀의 얼굴엔 여전히 상냥한 표정이 어려 있다.

"그렇게 생각하지 않으세요?"

소녀가 하는 게 협박이 아니라 꼭 다정한 대화라도 되는 것처럼.

'도대체 누가…… 이 애가 들꽃이란 거야.'

마담 포프리의 꼿꼿이 세운 등에 소름이 쭈뼛 섰다.

'변심한 약혼자에 비관해서 몸을 던졌다고? 그럴 리가!'

그녀가 마주하고 있는 상대라면 분명 다른 이유가 있었을 거다. 어쩌면 여태껏 숨죽여 칩거했던 것도 때를 기다리고 있었던 건지도 모르지.

마담은 경계 어린 눈으로 네이필리나를 바라보았다.

"너무 경계 말아요."

그럴 필요 없다는 듯 네이필리나가 어깨를 으쓱했다.

"내가 노리는 건 보그너가 아니니 마담이 걱정할 필요가 없거든요."

"네? 그게 무슨……."

차악!

네이필리나가 서류 더미를 테이블에 던지듯 올려놓았다.

"이게 다 뭐죠?"

"내 사랑의 증거들이죠."

사랑을 말하는 네이필리나의 목소리에선 모순적이게도 감정의 깊이가 느껴지지 않았다. 대신 무심한 한기가 느껴질 뿐.

마담 포프리는 얼떨결에 서류들로 손을 뻗었다. 그리고 종이를 한 장 한 장 넘길 때마다 그녀의 표정이 시시각각 변했다.

뒷돈을 받고 앙길레라에게 추천서를 써 주었던 교수들의 자필 계약서.

매 학기 콘체른이 지급했던 그의 아카데미 학비 증명서.

콘체른이 사 준 마법석, 마법서, 마법 스크롤 등, 앙길레라가 물 쓰듯이 쓴 연구비.

콘체른의 명의로 사들인 수도의 앙길레라 저택과 매달 지급됐던 생활비에 꾸밈비까지.

증거는 끝이 없었다.

'미친…….'

마담 포프리가 욕을 삼켰다.

'이렇게까지 퍼다 줬는데 그렇게 헌신짝 버리듯이 버렸다고?'

레이디 D의 칼럼을 연재하면서 쓰레기들에게 이골이 난 그녀지만 이렇게 뻔뻔스러운 빈대는 처음이었다. 날카롭게 칼을 벼린 네이필리나 콘체른을 조금이나마 이해할 수 있을 것 같기도 했다.

동시에 특종 칼럼니스트로서의 본능이 말했다.

'이건 특종이야. 너기 있는 사실만 나열해도 대박이 날 거야!'

이 제국을 뒤집은 전설적인 스캔들은 모두 레이디 D, 그녀의 손에서 나왔다.

그녀보다 이 사건을 더 잘 다룰 수 있는 이가 어디 있겠는가?

아니, 그보다 먼저, 저는 딴 놈들에게 이런 특종을 뺏기고도 발을 뻗고 잘 수 있을 것인가.

레이디 D와 마담 포프리로서의 치열한 고민이 시작됐다.

그 위에 네이필리나가 표를 얹었다.

"칼럼의 저작권도, 발생하는 모든 수익도 마담 당신에게 넘기겠어요. 자료가 필요하다면 얼마든지 보충해 주죠."

"……."

펑. 짜르르르. 펑. 짜르르르.

마담 포프리의 머릿속에 특종과 금화 주머니가 터지기 시작했다.

"잊지 말아요, 마담. 아직 새로운 약혼식이 열리기 전이라는 걸."

네이필리나가 지그시 이번 의뢰의 장점을 하나 더 짚어 주었다.

보그너 쪽에서도 두 사람의 약혼을 재고할 만한 시간이 충분히 존재한다는 것.

그러니 보그너의 화살이 직접적으로 레이디 D에게 향하긴 어려울 테다.

"빅터 앙길레라에 초점을 맞춰요. 그가 어떻게 나와 시작했고, 어떻게 끝이 났는지."

"……다음 주까지 완성하겠어요."

마담 포프리는 결국 굴복했다.

"잘 생각했어요."

네이필리나가 손을 내밀었다.

잘해 보자는 의미인 것 같았지만 마담 포프리의 눈에는 꼭 악마가 내민 손처럼 보였다.

하지만 거부할 수 없는 손이었다.

'타이틀은 하나뿐이야. 그것밖에 없어!'

그녀의 머릿속에선 벌써 기사의 제목까지 구상이 끝난 후였으니까.

네이필리나는 그럴 줄 알았다는 듯 고개를 끄덕였다. 웃는 듯 마는 듯 한 얼굴에선 표정을 읽기 어려웠다.

이 소녀는 전 약혼자를 무너뜨리고 싶어 하는 걸까, 아니면 다시 찾고 싶어 하는 걸까?

"콘체른 양은 자작에게 복수하고 싶은 건가요?"

마담 포프리는 참지 못하고 묻고 말았다.

"아뇨."

네이필리나는 담담하게 대답했다. 무표정한 얼굴이 말간 인상과 괴리를 이루었다.

"난 그냥 준 것을 되돌려 받고 싶을 뿐이에요."

그리고 이제 모두가 알아야 할 것이다.

빅터 앙길레라가 가진 모든 것은 전부 그녀가 준 것이라는 걸.

* * *

며칠 후 아침, 앙길레라 자작저.

"출발하지."

거만한 목소리로 빅터는 황궁으로 향하는 마차에 올랐다.

그는 얼마 전부터 황립 연구소로 출근했다.

빅터는 최근 발표한 엘프족에 관한 논문이 학회에서 각광받으며 연구소장을 비롯한 동료 학자들의 기대를 한 몸에 받고 있었다.

"안전히 모시겠습니다, 자작님!"

자작가의 마부는 허리가 부러져라 몸을 숙이며 마차에 올라탔다. 겉은 금으로 입히고 내부엔 벨벳과 반짝거리는 크리스털로 장식한 마차였다.

"이랴! 이랴!"

햇빛이 비칠 때마다 어찌나 번쩍거리는지 거리를 달려가는 내내 사람들의 이목이 쏠렸다. 황립 연구소의 연봉이 높다고는 하나 일개 신입이 감당하기에는 지나치게 화려한 마차였다.

'오, 빅터, 내 사랑. 콘체른이 준 저 거지 같은 마차는 버리고 이걸 타요.'

빅터 역시, 사랑스러운 새 약혼녀에게 선물로 받지 않았다면 꿈도 꾸지 못했을 것이다.

실용성을 강조하는 콘체른이 제공했던 밋밋한 마차와는 비교할 수도 없을 정도의 사치였다. 양각으로 섬세히 조각된 문에는 보그너 가문의 문장까지 떡하니 새겨져 있었다.

볼 때마다 괜스레 어깨가 쫙 펴지고 뿌듯함이 밀려왔다.

"나도 이제 보그너의 일원이다, 이 말씀이야."

아직 약혼식 전이지만 가문의 문장이 새겨진 마차까지 받았으면 말 다 한 거지.

빅터의 가슴이 부풀어 올랐다. 저는 이제 명실상부 제국의 부와 권력을 주름잡는 거상의 막냇사위가 된다.

'보그너 후작이 손주 중에서도 내 사랑을 제일 아끼더군.'

처가의 후광을 등에 업고 정계에 진출할 수도, 어쩌면 후작가를 이어받을 수도 있을 것이다.

집안의 천덕꾸러기 네이필리나 콘체른과 결혼했다면 꿈조차 꾸지 못했을 일들.

하여 빅터는 옛 약혼녀에 대한 한 줌의 미련도 없었다.

'일단은 황실 연구소장부터 차근차근 시작해 볼까.'

보그너 후작가의 힘이라면 어렵지 않을 테지. 쭉쭉 뻗어 나가던 그의 원대한 야망이 멈춘 것은 그때였다.

"마차를 타고 들어갈 수는 없소."

"무슨 소리야? 이 문장이 보이지 않나?"

황궁을 막 들어서려는 참인데, 그의 마부와 황궁 경비병이 대거리해 댔다.

"무슨 일이냐?"

"자작님! 이 경비병이 글쎄…!"

"마차에서 내리시오! 신분을 확인하지 않고선 들어갈 수 없소!"

빅터의 매끈한 이마가 찌푸려졌다.

바로 어제까지만 해도 문제없이 드나들던 문이 막힐 이유가 무언가?

"이보게. 날 모르나? 나는……."

"됐고 빨리빨리 움직이시오."

"이웃 나라 왕이 와도 검문을 거쳐야 하는데 당신이 뭐라고 이리 늑장을 부리는 거요?"

그러나 경비병들은 전에 없던 고압적인 말투로 빅터의 말을 끊고 쏘아붙일 뿐이었다.

실랑이를 벌이는 와중에도 귀족들의 마차는 계속해서 정문을 거쳐 갔다. 다른 귀족들은 통과시키면서 저만 잡고 이러는 걸 보니 괜한 심술을 부리는 것 같았다.

빅터는 돈이 필요해서 이러나 싶어 마부를 시켜 경비병들에게 슬쩍 얼마를 찔러주었다.

"이 사람이 미쳤나? 대헬리오스 황실의 녹을 먹는 관리가 당신 눈엔 눈먼 병신으로 보이오?"

그러자 경비병들은 오히려 더 눈을 시퍼렇게 까뒤집고 달려들려는 게 아닌가.

'별 볼 일 없는 놈들이……!'

빅터는 그들의 건방진 태도에 대단히 기분이 상했다. 하지만 일단은 사람들의 눈도 있고 해서 하는 수 없이 마차에서 내렸다.

경비병은 꼭 그와 초면이기라도 한 것처럼 신분증을 느릿느릿 확인한 후에야 그를 통과시켰다.

"이제 됐나?"

마차에 올라타려는데 경비병이 빅터의 옷깃을 쭉 잡아당겨 내팽개쳤다.

"어딜."

"무슨 짓이야……!"

빅터는 화가 머리끝까지 났다. 하마터면 바닥에 나뒹굴어 꼴사나운 꼴을 보일 뻔했으니까.

"어차피 당신 마차도 아니잖나."

"내 마차야!"

경비병이 피식 비웃었다.

"저기 쓰여 있는 건 보그너. 당신 성은 앙길레라. 어떻게 당신 마차라는 거지?"

"그건 내 약혼녀가……."

"약혼식을 치렀소?"

빅터가 멈칫했다.

"바로 다음 달에 치를……."

"지금은 아니란 거군. 그럼 보그너 가문의 계보에는 올라와 있소?"

"이후 결혼을 하면 곧바로……."

"큭큭, 역시 지금은 아니란 말이잖소."

경비병들이 낄낄댔다.

"거참, 아무것도 아닌 양반이 벌써부터 후작가 사위 행세인 거요? 배짱 한번 대단하시군."

하지만 불우하게도 경비병들의 조롱은 모두 사실이었다.

"내 말이 틀렸소? 이봐, 내 말이 틀렸나?"

"맞지, 맞지. 자네가 말한 것 중에 거짓은 하나도 없지."

"이, 이봐……!"

빅터는 씩씩댔지만 반박할 말을 찾지 못했다.

"됐고, 걸어가시오. 본인 것도 아닌 마차를 통과시킬 순 없으니."

언제 낄낄댔냐는 듯 경비병들이 표정을 지운 채 연구소 쪽을 가리켰다. 그들은 빅터의 대답을 듣지도 않고 마차를 돌려보내 버렸다.

"……."

빅터는 그들을 노려보았다.

일 대 다수.

게다가 저쪽은 고압적인 덩치에 무기까지 들고 있는 상황. 지금으로선 그가 약세다.

"하. 너희들 후회할 거다."

빅터는 하는 수 없이 후를 기약하며 연구소 쪽으로 몸을 돌렸다.

그때 경비병 하나가 중얼거렸다.

"아이구, 무서워라. 여자 등쳐먹고 사는 놈이 눈을 부라리네."

"뭐, 뭐라고? 지금 뭐라고 했어?!"

경비병들은 귀를 후비적대며 딴청을 피웠다.

"아무 말도 안 했는데? 귀도 먹은 거요?"

"안 가오? 더 볼일이 있게 만들어 드릴까?"

언제 그랬냐는 듯 시치미를 떼는 경비병.

"자꾸 시비를 걸면 공무 집행 방해로 연행할 거요."

그들은 으름장을 놓는 것도 잊지 않았다. 결국, 빅터는 화를 누르며 자리를 떠날 수밖에 없었다.

'이 미천한 새끼들……. 내가 입만 벙긋하면 너희들은 바로 모가지야!'

그는 부득부득 이를 갈며 미래의 복수를 꿈꿨다.

퇴근하면 곧바로 보그너 후작에게 가서 전부 일러바칠 작정이었다.

놈들이 저를, 아니, 보그너가를 어떻게 무시하고 조롱했는지.

소중한 손녀사위가 될 사람이 일개 하급 경비병들에게 모욕당한다면 그분의 이름에도 누가 될 터.

"저기, 저기 간다."

이상함을 느낀 건 그때였다.

"저놈이야?"

"그래. 옷 번드르르하게 껴입은 것 좀 봐."

"저것도 다 뜯어낸 거겠지? 배은망덕한 놈."

"방울뱀 같은 자식."

빅터가 고개를 들었다. 황궁을 오가는 사람들이 힐끔힐끔 그를 쳐다보고 있었다.

"어어, 본다, 이쪽 본다!"

그리고 황급히 자리를 지나치기까지.

이상한 일은 연구소에 들어서도 이어졌다.

"좋은 아침!"

모닝커피를 즐기고 있는 동료들에게 가서 평소처럼 아침 인사를 건넸다.

"난 그럼 이만."

"나도 연구가 있어서."

드르륵. 드르륵.

그들은 빅터를 보지 못한 것처럼 일제히 자리에서 일어나 가 버렸다.

"잠, 잠깐. 허보트? 안젤리나? 모두 어디 가는 거야?"

바로 앞에서 손을 흔들고 있는 그가 보이지 않는다는 것처럼.

비단 아침뿐만이 아니었다.

"제럴딘 선배. 어제 얘기했던 하프 엘프의 각성에 관해서 말입…… 선배? 선배?"

연구소 모두가 그를 투명 인간 취급 했다.

그뿐이랴. 어쩌다 마주치면 그들의 눈초리는 벌레를 보는 것처럼 날카로워졌다.

"도대체 왜 이러는 거야? 도대체 무슨 일이 있었길래?"

빅터는 참다못해 동료 하나를 붙잡고 물었다. 아카데미에서부터 가장 친하게 지냈던 동료였다.

"그건 네가 더 잘 알 텐데."

"그게 무슨……."

동료는 얼음보다 차가운 시선으로 그를 노려보았다.

"아카데미 부정 입학에 교수들 뒷돈 먹여 가며 학점 관리 하고. 하, 어쩐지 맨날 술 처먹고 유흥가나 쏘다니는 놈 인생이 그렇게 술술 풀리는 게 이상하다 했어. 돈을 그렇게 처먹였는데 안 풀리는 게 이상하지."

"잠, 잠깐만……!"

빅터의 안색이 새파래졌다. 그는 떨리는 손으로 동료의 옷깃을 붙잡았다.

"어, 어떻게 알았어……! 누가 말한 거야!"

"졸업 논문도 대필시켰더라? 하, 난 적어도 네놈이 학자로서 최소한의 자존심은 있을 줄 알았어!"

동료는 더러운 오물이라도 닿은 것처럼 그를 매섭게 뿌리쳤다. 그리고 손에 쥐고 있던 뭔가를 집어 던졌다.

"네놈, 도대체 네 힘으로 한 게 있긴 하나?"

"읏!"

촤악. 돌돌 말은 종이 뭉치가 빅터의 콧잔등을 아프게 때리고 떨어졌다. 동료는 그대로 그의 어깨를 치고 가 버렸다.

빅터는 아픈 코를 감싸 쥐며 떨어진 종이를 쥐어 들었다.

툭.

종이가 다시 그의 손에서 떨어졌다.

"말도…… 안 돼……. 왜, 이게……."

말려 있던 종이 뭉치가 바닥에 떨어지며 펼쳐졌다. 수도에서 유명한 일간지였다.

표지를 가득 메운, 한쪽 눈을 찡긋 감으며 미소를 짓고 있는 사내는 누가 봐도 빅터 앙길레라, 그였다.

그리고,

[스폰서 자작]

그의 잘생긴 얼굴 위에는 사정없이 휘갈긴 붉은 글씨가 커다랗게 적혀진 채였다.

* * *

레이디 D의 칼럼은 수도의 사교계를 뒤집었다.

[레이디 D가 밝힌다. 희대의 방울뱀, 빅터 앙길레라의 후안무치한 만행들.]

마담 포프리가 고심한 표지와 헤드라인이 대서특필되어 수도 곳곳으로 뿌려졌다.

"아카데미와 황실 연구소, 그리고 가난한 젊은 귀족들이 오가는 살롱에 집중적으로 영업해."

"예! 레이디!"

그녀는 빅터 앙길레라 때문에 직접적으로 불이익을 당한 사람들부터 공략했다.

"뭐야? 미친 거야? 비리 입학이었어?"

"저놈만 특혜를 받고 있었다고?"

놈이 뺏는 게 남의 밥그릇인 줄 알았을 땐 욕 한번 하고 말지만, 그게 제 밥그릇이 되면, 그날부터 밤잠은 다 잔 거다.

제국은 불길을 놓은 곳마다 활활 타올랐다.

빅터 앙길레라는 언제 그랬냐는 듯 펄쩍 뛰며 이를 부인했다.

"그런 적 없습니다! 모두 음해이며 억측입니다! 이건 누군가 저를 시기해서 만들어 낸 음모라고요!"

그는 네이필리나나 콘체른 백작가가 조용하니 뻔뻔스럽게 입을 마구 털고 있었다.

보그너 후작가 역시 약혼식을 미루거나 취소하지 않는 것으로 가족이 될 사람에 대한 암묵적인 지지를 표했다.

빅터는 가슴을 쓸어내렸다.

'못 배운 제국민들이 하는 양이란 뻔하지. 끓어올랐던 냄비처럼, 조금만 기다리면 모두 잊고 식어 버릴 거야. 그때까지만 견디면 돼!'

그러나 그의 바람과는 별개로 여론은 나날이 들끓기만 했다.

"아니, 학비에 생활비, 꾸밈비까지? 콘체른에서 안 받은 게 도대체 뭐야? 속옷 하나까지 콘체른 돈이었구먼!"

"명색이 귀족이 돼서 어린 아가씨에게 빌붙는 것도 모자라서 배신을 해?"

"지금 사는 저택도 콘체른 양한테서 받은 거라지? 에라이! 뱀 같은 놈, 퉤퉤!"

폭발적인 반응에 신이 난 레이디 D는 이례적으로 추가 기사를 계속해서 내보냈다.

악명 높은 칼럼니스트답게 그녀는 대중을 점진적으로 도발하는데 천부적인 재능이 있었다.

[그는 어떻게 스폰서를 물색했나.]
[사랑이라 쓰고 공사라 읽는다.]
[빈털터리 카사노바의 생존 비법!]

조금 잠잠해질 만하면 연이어 터지는 의혹과 폭로에 빅터의 화제성은 도무지 식을 줄을 몰랐다.

레이디 D의 일간지는 연일 최대치의 매출을 갱신하며 대중의 관심을 정점까지 끌어올렸다.

"네이필리나 콘체른? 그 콘체른가 들꽃 말이야?"

"그런 아가씨가 있었나?"

빅터 앙길레라에 대한 비판이 거세지면서 네이필리나 역시 수도의 관심에서 예외일 순 없었다.

아직 아무런 입장도 표명하기 전이건만 그녀와 그녀의 가문은 연일 제국민의 입방아에 오르내렸다.

반쪽짜리 귀족.

평민과 귀족 사이 어딘가에서 어정쩡한 위치를 고수하고 있던 콘체른이다.

하지만 이번만큼은 그것이 다시없을 장점이 되었다.

"나도 그 막내딸처럼 험한 놈한테 넘어가서 혀가 빠지게 마음고생 한 적 있었지. 부잣집 아가씨라고 별반 다를 것도 없었구나!"

평민들은 사랑에 배신당한 순진한 아가씨를 동정했고,

"빅터 앙길레라 그놈은 귀족의 수치야. 돈에 눈이 멀어 졸부의 개가 되다니!"

귀족들은 저를 상품으로 내건 그의 치졸한 행태에 분노했다.

평민과 귀족이 한마음으로 똘똘 뭉치는 제국 대통합의 순간이 이루어진 것이다.

"콘체른, 다시 봤군. 이런 모욕을 당했는데도 품위를 잃지 않았다니."

소 뒷발에 쥐 잡은 격이었지만, 잠자코 침묵했던 콘체른 백작가의 태도 역시 재평가되었다.

"콘체른 양! 한 말씀만 해 주십시오!"

"지금 심정이 어떻습니까!"

기자들은 콘체른 저택 앞에서 인산인해를 이루었다.

세간의 이목이 모두 이 스폰서 자작 스캔들에 쏠린 지금, 그의 최대 피해자인 네이필리나 콘체른의 말 한마디가 그들의 올해 매출을 좌지우 지할 테니까.

"한 마디만! 한 마디만 해 주십시오!"

기자들의 눈이 어찌나 벌건지 담까지 넘으려 들어 콘체른 백작저의 경비 병들이 대거 투입될 정도였다.

"네이필리나, 이 무슨 소란이냐! 도대체 무슨 사달을 벌인 거야!"

큰아버지들이 눈에 불을 켜며 달려왔을 때 네이필리나는 이미 충격으로 머리를 싸매고 몸져누운 뒤였다.

"아아. 너무 괴로워……."

벌겋게 달아오른 얼굴로 쌔액쌔액 가쁜 숨을 몰아 내쉬는 건 덤이었다.

"형들은 지금 네이 상태가 안 보여? 그놈의 스폰서 스캔들 때문에 충격 받아서 다시 쓰러졌어. 의사가 절대 안정을 취하라고 했다고!"

헨리는 무른 듯하지만 제 가족에 관해서만큼은 참나무처럼 단단한 사람 이었다.

"하지만 헨리, 저 아이가 지금……!"

"형들 때문에 내 딸한테 무슨 일이 생기면 나 진짜 가만히 안 있어."

수문장처럼 네이필리나의 방문을 지키는 그의 서슬 퍼런 경고에 결국 그 들은 발길을 돌려야 했다.

"감사해요, 아빠. 큰아버지들을 물려 주셔서."

그녀가 땀을 훔치며 이불 속에서 데운 물주머니를 꺼냈다.

열정적인 연기력은 어디 가고 다시 담담한 얼굴로 돌아온 채였다.

"휴우. 네가 시킨 대로 하긴 했다만, 맙소사. 이게 도대체 무슨 일이니?"

그러나 헨리에게도 작금의 상황은 당황스러웠다.

"도대체 뭘 어떻게 했길래……!"

"여보. 진정해요. 네이는 내내 방에서 나오지 않았는데 어떻게 제국을 뒤집어 놓을 수 있었겠어요?"

네이필리나의 모친, 릴리엔의 말대로 네이필리나는 중간에 산책 한 번을 빼곤 저택을 나간 적이 없었다.

"그렇긴 하지요……."

아름다운 아내가 지적하자 헨리는 모래성처럼 그대로 허물어지고 말았다.

'두 사람, 금실이 좋네.'

네이필리나는 딸보다는 관찰자의 시선으로 제 부모를 바라보았다.

'번견으로 살 땐 불륜과 치정밖에 못 봤는데.'

장성한 딸이 있는데도 둘만 있으면 핑크빛 기류를 내뿜는 부부를 보게 되니 감회가 새로웠다.

"아빠. 부탁이 있어요."

어쨌든 네이필리나에겐 호사였다.

이렇게 흐물거리는 헨리는 무슨 부탁을 하든 들어주곤 했으니.

"저 사람들, 계속 저렇게 둘 수는 없잖아요."

시선은 창밖의 기자들에게 향한 채였다.

* * *

얼마 후, 저택 앞을 빼곡히 메운 기자 중에서 취재에 잔뼈가 굵은 몇몇이 은밀하게 저택으로 초대됐다.

창백한 안색. 장식이 없는 간소한 드레스 차림으로 나타난 스캔들의 주인공이 그들을 마주했다.

"흑, 저는 아무 말도 하고 싶지 않아요. 제발…… 그만하세요."

네이필리나가 고개를 돌리며 손수건에 눈물을 찍어 냈다.

또르르. 미처 닦지 못한 투명한 물방울이 하얀 볼을 타고 흘렀다.

'콘체른답지 않게 마음이 참으로 여린 소녀로군.'

'이리 순진하니 빅터 앙길레라 같은 놈팡이가 노렸겠지.'

마음이 돌처럼 무뎌진 사내라도 저걸 본다면 애처로움을 느끼지 않을 수 없을 것이다. 기자들은 간만에 찌잉 하는 가슴의 울림을 느꼈다.

"무슨 말씀이시와요, 아가씨. 다 얘기하셔야죠! 그 씨부랄 놈이 우리 아가씨를 어떻게 등쳐 먹었는지 전부 까발릴……."

"흑, 그만해, 젤피. 다 지난 일이잖아."

네이필리나는 오히려 씩씩거리는 시녀를 다독거리기까지 했다.

"지금은 제가 무슨 말을 해도, 그 사람에겐 누가 될 뿐이겠지요. 저는 차라리 입을 다물겠어요. 그러니 돌아가 주세요."

할 말은 그것뿐이었다는 듯, 네이필리나는 자리에서 일어섰다. 기자들은 당황했다.

"예? 정말로, 그냥 가실 겁니까?"

여기까지 어떻게 들어왔는데! 이 황금 같은 기회를 놓칠 순 없었다.

"잠깐만요, 콘체른 양!"

"어맛!"

"우리 아가씨에게 무슨 짓이야, 이 씨부랄 놈들아!"

특종에 눈이 벌건 기자들이 그녀를 붙잡으려다 시녀들에게 저지당했다.

"죄, 죄송합니다, 콘체른 양!"

"실례를……!"

"아, 어지러워."

붙잡으려는 행위만으로도 충격이었는지 네이필리나가 비틀거렸다.

동시에 그녀의 드레스에서 뭔가 팔랑거리는 것이 떨어졌다.

"……."

기자들의 시선이 일제히 떨어지는 하얀 물체들을 따라갔다.

'하얀 건 종이, 그 위에 빽빽이 적힌 까만 건 숫자렷다…….'

'음. 차용증이네……. 잠깐, 차용증이라고?!'

기자들의 눈이 휘둥그레졌다.

바닥에 떨어져 나풀거리고 있는 하얀 종이들.

차용증이라는 이름으로 탈바꿈했지만, 그것은 학비, 연구비 등 여태까지 콘체른이 빅터 앙길레라에게 주었던 모든 돈의 세부 명세서였다.

이게 공개되면 빅터 앙길레라는 끝이다. 물 위에 올라와 뻐끔뻐끔하는 아가미 위로 소금을 부어 버리는 격이었다.

"어머, 실수."

연약한 목소리가 경악한 기자들의 머리 위로 살포시 내려앉았다. 네이필리나는 종이를 집어 드는 대신 아쉽다는 듯 혀를 찼다.

"다른 사람의 손에 들어가면 절대로 안 되는 건데, 또 어디서 떨어뜨렸지?"

한두 장이 아닌데 곤란하네?

종이 뭉치를 찾는 듯 시선을 두리번거리는 대신 그녀는 기자들을 똑바로 바라보았다.

꿀꺽. 기자들이 저도 모르게 침을 삼켰다.

"이런, 찾·을·수·가 없·네?"

종이에 손을 대려다 멈춘 기자의 손을 보면서 네이필리나가 눈썹을 늘어뜨렸다.

입꼬리는 살짝 올라간 채로.

"서류를 잃·어·버·린 걸 알면 할아버지한테 혼날 텐데……. 어떡하지?"

"……."

이걸 알아듣지 못하면 접싯물에 코 박고 죽어야 한다.

"콘체른 양, 그게 무슨 뜻이신지……."

그 와중에 못 알아듣는 놈이 나왔다. 환장할 노릇이다.

"죽여, 저 새끼!"

"펜 꺾어! 목 꺾어!"

기자들이 일사불란하게 환장할 놈을 내리누른 뒤 네이필리나를 향해 웃어 보였다.

"당연하죠. 저희는 오늘 아무것도 보지 못했습니다."

"여기 온 적도 없는, 아니, 저희는 존재하지도 않는걸요."

떨어진 서류를 황급히 품에 챙기며 모두 입을 모아 대답했다. 열렬히 고개까지 끄덕였다.

"다행이에요."

네이필리나가 배시시 웃었다. 조금 전의 순수하고 무해한 미소였다.

하지만 기자들은 되레 움찔했다. 아까처럼 가슴이 찡하고 울리는 대신, 등골을 서늘하게 타고 오르는 소름이 자리를 차지했기 때문이다.

'콘체른 막내 영애랑은 절대로 척지지 말자.'

그들은 한마음 한뜻으로 결심했다.

* * *

"말도 안 되는 억측입니다!"

빅터 앙길레라는 계속해서 레이디 D의 저격 기사를 부정했다.

레이디 D 역시 더 이상 추가 기사를 쓰지 않으면서 지지부진해진 사태는 잠시 소강되는 듯했다.

하지만.

며칠 후 다른 신문사에서 나온 새로운 기사가 다시 여론을 뒤집어 놓았다.

[레이디 D의 기사, 모두 사실로 밝혀져!]

콘체른가가 빅터 앙길레라 자작에게 물심양면으로 지원한 세부 내역을 공개한다. 기자는 최근 아주 우연한 기회로 본 정보를 입수하여…….

'우연한' 기회에 대한 자세한 경위는 나오지 않았다.

공개된 기사는 사그라져 가는 듯하던 잿더미에 다시 화르르 불씨를 지폈다.

"그렇게 아니라고 부인하더니 사실이었잖아?"

"당연하지! 레이디 D가 언제 없는 얘기 한 거 본 적 있어?"

기사에는 여태까지 빅터 앙길레라가 물 쓰듯이 썼던 명세들이 전부 공개되어 있었다.

"이 사기꾼 같은 놈!"

"이렇게 퍼다 줬는데 천벌을 받을 놈 같으니라고!"

"나였으면 콘체른 땅에 뼈를 묻었다!"

활활 타오르는 불길은 빅터를 집어삼켰다. 그는 앞뒤, 위아래로 궁지에 몰렸다.

제일 먼저 황실 연구소에서 그를 해고했다.

"미안하지만 자작, 연구소에서 나가 줘야겠네."

보그너 후작가의 은근한 압력도 산불처럼 들고 일어나는 제국민의 원성 앞에선 소용이 없었다.

"지금 자네 사정 봐줄 때가 아니야. 하루에도 자네를 당장 해고하라는 민원이 수십 개씩 들어오네. 자네 뒤를 봐준 게 폐하 귀에라도 들어가면 내 자리도 끝이란 말일세!"

연구소장은 일이 틀어지자마자 바로 안면을 몰수하고 그를 쫓아냈다.

"자네 이력 중에 진짜가 있긴 하나? 대마도학회가 그리 우습게 보여?"

빅터는 아카데미와 제국 마도학자 협회에서도 영구 제명 당했다.

협회에서 제명당했단 건 마도학자로서의 커리어가 끝났다는 사실이나 다름없었다. 이제 대륙 어디에서도 그를 고용할 곳은 없을 테니까.

빅터가 졸업한 동부 아카데미는 아예 빅터의 재적 기록 자체를 지워 버리기까지 했다.

물론 그 뒤에는 네이필리나의 부친, 헨리가 있었다. 그는 처음으로 제 모든 돈과 인맥을 써서 아카데미의 교수들을 움직였다.

"여보, 아버님이 이번 일은 네이에게 아무 도움도 주지 말라 하셨다면서요."

"벌하시면 벌하시라지. 네이가 저리 노력하는데 아비가 돼서 가만히 있을 순 없잖습니까."

헨리 콘체른이 동부 아카데미와 인연이 닿는 건 먼 미래의 일이었다. 네이필리나의 변화가 그 미래를 앞당긴 것이다.

어쨌든 헨리의 공세까지 더해지자 빅터는 하루아침에 무직에 무학력자가 되어 버렸다.

"잠깐, 잠깐만요! 협회장님! 학장님!"

그러나 그의 불운은 아직이었다.

"레이첼, 날 버리지 않을 거지요? 내겐 당신뿐입니다!"

빅터는 본능적으로 자신에게 남은 구명줄이 새 약혼녀뿐임을 깨달았다. 번지르르한 외모 하나만 남은 그는 레이첼에게 온몸을 던졌다.

"물론이죠, 내 사랑."

레이첼은 가엾은 제 약혼자 빅터를 진심으로 위로했다. 분명 처음에는 말이다.

그와 헤어지자마자 레이첼은 후작저로 쪼르르 달려갔다.

"할아버지, 도와주실 거죠? 하찮은 평민들 입 따위 할아버지 힘이면 얼마든지 막을 수 있잖아요."

"……."

보□너 후작은 미간을 좁혔나.

손녀의 말과는 달리, 하루가 다르게 상황은 악화되고 있었다.

사태를 마냥 관망할 수도, 섣불리 빅터를 두둔하려 나설 수도 없는 진퇴양난의 상황.

'지금이야 저놈에게 초점이 쏠려 있다지만.'

그와 레이첼의 약혼식이 예정되어 있는 이상, 대중의 시퍼런 눈길이 보그너로 옮겨 가는 건 시간문제였다.

"할아버지, 네? 네?"

"시끄럽다! 어디서 저런 덜떨어진 놈팡이를 데려와서……!"

콘체른의 뒤통수를 때릴 좋은 기회라며 칭찬할 때는 언제고, 후작은 손녀에게 버럭거렸다.

"경거망동하지 말고 얌전히 방에나 처박혀 있거라!"

"그럼 약혼식은요?"

"이 꼴이 났는데 약혼식은 무슨!"

레이첼은 씩씩거렸다.

'내 선택은 잘못되지 않았어! 우린 어떤 역경이 있더라도 변치 않을 거야!'

첫 번째 역경은 네이필리나 콘체른이었지.

"천한 반쪽짜리 계집애가 감히 누굴 욕심내?"

그리고 두 사람은 그 역경을 성공적으로 물리치지 않았나.

하지만, 둘의 두 번째 역경은 첫 번째처럼 그리 호락호락하지 않았다.

"어! 저기 간다!"

빅터와 있을 때마다 사람들의 시선이 끈질기게 따라붙었다.

"저기 말이야, 보그너 양은 방울뱀 자작이 저러는 거, 정말 몰랐을까?"

"흥, 그거야 알 수가 있나. 정말 몰랐을지는."

사람들은 레이첼을 볼 때도 수군거리기 시작했다. 그리고 어느 날, 함께 간 카페에서 마침내 그녀는 폭발하고 말았다.

"이쪽이 낼 리는 없고, 보그너 양께서 계산하시는 거지요?"

둘을 알아본 점원이 그녀에게 계산서를 내밀었다.

당연하다는 듯이.

풉. 동시에 둘을 숨죽이며 지켜보고 있던 카페 안의 사람들 사이에서 웃음이 터졌다.

"더는 못 참아!"

레이첼의 인내는 거기까지였다.

"레, 레이첼, 내 사랑!"

"구질구질해! 당신 욕먹는 거도! 돈 없는 거도! 전부!"

결국, 빅터는 두 번째이자 마지막 사랑에게마저 버림받았다.

"자작님, 저희 아가씨께서 주셨던 마차를 다시 가져가야겠습니다."

"죄송합니다만, 마차랑 내어 준 말들도 가지고 오라시네요."

"아가씨의 명입니다. 저희 쪽에서 가져왔던 물건들은 전부 회수토록 하겠습니다."

있는 놈들이 더 무섭다고, 사랑이 식은 레이첼은 매정하게도 그가 그토록 자랑스러워하던 마차와 선물들까지 싸그리 되가져갔다.

그래도 네이필리나는 줬던 걸 뺏진 않았는데 말이다.

"말, 말도 안 돼. 어떻게 이렇게 한순간에…… 전부 무너질 수 있지?"

그는 그제야 콘체른의 이름값을 실감했다.

제가 무시하고 깔아뭉갰던 졸부 콘체른의 벽이 얼마나 높고 견고한지를.

그들은 그저 침묵하고 있던 게 아니었다. 빅터를 완전히 무너뜨리기 위한 때를 기다리고 있던 것뿐이었다.

"네이필리나, 내가 잘못했어. 내 사랑은 당신뿐이었는데……!"

"날 용서해 줘, 제발! 아직 당신을 사랑하고 있단 말이야!"

"그러니 제발 당신 가족들에게 그만두라고 해 줘!"

네이필리나 콘체른은 멍청하리만큼 착한 여자다. 그리고 빅터 앙길레라를 몹시 사랑했다.

'그러니 날 용서해 줄 거야. 날 다시 찾기 위해 스캔들까지 낸 여자잖아.'

빅터는 그리 자신하며 콘체른 백작저 앞에 스멀스멀 모습을 드러냈다. 차가운 바닥에 무릎을 꿇고 네이필리나가 용서해 줄 때까지 움직이지 않겠다고 외쳤다.

그러나 네이필리나가 그 모습을 볼 일은 요원했다.

"케, 케켁! 이 손 놓, 놓으시……!"

"감히 어디 그 더러운 낯짝을 들이밀어."

그는 화가 머리끝까지 난 헨리에게 멱살을 잡혀 대롱대롱 매달렸으니까.

"네이가 호수에 빠지는 걸 보고서도, 넌 그냥 지나쳤다지. 네놈 새끼는 인간도 아니야."

딸을 좌시한 범인에 대한 아버지의 분노는 매서웠다.

평소 개미 하나 죽이지 못할 것처럼 선한 인상은 어디 가고 헨리의 얼굴은 빅터를 당장이라도 찢어 버릴 듯했다.

"그, 그걸, 어, 어떻게……! 억!"

"한 번만 더 네이 곁에서 얼쩡거렸다간 그 잘난 상판대기를 갈기갈기 부숴 버릴 줄 알아."

바닥으로 내팽개쳐진 빅터가 볼썽사납게 나뒹굴었다.

여기 오느라 차려입은 먼지 하나 없던 매끈한 재킷이 전부 모래투성이가 됐다.

그러나 빅터는 제 차림을 신경 쓸 정신도 없었다.

그는 다급히 헨리를 붙잡으려 했을 때, 쾅! 문이 그의 면전에서 닫혔다.

"잠깐!"

대신 커다란 양동이를 머리에 인 주근깨가 흩뿌려진 주황 머리 소녀가 모습을 드러냈다.

"썩 꺼져! 이 씨부랄 놈아!"

좌르륵!

구정물이 빅터의 머리 위로 쏟아져 내렸다. 코를 찌르는 악취에 정신을 차리기도 전에,

"호랑말코 바퀴벌레 같은 놈이 어딜 감히 우리 아가씨를 또 찾아와! 척추를 반으로 접어 버릴 ◇★☆●△▲■!"

차마 입으로 담을 수 없는 찬란한 욕들의 향연이 이어졌다.

"저놈이지?! 감히 어딜 찾아와!"

"부어, 부어! 던져!"

분노한 콘체른가의 하인들이 던진 오물 세례에 빅터는 꽁지가 빠지라 달아나야만 했다.

그리고 그가 망연자실하게 집에 도착했을 땐……

"자작님 앞으로 왔습니다."

"뭔데, 이게?"

[차용증]
[채무자: 빅터 앙길레라]
[채권자: 네이필리나 콘체른]

"허, 헉……"

여태까지 그녀에게 받아 냈던 눈먼 돈들이 전부 빚으로 되돌아온 채였다. 그는 그제야 깨달았다.

네이필리나 콘체른 역시 '있는 놈'이었다는 사실을.

"이건…… 그냥 형식적인 거였잖아! 그땐 그냥 주는 거라고……!"

억울함에 분통을 터뜨렸지만, 지금 그가 뭘 할 수 있겠나. 차용증의 진실을 따져 봤자 세상은 저를 때려죽일 도둑놈으로 몰아갈 것이다.

그가 부르르 몸을 떨었다.

'날 무너뜨린 콘체른을 상대로 다시 싸워 보겠다고?'

불가능하다.

이 모든 게 네이필리나 혼자서 만들어 낸 일이라는 걸 알지 못하는 빅터에겐, 콘체른이라는 이름이 그 어느 때보다 거대하게 다가왔다.

차용증에 적혀있는 어마어마한 숫자들. 받을 때는 대수롭지 않게 여겼던 빅터는 갚을 때가 되어서야 그 엄청난 금액을 실감했다.

"흑, 흐으으……. 이건 그냥 죽으라는 거잖아."

털썩. 그는 차가운 바닥으로 무너져 내렸다.

하지만 무릎이 깨어져도 그를 일으켜 줄 사람은 이제 아무도 남아 있지 않았다.

다음 날.

"앙길레라 자작이 야반도주했다고?"

"콘체른의 돈을 갚기 싫어서 튀었다던데?"

"어찌나 헐레벌떡 도망갔는지 집안 살림도 다 남겨 놓고 갔다더군."

빅터 앙길레라는 수도에서 소리 소문 없이 자취를 감췄다. 그토록 고대하던 약혼식을 단 일주일 남겨 놓은 시점이었다.

* * *

콘체른의 가주실.

"아하하! 하하하!"

천장이 쩌렁쩌렁 울릴 정도의 웃음소리가 연이어 이어졌다.

"하하하, 내 십 년 묵은 체증이 내려가는군!"

웃음소리의 주인공은 가주, 맥밀란이었다.

그는 체통도 잊고 굽은 허리가 다 접히도록 낄낄거렸다. 어찌나 쉬지 않

고 웃어 대는지,

"가주님……. 그만 웃으십시오."

바터가 조심스럽게 그를 만류할 정도였다.

"내가 안 웃게 생겼나? 보그너 놈이 그 꼴을 당했다는데."

빅터 앙길레라가 도주하며 유야무야 미뤄지던 약혼식은 전면 취소 됐다.

황태자 부부가 참석하니, 피로연 준비를 위해 황실 요리사를 초빙했니, 마냥 들떠서 잔뜩 떠들어 댈 때는 언제고, '그' 자존심 강한 미하일 보그너가 지금은 벼락 맞은 개구리처럼 움츠려서 몸을 사리고 있는 꼴이라니.

큭큭. 또 실실 웃음이 새어 나왔다.

"이리 웃으실 때가 아니에요, 아버지! 네이필리나 그 발칙한 계집애가 우리 집안을 우습게 만들었다구요!"

제시안느가 새하얀 분통을 터뜨렸고,

"아주 우리 집안 사정을 죄다 까발려서 모르는 사람이 없다고요! 뭣 모르는 평민들까지 콘체른을 동정합니다! 감히!"

볼락이 거들었다. 부친의 기쁨을 전혀 이해할 수 없는 콘체른 남매였다.

"쯧쯧. 어리석기는."

맥밀란이 혀를 차며 핀잔을 주었다.

"이 일로 콘체른이 진정 얻은 게 없다고 생각하느냐?"

이리 정세를 볼 줄 몰라서야. 맥밀란은 고개를 절레절레 저었다.

방울뱀 자작 스캔들이 터지고 제국민들은 수군거렸다.

"보그너 후작이 정말 이 일을 몰랐을까?"

연이어 터지는 기사에서 후작가의 이름은 나오지 않았다.

하지만 모두가 안다.

빅터 앙길레라가 미련 없이 콘체른을 등질 수 있었던 뒷배경에는 보그너가 있었다는 것을.

"닳고 닳은 귀족 나리가 아무것도 몰랐을 리가?! 다 알고 한 거지! 너그러운 대인배인 척하더니 뒤로는 음습하기 그지없군!"

"아무리 그래도 남의 약혼자를……. 쯧쯧, 자식 교육을 어떻게 했으면……."

"그래도 사람의 경중을 볼 수 있는 자라 여겼는데……. 보그너 후작의 안목도 이제 다 갔군그래."

이번 일로 보그너가 가장 뼈아프게 잃은 것은 인망이었다.

오랜 역사와 전통이 만들어 준 보그너 후작가의 고유한 가치.

그 가치의 유무가 똑같이 상단을 운영하면서도 콘체른은 졸부 취급을 받고 보그너는 고고한 귀족 취급을 받게 해 주었다.

콘체른이 아무리 승승장구해도 끝내 좁혀지지 않던 두 가문의 거리는 이런 보이지 않는 것들이 만들어 냈다.

'그걸 네이필리나가 가차 없이 벗겨 내 버렸지.'

쌓는 데는 수백 년이 걸려도 잃는 건 한순간이다.

언젠가 보그너 후작이 지금의 순간을 뼈아프게 후회하리라는 것을, 맥밀란은 확신할 수 있었다.

'반면 우리 쪽은, 하하, 고놈 참…….'

맥밀란은 애써 무표정을 유지하려 했다.

네이필리나의 스캔들은 제국민들의 공감을 끌어내며 콘체른가에 박혀 있던 벼락부자의 낙인을 조금이나마 탈피시켰다.

그리고 그 위로 인간적인 이미지가 덧씌워졌다.

물건을 살 때도 안면을 튼 쪽에 시선이 한 번이라도 더 가기 마련인 법. 괜히 황제가 뻣뻣한 허리를 굽혀 제국민들과 눈높이를 맞추려는 게 아니다.

맥밀란이 눈매를 좁혔다.

"너희, 언제까지 귀족들이 제국을 주도할 수 있을 것 같으냐."

흐름은 다수라는 소용돌이에서 시작된다.

제국의 부는 아직 귀족들에게 치중되어 있지만, 모름지기 상인은 숫자가 지닌 잠재력을 좌시하지 않아야 한다.

"이 제국의 절대다수는 평민이지. 지금은 아니라도 언젠간 그들의 시대가 도래할 거다."

네이필리나는 그들의 호의를 이끌어 내는 데 성공했다. 콘체른에게 민중의 보호막을 덧씌워 준 것이다.

그게 얼마나 진귀하고 강력한 무기인지 이놈들은 알고 있을까?

"아버지, 그게 무슨 말씀입니까?!"

"맙소사! 그런 말씀, 밖에선 입 밖에도 내지 마셔요!"

아무리 봐도 모르겠다는 표정들이다. 맥밀란은 소리 없는 탄식을 삼켰다.

"너도 그렇게 생각하느냐, 기디언?"

"……."

기디언은 두 동생처럼 섣불리 대답하지 않았지만, 그 역시 부친의 말이 불쾌하기는 마찬가지인 듯했다.

"쯧."

그러나 맥밀란은 기디언의 침묵에서 이미 대답을 읽어 냈다.

'큰애는 좀 다를 줄 알았더니.'

주름진 눈에 실망이 스쳐 지나갔다.

"되었다. 물러가거라."

맥밀란은 한숨을 쉬며 자식들을 물렸다.

"하지만 아버지……."

"어허, 물러가래도."

단호한 축객령에 그들은 쫓기듯 가주실을 나서야 했다.

"아버지는 도대체 무슨 생뚱맞은 말씀이신 거야?"

"가뜩이나 귀족들이 우릴 잡아먹으려 드는데 아예 눈 밖에 나실 생각이신 거지?"

제시안느와 볼락은 씩씩댔다.

"그만. 우리의 부친이기 이전에 이 가문의 가주시다. 너희가 왈가왈부하는 건 모양이 좋지 않아."

"역시 아버지가 아끼는 장남이란 거야? 고상한 척은."

볼락은 입꼬리를 삐뚤게 올리며 기디언의 어깨를 툭 치고 지나갔다. 제시안느 역시 투덜거리며 파티에 간다고 자리를 떠 버렸다.

"……."

기디언은 홀로 복도에 남았다. 닫힌 가주실의 마호가니 문을 응시하는 그의 시선이 자못 서늘했다.

"아버지께서도……."

그가 조용히 중얼거렸다.

"나이가 드셨군."

귀족은 제국민의 선망 위에 존재해야 한다.

그것이 지난 30년간 콘체른이 그토록 주류 사회에 편입하려 발버둥 쳤던 이유가 아니었나.

'오만한 황족이 지배하는 절대 왕정의 시대는 지났어. 그렇다고 멍청한 평민들에게 대사(大事)를 내어 줄 수도 없지.'

하여 앞으로의 제국의 흐름은 귀족이 주도할 것이다.

귀족의 손 위에서 황제가 만들어질 것이며, 귀족의 손 아래서 제국민들이 신음할 것이다.오직 힘을 쥔 자의 손안에서.

그것이 기디언이 생각하는 제국이자, 그가 만들어 가려는 흐름이었다.

섭정공의 야망은 이미 이때부터 시작되었던 것이다.

* * *

앙길레라 자작저 앞.

"아가씨, 이건 이리로 옮길까요?"

주인이 황급히 도망쳐 버린 저택이었음에도 웬일로 사람들이 바글바글했다.

대부분 짐을 옮기는 일꾼들이었다.

"어잇차. 많기도 하군."

"제 돈도 아닌데 어찌 이리 숨풍숨풍 써 댔나 몰라."

그들은 구슬땀방울을 흘리며 짐을 짊어진 채 저택을 오갔다.

비싼 가구, 식기, 장식품……. 저택에서 나오는 사치품은 끝도 없었다.

네이필리나는 개나리색 드레스를 입고 그들을 진두지휘했다.

"식기는 여기, 촛대는 저기 마차에 실어."

"예, 아가씨!"

파혼당한 약혼자의 집을 털어 내는 그녀의 초록빛 눈은 그 어느 때보다 싱그러웠다.

"하나도 빠뜨리지 말고 전부 실으렴. 모두 콘체른의 돈이니까."

그녀는 앙길레라 자작저에 있는 바닥 타일 하나까지 싸그리 수거해 갈 작정이었다.

'물론 내가 가질 생각은 없지만.'

더러운 놈 돈을 돌려받아서 뭘 하겠나.

"수도의 구빈원으로 가져가서 전부 기부하도록 해. 기부자 명단에 내 이름 똑똑히 박아서."

"예, 아가씨!"

앙길레라가 도주한 지금, 수도의 눈은 네이필리나의 다음 행보에 쏠려 있는 상황. 이럴 땐 눈에 띄게 착한 일을 해 줘야 뒤탈이 없는 법이다.

'내 돈으로 사 준 거라 해도 티끌 하나까지 박박 가져가면 탐욕스럽니, 역시 졸부답니 뭐니 뒷말이 나올 게 분명해.'

그때였다.

"어어…… 이게 뭐야?"

"뭐야, 왜 여기 이런 게……!"

한창 일꾼들이 바삐 움직이고 있는 와중, 아래층에서 소란이 일었다.

네이필리나가 서 있는 곳이 저택의 1층 로비였으니 아래층이라면…….

'지하실?'

마침 일꾼들을 통솔하는 쟝이 그녀에게 다가왔다.

"아가씨, 잠깐……."

"응?"

"물건을 챙긴다고 바닥을 들어냈는데 여길 발견했습니다."

그가 곤란한 얼굴로 가리키는 곳엔 커다란 문이 있었다.

"문을 열어 보니 이렇게…… 아래로 가는 계단이 나오고요. 사람들 모르게 감쪽같이 숨겨 놓은 게 아무래도 이상해서요."

"일단 내려가 보자."

"조심하세요, 계단이 가파릅니다."

한 계단 한 계단을 밟고 내려갈수록 공기가 점점 축축해졌다.

'분위기 한번 을씨년스럽네.'

쿵. 쿵. 쿵.

"저 소리 들리십니까?"

쟝이 인상을 찡그리며 물었다.

"응. 들려."

"아까부터 계속 저런 괴상한 소리가 나고 있습니다."

끼이익. 끼이익. 끼이익.

"히익! 저, 저 아래서 나는 것 같은데요! 아가씨, 이만 돌아가는 게 어떻겠습니까."

헨리가 붙여 준 보좌관 제임스가 소매를 잡아당겼다.

겁에 질린 송아지 같은 눈. 바르르 떠는 어깨. 주춤거리는 발걸음.

네이필리나의 옆에 딱 붙어 있으라는 주인의 명만 아니었다면 당장이라도 도망쳤을 거라는 얼굴이었다.

그사이 다시 쿵. 쿵. 쿵. 둔중한 소음이 지하실을 울렸다.

"저기 있는 철문 보여? 안에서 들리는 소리 같은데?"

"아가씨, 하, 하인들이 그러는데 이 저택에서 자주 유령이 나왔답니다. 그러니까 저건 유령이 내는 소리일지도 몰라요. 열면 저주를 받는……."

그런 건 또 어디서 주워들은 거야. 네이필리나는 한숨을 내쉬었다.

"쓸데없는 소리 하지 말고 얼른 내려가기나 해."

쿵. 쿵.

"아가씨! 소리가 저 철, 철문 뒤에서 울립니다!"

'뭐가 됐든 저 안에 뭔가 있는 건 분명하다는 거네.'

"열어 봐."

네이필리나의 말에 제임스는 물론 일꾼들마저 기겁하며 뒷걸음질 쳤다.

"히익! 열라구요? 아가씨는 유령이 무섭지도 않으십니까?"

그녀는 어깨를 으쓱했다. 세월을 돌아오며 유령에 가까워진 게 저인데 이제 와서 뭐가 무서울까.

"보세요! 들리잖아요!"

"뭐가 들린다는 거야?"

"뭔데?! 뭐가 있는 건데!"

"조용! 시끄럽다! 다들 입 다물고 조용히 해!"

쟝의 노성에 모두 숨을 죽였다. 철문 뒤로 바닥을 긁는 것 같은 쇳소리가 들려왔다.

—……여……러어…….

네이필리나가 철문 앞으로 한 발 한 발 다가갔다.

꿀꺽. 그들은 침을 삼키고 쫑긋 귀를 새웠다.

—열어…… 줘어…….

'신음 소린가?'

"말소리 같기도 하고?"

그때.

쿵! 쿵! 쿵!

─열어 줘! 열어 줘! 열어 줘! 열어 줘! 열어 줘! 열어 줘! 열어 줘! 열어 줘! 열어 줘! 열어 줘! 열어 줘! 열어 줘! 열어 줘! 열어 줘! 열어 줘! 열어 줘!

쾅! 쾅! 쾅! 쾅! 쾅!

미친 듯이 철문이 흔들리기 시작했다.

"으허어……!"

깜짝 놀란 장과 제임스가 바닥으로 나동그라졌고,

"으아아아악! 보스가 죽었어!"

"난 여기서 죽고 싶지 않아!"

"으아아아아아아악!"

일꾼들은 괴성을 지르며 다 도망쳐 버렸다.

"뭐야. 기절했네. 나 참. 덩치는 산만 한 사람이……."

기절한 대장을 뒤집어서 확인한 네이필리나가 옆으로 휙 고개를 돌렸다.

"제임스, 웬일로 내 옆에 있어?"

제일 먼저 도망갈 줄 알았는데?

거기엔 사시나무처럼 몸을 떠는 제임스가 있었다.

"아, 아가씨가 안 가시는데 어, 어떻게 가, 갑니까."

'어떻게 갑니까! 놔두고 도망치면 당신 아버지가 날 산 채로 삶아 먹으려 할 텐데!'

맥밀란의 자식 중에선 가장 온화하다는 헨리 콘체른이 하나뿐인 외동딸에 관해서만큼은 불 뿜는 용처럼 사나워진다는 걸 과연 이 어린 아가씨는 알까.

크읍. 제임스는 속으로 눈물을 삼켰다.

"그, 그럼 이제 가시지요."

"여기까지 왔는데 저 안에 뭐가 있는지 알아보고 가야지."

"왜요! 도대체 왜요! 아가씨는 호기심이 드래곤을 죽인다는 말도 못 들어 보셨습니까아!"

제임스가 양 주먹을 쥐고 외쳤다.

"지금 나한테 소리친 거야?"

네이필리나가 물끄러미 쳐다보자 제임스는 비로소 찬물을 맞은 듯 정신이 확 들었다.

"아, 안에 뭐가 있을 줄 알고요! 이 제임스, 아가씨한테 위험한 일은 절대로 용납 못 합니다. 사람을 시켜서 열게⋯⋯."

"여기 사람이 누가 있어? 다 도망갔잖아."

한두 명쯤은 예의상 남아 줄 줄 알았는데 정말 다 도망갔다.

남은 건 기절한 쟝. 그리고 네이필리나와 제임스까지 세 사람뿐이었다.

쟝은 기절했으니 그럼⋯⋯.

"그럼 제임스가 열어 볼래?"

"⋯⋯하지만 전 언제나 아가씨의 호기심을 존중하지요."

제임스가 슬금슬금 뒷걸음질 쳤다.

그녀는 혀를 차며 철문을 밀어 보았다. 단단한 문은 미동조차 없었다.

"역시 안 열리네요. 그러면 포기하고 돌아가는 게⋯⋯."

"장치가 있어."

철문을 유심히 관찰하던 네이필리나는 손을 뻗었다. 문의 가장자리를 훑어 내리듯 쓰는데 중간에 톡 걸리는 게 있었다. 단추 같았다.

철커덕!

그 동그란 단추를 누르자 철문 위로 하얀 자물쇠가 튀어나왔다. 어린아이 머리통만 한 엄청난 크기였다.

"지, 자물쇠가 걸려 있었군요. 저희 힘으론 어림도 없겠어요. 이걸 부수려면 전문가를 불러와야겠는…… 아가씨? 뭐 하시는 거예욧?!"

콰르르쾅! 쾅!

그의 말이 끝나기가 무섭게 커다란 굉음이 다시 울렸다.

두꺼운 자물쇠가 비명을 지르며 산산이 조각났다. 그 여파에 철문까지 쿵 하고 넘어갔다.

시커먼 연기가 모락모락 안개처럼 피어올랐다.

"케, 케엑! 지, 지금 뭘 던지신 거예요!"

"다이너탄."

주로 소규모 폭발을 일으킬 때 많이 쓰는 폭탄이었다. 호신용으로 사용되기도 했다.

'번견이었을 땐 주로 잠입할 때 많이 사용했지.'

"그, 그 무서운 건 어디서 구하셨는데요?!"

"저 아저씨한테 있던데?"

네이필리나가 기절한 쟝을 가리켰다.

인부들을 이끌고 험한 오지를 오가는 사람이니 품 안에 소형 폭탄 한두 개쯤 가지고 있다 해도 이상하지 않았다.

"걱정 마. 다이너탄은 반대로 꽂으면 안으로만 폭발하거든. 봐, 하나도 안 다쳤잖아?"

"어, 어?"

이상하다? 제임스가 제 몸을 내려다봤다. 네이필리나의 말대로 멀쩡했다. 다이너탄의 위력은 오롯이 자물쇠를 부수는 데만 사용됐다는 증거였다.

"아가씨는 그 사실을 어떻게 아셨던, 아니, 저게 다이너탄이라는 건 또 어떻게 아신……."

제임스의 물음은 이어지지 못했다.

"아이구야! 이게 얼마 만의 바깥세상이냐!"

사그라진 안개 사이로, 덜컹거리는 철문을 밟으며 한 소녀가 걸어 나왔기 때문이다.

길게 내려뜨린 하얀 머리칼. 피죽도 못 먹은 것처럼 앙상한 팔다리. 길고 뾰족한 귀. 퀭해진 두 눈. 흡사 유령에 가까운 몰골을 하고 있는 것만 빼면 네이필리나의 연배보다 어려 보였다.

"뭐, 뭐야! 아가씨! 물러서십쇼!"

"아이쿠. 아저씨가 저를 꺼내 주신 은인이신가요? 아니면 여기 계신 귀여운 숙녀분이?"

"무, 무무무슨 소리를……! 물, 물러가라, 이 악령아!"

제임스가 품에 잡히는 걸 닥치는 대로 꺼내 위협적으로 치켜들었다. 통마늘 다발이 그의 손에서 짤짤 흔들렸다.

"아하, 아무래도 아파 보이는 게 이쪽은 아닌 것 같고."

소녀는 제임스를 보며 제 관자놀이 쪽에 손가락을 빙빙 돌리더니, 이내 네이필리나에게 몸을 돌렸다.

"역시 귀여운 레이디께서 날 구해 주셨군요. 아주 화끈하게 문을 날려 버리셨을 때부터 저는 짐작했죠."

"이 대가리에 피도 안 마른 귀, 귀신이! 우리 귀한 아가씨하, 한테서 물러가라!"

"근데 이왕 구해 주신 거, 밥도 좀 같이 주시겠어요?"

제임스의 고성을 가뿐히 무시하며 소녀의 시선은 천연덕스럽게 네이필리나만을 응시했다.

퀭해진 황금색 눈동자가 위험스럽게 번뜩였다.

"앙길레라 그 십새끼가 절 가두고 도망가서 사흘을 내리 굶었거든요."

* * *

주인 없는 지딕에 때아닌 내연회가 열렸나.

"그래서, 앙길레라가 널 가뒀다고?"

"네. 묻는 거 몇 가지만 대답해 주면 밥도 주고 침대도 내어 준다고 해서……. 제가 갈 곳이 없었던지라…… 헤헤."

빵 부스러기가 묻은 얼굴에 해사한 미소가 퍼졌다. 지하실에서 데리고 나와 닦아 놓으니 야위긴 했지만 상당히 곱상한 소녀였다.

'빅터 앙길레라가 최근에 쓴 논문이 엘프에 관한 거였댔지.'

어디서 데이터를 얻었나 했더니 아예 제 지하실에 표본을 숨겨 두고 있었던 모양이다.

"근데 갑자기 며칠 전부터 식사가 뜸해지기 시작하더니, 그 쌍놈 새끼가 그렇게 날라 버릴 줄 어떻게 알았겠어요? 그것도 날 이렇게 가둬 놓고? 저택에 사는 하인들도 전부 이쪽엔 얼씬도 않는데 난 어떡하라고?"

나이에 맞지 않게 소녀의 입담은 몹시 걸쭉했다.

"엘프라면 그 정도 밀실을 빠져나오는 건 어렵지 않았을 텐데?"

치유 능력으로 제일 많이 알려져 있긴 하지만, 이종족이니만큼 엘프들의 힘은 인간의 것을 웃돌았다.

"저는 불우하게도 하프 엘프라서요."

제 머리칼 한 줌을 쥐어 손수 보여 주며 소녀는 수다를 계속했다.

"이 머리색 하얀 거 보이시죠? 순혈 엘프는 머리카락이 은색으로 반짝반짝 빛나지만 혼혈의 머리색은 이렇게 허옇답니다. 게다가 그 십새끼가 세상에, 절 가두겠다고 마물용 자물쇠를 걸어 놓았지 뭐예요. 그것도 밖에서만 열 수 있는. 문은 안 열리지, 점점 힘은 빠지지, 정말 이대로 끝이구나 했는데, 어이쿠야! 아가씨가 사막의 한 줄기 빛처럼 똬악! 쾅……! 그 거센 철문을 뚫고!"

초롱초롱한 눈이 네이필리나를 향했다.

"저를 구해 주셨지요. 그러니 이 은혜를 어떻게 갚아야 할까요? 제가 말이죠, 보기와 달리 적은 나이는 아닌지라, 이 나이 먹고까지 안 해 본 일이 없답니다. 사실 몸 쓰는 건 좀 약하지만 머리 쓰는 건 아주 자신 있어요. 아카데미 입시가 있으신가요? 고대어 과외가 필요하진 않으세요? 대리 시험도 쳐 드리고요, 논문도 대필해 드립니다."

"……."

줄줄 흘러나오는 화려한 약력에서 이 하프 엘프의 일생을 엿본 것 같았다.

"자, 그냥 골라만 보세요. 다 돼요, 다 돼!"

"갚을 필요 없어. 넌 자유야."

"네?"

네이필리나는 자리에서 일어났다. 더 있으면 해가 진다고 제임스가 계속 뒤에서 재촉을 해 대는 통이었다.

"자유라고요?"

"그래. 그냥 이거 다 먹고 집에 가면 돼."

뜻밖의 말에 소녀가 당황한 낯을 했다.

"아가씨, 제가 필요하지 않으신가요? 하프지만 그래도 엘프인데? 저, 힐링도 쓸 수 있다고요. 가만히 데리고만 있어도 돈이 되는데?"

소녀의 말이 틀리지는 않았다.

헬리오스 제국에서 드물게 보이는 이종족들 중에서도 엘프는 꽤나 희귀한 존재다.

인위적인 성력과는 달리 자연의 기운으로 만들어진 치유력을 지닌 종족이었기 때문이다.

하지만 대륙 전쟁이 벌어졌고, 자연을 사랑하는 엘프들은 인간들의 무분별한 파괴력에 질려 중간 대륙을 떠나 버렸다.

하프 엘프라 하더라도 헬리오스 제국에선 눈을 씻고 봐도 찾기 힘들 터.

그러니 앙길레라가 계약에 만족하지 않고 소녀를 아예 가둬 버리려 했을 테나.

"전 집도 없다구요!"

"제임스, 이 아이가 머물 곳을 알아봐 줘. 여비를 같이 챙겨 주고."

"예? 왜……. 하아, 알겠습니다."

이곳에 더 볼일이 없다는 암묵적인 뜻이었다.

"정 집을 찾기 힘들면, 대륙의 서쪽으로 가 보렴. 그곳이라면 네가 안전할 테니까."

엘프는 대륙에서 자취를 감춘 지 오래라지만, 네이필리나는 알고 있었다. 남아 있는 엘프들이 어디에 있는지.

'백염의 숲.'

하얀 해가 뜬다는 중간 대륙의 서쪽 끝에 자리한 비밀의 숲.

이방인들에게 극도로 폐쇄적인 곳이라 죽음의 숲이라고까지 불리지만 이 소녀는 괜찮을 것이다.

'동족이니까.'

엘프들은 인간들과 달리 혈통에 따른 차별을 금지한다 들었다.

"서쪽이요? 거기 뭐가 있는데요?"

소녀의 노란 눈이 번뜩였다. 네이필리나는 이상하게 그녀가 물음의 답을 이미 알고 있을 거라는 생각이 들었다.

"글쎄. 난 이만 바빠서."

"정말 제게서 아무것도 필요하지 않으세요?"

소녀가 재차 물었다. 도무지 믿을 수가 없는 듯했다.

"딱히. 정 뭘 갚아야겠다면……."

건조한 시선이 소녀의 머리부터 발끝까지 훑어 내렸다.

"머리카락만 좀 잘라서 주든지."

엘프의 치유력이 머리카락에도 스며 있다는 말을 어디서 들은 것 같았다. 정말 그런 것 말고는 별로 필요한 게 없었다.

"이래 봬도 이 나이 먹을 때까지 적지 않은 인간들을 만났지만, 그중에서도 레이디는 참 특이한 분이시네요."

"그래?"

소녀가 제 머리칼을 쓸어 넘겼다. 곧게 뻗은 손가락 사이로 하얀빛의 머리칼이 흐트러지는 가 싶더니, 촤악-!

소녀는 작은 단검으로 싹둑 잘라 낸 제 머리칼을 네이필리나에게 내밀었다.

"좋아요. 제 머리카락을 드릴게요. 대신 저도 같이 데려가 주세요."

"뭐? 그건 무슨⋯⋯."

이 아이가 지금 무슨 말을 하는 건가? 네이필리나가 황당한 얼굴을 했다.

"난 네가 필요 없어. 네게 요구할 것도 없고."

"알아요. 하지만 제가 레이디를 필요로 해서요. 엘프에게 아무것도 바라지 않는 인간을 찾는 게 그리 쉬운 일은 아닌지라."

기세 좋게 하하 웃어 보이는 소녀의 얼굴이 꽤나 지쳐 보였다. 네이필리나는 눈앞의 소녀가 조금 전까지만 해도 어두컴컴한 지하실에 갇혀 있었단 사실을 상기했다.

게다가 소녀의 외견은 어리고 반반했다. 비단 그녀가 엘프가 아니라 하더라도 인간들 속에서 살아 나가는 게 그리 녹록하지 않았으리라 미루어 짐작할 수 있었다.

"⋯⋯좋아. 그렇게 하렴."

네이필리나는 비교적 가벼운 마음으로 승낙했다. 저 눈치 빠른 소녀가 제 옆에 그리 오래 있을 것 같진 않았다. 다음 목적지로 움직이기 전, 잠시 안전하게 머무를 만한 곳이 필요해서겠지.

'백염의 숲으로도 사람을 보내야겠어.'

어쩌면 이 아이의 혈육을 찾아낼 수 있을 것이다.

이번 세대의 요정왕은 동족을 몹시 아낀다고 하니 이 아이가 인간들 사이를 떠돌도록 그냥 내버려 두신 않을 듯했다.

"네 이름이 뭐니."

"미르딘, 미르딘이랍니다, 주인님."

'남자 이름이네.'

예쁘장한 외모와는 조금 거리가 먼 이름이라 생각하면서도 네이필리나가 멈칫했다.

"주인님?"

벌써 주종 관계까지 간 거야?

"싫으시면 그냥 계속 아가씨라 부를까요? 저는 당신이 원하는 어떤 호칭으로도 불러 드릴 수 있답니다."

"뭐, 어느 쪽이든 상관없어. 마차에 타렴. 집으로 돌아가야 하니까."

소녀의 낯이 환하게 밝아졌다.

"감사해요, 주인님! 저 열심히 할게요! 앙길레라 십새끼한테보다 백배는 더요!"

"……."

네이필리나는 집에 들어가는 순간, 소녀의 걸쭉한 숫자 욕부터 고쳐야겠다 생각했다.

그렇게 미르딘은 3별관의 새 식구가 됐다.

소녀는 처음부터 콘체른에서 나고 자랐던 것처럼 순식간에 저택에 적응했다.

"뭐시여? 앙길레라 그 씨부럴 놈이 너를 가뒀다는 거시여?"

먼저 그녀가 겪은 불행의 주체가 콘체른 저택의 주적 빅터 앙길레라였다는 점과,

"어머나, 귀여워! 너 너무 귀엽다!"

세 살짜리 애와 대결해도 질 것 같은 전투력 0의 연약한 인상,

"하하, 시녀장님을 따라가려면 아직 멀었지요!"

그리고 소녀가 낯가림 따위 없는 강력한 친화력의 소유자라는 점이 큰 요인이었다.

"주인님! 있잖아요, 오늘 몬테그 도련님이 기디언 주인님한테 잔뜩 혼이 났대요. 와이너리의 새로운 거래처에서 받은 대금을 술집에서 홀랑 써 버렸다지 뭐예요? 2별관의 이오테 아가씨는 또 재봉사를 울려서 돌려보냈구요."

"넌 도대체 어디서 이런 얘기를 듣고 오는 거니?"

"하하, 다 저만의 영업 비밀이 있답니다."

미르딘은 3별관 사람들뿐만 아니라 콧대 높기로 유명한 중앙관의 고용인들까지 구워삶으며 네이필리나의 소식통이 되어 주었다.

게다가 머리도 비상했다.

"주인님. 제가 잠깐 심심해서 3별관 예산을 봤는데 요기, 약간 비는 곳이 있는 것 같은데……."

"주인님의 현 자금 현황을 간략하게 정리해 보았는데 말이죠, 매달 들어오는 용돈과 주인님 명의의 예탁 자산……."

몸보다는 머리에 자신 있다더니, 3별관에 도착한 지 채 한 달이 되지 않아 미르딘은 헨리 부부와 네이필리나의 3년 치 자산 관리 계획을 보고서로 써서 올렸다.

미르딘 덕분에 현 시점에서 그녀가 운용할 수 있는 자금이 어디까지 되는지 한눈에 알아볼 수 있는 건 좋았지만…….

"그래서 말이죠, 주인님. 이 부분은……."

"미르딘, 너무 무리하지 않아도 돼."

"네?"

네이필리나가 손을 뻗어 미르딘의 앞머리를 톡 건드렸다.

칼로 아무렇게나 잘라 낸 탓에 삐죽삐죽했던 단발머리 끝을 젤피가 솜씨 좋게 쳐 쉬어서 지금 미르딘은 하얀 양송이 같은 머리를 하고 있었다.

그때 잘라 냈던 머리카락 뭉치는 네이필리나의 책상 서랍 어딘가에 고이 들어 있을 것이다.

"주인님?"

"네게 바라는 게 없다 했잖아. 꼭 네가 여기에 있을 이유를 찾지 않아도 된다는 뜻이야."

"아…… 티가 많이 났나요?"

소녀의 얼굴이 처음으로 당황에 물들었다. 그녀가 양손으로 볼을 감쌌다. 머리색만큼이나 하얀 얼굴이 분홍빛으로 물들었다.

"주인님은 절 그냥 내버려 두시고……. 제가 밥값 한다고 떵떵 소리쳐서 겨우 들어온 건데……. 제가 한 말은 지켜야 하잖아요. 그래도 하프 엘프의 자존심이 있는데……."

그 와중에 미르딘답게 불퉁하게 제 할 말은 다 했다.

"됐어. 뭘 시키려 했으면 처음부터 널 데려오지도 않았어. 그러니까 힘 좀 빼고 편하게 있어."

"……."

"네가 떠난다 하기 전까지 여긴 네 집이기도 하니까."

난 이만 가 볼게. 할아버지가 부르시거든.

네이필리나는 미르딘의 어깨를 툭툭 두드리고는 다시 가 버렸다.

"진짜 주인님은……."

미르딘은 멀어지는 주인의 뒷모습을 보며 작게 읊조렸다.

누구든지 경계를 허물 법한 사랑스러운 낯을 하고 있는 그의 인간 주인 은 사실 사막보다 건조한 사람이다. 부드러운 목소리를 내고 상냥한 웃음을 짓지만 쉽사리 곁을 주지도, 남을 믿지도 않는다는 걸 알아차리는 덴 그리 오랜 시간이 걸리지 않았다.

"……특이하다니까."

반드시 혼자여야만 하는 사람처럼 주인은 제 선 안으론 누구도 들여놓지 않는다. 심지어 제 부모나 십수 년을 함께한 시녀까지도 주인의 선 밖에 위치한 것 같았다.

애정이나 감정보다는 효율과 합리성에 더 중점을 두는 인간이다. 어쩔 때 보면 인간사에 통달한 듯한 애늙은이 같기도 했다.

'네가 떠난다 하기 전까지 여긴 네 집이기도 하니까.'

하지만 꼭 이렇게 의미 없는 다정함으로 불쑥 남들의 선 안으로 불쑥 들어올 때가 있었다. 저에게는 아무도 오지 말라 다 밀어내는 주제에 타인의 고독은 또 기민하게 알아차리고 손을 뻗는다.

미르딘은 문득 궁금해졌다.

"주인님의 선 너머엔 도대체 뭐가 있나요?"

Ch 2. 후안

콘체른의 가주실.

"네이필리나."

붉은 마호가니로 된 원탁. 차가운 냉기가 코끝을 맴도는 이곳으로 그녀는 다시 불려 왔다.

"예, 할아버지."

지금 이 거대한 방에는 그녀와 조부, 그리고 조부의 오른팔 바터까지 세 사람뿐이었다.

맥밀란이 자식들을 전부 내보낸 뒤 그녀와 독대한 것이다.

바터는 눈썹을 살짝 추켜세웠다.

'네이필리나 아가씨가 가주님의 눈에 든 모양이로군.'

콘체른의 3세대 중에서 맥밀란과 독대한 손주는 네이필리나가 처음이다.

물론 그녀가 벌인 일의 규모가 작지 않으니 당연한 결과인지도 모르겠지만.

"일을 아주 키워 버렸더구나."

놈의 집에선 하프 엘프 하나도 거뒀다지?

여전히 날카로운 눈빛의 맥밀란이 네이필리나를 응시했다.

얼마 전까지만 해도 방이 떠나가라 웃음을 터뜨리는 사람이었다고는 상상할 수 없는, 서늘한 목소리였다.

방 안에 맴돌던 서릿발 같은 냉기는 이 노인에게서 뿜어져 나온 모양이다.

다른 손주들 같으면 위압감에 눌려 눈조차 제대로 마주치지 못했겠으나 네이필리나는 달랐다. 그녀는 깨끗하고 당당한 눈빛으로 가주를 마주했다.

이것 역시 맥밀란의 시험이라는 걸 아는 것처럼 말이다.

"수단은 중요치 않다고 하신 건 할아버지셨어요."

담담한 목소리가 흘러나왔다.

"가문에 끼친 불명예를 만회하기 위해서 무얼 주저하겠어요. 게다가 할아버지를 위해서이기도 했고요."

"나를 위해서였다고?"

"그렇지 않았다면 제가 보그너까지 엮을 필요가 있었을까요? 저도 후작 각하는 무서운걸요."

이번 스캔들로 보그너 후작가까지 건드린 건 네이필리나에게도 큰 도박이었다.

"장기적으론 우리 콘체른을 위해서이기도 했고요."

하지만 설사 후작의 앙심을 산다 해도 맥밀란이 손을 내밀어 줄 거라는 확신이 있었다.

"뭐라, 하하하!"

맥밀란은 결국 웃음을 터뜨리고 말았다.

"그래. 나를 위해서였다니, 이번만은 속아 넘어가 주마."

그는 말간 얼굴로 천연덕스럽게 거짓말을 하는 손녀가 밉지 않았다.

'가문에 끼친 불명예는 제가 만회하겠습니다. 그러니, 아버지를 너무 몰아세우지 말아 주세요.'

아이는 제가 약속한 바를 어김없이 지켜 냈기 때문이다.
'네이필리나가 처음인가? 내 핏줄 중에 제 약속을 온전히 지켜 낸 건?'
그것도 일체의 지원 없이 온전히 네이필리나, 제 힘만으로 이루어 낸 결과다.
돈도 사람도 아무것도 주지 않았는데 그의 막내 손녀는 놀랍도록 노련한 수로 제 살길을 구제했을뿐더러 수도의 여론까지 뒤집어 버렸다.
'그 와중에 가문의 이득과 명분까지 계산하고 있었단 말이지. 영리하구나.'
피눈물도 없는 냉철한 가슴의 소유자로 이름난 맥밀란이지만 대견스러운 마음이 들지 않을 수 없었다.
"좋다. 네 덕분에 우리 콘체른이 얻은 게 있는 건 사실이지."
맥밀란은 전에 없는 만족스러운 미소를 담고 네이필리나를 바라보았다.
"네이, 원하는 걸 하나 말해 보려무나. 내 손에서 가능한 거라면 무엇이든 들어주겠다."
'역시!'
네이필리나는 입술을 감쳐물며 조용히 기쁨을 삼켰다.
맥밀란 콘체른은 상과 벌이 확실한 사내였다.
'뭘 달라고 해야 할까.'
그가 직접 제안했다는 건 뭐든 가능하다는 거다.
말 그대로 무엇이든.
'하지만 너무 눈에 띄는 걸 달라고 하면 안 돼.'

곧 가주가 제게 무엇을 주었는지 가족 모두가 알게 될 것이니까.

'상단이나 영지와 관련된 걸 달라고 하면 다들 내가 후계자를 노리고 있다고 생각하겠지.'

구태여 일찍부터 그들의 경계를 살 필요가 없었다.

특히나 기디언에게는.

'벌써부터 그놈의 경계를 살 필요는 없지. 방심하게 만들어야 해.'

그렇다면 뭘 요구해야 할까.

얼핏 보기엔 별것 아닌 것처럼 보이지만, 또 지금의 네이필리나가 사기엔 약간 버거운 것.

가주에게 요구할 것은 그런 것이어야 한다.

'생각해 둔 게 있지만…… 지금 여기서는 아니야.'

네이필리나의 시선이 맥밀란의 어깨 너머 서 있는 바터에게 잠시 닿았다 사라졌다.

'바터 스테판. 조부가 제일 아끼는 수족이라지. 그와의 접점이 필요해.'

콘체른 백작가의 영지, 상단, 각종 사업에 대한 보고서가 일차적으로 그에게 먼저 간다고 들었다.

기디언의 눈을 피해 자유롭게 움직이려면 바터 스테판의 호감을 사는 게 필요했다.

"음……. 그렇다면 좀 더 생각해 보고 말씀드릴게요, 할아버지."

"잘 생각해야 할 게다. 일단 입 밖에 낸 뒤에는 물러 주지 않을 테니까."

콘체른의 주인이 주는 선물인데 신중하지 않을 리가.

"감사합니다, 할아버지."

네이필리나는 고개를 끄덕였다.

"그나저나…… 레이디 D는 누구더냐?"

맥밀란이 흘러가듯 물었다.

그의 정보책에도 드러나지 않은 걸 보면 레이디 D가 얼마나 고심해서 제 정체를 숨기고 있는지 알 수 있었다.

'나 역시 전생의 기억이 없었다면 찾아내지 못했겠지.'

"……."

"아니, 궁금해서 말이다. 이 할아비에게는 말해 줄 수 있지 않으냐."

네이필리나는 싱긋 웃었다.

"할아버지께선 대륙 전쟁 때 누구한테 물자를 전달하셨어요?"

그녀는 맥밀란의 대답을 기다리는 대신, 사뿐 무릎을 굽혀 인사하고 걸어 나갔다.

"저거, 말 안 해 주겠다는 게지?"

맥밀란이 어이없다는 얼굴로 바터에게 물었다. 바터는 어깨를 으쓱했다.

"글쎄요……. 일단 아가씨가 가주님의 손녀는 확실한 것 같습니다만."

피는 속이지 못한다더니, 제 것은 고이 숨기고 상대의 품부터 갈취하려는 게 꼭 맥밀란의 젊은 시절을 떠올리게 했다.

"나 참. 저 맹랑한 대답을 듣고 순순히 보내 주다니 나도 늙었나 보군. 오래 살고 볼 일이야."

"……웃고 계십니다만."

"흠흠, 내가 언제?"

맥밀란은 언제 그랬냐는 듯 웃음을 지우고 시치미를 뗐다.

"어쨌든 바터. 저 아이가 뭘 원하든 들어주게나. 보석이든, 사람이든 뭐든 말이지."

"여부가 있겠습니까."

바터가 넙죽 대답했다.

간만에 가주의 얼굴에 웃음꽃을 피우고 보그너 후작의 뒤통수를 때려 준 은인이다.

뭔들 못 해 주리오.

게다가 네이필리나가 손을 써 준 덕분에 바터의 업무가 현저하게 줄었다.

네이필리나가 아니었다면 아직까지도 보그너를 엿 먹이려 서부에 처박혀 있어야 할 테지.

"아가씨가 바라는 무엇이든 전하지요."

바터는 믿음직한 얼굴로 허리를 숙였다.

* * *

그러나 며칠 후.

"송구합니다, 가주님."

믿음직하게 허리를 숙일 때는 언제고 바터가 곤란한 얼굴로 가주실에 다시 섰다.

"그러니까……."

맥밀란이 고개를 갸우뚱했다. 그 역시 작금의 상황을 이해하지 못했기 때문이다.

"네이필리나가 오두막집을 지어 달라 했다고?"

"아니요. 지어 달라 하신 게 아니라…… 사 달라 하셨습니다. 정확하겐 남부 후안 지방의 바닷가에 있는 오두막집으로 콕 집어서요."

"후안?"

후안이라면 남부 끄트머리에 있는 작고 작은 해안 도시였다.

라피시아 해와 타란토 만 사이에 위치해, 뒤로는 아란치노 산맥을 끼고 있었다.

애매한 지리적 요건 때문에 많은 산지에 비해 경작할 수 있는 평지의 면적이 좁아 대대적으로 가난을 벗어나지 못하는 소도시기도 했다.

"짓든지 사든지 그게 그거지. 세상천지 널린 거 아무거나 주워다 만들면 그게 오두막집 아닌가?"

맥밀란이 콧방귀를 뀌었다.

오두막집 하나가 아니라 후안 전체를 사도 그의 재산은 미동조차 하지 않을 것이다.

'그리 거창하게 얘기해 놓고 고작 바라는 게 고작 오두막집이라니. 욕심이 아예 없는 아이로는 보이지 않았는데, 내가 잘못 본 겐가?'

나름 거한 선물을 내어 주리라 준비하고 있었던 맥밀란으로서는 맥 빠지는 일이 아닐 수 없었다.

"예. 그렇긴 하지요……."

"흐음, 놀이 집이 필요한 건가?"

귀족가에선 아이들의 놀이터로 작은 나무 집을 지어 주는 경우가 왕왕 있었다.

콘체른 저택의 정원 어딘가에도 기디언의 아들들이 어릴 적 놀았던 나무 집이 두어 개 있을 것이다.

"아가씨가 많은 나이는 아니지만, 놀이 집을 갖고 노시기엔 나이가 좀 있지 않으십니까……?"

"……."

바터의 나지막한 반박에 맥밀란도 할 말이 없는지 말문이 막혔다.

그러다 다시 재차 물었다.

"정말 그걸 원한다더냐? 입 밖으로 낸 선물은 돌이킬 수 없다고도 말했고?"

바터 역시 재차 물어봤으나 네이필리나의 답은 같았다.

'전 그거면 돼요. 바터 님.'

게다가 기함할 호칭까지 들었다.

'바터 님이라니, 당치도 않습니다, 아가씨.'

바터 스테판은 평민이다.

콘체른가 역시 평민이었다. 심지어 기디언과 바터는 비슷한 연배여서 형, 동생처럼 지냈다. 한때는 말이다.

시간이 흘렀고 콘체른은 귀족이 되었다. 하지만 스테판은 여전히 그대로 였다.

계급은 바터의 앞에 넘을 수 없는 벽을 세웠다.

'자네 자리를 잊지 말게, 바터.'

'개는 개다워야지, 주인이랑 맞먹으려 들면 되겠나?'

함께 나고 자랐던 맥밀란의 자식들은 꼭 저들이 처음부터 귀족으로 나기 라도 한 것처럼 변했다.

저마저 깔아뭉개려 드는 게 졸부라는 인식을 벗기 위한 발버둥으로 보 였다.

'상관없다. 어차피 내가 충성하는 건 가주님뿐이니까.'

맥밀란이 살아 있는 한, 바터는 그의 곁에서 머물 것이다. 그러니 신경 쓰지 않는다. 주인이 아닌 다른 자들이 저를 어떻게 대하는가 따위는.

그렇게 생각하고 그렇게 살아왔건만.

'할아버님께선 늘 바터 님이 없었다면 콘체른 백작가가 이렇게 커지지 못했을 거라 하셨는걸요.'

가주의 막내 손녀가 그의 평정을 뒤흔들었다.

맥밀란의 자식들과 손주들은 전부 바터에게 하대를 하는데 어찌 이 아이 만은 이리도 공손한 걸까?

미풍에 부는 봄바람처럼 소녀의 목소리는 상냥했다.

'더군다나 제 백부님과도 동년배시잖아요. 해서, 전 늘 바터 님을 백부님 처럼 생각하고 있었던걸요.'

'몸 둘 바를 모르겠군요. 저를 부끄럽게 하시는 거라면 성공하셨습니다, 아가씨.'

바터는 무표정한 얼굴로 대답했다. 하지만 어쩔 수 없이 마음이 풀어지 는 것까진 막을 수 없었다.

'이게 뭡니까?'

네이필리나가 조심스럽게 내민 선물이 그의 마지막 경계를 허물어뜨렸다.

붉은 실과 파란 실의 매듭이 거듭 묶여 있는 작은 고리였다.

반지 정도로 크기가 작아 스테판의 약지에나 겨우 끼워질까 싶었다.

'어머니의 고향에서 뱃사람들이 배를 타고 나갈 때 주는 징표 같은 건데…… 빨간 실은 수명을, 파란 실은 행운을 상징한대요. 이렇게 실들이 단단하게 매듭으로 묶여 있는 한 안전하다고요.'

네이필리나가 조금 수줍은 얼굴로 설명했다.

'바터 님은 콘체른의 소사 때문에 제국 이곳저곳을 많이 다니시니까…… 하나쯤 갖고 계시면 좋지 않을까 해서 만들어 봤어요.'

악의라고는 찾아볼 수 없는 말간 얼굴이 웃어 보였다.

'미신이긴 하지만요.'

그의 마음을 사기 위해서 보이는 친절이란 걸 뻔히 알았다. 분명 알고 있음에도,

'아가씨가 직접 만드신 거란 말씀입니까?'

울컥 치밀어오르는 감정까지 어쩔 수는 없었다.

맥밀란을 제외한 콘체른의 누구도 그에게 이런 성의를 보여 주지 않았으니까.

'……'

바터는 반응을 드러내지 않으려 애써 무뚝뚝한 표정을 고수했다.

가주의 신임을 두르며 종횡무진하지만 여전히 그는 하인이며 콘체른은 그의 주인이다. 거창한 뭔가를 바라고 이 가문에 열정을 다했던 건 분명 아니다.

'바터 님이 우리 가문에 계셔서 정말 다행이라 생각하고 있어요. 얼마나 감사한지 몰라요.'

'……'

'쉬운 일은 아니잖아요. 한 가문에 이렇게 오래 함께해 주시는 게.'

하지만 한 번쯤은, 이런 사소한 인정을 바라고 있었는지도 모르겠다.

그가 이곳에, 콘체른가에 바쳤던 젊음과 세월이 아주 무용하진 않다는, 사실은 의미가 있었다는 그런 인정 말이다.

'아가씨, 제발 호칭을 낮춰 주십시오. 고개를 들 수가 없습니다.'

'그럼 바터 아저씨, 정도면 괜찮을까요?'

아이는 기다렸다는 듯 짓궂게 웃어 보였다.

'예. 아가씨 마음대로 하십시오. 늙은이를 아주 들었다 놨다 하시는군요.'

그 천연덕스러운 웃음이 어쩐지 젊은 날의 맥밀란과 닮아 보여 바터는 그만 웃어 버리고 말았다.

'늙었다뇨, 기디언 백부가 들으면 화내실걸요?'

'하하, 기디언 님께는 비밀로 해 주십시오.'

그는 결국 네이필리나를 향한 벽을 허물고 말았다.

'정말 이걸로 괜찮으시겠습니까? 가주님께서 아가씨가 원하는 건 뭐든 내어 주라 직접 말씀하셨습니다. 수도에 있는 콘체른 상점 중 노른자 땅을 달라 하셔도 기꺼이 내어 주실 겁니다.'

그답지 않게 맥밀란의 의중까지 내심 알려 주며 바터는 재차 물었다.

'전 정말로 그거면 됐어요. 할아버님께 안부를 전해 주세요.'

하지만 네이필리나는 언제나처럼 싱긋 웃으며 자리를 떠나 버렸다.

바터는 그 자리에 남아 오랜 시간 고민했다.

'아직 어리지만 명민한 아가씨. 왜 고작 작은 오두막집만을 원하시는 거지?'

도무지 이치에 맞지 않았다.

'막내 아가씨가 원하시는 게 뭘까.'

네이필리나가 준 작은 실반지를 내려다보며 고심하던 바터가 멈칫했다.

'어머니의 고향에서⋯⋯.'

네이필리나는 분명 그리 말했다.

반짝 불을 켠 것처럼 그제야 모든 이치가 분명해졌다.

'아아! 그래서였구나……! 과연 네이필리나 아가씨야!'

그가 무릎을 탁 치며 감탄했다.

"예. 가주님. 분명 그것만 원한다고 하셨습니다. 하지만 그 전에 아셔야 할 게 있습니다."

"뭔데 그러나?"

"알아보니, 후안이 릴리엔 마님의 고향이더군요. 아가씨께서 사 달라 하셨던 오두막집은 마님께서 살았던 고향 집이고요."

"릴리엔? 네이의 어미 말이냐?"

맥밀란의 입에서 뻐끔뻐끔 피어 나오던 시가 연기가 우뚝 멎었다.

"릴리엔이 후안 출신이었어?"

"예. 수도로 상경하기 전까진 그곳에서 주욱 사셨다고 합니다."

"하."

맥밀란이 헛숨을 내뱉었다.

그제야 알쏭달쏭하던 손녀의 선택이 이해가 되었다.

네이필리나는 여론을 뒤흔들어 벼랑까지 몰려 있던 제 처지를 바꿔 낼 정도로 똑똑한 아이다.

제 선물의 가치를 누구보다 잘 아는 아이가 콕 집어 제 어미의 고향 집을 사 달라 했다는 것은……

"셋째의 위신을 세워 달란 말이겠지."

아니, 맥밀란이 구태여 세워 줄 필요도 없었다.

그가 직접 릴리엔의 옛집을 사서 선물했다는 사실만으로도 충분할 테지.

릴리엔을 받아들이지 않은 다른 가족들에겐 가주의 암묵적인 경고로 느껴질 테니까.

"지금…… 이 아이가 나를 책망하고 있는 건가? 여태까지 제 어미를 도외시했다고?"

"그보다는…… 부탁이 아니겠습니까. 아가씨의 마음을 헤아려 주시지요."

맥밀란이 눈썹을 추켜세웠다.

"웬일인가. 자네가 우리 집 애를 두둔하는 건 처음 보는군."

"……뭐, 일단은 아직 어린 아가씨시니까요."

바터는 태연자약하게 대답했다.

하지만 콘체른의 자식 누구에게도 감정을 표출하지 않던 그였다.

그런데 지금, 맥밀란이 네이필리나를 오해할 수 있는 여지를 없애 주고 있었다.

'짧은 새 그 아이가 저 목석의 마음마저 움직였단 말이지.'

기디언을 비롯해 맥밀란의 자식 그 누구도 바터의 마음을 얻지는 못했다.

좋은 상인이란 자고로 사람의 마음까지 사고팔 수 있어야 한다. 상재의 가장 기본적인 재능 중 하나였다.

'진정으로 이 가문을 잇고 싶다면 바터부터 얻어야 한다고 말했건만……. 어찌 된 게 다 큰 자식놈들이 어린 손녀딸보다도 못하단 말이냐.'

막내 손녀에 대한 대견함과 장성한 자식들에 대한 실망감이 함께 들어찼다. 맥밀란은 복잡한 얼굴로 턱을 긁어내리다 고개를 끄덕였다.

"흐음. 바라는 게 그거라면 들어주어야겠지, 바터."

"예, 가주님."

"후안의 주인이 누구지? 네이필리나에게 줬으면 싶은데."

소규모 영지는 드물게 매매되기도 한다.

"사첸 자작가입니다. 자작 부인이 지참금으로 가져왔답니다. 위치도 그렇고 땅의 가치가 별 볼 일 없어 관리조차 않는 실정이라는데 자작이 과한 값을 부르더군요."

탐욕이 덕지덕지 달라붙은 자였다며 바터가 고개를 절레절레 저었다.

"직할령이 아니라니 더 잘됐군. 손에 넣기 쉽겠어. 부르는 대로 주도록 해. 네이한테 줄 것이니 이왕이면 좋게 끝내야지."

"예. 이미 아가씨의 이름으로 일대의 지대를 모두 사들였습니다. 다음 주 정도면 정리가 끝나 있을 겁니다."

선물의 가격은 그들이 네이필리나를 위해 준비한 예산에 훨씬 못 미쳤다.

그래서 바터는 후안 일대를 전부 샀다. 네이필리나가 이야기했던 오두막 집이 있는 해안가 마을과 그 뒤로 자리한 크고 작은 돌산들까지.

"흠흠. 그 애 수작에 뻔히 넘어가는 것 같아서 기분이 그리 좋진 않지만……."

맥밀란의 얼굴을 바라본 바터가 나지막하게 지적했다.

"가주님, 웃고 계십니다만."

"내가? 에잉, 아닐세, 아니야. 잘못 보았겠지."

맥밀란은 괜스레 인상을 찡그리며 손사래를 쳤다.

'하하, 고놈, 맹랑하기도 하지. 어찌 이런 기질을 여태껏 숨기고 있었누.'

하지만 주름 사이로 함함하게 번져 가는 만족감까지 감출 수는 없었다.

* * *

화창한 햇살이 드리우는 3별관의 아침.

앞에 놓인 금빛 초대장을 내려다보는 릴리엔의 눈빛이 자못 어두웠다.

"하아."

그녀의 입가에서 한숨이 터졌다. 저도 모르게 새어 나온 한숨이었다.

"릴리, 무슨 문제라도 있습니까?"

헨리가 문을 열고 들어오며 아내의 고운 이마에 입술을 댔다.

"아무것도 아니에요."

릴리엔은 황급히 치우려 했으나 빳빳한 초대장은 이미 헨리의 손에 들어가 있었다.

"큰형수님이 또 당신을 불렀군요."

황금빛 바탕에 초록빛 실로 콘체른의 문장을 수놓은 뒤 그 위에 다이아
몬드 가루를 뿌린 초대장은 몹시 화려하고 아름다웠다.

누가 봤으면 작은 티 파티가 아니라 황실 연회의 초대장이라고 착각할
정도였다.

기디언의 아내, 시오르샤는 티 파티가 열릴 때마다 이렇게 릴리엔에게
손수 초대장을 보냈다. 화려한 카드의 외양과 참석을 부탁하는 간곡한 내용
은 흡사 귀빈을 대하는 듯하지만, 정작 그 속뜻은 달랐다.

"당신을 가족으로 인정하지 않겠다는 말이 아닙니까! 도대체 언제까
지……!"

헨리의 목소리에 분노가 담겼다.

그의 손 아래로 여러 갈래로 찢긴 초대장 조각들이 나풀나풀 떨어졌다.

"가지 마세요, 릴리엔. 내가 알아서 하겠습니다."

"그러지 마요, 헨리. 어차피 하루뿐인걸요. 마침 이번 일 덕분에 네이를
데리고 가지 않아도 되는 핑계도 생겼구요."

릴리엔은 고개를 저었다. 어차피 그녀를 무시하는 게 시오르샤 하나만도
아니었다.

"릴리. 차라리 가문을 나가서 다시 우리끼리……."

"거기까지만요, 여보."

그녀는 고개를 저었다. 고운 얼굴에 드물게 단호한 기색이 비쳤다.

가난한 해안 마을 출신인 그녀는 지금 누리고 있는 삶이 얼마나 귀중한
것인지 알았다. 귀족들의 따돌림 따위는 가난과 굶주림에 비교할 바가 못
됐다.

"나는 우리 네이에게 좋은 것만 주고 싶어요."

그리고 그녀에게는 눈에 넣어도 아프지 않을 딸, 네이필리나가 있었다.

"네이의 미래를 위해서라면 나는 무엇이라도 할 수 있어요."

좋은 집안, 좋은 가족, 좋은 생활.

콘체른을 나가서는 가질 수 없는 것들이다. 그래서 오늘도 릴리엔은 모든 걸 감내할 수 있었다.

"괜찮아요."

10년간 고향을 한 번도 가지 못했어도, 재봉사로서의 커리어를 모두 포기했어도, 집 안 구석에 박혀 숨죽여 살아야만 해도 그녀는 괜찮았다.

"나는 엄마인걸요."

릴리엔은 담담하게 귀걸이를 걸쳤다. 네이필리나의 눈 색과 같은 에메랄드가 박힌 귀걸이였다.

"다녀올게요."

결연한 표정의 미녀가 거울 속에서 미소를 지었다.

* * *

시오르샤의 티 파티는 콘체른 저택의 중앙관에서 열렸다.

저택엔 총 네 개의 건물이 있는데 2별관에는 볼락과 제시안느 가족이, 3별관에는 헨리 가족이 살았다.

맥밀란이 건강을 이유로 중앙관에서 1별관으로 옮겨 간 이후론, 중앙관에 거주하는 이는 기디언 가족뿐이었다.

'아버님께서 우리에게 중앙관을 내어 주신 이유가 뭐겠어? 콘체른의 후계자는 바로 우리 그이라는 거지!'

가문을 아우르는 핵심 위치라 시오르샤의 콧대가 한층 높았다.

시오르샤는 이런 식으로 제 남편이 가문을 이을 장남이자 후계자라는 사실을 공공연하게 과시하곤 했다.

중앙관에서도 가장 크고 화려한 그레이트 홀에 귀부인 스무 명이 자리를 잡았다.

크리스털 샹들리에와 수십 개의 황금 촛대가 대낮에도 환하게 불을 밝혔고 금빛 대리석의 테이블 위에는 헬리오스 제국을 상징하는 태양이 커다랗게 새겨져 있었다.

촛대에 꽂은 향초에서 피어나는 달콤하고 녹진한 향기가 방을 메웠다. 인어의 눈물을 모아 만든 초로, 하나에 100실버를 넘는 호화품이었다.

"흥. 고작 스무 명 있는 티 파티를 이렇게 요란하게 할 필요가 있나?"

제시안느는 입술을 삐죽이며 시오르샤를 향해 눈을 흘겼다.

"누가 보면 시오르샤만 돈이 썩어나는 줄 알겠어요."

"아버님께서 저를 믿고 맡겨 주셨는데 허투루 할 수는 없으니까요."

가주 맥밀란은 큰며느리 시오르샤에게 가문 내부의 대소사를 관장하는 전권을 주었다.

그래서 저택에서 파티를 하려면 시오르샤의 허락을 먼저 받아야 했다.

승인도 깐깐하게 했거니와, 그녀는 그레이트 홀만큼은 저를 제외한 누구도 사용하지 못하게 했다.

월권이지만 그녀에게 권력이 쥐어져 있으니 아무도 시오르샤에게 불만을 토하지 못했다.

시누이 제시안느를 빼곤.

둘째 며느리는 볼락과 이혼 후 외국으로 가 버린 지 오래고, 셋째 며느리 릴리엔은 출신이 한미하다. 그러니 가문 내에서 시오르샤를 상대할 여인은 제시안느뿐이었다.

"제시안느, 지난번 그레이트 홀 승인을 해 주지 않았다고 심통 부리지 말아요."

물론 시오르샤도 트집을 가만히 듣고 있을 만큼 만만한 사람은 아니었다.

"심통이라뇨? 말을 왜 그렇게 해요? 내가 이 나이 먹고 별 어린애 같은 소릴 다 듣네."

"요란한 게 싫었으면 참석하지 않아도 되었을 텐데, 내가 배려가 없었네요."

"콘체른에서 주최하는 티 파티인데 '진짜' 콘체른인 내가 빠질 순 없죠.

엄밀히 말하면 시오르샤도 주최를 위임받은 거지, 이게 본인 파티는 아니잖아요. 그랬다면 이 지루한 데 안 왔지."

"어머, 이혼하고 돌아와서 성을 되찾은 제시안느보다는 그이와 결혼한 후 쭉 콘체른이었던 내가 더 적법한 위임자라고 생각했는데, 우리 생각이 달랐나 봐요."

"……."

역린이나 다름없는 이혼을 들먹였다. 제시안느의 눈이 말도 못 하게 날카로워졌다.

"……."

서로를 지긋이 바라보는 두 사람의 눈에서 파지직 번개가 튀었다.

"시, 시오르샤, 장식이 너무 예쁘네요."

둘의 기 싸움으로 싸늘해져 버린 분위기를 수습하고자 다른 귀부인들이 나섰다.

"맞아요, 큰어머니. 역시 큰어머니의 안목은 남다르세요. 어쩜 이리 고급스럽고 우아할까요."

물빛 드레스를 입은 볼락의 딸 이오테가 맞장구쳤다.

시오르샤 옆에 착 달라붙은 그녀는 거의 딸처럼 살갑게 굴었다.

"아 참, 이번에 경사가 있다지요? 큰아드님이 드디어 와이너리를 맡게 됐다면서요."

"콘체른의 3세대 중에서 직접적으로 사업을 맡게 된 건 몬테그 군이 처음이라죠?"

"그야말로 백작님이 몬테그 군을 차기 후계자로 마음에 두고 있으시단 뜻이 아니시겠어요?"

화제를 알아서 꺼내 주자 시오르샤의 얼굴이 달빛처럼 환해진 반면, 제시안느의 얼굴은 종잇장처럼 구겨졌다.

"어머. 무슨 말씀이에요. 벌써 후계를 논하기엔 이르죠."

손사래를 치는 시오르샤의 손은 더 해 보라는 뜻의 부채질에 가까웠다.

"하지만, 음…… 아버님께서 손자 중에서도 몬테그를 제일 아끼시긴 해요. 아직 우리 아이 나이가 어려 벅찰 거라 말씀드렸지만 워낙 강경하셔서……."

"흥. 스물다섯이 어리긴 뭐가 어려."

제시안느가 작게 콧방귀를 뀌었지만, 시오르샤는 무시했다.

"둘째 아드님도 얼마 전 디온 신전에서 세례식을 받았다지요? 중급 사제직을 통과하는 게 여간 어려운 게 아니라고 들었어요."

"어쩜, 아들 둘이 모두 건실하니, 시오르샤는 복도 많네요."

"뭘요, 그저 조금 있는 재주로 꿰찬 것뿐이지요. 이안이 어릴 적부터 신실한 편이긴 했어요."

시오르샤는 겸손하게 말했지만 그녀의 콧대는 한껏 올라간 지 오래였다.

그때 삐걱하는 소음과 함께 그레이트 홀의 문이 조심스럽게 열렸다.

"릴리엔, 왔구나."

릴리엔이 나타나자 갑자기 좌중의 대화가 뚝 끊겼다.

"죄송해요. 제가 늦었나요? 시간을 맞춰 왔는데……."

초대장에 적혀진 시간대로 왔지만 이미 티 파티엔 사람이 모두 채워져 있었다.

'또 시간을 잘못 쓰셨구나. 참 변함이 없으시네.'

릴리엔은 당황해서 어쩔 줄 모르는 표정을 내걸면서도 속으로 한숨을 내쉬었다.

제가 당황하는 모습을 보일수록 시오르샤가 만족한다는 걸 알고 있어서다.

"아니야, 우리가 일찍 온 것뿐인걸. 어서 앉아."

시오르샤는 도리질 치며 상냥하게 그녀를 맞이했다.

하지만 그녀는 자리에서 일어나지도, 릴리엔이 어디에 앉아야 할지 알려 주지도 않았다.

"매번 파티에 늦는 이유가 뭘까요?"

"그러게요. 일부러 저러는 건가."

소곤소곤 속삭이는 목소리가 모이니 웅성거림이 됐다.

"그런데 릴리엔은 매번 그 귀걸이를 하더라. 주얼리가 부족한 거면 내 세공사를 보내 줄게. 헨리 님도 참, 무심한 데가 있단 말이야."

시오르샤가 혼잣말하듯 부드럽게 지적했다.

지금 릴리엔을 향한 웅성거림에 기름을 붓는다는 걸 모르지 않을 텐데도.

릴리엔은 그저 조용히 숨을 삼켰다.

"외숙모, 여기 앉으세요."

그때 제시안느의 딸 루신다가 그녀에게 손짓했다.

팔꿈치까지 오는 레이스 장갑과 하얀 드레스를 입은 루신다는 한 떨기 우아한 백합처럼 보였다.

머리부터 발끝까지 화려하게 치장한 모친과 다르게 수수하지만 기품 있고 청순한 미녀였다.

"고마워, 루신다. 아카데미에서 돌아왔다고 들었어. 잘 지냈니?"

그녀는 브라이드 아카데미에서 수학하다 얼마 전에 수도로 돌아왔다.

명망 있는 귀족 영애들을 길러 내는 신부 수업 학교였는데 오래전 세상을 떠난 헬리오스의 황후 역시 브라이드 아카데미 출신이었다.

"네, 덕분에요. 그래서 이야기를 늦게 들었어요. 네이는…… 괜찮은가요?"

루신다는 네이필리나의 사촌 중에서 그나마 잔정이 있는 편이었다.

"응. 많이 괜찮아졌단다."

네이필리나가 벌인 사건을 릴리엔은 몇 가지 단어만으로 축약했다.

"그나저나 네이필리나는 보이지 않네?"

아니나 다를까 시오르샤가 네이필리나의 부재를 꼬집으려 들었다.

'어떻게 무마하지……. 여기 있는 귀부인들에게 네이의 좋은 인상을 남겨야 하는데…….'

릴리엔은 파혼으로 상심한 딸에게 좋은 상대를 찾아 주고 싶었다.

그때 발칵. 문이 열렸다.

"엄마!"

네이필리나가 모습을 드러냈다.

"네이, 네가 어떻게 여기에……."

"여기 계셨군요!"

네이필리나는 전에 없던 밝은 얼굴로 릴리엔에게 달려와 안겼다. 그 모습이 천진하고도 사랑스러웠다.

"넌 인사도 안 하니? 예법을 그렇게 오래 배웠는데, 망아지처럼 뛰어오는 걸 보니 처음부터 다시 배워야겠다, 얘."

제시안느가 불퉁하게 꼬집었다.

"아아, 죄송해요. 너무 기뻐서 여기 손님들이 계신 줄도 잊었지 뭐예요?"

네이필리나가 천연덕스럽게 대꾸했다.

"어머니를 찾았는데 큰어머니 티 파티에 가셨다는 걸 뒤늦게 알았거든요."

그녀는 고개를 들어 시오르샤를 바라보았다.

"큰어머니, 어째서 어머니한테만 초대장을 주신 거예요? 저도 큰어머니 티 파티에 얼마나 기대가 컸다고요."

네이필리나의 말에 귀부인들은 깜짝 놀랐다.

'같은 가족끼리 초대장을 보내?'

아무리 릴리엔의 출신이 한미하다 한들 가문의 일원인 건 변하지 않는 사실이다.

게다가 릴리엔이 이 티 파티에 참석한 지 한두 해가 아니었다.

'아무리 그녀가 평민이라 한들, 수년이 넘는 긴 기간을 함께 가족으로 보냈으면서 이렇게 모욕을 준다고?'

모욕 중에서도 꽤나 질이 나쁜 모욕이다. 게다가 시오르샤의 친정은 인망으로 이름 높은 학자 가문 게르투드 백작가 아닌가?

귀부인들의 얼굴이 사뭇 굳었다.

"……."

치부를 들킨 시오르샤의 얼굴이 흔들렸다.

"아아. 이번에는 네이필리나 네게도 큰일이 있었잖니. 우리야 가족이니 이해하지만, 좀 더 네게 시간을 주는 게 좋지 않을까 했단다……."

은근히 파혼을 들먹이는 걸 보면 이쯤에서 자중하라는 무언의 경고인 듯했다. 그러나 그 말은 조금 전 네이의 부재를 꼬집던 것과는 정반대의 뜻을 보이고 있어 되레 변명같이 들렸다.

'미안, 난 당신이랑 잘 지낼 생각이 없어서.'

"아쉬워요. 큰어머니의 초대장은 언제나 화려해서 제 마음에 쏙 들었거든요. 문양이 어찌나 가지각색인지 매번 보내 주시는 초대장을 다 모으고 있다구요."

네이필리나의 눈은 반짝거렸고 목소리는 순수하게 감탄하는 듯했다. 그러나 전달하는 내용은 달랐다.

'이번 한 번만 초대장을 보낸 게 아니었군.'

귀부인들은 조용히 부채로 입을 가리며 놀람을 숨겼다.

그들이 티 파티가 끝나자마자 이 이야기를 동네방네로 퍼뜨릴 것에 네이필리나는 새끼손가락도 걸 수 있었다.

"어머, 그랬니? 시오르샤, 내게도 주지 그랬어요? 나도 예쁜 초대장 모으는 거 좋아하는데!"

'어머, 네이, 요 조그만 게 맹랑한 데가 있네?'

제시안느는 조카가 만들어 낸 기회를 놓치지 않고 공격했다.

"……."

부들부들. 드레스 위로 우아하게 포갠 시오르샤의 손 위로 투둑 핏줄이 불거졌다.

'저 조막만 한 계집애가 감히 사람들 앞에서 날 건드려?'

하지만 보는 눈이 너무 많았다.

"그래. 다음에는 네게도 보내도록 하마. 그나저나 우리 막내가 도대체 무슨 일이 있었기에 이렇게 들뜬 거니?"

그녀는 화를 꾹 참고 아무렇지 않은 척 상냥하게 화두를 돌렸다.

"모녀가 둘 다 늦으니 무슨 좋은 일이라도 있는 건가 싶었어. 손님들을 모셔 놓고 무례를 보일 수는 없잖니. 새삼 그 이유가 궁금해지는구나."

'아아. 릴리엔을 공격하시겠다?'

그렇다면 바라는 대로 해 드려야지. 네이필리나가 씩 웃었다.

"아, 죄송해요, 방금 할아버님을 뵙고 오는 길인데, 선물을 받았거든요!"

"아버님을 뵀다고? 왜? 네가 무슨 일로?"

뜬금없이 시부가 튀어나오자 시오르샤의 눈이 날카로워졌다.

"네. 할아버님의 부름이 우선이라 참석이 늦을 수밖에 없었어요. 이해해 주실 거죠?"

"아아. 헨리 도련님과 같이 간 모양이구나."

시오르샤가 아는 체를 하자 네이필리나는 고개를 저었다.

"아뇨. 아버지는 지금 아카데미에 계실 시간이기도 하고, 할아버님께서 오늘은 저 혼자 오라고 하셔서요."

"너만? 어째서?"

큰 손자들도 본체만체하는 늙은이가 네이필리나만 따로 부를 연유가 무언가?

시오르샤는 질문이 캐묻듯 튀어 나가는 걸 인지하지 못했다.

'조부가 손녀를 부를 수도 있지, 저렇게 유난스레 반응할 일이야?'

그 모습을 귀부인들이 유심히 바라보고 있다는 사실 역시.

"네이가 경망스럽게 집안일을 다 까발렸으니 꾸중하려 부르신 거겠죠. 시오르샤도 참, 뭘 그것 가지고 그래요."

"고모님 말씀이 맞아요. 다음부터는 신중하게 행동하라고 혼났답니다."

"그것 봐요."

네이필리나가 순순히 긍정하자 제시안느는 의기양양해했다.

"대신 할아버님께서 후안을 선물로 주셨어요. 이번 일로 마음고생이 심했다고 기분 전환이나 하라시면서요."

"뭐?"

뭘 줘? 누가? 뭘?

순간 시오르샤의 눈이 튀어나올 것 같았다.

"네이, 어디라고?"

멍하게 듣고 있던 릴리엔이 되물었다. 수도에선 들을 일 없는 익숙한 단어가 들렸기 때문이다.

"후안이요."

릴리엔의 눈이 등잔만 하게 커졌다.

"맞아요, 엄마. 엄마 고향인 남부의 후안 말이에요."

네이필리나가 함박웃음을 지으며 고개를 끄덕였다.

"할아버님 말씀으로는 원래는 어머니의 옛날 집을 깜짝 선물로 주려고 하셨는데 그것만으론 너무 작아서 그냥 해안가 전체와 근처 일대를 다 선물로 주시는 거래요."

"⋯⋯."

좌중에 숨죽인 일렁임이 일었다.

"지금 콘체른 백작이 막내 손녀한테 모친의 고향이 있는 영지를 선물로 사 준 거야?"

"가주는 저 평민 며느리와 손녀를 싫어하는 게 아니었나?"

"내가 알기로 가주가 며느리들에게 직접 선물을 준 건 이번이 처음인데. 저 여자가 그만큼 대단하다는 건가?"

"시오르샤의 말과 다르잖아!"

시오르샤는 늘 제 셋째 동서를 돌멩이 사이에 낀 하찮은 이끼 정도로 취급했다.

유서 깊은 학자 가문을 친정으로 두고 있는 그녀다. 그러니 가난한 어부의 딸인 릴리엔이 눈에 들어찰 리 없었다. 심지어 결혼 전 릴리엔의 의상실을 시오르샤가 방문한 적도 있어서, 그녀는 제 드레스를 만들던 가난한 재봉사와 동급 취급 받는다는 데 경악했다.

콘체른가의 큰며느리부터가 이런 태도니 다른 사람들 역시 덩달아 릴리엔을 무시하고 냉대했다.

하지만 가주 맥밀란이 릴리엔을 가족으로 여기고 있다면.

심지어 재산을 미리 내어 줄 정도라면.

'우리가 노선을 잘못 잡은 건지도 모르겠어.'

그들은 릴리엔을 더 업신여길 수 없었다. 심지어 시오르샤까지도.

"네이, 정, 정말이니? 정말 아버님이…… 나한테?"

"그럼요. 이 땅문서를 주시면서 어머니께 보여 드리라고 하신걸요?"

물론 맥밀란은 그런 자잘한 얘기 따위 하지 않았다. 하지만 지금 여기 있는 사람 중에서 그를 찾아가 정녕 그리했냐 되물을 담력을 가진 이도 없었다.

'작은 거짓말 정도는 뭐.'

네이필리나는 고작 이 정도론 양심에 털도 나지 않는 인간이었다.

"흥. 후안이면 남부 끄트머리에 있는 변두리 아냐? 얼마 하지도 않겠네."

제시안느는 콧방귀를 뀌었다.

"흥. 아버지가 그 촌구석을 투자하려고 산 건 아니실 테고. 릴리엔은 좋겠네. 축하해."

'앞으론 헨리네에게도 좀 신경 써야겠어.'

무뚝뚝한 아버지가 직접 릴리엔을 챙기다니 조금 놀라긴 했지만 제시안느는 별생각이 없었다.

맥밀란의 딸로서 변두리 해안 땅보다 무수히 많은 것을 받았기도 했고, 애초에 저 역시 부친 덕분에 평민에서 귀족이 된 실정이라 릴리엔의 출신을 자연스럽게 받아들였기 때문이었다. 사람 자체보단 신분을 먼저 보는 귀족 특유의 계급 의식이 제시안느는 꽤 덜한 편이었다.

"그럼 이참에 나도 선물 하나 하지 뭐. 내가 콘체른 호텔 사장인 거 알지? 안 그래도 남부에 새로 지을 곳을 찾고 있었는데, 후안에 하나 세워 줄게. 별장이라 생각하고 언제든지 쓰도록 해."

그런 면에서 제시안느는 시오르샤보다는 좀 더 배포가 컸다.

'네이필리나가 저 너구리한테 좀 더 맹랑하게 굴었으면 좋겠으니 힘을 실어 줘야지. 어휴, 저 표정 좀 봐. 내 십 년 묵은 체증이 다 내려가네.'

다른 계산이 숨어 있긴 했지만.

'말도 안 돼. 왜…… 어째서……. 시아버님은 그렇게 중요한 걸…….'

한편 시오르샤는 아직 어안이 벙벙했다.

후안이든 호텔이든 중요한 건 그게 아니다.

가주의 선물을 처음으로 받은 며느리라는 그 상징성이 중요한 거였다.

시오르샤는 그 첫 번째를 다른 사람도 아닌, 저 천한 평민 여자에게 빼앗겼다는 사실을 믿을 수가 없었다.

'어째서? 내가 아닌 거지……? 도대체 아버님은 무슨 생각이신 거야?'

설마, 릴리엔에게 했던 치졸한 장난들을 누가 시부에게 알린 걸까?

이건 시부가 그녀에게 보내는 암묵적인 경고인가?

'설마 그럴 리가. 집안의 하녀들은 내가 꽉 잡고 있어. 아버님이 아실 리가 없는데.'

그럼 도대체 뭐지?

가문의 대소사를 전적으로 그녀에게 맡기던 시부였다.

그런 그의 갑작스러운 변화에 시오르샤는 화가 나고 두렵기도 했다.

'고작 저 하찮은 여자 때문에? 말도 안 돼!'

"시오르샤? 어째 말이 없어요? 기쁘지 않아요? 릴리엔이, 아니, 네이필리나가 이렇게 감동적인 선물을 받았는데 서로 축하해 줘야죠."

제시안느가 빙긋 웃으면서 약을 올렸다.

테이블 아래로 보를 꽉 쥐고 있던 시오르샤의 손에 더욱 힘이 들어갔다.

"……축하해, 릴리엔. 축하한다, 네이. 드디어 아버님께서 둘을 받아들여주시니 나도 정말 기쁘구나."

불타는 질투심을 숨기고, 왈칵 일그러지려는 얼굴에 애써 미소를 띠며 시오르샤가 대답했다.

"하지만 너무 교만해져선 안 되는 거 알지? 릴리엔, 아버님은 방자한 사람을 싫어하시니까 자중하는 편이 좋겠어."

그리고 차분한 목소리로 조언을 건넸다.

"네이 일도 그렇고, 조심해야 할 시기잖아. 행실이 여자에게 얼마나 치명적인데, 물론 나보다 엄마인 릴리엔이 더 잘 알겠지만."

'놀고 있네.'

네이필리나가 속으로 코웃음 쳤다.

하지만 지금 굳이 이빨을 드러낼 필요는 없다.

네이필리나는 활짝 웃으며 릴리엔 대신 대답했다.

"네, 큰어머니. 할아버님께 직접 선물을 받은 게 처음이라 저도 모르게 경거망동했나 봐요. 앞으로는 입을 조심할게요."

때로는 눈치 없는 바보가 더 속을 긁는 법이니까.

"어머. 그럼 장남인 몬테그 군보다 막내인 네이필리나 양이 먼저 선물을 받은 거네요?"

"가주께서 막내 며느리를 많이 아끼시나 봐요."

"음, 그렇다기보단 가주님이 큰며느리를 그렇게 신임하지 않는다는 게 아닐까요? 그렇지 않고서야 이렇게 떡하니……."

"확실히 시오르샤가 집안을 안정시킬 만한 사람은 아닌 것 같아요. 아까 초대장 일도 그렇고……. 콘체른 가주님이 사람 하나는 제대로 보시는 걸로 유명하잖아요."

의미심장한 눈길들이 릴리엔과 시오르샤를 오갔다.

조금 전과 비슷한 웅성거림이었으나, 이번엔 상대가 달랐다.

'저 되바라진 계집애가······!'

우아한 눈가에 자리 잡은 주름을 부들부들 떨며 시오르샤는 애써 웃었다.

"자자, 이러다 차가 식겠어요. 어서 들어요."

그러나 그녀의 피나는 노력과는 달리, 티 파티는 결국 맥없이 끝나 버리고 말았다.

* * *

"정말 믿을 수가 없구나. 아버님이 내게 선물을 주셨다니."

티 파티에서 돌아온 릴리엔은 여전히 어안이 벙벙했다.

"네이, 네가 아버님께 부탁한 거지?"

나는 대답 대신 그저 빙그레 웃기만 했다. 하지만 릴리엔에겐 그게 대답이 된 것 같았다. 그녀가 애써 눈물을 닦았다.

"흑, 아가, 엄마를 위해서 이렇게까지 할 필요는 없었어."

"네이, 네가 이 못난 아빠보다 낫구나. 정말 부끄러워."

헨리는 보좌관 제임스에게서 선물의 자세한 내막을 전해 들은 모양이었다. 둘은 눈물을 글썽이며 서로를 부둥켜안더니 내게도 팔을 뻗었다. 물기를 가득 머금은 두 쌍의 눈동자들이 감동을 담고 나를 열렬히 바라보았다.

"······괜찮아요."

나는 주춤주춤 뒷걸음질 쳤다.

부모가 있었던 적이 없어서 원래 가족의 사랑 표현이 이런 건지는 모르겠지만 어쨌든 이 부부의 표현은 과한 데가 있다.

"우리 딸, 언제 이렇게 다 커 버렸을까. 고마워, 정말 고마워."

"괜찮······."

말이 채 끝나기도 전에 릴리엔이 나를 와락 안았다.

"후안은 정말…… 엄마에게 소중하고 그리운 곳이야. 언젠가 네이 네게도 꼭 보여 주고 싶었는데 그걸 어떻게 알았는지……."

"……."

"하지만 다음부턴 네가 원하는 걸 이야기해야 한단다. 더 이상 다른 사람에게 네 것을 양보해서는 안 돼. 알겠니? 그게 엄마나 아빠라도 말이야."

어깨를 감싸는 부드러운 손. 따뜻한 온기. 좋은 냄새.

낯설었다.

"……."

누군가의 품에 이렇게 안긴 건 처음이라, 나는 우습게도 우뚝 굳어 버리고 말았다.

"응? 네이, 약속해 주렴."

릴리엔이 답지 않게 확답을 재촉했다. 말갛고 착하기만 한 딸이 또 누군가에게 이용당하진 않을까 걱정이 되는 듯했다.

가슴이 이내 차갑게 식었다.

'양보한 게 아니야.'

집안 내에서 릴리엔의 세워 준 건 나를 위해서이기도 했다. 그녀가 우뚝 서야 나 역시 그 아래서 무사할 수 있을 테니까.

그리고 후안을 선택한 결정적인 이유는,

'후안의 돌산 아래 명반이 대량 매장되어 있어.'

명반은 실크에다 색을 물들일 수 있게 도와주는 물질이다. 실크는 표면이 매끄러워 색을 입히기 어려우므로 명반 같은 특수 물질이 필요하다.

'좀 있으면 실크가 헬리오스 제국에 대유행할 거야. 하지만 곧 일이 터지지.'

명반을 독점 공급 하는 레기움 공화국에서 반란이 일어나며 공급이 뚝 끊겼다.

결국, 명반의 가격이 천정부지로 치솟았고, 이 후안의 명반 광산이 발견되기 전까진 전국적으로 대혼란이 일어났던 일을 나는 정확히 기억하고 있었다.

덩달아 광산의 주인인 사첸 자작이 돈방석에 앉았다는 것도.

'맥밀란 덕분에 쉽게 손에 넣을 수 있었어.'

내가 직접 접근했다면 욕심 많은 사첸 자작은 쉬이 포기하지 않았을 것이다. 후안의 돌산에 뭐가 있는지도 모르면서 값만 계속 올렸겠지.

하지만 맥밀란 콘체른은 그런 쓸데없는 가격 흥정마저 뛰어넘는 자본력을 가지고 있는 인간이다. 자작이 얼마나 불렀든, 상관없었을 거다. 그저 손녀딸이 약속의 대가로 원했던 땅을 쥐어 주는 게 중요했을 뿐.

'내게는 잘된 일이지.'

이렇게 아직 아무에게도 알려지지 않은 명반 광산이 내 손에 들어왔다.

'기회가 나는 대로 광산 개발을 시작해야겠어. 콘체른 형제들의 눈이 닿지 않게 조심해야겠지만.'

"네이?"

다시 귓가를 울리는 상냥한 목소리. 그제야 나는 다시 정신을 차렸다. 사람의 온기를 조금 느꼈다고 넋을 놓다니 나답지 않은 일이다. 나는 작게 고개를 털며 대답했다.

"……엄마를 위해서가 아니었어요."

"응?"

"저를 위해서였어요"

'내게도 도움이 되는 일이었으니까 움직였던 거야. 그러니 이런 낯간지러운 포옹은 그만…….'

불편했다. 나를 안고 있는 상냥한 손길이, 부드러운 품이, 편안한 향기, 전부 다.

비적비적 몸을 빼내려고 꿈틀거렸으나,

"우리 네이, 이렇게 착해서 어떡하니!"

등을 끌어안는 릴리엔의 강한 힘에 나는 와락 끌어안기고 말았다.

'아니라고요…….'

"기특하기도 하지. 그렇게 말하지 않아도 엄마는 괜찮아."

진실하게 고백했건만 오히려 모친을 위로하기 위한 것처럼 들렸던 모양이다.

"우리 딸 벌써 철이 들었구나. 사려 깊기도 하지."

헨리는 기특하다는 듯 내 머리를 쓰다듬었고, 릴리엔도 내 손을 붙잡고 방울방울 감격의 눈물을 떨어뜨렸다.

'그러니까 아니라고……'

"마님 앞으로 초대장이 왔습니다."

하인이 끼어들며 세 가족의 단란한 분위기가 허물어졌다.

"또 형수가 보낸 거냐?"

헨리의 목소리가 자못 날카로웠다. 하인은 고개를 저었다.

"아닙니다. 이번엔 외부에서 온 겁니다. 융바르델 백작 부인이 보내셨어요."

티 파티의 참석자들이 콘체른 저택에서 목격한 이야기를 퍼뜨린 모양이다.

'가주가 따로 챙겨 줄 정도라면, 이제까지와는 다르다는 얘기지.'

'끈은 아무래도 더 만들어 놓는 게 좋지. 시오르샤 말만 믿고 있다간 안 되겠어.'

하인의 손에 수북이 쌓인 초대장에 담긴 그들의 생각이 읽혔다.

'역시. 헬리오스 귀족들은 사태 파악이 빠르단 말이지.'

그러나 릴리엔은 아직 얼떨떨한 것 같았다.

"그럴 리가 없어. 실, 실수로 내게 잘못 보낸 걸 수도 있잖니."

"아닙니다, 마님. 마님께 온 게 맞는걸요. 제가 몇 번이나 확인했답니다."

"하지만……."

본인에게 온 초대장을 바라보는 릴리엔의 얼굴은 기쁨보다는 불안이 커 보였다.

기회가 눈앞에 놓였는데도 이 여자는 잡지 않고 뭘 하는 거야?

"엄마."

나는 우물쭈물하는 그녀의 손에 초대장을 쥐여 주었다.

"이제부턴 엄마가 직접 절 이끌어 주셔야죠."

정처 없이 흔들리던 릴리엔이 멈칫했다.

"내가?"

"그럼요. 설마 제 사교계 평판을 큰어머니한테 맡겨 두실 생각은 아니시죠?"

"아니지. 절대…… 그럴 수는 없어."

약이 바짝 오른 시오르샤가 내게 좋은 혼처를 찾아 줄 리 없다는 것은 릴리엔이 더 잘 알 테지. 그녀가 떨림을 멈추고 결연한 얼굴로 초대장을 받아 들었다.

"그럼 어서 답장을 써야겠구나."

드물게 활기가 담긴 목소리였다. 아직도 믿겨지지 않는 것처럼 얼떨떨해 보이면서도, 동시에 설레어 보였다.

시오르샤나 제시안느의 초대장에 꼽사리 낀 곁다리 같은 존재로서가 아닌, 오롯이 그녀에게만 주어진 초대장.

한 가정의 안주인으로서, 그리고 사교계의 귀부인으로서 당당히 인정받았다는 뜻이니, 그 의미가 남다를 터였다.

"얼마 전에 샀던 편지지를 어디 놔두었더라? 예전에 만들어 두었던 압화를 붙여 장식해야겠어. 아, 잉크도 필요한데! 무슨 색을 쓰는 게 좋을까?"

릴리엔의 분주하게 살랑이는 드레스 뒷자락을 보고 있는데 머리 위에서 헨리의 목소리가 들렸다.

"네 엄마의 저런 밝은 모습을 얼마 만에 보는지 모르겠구나. 정말 고맙다, 네이."

"네?"

"아빠는…… 말이다, 사실……."

그가 답지 않게 말을 맺지 못하고 끌었다.

"너를 여기로 데려오지 말았어야 하는 게 아닌가 하고 후회하고 있었어."

단정한 목소리에 실낱같은 회한이 담겼다.

"어쩌면, 그냥 우리끼리 소소하게 사는 삶이 더 행복했을지도 모르겠다고. 그랬다면 네가 호수에 몸을 던질 만큼 상처를 받을 일도 없었을 거라고."

그런데 말이다, 하고 바뀌는 그의 목소리가 갑자기 힘이 생겼다.

"내 생각이 틀렸더구나. 그건 내게 주어진 현실을 회피하려는 것밖에 되지 않았지. 네이 너는 오히려 정정당당하게 그 두려움을 맞섰잖니. 네 말이 맞았어."

'네이, 어찌하려고 그러니. 아빠가……'

'아니요. 아빠는 그냥, 지켜만 봐 주세요.'

그가 어떤 기억을 떠올리고 있는지 알 것 같았다.

"네이, 너는 다 계획이 있었구나. 그렇지?"

나를 바라보는 헨리의 눈동자가 반짝반짝했다.

"어……."

그렇다고 해 두는 게 낫겠지?

"둘이 무슨 얘길 그렇게 해요?"

책상 위 편지지에 파묻혀 있던 릴리엔이 우리 쪽으로 고개를 돌렸다.

"아, 아무것도 아닙니다, 여보. 내가 뭐 도와줄 게 필요해요?"

헨리는 반사적으로 다정히 아내에게 물었다.

릴리엔이 한창 달그락거리며 서랍을 뒤지고 있었기 때문이다.

"그래 줄래요? 지난번에 새로 샀던 실링 왁스가 보이지 않아요! 맙소사, 그럼 인장이 제일 중요한데!"

"아, 내게 얼마 전에 들어온 페일론산 왁스가 있어요. 당신 눈동자처럼 파란색인데, 그걸로 하겠소?"

"오, 그러면 좋겠어요."

"자, 그럼 같이 서재로 가 봅시다. 내가 그 왁스를 어디에다 뒀더라⋯⋯."

잔뜩 들뜬 릴리엔을 데리고 나가며 헨리는 내 어깨를 툭툭 두드리고 엄지를 추켜올렸다. 눈을 찡긋하는 거로 봐서 '나머지는 다음에 얘기하자꾸나' 정도인 것 같았다.

"당신이 있어서 얼마나 다행인지 몰라요."

"무슨 말씀을, 릴리엔, 그대가 없다면 내 삶은 딸기 없는 딸기 잼입니다."

복도를 걸어가는 둘의 말소리가 도란도란 들려왔다.

"⋯⋯독보적인 커플이야."

네이필리나의 나이가 열여덟이니 이제 거진 결혼 20년 차가 다 되어 갈 텐데도 두 사람은 언제나 신혼부부 같았다. 그래도 사이가 나쁜 것보단 백 배 낫지. 한숨을 내쉬며 나는 카우치로 몸을 던졌다.

드레스가 뒤집혀 정신없이 나풀거렸고, 부드러운 벨벳 카우치의 푹신한 쿠션이 잠겨 들 듯 내 몸을 감쌌다. 비싼 값을 하는지 천방지축처럼 뛰어 재껴도 쿠션은 흔들림조차 없이 편안했다.

"일단 첫 고비는 넘겼어."

거지 같은 전 약혼자도 처리했고, 릴리엔의 위치도 바로잡았다. 상황이 좀 더 괜찮아지면 헨리에게도 도움을 줄 수 있을 테지.

"그러니까⋯⋯ 걱정하지 마."

'엄마 아빠를 부탁해요.'

이 몸에 처음 들어왔을 때 머릿속을 울리던 가냘픈 음성.

진짜 네이필리나의 목소리가 아니었을까, 하고 나는 생각하고 있다.

"네가 마지막까지 뭘 걱정하고 있었는지 알겠어."

이 몸으로 들어온 지 얼마 되진 않았지만, 콘체른이라는 거대한 저택에서 네이필리나의 가족은 아직 아무 데도 뿌리내리지 못하고 수면 위를 떠도는 부평초 같았다.

"그러니까…… 네 가족만큼은 끝까지 지킬게. 헨리와 릴리엔은 무사할 거야."

그게 네게 받은 두 번째 삶에 대해 내가 할 수 있는 최대한의 감사가 될 테니까.

"……"

유리창에 비친 모습은 아직도 낯설었다.

구불거리는 금발에 선명한 녹안을 한 말간 인상의 저 소녀가 나라는 게 아직도 실감이 나지 않았다.

그래서 그런지, 그녀의 초록빛 눈동자는 꼭 내게,

'고마워.'

라고 말하는 것처럼 느껴졌다. 나는 고개를 살짝 끄덕이곤 등을 돌았다.

"이젠 내 차례네."

내가 네이필리나 콘체른의 몸에 들어왔다면 스테프니 거리의 411은 지금 어떻게 되었을까.

허리를 쭉 폈다.

411의 발자취를 찾아가 볼 시간이었다.

Ch 3. 바카디

'내 빈자리는 미르딘이 잘 메우고 있겠지.'

콘체른 저택에 물처럼 스며든 아이는 눈치가 빨랐다.

'주인님, 지금 밖에 나가고 싶으신 거죠? 뒷일은 제게 맡기시고 저녁 시간 전까지만 돌아오시면 돼요.'

미르딘은 내가 외출하려는 걸 알고는 재빠르게 핑계를 대어 주었다. 젤피였다면 이렇게 수월하게 빠져나오진 못했을 터였다.

'데려오기 잘했어.'

덜커덩, 덜커덩.

투박한 비포장도로를 가차 없이 내달리던 마차 바퀴가 드디어 멈췄다.

코끝을 찌르는 매캐한 냄새, 우중충한 회색빛의 건물들, 그리고 그 사이를 지나치는 지친 표정의 행인들.

4지구였다.

스테프니 거리는 4지구 중에서도 특히나 열악하고 더러운 곳으로 악명이 높았다.

볕이 잘 들지 않아 한낮에도 어두컴컴했고, 한 집 건너 한 집이 불법 길드나 갱이었다.

하류의 미꾸라지들이 모여 사는 흙탕물의 정점이라고나 할까.

그러나 나는 집으로 돌아온 것만 같은 반가움과 익숙함을 느꼈다.

"다 왔소, 1실버요."

훌쩍 마차에서 뛰어내리기 무섭게 코털이 삐죽 삐져나온 마부가 외쳤다.

하인으로 변장하고 저택에서 몰래 빠져나온 뒤, 자취를 감추려고 대여 마차를 타고 왔다.

2지구 끄트머리에서 타서 겨우 여덟 블록 지났는데 1실버라니?

'이놈이?'

참고로 일반 마차를 종일 빌리는 데 드는 돈이 10쿠퍼 정도였다. 100쿠퍼가 1실버니, 열 배를 부풀린 것이다.

말도 안 되는 바가지에 나는 뒤집어쓴 로브 사이로 마부를 쳐다봤다.

마부가 움찔하더니 손바닥 뒤집듯 가격을 바꿨다.

"알았소, 10쿠퍼만 주시오!"

"이봐. 마차 등록은 했나?"

나는 찌그러진 마차 문을 턱짓했다.

수도의 모든 대여 마차들은 황궁에 등록을 마쳐야 영업할 수 있다.

그러나 대여료에서 일부분을 황실에 내는 세금으로 떼이다 보니 아예 등록하지 않는 불법 대여 마차들이 판을 쳤다.

"벌금이 얼마였더라? 꽤 셌던 것 같은데?"

"제기랄……. 순진하게 봤더니 순 글러 먹은 계집이었잖아? 4지구 출신이면 그렇다고 말을 했어야지! 이럇!"

마부는 신경질을 내며 내가 던지는 동전을 받아 들곤 도망가 버렸다.

꽁지가 빠지라고 채찍질을 하는 걸 보면 내가 수비대에 신고라도 할 줄 알았나 보다.

"쯧쯧. 그나저나 이 얼굴, 만만하게 생겨서 자꾸 시비가 걸리네."

약해 빠진 외양 덕분에 사람들의 경계를 누그러뜨리기 좋기도 하지만 말이다.

혀를 차고 있는데 골목 끝으로 사라지는 마차 하나가 눈에 밟혔다.

"……힐데가르드?"

속도가 빨라 금세 모습을 감췄지만, 수도 귀족 집안의 갖은 의뢰를 수십 년 받아 왔던 나다.

마차 위로 두껍게 덧씌운 천이 바람에 살짝 흩날렸다. 찰나였으나 문에 새겨졌던 문장을 알아보기는 어렵지 않았다.

'힐데가르드 공작가가 여기까지 웬일이지?'

힐데가르드.

제국의 3대 공작가 중에서도 황후를 가장 많이 배출한 유서 깊은 가문이자 귀족 중의 귀족.

헬리오스 황실의 피 절반은 힐데가르드라고 말해도 과언이 아닐 정도였다.

'선황후 역시 힐데가르드 노공작의 딸이었지?'

1황녀를 낳고 얼마 안 되어 산욕열로 죽어 버렸지만 말이다. 황후가 낳은 1황자 역시 세 살이 되기도 전 홍역으로 세상을 떠나면서 현 황실에 남은 힐데가르드의 피는 1황녀뿐이었다.

그럼에도 힐데가르드 공작가의 기세등등한 힘으로 헬리오스의 황후 자리는 아직도 비어 있는 상태였다.

황제가 그리도 총애한다는 주디테 황비도, 힐데가르드의 눈치 때문에 황후까지는 오르지 못했다.

'그래서 온갖 견제를 받다 이후 결국 멸문당했지.'

전생의 황제는 선황후가 낳은 1황녀를 제치고 황비 소생의 2황자를 황태자로 만들었다. 황비는 마르쉐 후작의 누이동생이었으니 명실상부 마르쉐 쪽에 더 힘을 실어 준 것이다.

후계 싸움에서 2황자파를 선택한 기디언 콘체른은 그 이점을 톡톡히 누렸다.

'아직 황태자는 정해지지 않았지만 황제의 마음은 여전히 2황자에게 있을 거야.'

어쨌든 지금 중요한 사항은 아니지. 내 코가 석 잔데 힐데가르드의 멸문이 다 무슨 소용이람?

나는 로브의 후드를 더욱 깊게 둘러맸다. 일부러 하인들 숙소까지 가서 슬쩍한 건데도 이 열악한 거리에선 지나치게 번지르르해 보였다.

'너무 눈에 띄어. 일단 무장부터 해야겠어.'

나는 길드로 향하려던 발길을 돌렸다.

[헌트 상사]

"어서 오십쇼!"

삐거덕거리는 문을 열고 들어서자 두꺼비처럼 생긴 중년 사내가 나를 반겼다. 이 가게의 주인인 헌트였다.

'오랜만이네. 너구리 영감.'

"어린 아가씨, 뭘 찾으시나?"

속으로 인사를 건네는 사이, 그가 손을 싹싹 비비며 나를 훑어 내렸다.

"우리 전당포도 같이 하는데 입고 있는 그 로브 맡기면 4쿠퍼까지 쳐 드리지."

"……."

족제비 같은 눈이 요리조리 내 눈치를 살폈다.

"우리 가게 처음인 것 같아서 내가 서비스하는 거야. 다른 곳에선 이 정도 안 쳐 줘."

"밤에 쓸 물건을 좀 봐야겠는데."

밤에 쓸 물건. 그건 무기를 뜻하는 은어였다. 헌트는 낮에는 합법적인 전당포를 운영하고 밤에는 무기상을 운영했다.

그가 뜻밖이라는 눈빛을 했다.

"흐응? 아가씨는 '그쪽 사람'으론 안 보이는데."

"그래서 안 팔 건가?"

"뭐…… 우리야 돈 되면 다 하지."

헌트가 어깨를 으쓱하며 걸쇠를 내렸다.

"필요한 거 다 말해 봐. 이래 봬도 이 4지구에서 우리 집보다 종류별로 많이 가지고 있는 데는 없……"

"탈부착 가능한 쌍검 두 자루, 압착형 칼날 열 개, 초소형 단도와 표창 세트로 나온 거 다섯 개 정도면 될 거 같고……"

말을 이을수록 점점 헌트의 표정이 변했다.

"독침이랑 소형 은탄은 있는 거 전부 내어 와. 아, 음성 변조 귀걸이도 같이."

"그걸 전부? 지급할 돈은 있으시고?"

나는 품에서 가죽 주머니를 꺼내 내려놓았다. 콘체른 저택을 빠져나오며 몰래 챙겨 온 용돈이었다. 오는 길에 실버로 바꿨더니 주머니가 묵직했다.

놀라운 건 이 주머니가 내 앞으로 나오는 용돈의 1할도 채 되지 않는다는 거다.

'섭정공의 가족이 돼서 좋은 건 이거 하나네.'

콘체른의 마르지 않는 황금이 내게도 작게나마 주어진다는 것.

"호오오……"

쨍그랑, 쨍.

가죽 주머니 안에서 찰랑거리는 동전 소리가 들리자 헌트의 눈빛이 번득였다.

꼭 폴폴 날아다니는 파리를 목전에 둔 두꺼비 같았다.

"아이코, 귀한 분을 몰라뵙고 이 쓸모없는 주둥이가 나불거렸구려. 자아, 바로 준비해 드리리다. 쌍검과 칼날 여기 있고, 표창 세트…… 다섯 개라 하셨지?"

그가 착착 물건을 꺼냈다.

칼날, 은탄, 반짝이는 것들이 차곡차곡 계산대 위에 쌓였다. 질에는 까다로운 사람이라 1지구와 비교해 봐도 나쁘지 않은 품질이다.

'게다가 이런 무기를 신원 확인 없이 파는 곳은 여기가 유일하니까.'

과거를 다시 보는 듯한 그리운 기분도 잠시였다.

"모두 합해서 500실버요. 내 음성 변조 귀걸이는 서비스로 내어 드리지."

'하. 역시 그래야지.'

나는 한숨을 삼켰다.

조금만 방심하면 눈탱이를 쳐 버리는 이 바닥이 내 그리운 집이요 고향이었다.

그때, 내가 입을 달싹이기 전에 먼저 다가온 사람이 있었다.

"잠깐, 헌트. 내 것부터 먼저 계산해 줘."

그가 턱하고 다이너탄 다발을 계산대 위에 올려놓았다.

그을린 피부에 건장한 체격, 뺨에 희미하게 남아 있는 칼자국이 아니었다면 상당한 미남이라 말할 만한 외모의 사내였다.

'바카디?'

내게는 익숙한 사람이기도 했고. 스테프니 길드의 첫 번째 보스였으니까.

"이 거리에 익숙하지 않은 것 같은데, 그 가격을 주고 샀다간 후회할 거야."

그가 다이너탄을 살피는 척 고개를 숙여 내게 속삭였다. 헌트가 바가지를 씌우는 길 알고 내게 미리 경고해 준 것이다.

"큰 손님이 와 계시잖아. 자네가 좀 봐줘. 이것만 계산하고 바로 바카디 자네 걸 해 줄게, 응?"

"흥, 큰 손님, 작은 손님 따로 있나? 십수 년 단골을 이렇게 취급하다니 너무하군."

그가 뭐 하고 있느냐는 듯 구두 굽으로 나를 툭 쳤다.

'첫째 보스, 쓸데없이 정의로운 건 여전하네.'

웃음이 나왔다.

"500실버라 했나?"

"예? 예. 딱 500만 주시……."

헌트는 말을 끝맺지 못했다.

타악!

내가 그대로 단도를 잡아채 계산대에 내리찍었기 때문이다.

헌트의 검지와 중지가 있는 딱 바로 그 틈 사이에.

"다시 물어보지. 500이라고?"

조용한 물음. 헌트의 얼굴에서 핏기가 쑤욱 가셨다.

"4, 400……."

타악!

이번엔 중지와 약지 사이.

"주문한 단도가 꽤 많은데, 어때, 계속해?"

그리고 다음 단도를 꺼낼 때였다.

"100실버!"

재빠르게 태세를 전환한 헌트가 다섯 손가락을 쫙 뻗었다.

'헌트는 칼잡이를 유독 무서워하니까.'

"딱 100실버, 그러니까 1골드만 주십쇼!"

어느새 짧던 말투는 존대로 바뀌어 있었다. 그를 물끄러미 쳐다보자 헌트가 울상을 지었다.

"이번에는 진짭니다. 정말 마진 다 떼고 딱 물건 떼 온 값만 받는 거라고요. 마도구가 여러 개라 이것보다 더 싸면 저희가 손해라서 도저히 안 됩니다요."

"누가 뭐래?"

그나저나 고작 단도 두 개를 꽂았다고 손목이 시큰했다.

네이필리나, 얘는 얼마나 약골인 거야.

쌍검 하나는 왼쪽 허리에 걸었고, 하나는 종아리에. 표창 세트는 어깨에 둘렀고 독침은 주머니에 챙겼다.

그제야 맞는 옷을 입은 듯 조금 마음이 편해졌다. 진열대에 쌓인 물건들을 챙기고 나는 그에게 금화 두 개를 내밀었다.

"돈, 돈을 더 주셨는뎁쇼……."

"여기 계신 신사분 것까지 같이 계산해."

어이없다는 듯 나를 바라보는 바카디에게 눈을 찡긋했다.

* * *

"도와줘서 고마워요."

"뭘, 내가 끼어들 필요도 없더구먼. 괜히 나서서 머쓱해지는 건 이쪽이라고."

바카디가 피식 웃으며 다이너탄 다발을 흔들었다.

"덕분에 고맙게 쓰겠어."

씨익 올라가는 싱그러운 입꼬리. 그의 미소가 전생의 기억을 떠올리게 했다.

거지왕 바카디.

스테프니 길드의 초대 보스였던 그는 이 작은 거리의 주인이었다.

불법과 범죄의 온상인 4지구에서 어엿한 길드를 키워 내고 구빈원까지 책임지려면 여간 노련하지 않고서야 불가능했다.

그러면서도 답지 않게 그는 거리의 아이들에게 꽤나 너그러웠다. 배를 곯지 않게 먹을 걸 챙겨 주었고, 구빈원의 유일한 후원자이기도 했다. 나 역시 그의 호의에 기대 하루하루를 버텨 냈던 적이 있었다.

"그나저나, 귀족 아가씨가 이 변두리 구석까진 무슨 일이지?"

물어봐도 되나? 그가 능글맞은 미소를 지었다.

"귀족이라뇨. 하루 벌어서 하루 근근이 먹고사는 처진데."

시치미를 뗐으나 바카디는 코웃음을 쳤다.

"평민 행세를 할 거면, 그 고운 손부터 숨겨야 할 거야. 그렇게 티끌 하나 없는 손은 귀족이 아니면 불가능하지."

이런, 내가 지금 네이필리나 콘체른의 몸을 쓰고 있다는 사실을 망각했다.

'어쩔 수 없네.'

"……잠깐 찾는 사람이 있어서."

머쓱하게 로브의 소매 아래로 손을 숨기며 대답했다.

하긴 여기서 바카디를 만난 이상, 그냥 당사자에게 바로 물어보는 게 낫겠다.

"혹시, 411이라는 아이, 알아요?"

지금쯤이면 스테프니에서 한창 기초 훈련을 받고 있을 시점이다.

이맘때쯤 당신이 나를 길드로 데려갔으니까.

바카디가 눈을 가볍게 좁혔다.

"아이? 아이를 찾는 건가?"

"키는 이 정도쯤에, 갈색 머리에, 붉은 눈에…… 아, 팔뚝에는 손가락 세 마디 정도의 흉터가 있을 거예요."

나는 더듬더듬 내 전생의 인상착의를 읊었다.

일곱 살 때 길거리 행인의 주머니를 털다가 칼에 스친 흉터였으니, 분명 지금도 있으리라.

"귀한 분들 따까리 하나가 도망치기라도 했나?"

바카디의 목소리에 웃음기가 사라지고 놀랍도록 차가워졌다.

나는 고개를 저으며 인상을 찌푸렸다.

"무슨 개소리……. 나한테 중요한 사람이에요. 내 분신 같은 아이라고."

411이 곧 나니 틀린 말은 아니다.

바카디의 날카로운 시선이 내 얼굴을 샅샅이 훑어 내렸다.

내게서 거짓의 기색을 찾아내려는 시선이었다.

"도와주지 않을 거라면 됐어요. 나 혼자 찾아볼 테니까."

아무리 바카디가 보스라도 지금 나보다 스테프니 길드에 대해 더 잘 알고 있진 않을 테다.

몰래 들어가서 알아보고 오면 그만이었다.

몸을 돌리려는데 바카디가 내 로브 자락을 붙잡았다.

"잠깐."

"……."

"……잠깐 기다려 봐."

바카디가 머쓱한 표정을 하더니 거리의 아이 하나를 향해 손짓했다.

"이봐, 마일. 길드로 가서 롭을 불러와라."

"롭 아저씨요?"

"그래, 빨리 데려와라. 자, 이건 수고비."

"우와아, 사과다!"

나는 다시 놀란 숨을 들이켜야 했다. 신이 나서 사과를 들고 달려 나가는 마일이란 아이는 내 세 번째 보스였기 때문이다.

나와 함께 섭정공에게 쫓기다 죽었던, 내 마지막 형제.

'저 이름도 오랜만이네. 맙소사, 전생의 인연을 여기다 모아 놓기라도 한 거야?'

우습기도 잠시, 곧 롭이 나타났다. 역시 내가 아는 얼굴로 바카디가 부리는 수하 중 하나였다.

"롭, 스테프니에 411이라는 아이가 있나?"

롭이 구빈원 운영을 함께 돕고 있어서 이 거리의 아이들에 대해 자세히 알고 있다고 바카디가 설명했다.

'설명 안 해도 돼 알아.'

롭은 잠시 생각해 보더니 고개를 저었다.

"아뇨, 411이라니, 그런 이름은 들은 적이 없는데요."

"마일 너는?"

"411이 누구예요? 처음 들어보는데?"

다들 고개를 절레절레 저었다.

"십수 년 전, 411번지에 버려진 아이가 없단 말이에요?"

그럴 리가 없는데.

"무슨 말을 하는 거야."

내 되물음에 바카디가 이상한 얼굴을 했다. 1 더하기 1은 2인데 왜 3을 말하냐는 듯한, 어이없는 얼굴.

"이봐. 스테프니 거리엔 411번지가 없어."

"뭐?"

* * *

바카디의 말대로였다.

스테프니 거리를 몇 번이나 오갔을까. 이 옹기종기 붙어 있는 작은 집들을 전부 훑어봐도 411번지는 없었다.

'정말 없구나.'

네이필리나는 결국 인정했다. 그리고 생각했다. 어쩌면 제가 이 소녀의 몸에 들어오면서 원래의 자신은 어디론가 증발해 버렸는지도 모른다고.

스테프니 거리에서 411번지가 흔적도 없이 사라져 버린 사실이 그 가설을 뒷받침해 주었다.

'덕분에 제국에서 손꼽는 거부의 혈육이 되었으니 분명 나쁜 일은 아니지.'

더는 배를 곯을 일도, 차가운 거리에서 잠들 일도 없다. 이 거리에 살았을 때보다 천 배는 때깔이 좋고 거죽은 날이 다르게 반질거렸다.

"······."

하지만. 차마 치미는 씁쓸함마저 삼키지는 못했던 모양이다.

"······도움을 못 줘서 미안하군."

바카디가 눈에 띄게 어두워진 안색의 그녀를 살폈다.

"아. 아니에요. 어쩌면······ 내가 잘못 생각했을지도 모르겠네요."

전생의 411은 존재하지 않는다. 오직 이 현실에 네이필리나 콘체른만이 남아 있다.

'더 이상 과거를 되돌아보지 말아야 한다는 뜻이야.'

그녀는 얼른 표정을 지우고 고개를 저었다. 하지만 바카디는 그녀의 얼굴에 스친 상실감을 놓치지 않았다.

'분신 같은 아이라고 했지.'

그러고 보면 눈앞의 귀족 영애는 이 허름한 빈민가 자체엔 별로 놀라지도 않았다.

아이들이 더러운 손으로 로브를 쥐고 흔들어도, 모래와 먼지가 끝자락에 묻어도 별 상관도 않는 것 같았다. 아이 중에서도 제일 사납고 경계심이 강한 마일이 그녀의 옆에 착 붙어 있다면 말 다 했지.

"······아까는 미안하게 됐어."

비로소 네이필리나를 향한 경계심이 꽤나 누그러졌다. 그는 퉁명스러운 말투로 사과를 건넸다.

"가끔 노리개로 쓸 아이들을 물색하러 여기까지 행차하는 귀족들이 있는 터라.".

"낭신이 미안할 게 무어 있다고."

내가 그런 놈들 모르는 것도 아니고. 네이필나는 대수롭지 않게 말을 받았다.

'바카디, 거리의 아이들에 대해서도 계속 신경을 쓰고 있구나.'

하긴, 저도 그 덕분에 스테프니 길드에 몸담게 되지 않았나.

'당신이 죽기 전까진 거기도 꽤 사람 살 만한 곳이었지.'

그러다 문득 네이필나는 떠올렸다. 눈앞의 불퉁한 미남에게 곧 닥칠 거대한 불운을.

'의뢰를 수행하다 죽은 채로 발견됐었지.'

그가 죽고, 그의 오른팔이었던 칼뱅이 길드장에 올랐다.

그리고 지옥이 시작됐다.

'바카디 아래서 몸을 숙이고 있었던 것뿐, 칼뱅은 원래 돈이면 뭐든 다 하는 놈이었으니까.'

바카디가 있을 땐 정보상으로서만 운영하던 길드였는데, 칼뱅이 보스가 되고 나선 살수 길드로 바뀌기 시작했다.

의뢰가 얼마나 위험하든지, 어렵든지 간에 그는 돈만 받으면 무조건 수락했다. 그래서 얼마나 많은 형제가 죽어 나갔던가.

세 번째 보스였던 마일이 길드를 뒤엎고 칼뱅을 죽인 것도 그 때문이었다.

"이봐, 내가 작은 정보 길드를 하고 있어서 말이야, 사과의 의미로 아가씨의 411, 내가 찾아 주지."

네이필나가 무슨 기억을 떠올리고 있는지 알 리 없는 바카디가 제안했다.

"그건 됐고요."

"못 미더워서 그래? 이래 봐도 이 바닥에서……."

"잠깐, 얘기나 좀 하죠. 바카디."

그의 이름을 입 밖에 낸 건 충동적이었다. 바카디가 눈썹을 추어올렸다.

"내 이름은 어떻게 알지?"

"그리 경계하는 표정 짓지 말아요. 당신 길드를 찾는 손님들에게도 그리 대하나요?"

"아가씨는 내 손님으로 온 게 아니잖아?"

"그럼 지금부터 손님으로 치도록 해요."

그녀가 손가락을 튕겨 금화를 날렸다.

기민한 손으로 금화를 잡아 낸 그가 모양 좋은 입술을 삐뚜름하게 끌어 올렸다.

"아까 헌트에서도 그렇고, 아주 돈이 썩어 나시는가 보군."

"맞아요."

부정할 수 없는 사실이라 네이필리나는 순순히 시인했고, 그 당당함에 바카디는 황당한 얼굴을 했다.

"뭘 시키려고 4지구 하급 길드까지 와서 선금을 이렇게 후하게 주실까."

"얼마 전에 쿠스펠 남작한테 의뢰 하나 받았죠?"

멈칫.

"아니."

받았구나.

네이필리나가 싱긋 웃었다.

'이때의 보스, 아직 어렸네.'

어릴 땐 그가 태산처럼 크고 완벽하다고 생각했는데, 한 번의 생을 끝내고 돌아와 보니 영 어설픈 점들이 보였다. 가령 정곡을 찔리면 저렇게 빈틈을 흘리는 것처럼.

"……그런 의뢰는 받은 적 없어."

바카디는 금세 간파당했다는 걸 깨닫고 표정을 바로 했지만 이미 늦었다.

"남작이 자기 부인 뒷조사를 부탁했을 텐데?"

'그걸 어떻게…….'

얼마 전 부인이 바람을 피우는 것 같다며 그 내연남을 찾아 달라는 쿠스펠 남작의 연락이 왔었다.

그 사실을 네이필리나가 정확하게 짚어 내자 바카디는 간신히 숨을 삼켰다.

자작이 은밀하게 건넨 의뢰를 어찌 이 어린 귀족 아가씨가 알고 있단 말인가?

"혹시, 우리 업계 동업자야? 그게 아니면 지금 이 상황이 설명이 안 되는데."

"무조건 거절해요. 그게 내 의뢰예요."

"그러니까 남작에게 받은 의뢰 따윈 없다니……. 아니, 그렇다 쳐도 내가 왜 그래야 하지?"

바카디가 어이가 없다는 듯 눈살을 찌푸렸다.

"그거, 함정이에요. 실제로 바람을 피운 건 부인이 아니라 쿠스펠 남작이니까."

"뭐?"

"그리고 당신 수하가 당신 뒤를 노리고 있죠."

"뭐어?"

네이필리나는 미소를 지웠다.

"바카디 당신, 칼뱅한테 뒤통수 맞는다고."

"지금 무슨 말을 하는……. 잠깐, 칼뱅이라니. 설마 내 수하를 말하는 거야?"

"맞아요. 당신 오른팔이자 스테프니 정보상의 부지부장 칼뱅."

앳된 얼굴 위 놀랍도록 무표정한 얼굴이 바카디를 응시하자 그는 저도 모르게 흠칫하고 말았다.

'무슨 조막만 한 여자애 기세가…….'

소녀가 말하는 내용은 차치하고서라도 말도 안 되는 일이다. 칼뱅이 저를 배신한다니, 바카디가 헛웃음을 흘렸다.

"하. 나도 다 죽었네. 이게 관짝 닫고 들어갈 시기가 됐나 봐."

이런 허접한 수를 들어 주고 있는 걸 보면.

"이봐, 아가씨. 우린 모두 이곳에서 나고 자란 형제들이야. 굶어도 같이 굶었고, 매를 맞아도 같이 맞았어. 이 거지 같은 스테프니에서 살아남으면서 서로에게 맹세했어. 한 배로 태어나진 않았어도, 한날한시에 같이 죽겠다고."

그의 목소리엔 울분마저 느껴졌다.

"아가씨 같은 귀족 나리들은 돈에 눈이 멀어서 제 가족도 죽이는지 모르겠지만, 우린 달라. 알아?"

아니. 다르지 않아.

네이필리나는 대답 대신 그를 응시했다.

전생에선, 바카디가 죽은 뒤 부지부장 칼뱅이 정보상을 장악했다. 바카디를 따르던 정보원들은 모두 쫓겨나거나 의문사를 당했다.

그 첫 번째가 저기 곰같이 서 있는 롭이었고.

'장례식이 채 끝나기도 전에 말이야.'

길드장의 갑작스러운 죽음에 대한 대처라 하기엔 모든 상황이 지나치게 매끄럽게 흘러갔다.

꼭 그가 바카디가 죽을 걸 알고 있었다는 듯이.

'그리고 얼마 지나지 않아 스캔들이 터졌지.'

[핫 뉴스! 쿠스펠 남작 부인, 정보 길드를 운영 중인 평민 남자와 치정 관계로 밝혀져……!]

[속보: 분노한 쿠스펠 남작의 가신들, 남작 대신 아내의 내연남 살인 자백!]

남작 부인 역시 빈털터리로 쫓겨났고, 남작은 새장가를 들어 승승장구했다.

"……."

네이필리나는 대답 없이 그를 응시했다. 담담한 시선에서 흘러나오는 기묘한 기세는 여전히 바카디를 향해 있었다.

'이 여자애…… 왜 낯설지가 않지?'

기이한 일이었다. 바카디는 모순을 느꼈다.

목숨과도 같은 제 형제를 모함하는 말을 지껄이고 있는 여자에게 화가 났다. 그러나 똑바로 저를 바라보는 녹빛 눈을 보고 있자니 치솟는 화가 점점 사그라지는 것이다.

무기에 익숙해 보이고 또 제 길드의 비밀 의뢰까지 알고 있는 불가사의한 소녀.

원래라면 출처를 밝혀내고 단숨에 캐내야 하지만, 저 작고 가녀린 목을 물어뜯고 싶은 마음이 도저히 들지 않았다. 꼭 그의 본능이 저 소녀가 제 편이란 걸 인지하고 있는 것처럼 말이다.

"됐다. 더 들을 것도 없어."

바카디는 고개를 돌렸다. 강인하게 꾹 다문 입술이 완강한 거부를 나타냈다.

네이필리나는 그를 설득하려 들지 않았다. 무릇 인간의 믿음은 깨어지기 전까지는 한없이 단단하기 마련이므로.

"쿠스펠 남작은 위자료 없이 이혼하고 싶고, 칼뱅은 당신의 길드를 전부 손에 넣길 원하죠."

"그게 무슨……."

"스테프니 길드장인 당신이 쿠스펠 남작 부인의 내연남이었다는 사실만 성립되면 둘 다 원하는 걸 가질 수 있게 돼요."

"……."

"그러니……."

낮게 귓가를 울리는 목소리. 바카디가 몸을 굳혔다.

"한 번쯤은, 바카디. 내 말을 생각해 봐요, 당신 똑똑한 사람이잖아."

네이필리나 콘체른은 그의 어깨를 툭 치며 발걸음을 옮겼다.

"그 생각이 당신을 구할 테니까."

제가 할 수 있는 건 여기까지다. 받아들이지 않는다면, 어쩔 수 없는 일일 테지.

그를 뒤로하고 저 앞에 있는 마차 정류소로 걸어가는데, 금화가 날아왔다.

"가져가."

조금 전 바카디에게 건넨 금화였다. 네이필리나의 의뢰를 받을 생각이 없다는 뜻이었다.

'내 말을 믿지 않는군.'

그녀는 한숨을 내쉬고 다시 금화를 던졌다.

"받을 생각 없어요."

"의뢰 안 받을 거야. 가져가라니……."

"당신 장례비를 내준 거로 치죠."

네이필리나가 줄지어진 대여 마차 쪽으로 눈짓했다. 눈치 빠른 마부가 얼른 마차를 끌고 왔다.

"3지구로."

"예, 편하게 모시겠습니다! 이랴! 이랴!"

마부의 힘찬 외침과 함께 마차는 빠르게 거리를 벗어났다.

"……."

바카디는 멀어지는 마차를 노려보았다.

'한 번쯤은 내 말을 생각해 봐요, 바카디.'

남의 속을 뒤집어 놓고 마차 안에 고고히 앉아 있을 소녀의 모습이 어렵지 않게 그려졌다.

'칼뱅이 날 배신한다니, 무슨 말도 안 되는 소리야.'

빈민굴 바닥을 쓸고 다닐 때부터 칼뱅과 저는 함께였다. 정보상의 수하 중에서 아끼지 않는 이가 없지만 칼뱅은 그중에서도 특별했다. 수많은 고

난을 함께하며 동고동락했고, 서로 죽을 고비를 살려 준 게 한두 번이 아니었다.

한데 어찌 칼뱅이 제 등에 칼을 꽂을 수 있단 말인가.

'절대 그럴 리 없어.'

정보상을 하면서 인간의 밑바닥까지 다 보았다 자부하던 그지만, 그에게도 지키고 싶은 마지막 성역은 존재했다.

스테프니 거리의 형제들이 그에게 그 성역이었다. 바카디는 주먹을 꼭 쥐었다.

'다른 건 몰라도 그 맹랑한 아가씨에게 한 가지는 경고해 주어야겠군.'

섣불리 사람을 안다고 잘난 척하지 말라고.

그때 그의 한 줄기 본능이 물었다. 여태까지 이 빈민가에서 그를 살아남게 한 빌어먹을 본능이.

'하지만…… 만약 저 말이 사실이라면?'

만분의 일이라도 가능성은 가능성이다.

'쿠스펠 남작 건을 담당하고 있는 것도 칼뱅이지.'

만약 정말로 칼뱅과 남작이 함정을 판 거라면?

"아니야."

그가 마른 얼굴을 벅벅 쓸었다. 제 기우일 뿐이다. 사람 뒤를 캐는 일을 업으로 삼다 보니 몹쓸 의심만 생겼다.

바카디는 진실로, 형제를 믿지 못하고 흔들리는 저 자신에 대한 죄책감이 틀리지 않기를 바랐다.

"……빌어먹을."

작게 욕설을 지껄인 바카디가 손을 까딱했다. 묵묵히 서 있던 롭이 다가와 허리를 굽혔다.

"예, 보스."

"아까 그 마차, 어디에서 내리는지 알아봐."

저를 농락했던 발칙한 소녀를 다시 봐야겠다. 그리고 그 말간 얼굴에 대고 똑똑히 말해 줄 거다.

네가 틀렸다고.

* * *

그리고 얼마 후.

"……보스. 쿠스펠 남작에게 사생아가 있습니다."

롭의 보고는 그의 희망을 산산조각 냈다.

"아이를 낳은 정부에게는 따로 타운 하우스를 얻어 주었구요."

남작이 어찌나 꼭꼭 숨겨 놨는지 그의 최측근 시종을 일주일간 미행하고 나서 겨우 실마리를 잡았다며 롭이 혀를 내둘렀다.

"……헬리오스 제국에서 유책 배우자는 이혼을 청구할 수 없지."

바카디는 금화를 내려다보았다. 소녀가 장례비로 치라며 적선하듯 내어 주고 간 금화였다.

"……."

반짝이는 금화를 쥔 손등 위로 힘줄이 툭 불거졌다.

* * *

4지구, 스테프니 거리.

허름한 술집으로 위장한 폐건물의 꼭대기 층에 바카디의 정보상이 있다.

"보스, 쿠스펠 부인의 정부를 찾았습니다!"

뉘엿뉘엇 해가 넘어가는 저녁, 꼭대기 층의 문이 벌컥 열렸다. 칼뱅은 족제비처럼 뾰족한 턱, 기다란 눈매를 가진 날카로운 인상의 남자였다.

"이름을 바꾸고 템느강 근처의 여인숙에 숨어들어 있더군요. 하도 쥐새끼 같은 놈이라 애들을 다 풀어서 겨우 찾았습니다."

"그래? 남작 부인이 생각보다 돈을 넉넉하게 챙겨 줬나 보군."

바카디의 말에 칼뱅은 의기양양하게 고개를 끄덕였다.

"예, 그런데 아무래도 부인이 그놈을 보호한답시고 용병까지 고용한 것 같습니다. 칼잡이 존이 놈을 찾아다니고 있더군요."

칼잡이 존은 이 바닥에서 사납기로 악명 높은 1급 용병이다. 칼뱅은 쿠스펠 남작과 나누었던 은밀한 밀담을 떠올렸다.

'칼 쓰는 놈을 찾느라 좀 애를 먹긴 했지만, 준비가 다 끝났네. 이제 바카디만 죽이고 시체를 부인과 같은 방에 놔두기만 하면 돼.'

어스름한 램프 불 아래 비친 두 남자의 얼굴에 진한 욕망이 어렸다.

'확실하게 죽여야 하네. 괜히 어정쩡하게 살아 있기라도 했다간……'

남작이 짐짓 위협적으로 엄포를 놓았다. 두툼하게 겹쳐진 턱살이 푸들 푸들 떨리는 채로 주먹을 쥐면 상대가 무서워하기라도 할 줄 아는 모양이었다.

'이 길드만 내 손에 넣으면 네놈도 곧 끝내 주지.'

남작과의 협약은 좀 더 위로 도약하기 위한 밑받침일 뿐이다. 중앙 귀족들과 연이 닿으면 그때부터 쿠스펠의 이름은 쓰레기통에 처박아도 무관했다.

'걱정하실 필요 없습니다.'

머릿속에서 드는 생각과는 달리 칼뱅은 공손하게, 그러나 자신만만하게 대답했다.

'바카디, 그놈은 한번 믿으면 무조건 끝까지 가거든요.'

그는 이번 일을 성공시킬 자신이 충분히 있었기에.

"이런, 그럼 곤란한데. 빨리 데리고 와야겠군."

인상을 잔뜩 찌푸린 바카디의 혼잣말이 칼뱅을 회상에서 깨어나게 했다.

"예, 서로 마주쳤다간 팔 한쪽씩은 내줘야 할 겁니다. 그나마 어디 있는지 먼저 찾아서 다행이지요."

"그럼 출발하지. 애들 불러 모아."

"아…… 한꺼번에 움직이면 너무 이목을 끌지 않겠습니까. 조가 눈치챌 겁니다."

감 하나는 귀신같은 놈이잖습니까. 칼뱅이 고개를 절레절레 저었다.

"그 무명 배우 놈 혼자라면 상대하기 어렵지 않으니, 보스와 저 둘만 가는 게 낫겠습니다."

바카디는 고개를 끄덕였다. 중요 의뢰를 둘이서만 처리한 적이 이번 처음도 아니었기에 그는 전혀 의심하지 않는 듯했다.

'다행이야. 다 계획대로 되고 있어.'

칼뱅은 못내 가슴을 쓸어내렸다.

"오늘 새벽에 움직이지."

바카디가 술병을 들었다. 또르르, 검붉은색의 슬로 진이 투명한 잔 위로 출렁이며 담겼다.

"자, 오늘도 이 빌어먹을 지옥에서 살아남아 보자고."

바카디와 거리의 걸아들이 길드를 처음 만들었을 때, 그들은 들판에서 자라는 슬로베리(자두의 일종)를 따서 싸구려 술을 만들었다.

"거리의 비렁뱅이 신이여, 우리 형제들을 지켜 주시길."

그 이후 의뢰를 처리하기 전, 슬로 진을 마시는 것은 스테프니 길드의 오랜 전통이었다.

"형님, 이제 우리 길드도 커졌으니 술은 좀 비싼 거로 바꿔도 되지 않겠습니까?"

칼뱅이 투덜거리면서도 잔을 받아 들었다.

"건배."

쨍. 유리산이 선명한 소리를 내며 부딪쳤다.

* * *

해가 어둑어둑하게 지고 새까만 밤이 내려앉았다.

오늘따라 달빛이 유독 희미했다. 세상이 꼭 시커먼 어둠에 잠긴 것만 같았다. 늦은 시간인 데다 4지구의 악명 높은 우범 지대라 골목은 쥐 새끼 한 마리 없이 조용했다.

"여기입니다."

허름한 여관 앞에서 칼뱅이 멈추었다. 그가 위쪽을 턱짓했다.

"끝방입니다. 저녁에 수면제를 탔으니 지금쯤 곯아떨어져 있을 겁니다."

살해 현장에 흔적을 남기고 싶지 않았던 칼뱅이 슬쩍 몸을 뺐다.

"여관이 작아 둘이 올라가면 인기척을 들킬 수 있으니 보스가 먼저 올라가십쇼. 놈을 던져 주시면 제가 여기서 받겠습니다."

"……그러지."

'잘 가시오, 형님.'

칼뱅은 훌쩍 벽을 타고 오르는 형제의 뒷모습을 보면서 인사를 보냈다.

바카디가 문제의 방으로 잠입하면, 대기하고 있던 칼잡이 존이 그를 죽일 것이다.

그리고 죽은 바카디의 시체를 챙겨 쿠스펠 남작 부인의 방에 가져다 놓는 것이 그들의 계획이었다.

'거의 끝났어. 조금만 더 기다리면…….'

칼뱅은 까드득까드득 손톱을 씹었다.

무의식적인 불안감의 표출이라는 것을, 그 자신도 깨닫지 못하고 있었다.

* * *

쉬익.

날렵한 인영이 여관의 2층 복도 창문을 훌쩍 뛰어넘었다.

슥슥슥. 소리 없는 발걸음이 끝방 앞에서 멈추는가 싶더니, 끼이이익. 작은 소음과 함께 나무 문이 조용히 열렸다.

별다를 것 없는 평범하고 간소한 방이었다. 구석 자리에 있는 작은 침대와 테이블이 간신히 구색을 갖췄다.

불룩한 이불을 덮고 있는 사람의 인영이 어스름한 달빛에 비치자, 바카디는 숨죽여 침대로 다가갔다.

그때, 촤아악!

"죽어!"

이불을 덮고 있던 남자가 벌떡 일어나며 바카디에게 달려들었다. 그의 손에 매달린 얇고 몹시 날카로운 날붙이가 직선으로 바카디를 향했다.

번개 같은 움직임, 숙련된 살초. 미리 귀띔받지 않았다면 피하기 어려웠을 테다.

담담하게 괴한의 검을 받아쳐 내는 와중, 바카디는 로브를 썼던 소녀를 떠올렸다.

"으윽……!"

그녀가 아니었다면 지금 심장이 꿰뚫린 건 그였을 테니까.

* * *

바카디가 여관으로 들어간 지 수십 분이 지났다.

"왜 이렇게 안 나오는 건가. 들어가 봐야 하는 것 아닌가?"

살수들이 슬그머니 신호를 보낸다. 쿠스펠이 이번 일을 위해 따로 붙여 준 놈들이다.

"기다려. 섣불리 행동하지 마!"

버럭, 갈뱅의 숨죽인 외침이 그들을 내리눌렀다.

'늦는군. 시체는 온전하게 가져와야 한다고 했는데, 이 미친놈이 또 지랄하고 있는 건 아니겠지?'

1급 용병 칼잡이 존은 시체들을 가지고 난도질하길 좋아하는 잔인한 성격으로 유명했다. 추가금까지 두둑하게 얹어 주며 신신당부했지만 어쩐지 안심이 되지 않았다.

까드득까드득.

칼뱅이 초조하게 손톱을 물어뜯었다. 뭉툭한 엄지의 끄트머리는 너덜너덜해진 지 오래였다.

그리고 마침내 끼익…… 하는 소리와 함께 끝방의 창문이 열렸다.

쿵!

이어 창문 밖으로 던져진 포댓자루 하나가 둔탁한 소리를 내며 땅으로 떨어졌다.

'성공했군!'

칼뱅은 가슴을 쓸어내리며 붉게 젖어 든 포댓자루를 힐끗 응시했다. 저 안에 바카디의 시체가 들어 있다고 생각하니 괜스레 가슴이 시리면서도 통쾌했다.

'스테프니를 주름잡던 형님의 최후라고 하기엔 좀 초라하지 않소?'

칼뱅은 저도 모르게 포댓자루로 걸어갔다.

'형님, 마지막 가는 길에 무슨 생각을 했소?'

없이 자란 주제에 쓸데없는 정의감만 가득했던 어리석은 바카디.

죽음을 앞에 두고 그는 두려웠을까. 목숨처럼 믿고 아꼈던 동지의 배신에 치를 떨었을까.

칼뱅은 홀린 듯이 끄트머리에 노끈을 칭칭 감아둔 자루를 풀어 내렸다. 하지만 피에 젖은 자루를 풀어 헤쳤을 때 나타난 검은 시체는…….

"기다리고 있었던 얼굴이 아닌가, 형제여?"

그의 뒤에서 들려오는 목소리에 칼뱅이 얼어붙었다.

"어, 어떻게……."

"그건 내가 물을 말이야, 칼뱅."

귀신에 홀린 것처럼 칼뱅이 자루 안의 시체와 등 뒤의 사내를 번갈아 쳐다보았다.

"어째서지?"

거리를 비추는 건 어스름한 달빛뿐. 하지만 수십 년간 함께한 서로의 얼굴은 눈감고도 더듬을 수 있었다.

"왜 날 배신한 거지? 내가, 우리 형제들이 뭐가 부족했나?"

당황하던 칼뱅의 얼굴에서 거짓말처럼 표정이 사라졌다. 그가 잠시 혀를 찼다. 그리고 뒤쪽으로 눈짓했다.

"제길, 그냥 죽여 버려!"

칼뱅의 말이 끝나자마자 숨어 있던 여러 명의 우락부락한 사내들이 튀어나왔다. 살기등등한 자들의 손에는 모두 번쩍이는 날붙이가 쥐어 있었다.

"우리가 함께한 세월에 대한 변명조차 없단 말이냐?"

바카디가 이를 갈며 달려드는 사내들을 쳐 냈다.

하나하나 기색이 예사롭지 않았다. 처음부터 바카디를 살려 보낼 생각이 없다는 뜻이었다. 그들은 바카디의 앞뒤를 에워싸며 탈출로를 봉쇄했다.

"독 안에 든 쥐 같군요, 형님."

골목길 개싸움에 넌더리가 나 있는 바카디라지만 한 번에 수십 명을 상대하는 건 불가능할 테지. 칼뱅의 입가에 승리를 예감하는 잔인한 미소가 번졌다.

"칼잡이 존에게선 어떻게 잘 살아남았는지 몰라도 이번은 힘들 겁니다."

"……."

바카디는 헐떡이는 숨으로 그저 칼뱅을 바라보기만 했다.

"길드는 내가 잘 이끌어 가겠습니다. 형님이 신경 쓰는 구빈원 애들도 잘 써 줄 테니 너무 걱정 마십…… 컥!"

칼뱅의 비열한 미소 사이로 울컥 핏물이 튀어 올랐다. 뚝. 뚝. 짙은 붉은 액체가 그의 턱선을 타고 흘렀다.

'……독?'

동시에 오장육부가 불에 타는 것처럼 화한 고통이 그를 휘감았다. 그의 손이 가슴을 쥐어뜯듯 움켜쥐었다.

"뭐야, 왜 이러는 거야!?"

"피, 피다!"

"컥, 쿨럭……. 쿨럭!"

갑자기 폭포처럼 피를 쏟는 칼뱅 때문에 살수들이 우왕좌왕했다.

"설, 설마, 컥, 형님이?"

고통 속에서도 칼뱅은 바카디의 담담한 시선을 알아차렸다.

놀라지 않는다. 익숙하게 쏟아지는 붉은 폭포를 바라만 볼 뿐이다. 문득 파노라마처럼 기억이 스쳤다.

몇 시간 전 그와 잔을 부딪쳤던 형제의 맹세를. 검붉은 피처럼 출렁이던 술잔의 액체를.

"당신 짓입니까?"

슬로 진에 독이 들어 있었다.

"……."

침묵은 곧 대답이 되는 법이다.

"형, 형님이 언제……. 어떻게…… 어떻게 나한테……."

칼뱅이 그랬듯, 바카디 역시 대답하지 않았다. 그저 웃을 뿐이었다.

"칼뱅, 네가 할 말은 아닌 것 같구나."

털썩. 불타는 듯한 고통에 칼뱅이 바닥으로 쓰러졌다. 단검을 다시 쥐어 보려 했지만 자꾸 손에 힘이 빠졌다.

바카디는 쓰러진 그를 냉랭히 바라보며 명령했다.

"죽여, 모두."

말이 끝나기 무섭게 사방에서 단도가 날아왔다.

"윽!"

"커억!"

칼뱅의 살수들이 하나씩 쓰러지기 시작했다.

'어디에 숨어 있었던 거지?'

흐릿한 붉은 시야 속에서 칼뱅이 눈을 끔뻑거렸다. 수하들을 제거하고 있는 사내들이 스테프니의 형제들이었기에.

"칼뱅 형님, 당신 탐욕이 언젠가 화를 부를지 알았지만 이렇게 추잡할 줄은 몰랐습니다."

칼뱅을 내려다보는 롭의 시선에 경멸이 가득했다.

"어서 처리해라."

다들 싸움에는 뼈가 굵은 베테랑들이다.

쿠스펠 남작이 고용한 이들도 실력이 좋은 살수들이었지만 미리 함정까지 준비해 놓았던 스테프니 길드원들을 상대하기엔 속수무책이었다.

"커, 커억……!"

날카로운 단도로 목이 꿰뚫린 자를 마지막으로 모두가 목숨을 잃었다.

자욱한 피비린내가 칼뱅의 코끝을 스쳤다.

'알고 있었던 거구나.'

그제야 얼음을 뒤집어쓴 것처럼 깨달음이 일었다. 저는 처음부터 바카디의 손바닥 안에서 놀아났다는 것을. 이제 이 어두운 거리에서 살아 있는 자는 칼뱅 혼자뿐이었다.

"형, 형님."

속을 에는 고통을 참으며 그는 엉금엉금 바카디에게 기어갔다.

"나, 나는…… 잠깐만, 실습니다. 커억, 쿠스……펠 남작이, 남작이 종용했습니다. 아시잖습니까, 보스? 제가 그럴 놈이 아니란 걸……."

상황이 완전히 뒤바뀌어 버렸다.

칼뱅은 덜덜 떨며 애원했다. 배신자의 말로는 죽음뿐이라는 걸 누구보다 잘 알고 있는 그다.

그럼에도 칼뱅의 가슴속엔 살고 싶은 욕망이 가득 찼다. 형제를 죽이고 손에 넣으려 했던 황금만큼이나.

"그래. 알고 있다고 생각했지."

바카디는 차갑게 그를 내려다보았다.

"제, 제발⋯⋯."

"다 거짓이었지만."

칼날이 번쩍였다. 동시에 칼뱅의 몸이 바닥으로 힘없이 나동그라졌다.

"목은 따로 챙겨 놔라. 보낼 데가 있으니."

비열한 동업자에게 배신의 대가를 알려 주어야겠지.

바카디가 무른 건 제 사람들에게만이었다. 그는 선을 벗어난 자들에게 자비를 베풀 정도의 순순한 위인이 아니었다.

"닦으십시오, 보스."

롭이 그에게 손수건을 건넸다.

"최소 중급 이상의 살수들입니다. 미리 수를 알고 있지 않았다면 위험했을 겁니다."

"목숨 빚을 졌군."

바카디는 무심하게 뺨 위로 튄 칼뱅의 피를 벅벅 닦아 내렸다.

"그래서, 은인의 정체는 누구시더냐?"

그때 소녀를 따라갔던 롭은 결국 행적을 놓치고 말았다.

'마차를 몇 번이나 갈아타면서 인파에 숨어들어 버렸습니다. 흔적이 남지 않는 대여 마차만 이용했구요. 여간 노련한 게 아닙니다. 꼭 제가 따라가고 있다는 걸 아는 것처럼⋯⋯.'

'하. 이거 한 방 먹었군. 너구리 헌트를 홀랑 구워삶은 데서 짐작했어

야 했는데…….'

'다른 길드에서 보낸 첩자일 수도 있습니다.'

'아냐. 그럴 리는 없어. 그러기엔 손이 너무 깨끗했잖아.'

살수를 업으로 삼고 있다면 그렇게 흉터 하나 없는 손을 가질 수 없다.

물론 그 고운 손을 가지고 어떻게 십수 년은 굴러먹은 노련한 용병처럼 움직이는지에 대해서는 따로 설명이 필요할 테지만…….

'수도에서 비슷한 연령대의 귀족 영애들을 전부 뒤지는 한이 있더라도 찾아내.'

"결국, 못 찾았나?"

"아뇨, 시간이 걸렸을 뿐 찾긴 찾았는데……."

"찾았는데?"

"그게…… 콘체른이었습니다."

"콘체른? 콘체른 백작가를 말하는 건가?"

바카디가 고개를 돌려 롭을 응시했다.

그 마르지 않는 황금의 가문?

"예. 콘체른 백작의 막내 손녀였습니다."

"막내 손녀라면……. 설마, 네이필리나 콘체른?"

얼마 전 수도를 발칵 뒤집었던 방울뱀 자작 스캔들의 당사자 아닌가.

"예. 수도에 있는 10대 귀족 영애들 초상화를 구해 일일이 대조해 봤습니다. 그녀가 확실합니다……."

"듣던 거와는 다른데."

달라도 너무 달랐다.

순수한 연심을 악독한 배신으로 돌려받은 가련한 소녀가 눈 깜짝할 사이에 무장을 끝내고, 칼뱅과 쿠스펠의 계략을 눈치챘던 자와 동일인이라니?

'이게 말이 되는 소린가?'

하. 바카디가 저도 모르게 헛웃음을 내뱉었다.

"그런데 말입니다, 보스……."

우물쭈물하던 롭이 입술을 달싹이다 결국 실토했다.

"사실은 그날, 콘체른 양에게 추적을 들켰습니다."

"얼씨구."

심지어 들키고 또 놓친 거였어?

롭이 이 바닥에서 밥 먹고 산 것만 십수 년인데, 은인이라곤 하지만 새파랗게 어린 소녀에게 눈 뜨고 당했다 하니 바카디는 이걸 웃어야 할지 울어야 할지 몰랐다.

"그때…… 이걸 주셨는데 보스에게 전하라 하셨습니다……."

롭이 혼란스러워하는 상사에게 전해 줘도 될까 당황하며 건넸다.

작은 양피지 쪽지에 휘갈겨진 글은 알쏭달쏭했다.

두 번 돌리고 다시
거꾸로 세 번

"무슨 말이지? 뭘 돌리라는 거야?"

하지만 제 목숨을 구해 준 은인의 쪽지를 허투루 할 순 없었다. 바카디는 혼란스러운 와중에도 양피지를 조심스럽게 접어 주머니에 넣었다.

"저도 아무리 봐도 무슨 뜻인지 알 수가 없어서……."

"일단은 이쪽부터 정리하고 생각해 보도록 하지. 은인을 찾아뵙는 건, 원수를 갚고 나서라도 늦지 않으니까."

"예."

그가 고개를 들었다. 아직 하늘은 어두컴컴했다. 새벽이 밝아오기까지 시간이 남아 있었다.

"쿠스펠 남작에게 간다."

* * *

2지구 인근의 타운 하우스.

쿠스펠 남작은 아름다운 정부와 달콤한 시간을 보내고 있던 중이었다.

"달링. 그럼 우리 모자가 이제 남작가로 들어갈 수 있는 것이에요?"

"그렇다마다. 너는 내 정실이 될 거고 콜린은 내 유일한 후계자가 될 거다."

"아이, 좋아라. 그럼 그 여자 빨리 쫓아내 버려요!"

정부가 사랑스럽게 남작의 가슴속으로 고개를 파묻을 때였다.

똑똑.

"누구야!"

달콤한 시간을 방해받은 남작이 신경질적으로 고함쳤다.

"남작님, 스테프니에서 연통이 왔습니다."

스테프니라면 칼뱅, 그놈이다.

'성공한 모양이군.'

일그러졌던 남작의 얼굴이 풀어졌다. 주름 사이로 감출 수 없는 만족감이 물결치듯 번져 나갔다.

"선물도 같이 보냈습니다."

"여기로? 뭔데?"

"저도 모릅니다. 남작님께 꼭 보이고 확인받아야 한다고만……."

타운 하우스에서 일하는 하인이 곤란한 듯 머리를 긁적였다. 처음 보는 얼굴이었다.

하지만 부인 눈을 피해 가끔 들르는 타운 하우스에서 남작이 얼굴을 외우는 고용인이 있을 리 없다.

남작은 대수롭지 않게 생각했다. 그보다 신경 쓰이는 건 따로 있었으니까.

'바카디의 시체는 부인의 방에 가져다 놓기로 했을 텐데?'

바카디 153

아아. 내가 딴소리할까 봐 확인 도장을 찍겠다는 거로군.

어떻게든 공범으로 남겠다는 칼뱅의 의지에 남작의 얼굴이 짜증스럽게 찌푸려졌다.

"쓰읍, 멍청한 새끼. 꼴에 내 눈에 보이겠다고…… 성공했으면 어련히 알아서 잘 챙겨 줄까. 에잉, 가져와."

그가 자리에서 일어나 가운을 챙겨 입었다.

"분위기 파악 못 할 때부터 알아봤다. 그래서 뭔 사업을 한다고."

바카디야 난 놈이라 가능했던지 몰라도 정보상이 칼뱅의 손에 넘어간 이상, 이제 거기도 얼마 안 남았다.

"이혼만 하며 바로 손 털어야지. 비켜!"

투덜거리며 그가 거칠게 방문을 열었다. 은제 트레이 위에 놓인 사각형의 선물 상자가 보였다.

"뭐야, 이건…… 악!"

그가 별생각 없이 뚜껑을 열자마자, 소스라치게 놀라 상자를 그대로 던져 버렸다.

쿵, 데구르르. 둔탁한 소음에 이어 상자 안에 있던 물건이 밖으로 빠져나왔다. 칼뱅의 목이었다.

"꺄아아악……!"

"이, 이게 다 뭐란 말이냐!"

찢어지는 비명이 타운 하우스를 가득 울렸다.

바닥으로 나동그라진 칼뱅의 목 주위로는 붉은 리본이 매어져 있었다. 정말로 남작에게 보내는 선물이기라도 한 것처럼.

선물을 누가 보냈는지는 자명했다.

"……바, 바카디……"

음모는 실패했고, 놈은 모든 걸 알고 있다. 칼뱅이 죽었으니 이제 그가 누구를 노릴까?

남작은 푸들푸들 몸을 떨었다. 공포가 온몸을 장식했다. 바닥으로 나동그라진, 칼뱅의 목에서 흘러나온 피가 주위를 흥건히 적셨다.

쿵.

남작은 그 자리에서 선 채로 기절했다.

"아마 애 좀 먹을 거야. 그 심력 약한 놈이 보기엔 아주 황홀한 광경일 테니."

칼뱅의 목을 본 쿠스펠 남작이 충격에 와병 중이라는 이야기로 수도가 떠들썩했다. 입이 돌아가서 의사소통도 힘들었고, 다리 한쪽이 마비돼서 거동도 어렵게 됐다고.

그 과정에서 쿠스펠 남작 부인은 남편의 불륜을 알게 된 모양이다. 그녀는 요양을 빌미로 남작을 영지로 보내 버린 뒤 남작가를 장악했다. 사생아와 정부 역시 소리 소문 없이 사라졌다.

"생각보다 남작 부인께서 수완이 좋으시군."

이야기를 전해 듣고 바카디는 킬킬 웃었다.

"타운 하우스도 팔아 버렸다더군요. 남은 재산도 정리 중이랍니다. 쿠스펠 남작은 아마 곧 이혼당할 테고요."

롭이 꺼낸 얘기에 문득 다시 그날의 기억이 떠올랐다.

"그때 그 쪽지, 타운 하우스로 들어가는 비밀번호였지."

소녀는 제가 쿠스펠 남작가로 다시 찾아갈 것까지 예상했단 말이던가?

바카디는 혀를 내두를 수밖에 없었다. 한 치도 그녀의 오차에서 벗어나는 게 없었으니까.

"보스. 콘체른 양이 도착했습니다."

대앵……. 마침 괘종시계가 1시를 알렸다.

"그럼 가 볼까."

원한은 갚았으니, 이제 은혜를 갚으러 갈 차례였다.

"무사히 돌아와서 다행이에요. 흰 국화를 들고 인사라도 가야 하나 했는데."

말간 얼굴이 상냥한 미소를 머금었다.

하지만 바카디의 뇌리엔 미소 한 자락 없는 소녀의 무표정한 얼굴이 아직도 선연했다.

"쿠스펠 남작 얘기도 들었어요. 바카디, 생각보다 수완이 좋네요."

지금은 내내 싱글싱글 웃고 있는 걸 보면 그 얼굴은 아주 드물게만 볼수 있는 모양이다.

중요한 상황이거나 중요한 사람을 대할 때.

"한 가지만 묻고 싶어. 칼뱅이 날 배신할 거라는 걸 도대체 어떻게 안거야?"

수하들을 풀어 자세하게 알아봤지만 칼뱅과 쿠스펠 남작 둘 다 콘체른 백작가와는 접점이 전혀 없었다.

"그게 중요해요?"

네이필리나가 피식 웃었다.

"과정을 말했다고 당신이 날 믿었을까?"

"······아니."

"거봐요."

도대체 날 어떻게 이렇게 잘 아는 거지? 바카디는 자꾸 이 어린 아가씨 앞에서 말문이 막혔다.

"어쨌든, 아가씨가 아니었으면 난 이미 이 세상 사람이 아니었을 테지."

네이필리나에게 화를 냈던 것도 부끄러워졌다. 칼뱅이 배신할 리 없다며 그가 되레 네이필리나를 모욕했을 때도 이 어린 소녀는 그에게 도움을 주려 했으니까.

"보시다시피 이 꼴로 나서 많이 배우진 못했지만 그래도 사람의 도리는 알아. 스테프니의 바카디는 은혜를 잊지 않지."

그는 이 기묘한 관계에서 먼저 무릎을 굽히기로 했다. 그의 일생에서 처음 있는 일이었지만 부끄러움 따위 느끼지 않았다. 소녀는 그럴 만한 위인이었으니까.

"어떻게 하면 아가씨에게, 아니, 우리 은인님에게 은혜를 갚을 수 있지?"

"은혜랄 것까지야."

네이필리나가 대수롭지 않게 말했다. 그녀가 건넨 건 아주 작은 단서일 뿐. 실질적으로 살아남은 건 바카디 본인의 능력이다.

"목숨값을 받아 놓고 그럴 순 없지."

바카디는 반짝이는 금화를 흔들었다. 그때 네이필리나가 던졌던 금화였다.

"됐어요. 딱히 뭘 바랐던 건 아니니까요."

"정말 바라는 게 없다고?"

"그렇다니까."

그녀가 대수롭지 않게 대꾸했다. 바카디는 조금 전전긍긍했다. 이대로 눈앞의 소녀와의 인연이 끊어져 버릴까 봐.

"하지만……."

제가 거절할수록 점점 흙빛이 되어 가는 바카디의 안색을 힐끗 본 네이필리나가 결국 입을 열었다.

"꼭 빚을 갚고 싶다면 하나 찾고 싶은 건 있는데."

"무엇이든 은인님은 말만 해!"

바카디가 크게 목소리를 냈다가 이내 흥분을 가라앉혔다.

"무엇이든 가져다주지. 뭐가 필요해?"

"……다이아몬드 목걸이를 하나 찾았으면 해요."

"목걸이?"

네이필리나가 고개를 끄덕였다.

얼마 전 4지구를 벗어나던 힐데가르드의 마차를 보고 네이필리나는 전생의 기억 하나를 떠올렸다.

'힐데가르드의 목걸이.'

노공작의 아들이 죽기 전 마지막으로 남겼다던 유품.

"푸른색 다이아몬드예요. 크기는 한 이 정도 했던 것 같고."

네이필리나가 검지 두 마디 정도를 나타내는 손짓을 했다.

"그 목걸이가 지금 어디에 있는지 알고 싶어요."

* * *

"은인님, 있잖아……."

자신만만하게 제게 맡겨 두라고 호언장담할 땐 언제고, 바카디는 얼마 뒤 혼란한 얼굴로 찾아왔다.

"하나 찾기는 했는데……. 이게 아가씨가 찾는 건지는 모르겠네……."

쭈뼛거리는 이유가 있었다.

"은인님 말대로 푸른 다이아가 박혀 있긴 하는데 말이야. 그……."

"뭐 때문에 이렇게 뜸을 들여요?"

하아. 바카디는 한숨을 내쉬고 어깨를 털었다.

"저주를 받았대. 안의 다이아가 깨진 뒤론, 목걸이를 가진 주인들에게 전부 불운이 닥쳤다는군."

흐으음. 네이필리나가 생각에 잠겼다.

"그냥 불운이 아니야. 바로 전주인은 목이 부러져서 죽었고, 그 전전 주인은 재수 없게 전염병에 걸려서, 그 전전전 주인은……."

네이필리나가 말 대신 고운 손을 들자, 바카디가 저도 모르게 말을 멈췄다.

"그 정도면 충분히 알아들었어요."

"……말로 해 줄 수도 있잖아?"

바카디는 제가 이 소녀의 눈에 훈련 안 된 똥개 정도로 보이는 게 아닌가 의심스러워졌다. 보스가 말문이 막히자 롭이 대신 이어받았다.

"이 다이아를 발굴한 암브로시아 집시들이 다이아가 깨어지면 흑마법이 새어 나오도록 만들었답니다."

암브로시아. 네이필리나가 멈칫했다.

'힐데가르드 공작가에서 찾는 목걸이가 맞아.'

전생에서 힐데가르드가 기사들을 이끌고 암브로시아 집시촌을 급습했던 사건이 있었기 때문이다. 이 사건으로 힐데가르드는 인망을 크게 잃었음에도 별다른 성명을 내지 않았다.

'목걸이를 찾기 위해서였구나.'

"알겠어요. 그래서 그 목걸이는 지금 어딨죠?"

"일주일 후, 수도의 카란툴라 경매에 나올 예정이야."

카란툴라라면 수도에서 가장 규모가 큰 암시장 경매지 중 하나였다.

돈만 치르면 아무것도 묻지 않고 물건을 살 수 있었기에 제국을 비롯한 대륙 곳곳에서 거래되는 기상천외한 품목들이 모이곤 했다.

'다만, 많이 모이는 만큼 가짜도 많지.'

교묘하게 장인의 손길을 거친 가품들, 소위 짝퉁들도 판을 친다. 물론 진짜인 줄 알고 사 갔다가 가품인 걸 알게 돼도 환불 따위는 없다.

'그러니 직접 가서 확인하는 수밖에.'

현재 이 시점에서 힐데가르드의 목걸이를 온전히 알아볼 수 있는 건 네이필리나, 그녀뿐이다.

'카란툴라의 경매장이 3지구 어디였더라?'

"수고했어요, 바카디."

그녀의 시선이 촘촘해지자 바카디가 멈칫했다.

"설마, 직접 갈 생각은 아니지?"

"응?"

그게 뭐? 하는 말간 얼굴로 네이필리나가 고개를 들었다.

"이봐, 은인님. 본인의 성이 콘체른이라는 걸 잊은 거야?"

"그게 왜요?"

"콘체른의 가주가 암시장 거래에 몹시 엄격하다는 건 여기 있는 꼬마들도 알고 있을걸."

콘체른 상단은 절대로 암수 거래를 하지 않는다. 상단 지부의 상인들에게도, 거래하는 사람들에게도 모두 예외가 없었다.

'상인의 낮과 밤은 확실하게 분리되어야 한다.'

초대 상단주 맥밀란 콘체른이 일개 곡식 상인이었을 때부터 지켜 온 엄격한 규정이었기 때문이다.

"은인님이 카란툴라 경매장에 참가한 걸 들킨다면 아주 곤란해질 텐데?"

사일러스 블랙이야 처음부터 음지에서 활동한 평민이니 그렇다 치지만, 콘체른은 이제 명백히 양지에 있는 신흥 귀족이니까.

"괜찮아요. 내가 지금 여기 어떻게 있다고 생각해요? 내가 저택을 빠져나온 거, 아무도 모를걸요."

전생에서 제국에서 가장 삼엄하다는 섭정공 저택의 경비마저 뚫었던 네이필리나다.

지금의 콘체른도 나름 열심히 경비를 세우고 있다지만 전생의 경험이 살아 숨 쉬는 네이필리나에게 저택의 보안은 구멍 숭숭 뚫린 치즈처럼 보였다.

"그리고 난 애초에 우리 가족 중에서 존재감이 약한 편이라서요, 아무도 눈치 못 채요."

앙길레라 스캔들과 후안 지방을 선물 받은 거로 잠깐 받은 관심은 푸쉬쉭 꺼진 지 오래였다.

"아니지."

바카디가 고개를 저었다.

"은인님은 언젠가 형제들과 후계를 경쟁해야 하잖아. 카란툴라에 갔다는 걸 들켰다간, 내부에서도 아가씨를 공격할 약점이 될 거야. 그게 지금이 아니더라도."

"응?"

"그러니 아가씨는 저택에서 안전하게 기다리고 있어. 이 몸이 카란툴라에서 목걸이를 가져다드릴 테니까."

바카디의 말에 네이필리나는 눈썹을 올렸다.

"목걸이를 가져다 달라는 것까지 의뢰한 적은 없는데."

"흠흠, 그건……!"

"그리고 당신, 무서운 말을 하네요. 난 콘체른을 가질 생각이 없어요. 할아버님은 이미 백부를 후계로 생각하고 계시니까."

게다가.

"후계를 꿈꾸기엔 내 입지가 너무 약하기도 하고."

"모친의 입지를 세우신 것처럼이라면 어렵지 않을 텐데?"

네이필리나가 피식, 헛웃음을 터뜨렸다.

"바카디, 내 뒷조사 했다는 말을 그렇게 순순히 밝혀 버려도 돼요?"

"아아, 이런. 내 천성이 이래. 내 편이라 생각하는 사람한텐 전부 까발려 버리거든. 은인님이 이해하도록 해."

내 편. 네이필리나가 비로소 바카디를 올려다보았다.

"나는 은인님에게 베팅하기로 했어."

참고로 거절은 안 받아. 씩 웃는 미남의 뺨에 그어진 칼자국 옆에 볼우물이 깊게 팼다.

"듣기 나쁘진 않네요."

"곧 있으면 듣기 좋아질 거야. 은인님은 지금 10년 안에 제국에서 제일 갈 정보상을 마주하고 있는 거니까."

바카디의 호쾌한 호언장담에 네이필리나는 웃었다.

'맞아. 보스 말대로 되었을 거야. 당신 능력 하나는 알아주니까.'

바카디가 그렇게 허무하게 죽지만 않았다면 분명 일어났을 미래다.

그래서 지금 이 순간이 새삼스러웠다. 죽은 바카디가 살아 숨 쉬고, 또 그와 함께 마주하는 이 순간이.

"은인님? 내 말 듣고 있어?"

'내가 바꾼 거야.'

바꿀 수 있다. 네이필리나는 주먹을 쥐었다. 제 몸이지만 제 몸이 아닌 것 같은 낯선 감각은 여전했다. 하지만 그녀는 확신할 수 있었다. 아니, 확신했다.

"그래. 믿어요."

바카디의 운명을 바꿨듯이, 제 운명도, 섭정공의 운명도 변화할 것이다.

* * *

며칠 후, 젤피가 황토색 포장지로 투박하게 감싼 물건을 가지고 왔다.

"아침에 일어나 보니 아가씨 방문 앞에 있었사와요."

고운 포장지로 싼 뒤, 리본으로 네 번 묶은 작은 선물 상자였다.

'4지구. 바카디가 보낸 거구나.'

네 번 묶은 리본에서 누가 보냈는지 알 것 같았다. 나는 천연덕스럽게 둘러댔다.

"아, 내가 어제 외출했다가 새 잉크를 주문했거든. 생각보다 일찍 도착했네."

"아, 잉크가 필요하셨으면 상단에 가서 바로 가져올 수 있는데 말씀을 하시지 그러셨사와요?"

"한정판이라서 이건 내 손으로 직접 구하고 싶었어. 젤피, 나 잉크 써 보고 싶은데."

"어머, 제가 너무 참견이 심했지요? 여기 종이와 깃펜이와요. 저는 밖에 있을 테니까 편하게 있으시와요."

"미안. 요즘따라 혼자서 해 보고 싶은 것들이 많아져서."

의심하지 않도록 미리 밑밥을 깔았다. 저를 빼놓고 다닌다고 섭섭한 낯을 할 줄 알았던 시녀는 되레 도리질 치며 활짝 웃었다.

"전혀요! 저는 아가씨가 이렇게 적극적으로 변하신 게 좋사와요. 예전에는 매번 침대에만 누워 계셨잖사와요. 그런데 이제는 외출도 자주 하시고, 이렇게 새로운 취미도 하나씩 찾아내시고……. 흑."

젤피는 제 앞치마 자락으로 눈가를 콕콕 찍었다.

"필요한 게 있으시면 언제든 줄을 당기시와요. 젤피, 달려오겠사와요."

좋은 아이다. 진짜 네이필리나 대신 이런 따뜻한 호의를 받는 게 과분하게 느껴질 만큼.

"고마워. 대신 이거 가져가서 미르딘이랑 나눠 먹으렴."

옆에 있는 마카롱 접시를 내밀자, 젤피는 양 갈래로 땋아 놓은 머리가 쭈뼛 설 정도로 화들짝 놀랐다.

"안 될 말씀이와요! 아가씨가 드셔야 할 간식이잖사와요?"

"지금 단 건 별로 안 내켜. 그러니까 젤피가 먹어 줘, 알았지?"

젤피에게 마카롱을 아예 상자째로 안겨 주고 돌아온 나는 바카디가 보낸 상자를 열었다. 안에 들어 있는 물건은 조촐했다. 검은색의 잉크병과 얇은 실반지, 그리고 손목시계. 바카디에게 부탁한 물건들이다.

"어디 보자……."

잉크병에 들어 있는 건 드래곤도 잠재운다는 강력한 수면제고, 실반지는 장착하면 머리색과 눈 색을 자동으로 바꿔 주는 마도구였다.

그리고 손목시계는 약간의 추가적인 수작업이 필요했다. 나는 헌트 상사에서 샀던 독침과 표창 세트를 꺼냈다. 조심스레 침과 날을 돌려 가며 수면제를 묻혔다.

"그래도 살수였을 때랑은 좀 달라졌네."

바늘 끝에 묻히는 게 사람을 죽이는 맹독이 아니라 수면제가 됐으니까.

"어쩔 수 없지. 예전처럼 막무가내로 죽이고 다닐 수 있는 처지도 아니고."

귀족이 되니 어째 살수로 살던 때보다 더 제약이 많아진 것 같은 건 내 느낌일 뿐인 걸까?

달카닥. 수면제를 묻힌 침은 손목시계의 베젤 아래 하나씩 집어넣었다. 베젤을 돌리면 독침이 자동 발사되는 방식인데, 전생에서 마지막까지 유용하게 썼었다.

"이동 스크롤도 챙겼고."

누가 제국 최고의 재력을 자랑하는 가문 아니랄까 봐, 콘체른 저택 안엔 쌓아 놓은 마법 스크롤이 즐비했다.

"무기는 준비가 됐는데 문제는 몸이네."

네이필리나 콘체른의 몸은 가늘고 유약했다.

살수였을 때처럼 맨손으로 적의 목을 끊어 내거나 몸을 부딪쳐서 적진을 빠져나와 도망치는 것 같은 일들은 불가능했다. 그나마 몸이 가볍고 살수의 기감만은 살아 있다는 게 다행이랄까.

'그래도 길드 안에선 나름 빠른 편이었으니까.'

도망치는 거 하나 정도는 자신 있었다. 그래서, 가장 마지막에 죽었기도 했고.

'그때는 돈이 없으니까 몸으로 굴렀지만, 지금은 그럴 필요 없잖아?'

그 대체재로 찾은 게 마법 스크롤이었다. 중간 대륙에선 오직 마탑에서만 스크롤을 구할 수 있다. 폭파, 수장, 감전, 이용할 수 있는 방식은 무궁무진했다.

'한 장에 수십 골드를 호가하는 비싼 가격만 빼면 말이지.'

하지만 그 가격마저 콘체른에는 문제가 되지 않았다.

"헨리가 아빠라서 다행이야."

동부 아카데미의 이사장인 그는 마도학에 특히 관심이 많았다. 그래서인 지, 그의 서재에는 각 지부의 마탑에서 산 스크롤이 수북하게 쌓여 있었다.

헨리라면 내가 가져간 걸 알아도 이유가 있어서 그랬다고 생각할 거니까.

"마음이 이렇게 든든할 줄이야."

임무는 템발이라는 명언도 있지 않나.

비록 몸은 비루하지만 넉넉히 챙긴 스크롤만큼 마음이 든든해졌다.

"아가씨, 안녕히 주무세요."

"젤피, 너도."

시간은 흐르고 흘러 어느새 새까만 밤이 됐다.

젤피의 발걸음 소리가 더 이상 들리지 않게 됐을 때, 나는 침대에서 다시 일어났다.

평퍼짐한 베개로 그럴듯하게 모양을 잡아 놓은 뒤, 음성 변조 귀걸이를 끼고 준비해 놓았던 로브를 뒤집어썼다. 품 안에서 스크롤을 한 장 꺼냈다.

"카란툴라로."

찌이익. 빳빳한 양피지가 찢겨 나가며 바닥이 훅 꺼졌다.

* * *

3지구, 카란툴라 경매장.

장식 분수상 앞에 앉아 있는 바카디가 보였다. 네이필리나는 성큼성큼 걸어가 그를 쿡 찔렀다.

"이봐."

"뭐, 어느 미친놈이 시비……."

바카디가 입술을 삐죽이며 고개를 돌렸다. 네이필리나는 슬쩍 후드를 들 어 올려 그에게 짓궂게 웃어 보였다.

"은인님?"

그의 입이 쩍 벌어졌다.

"설마 여기까지 혼자 온 거야?"

그녀가 시녀도 호위 기사도 하나 없이 혈혈단신으로 이곳까지 찾아왔다는 게 믿어지지 않는 듯했다.

"이 망아지 같은……! 내가 가져다드린다고 했잖아? 은인님은 세상이 아주 본인 손바닥 위에 있는 줄 알지?"

바카디는 카란툴라가 얼마나 위험한데 호위도 없이 혼자 오면 어떡하냐며 몹시 화를 냈다. 잔소리를 어찌나 하는지, 귀가 다 따가울 지경이었다.

'원래 이 정도로 잔소리꾼은 아니었던 것 같은데.'

"걱정하지 마요. 내 몸 하나 지킬 자신은 있으니까."

네이필리나가 대수롭지 않게 어깨를 으쓱하자 바카디는 이마를 짚었다. 요 조그만 아가씨가 뭐라고 하는 건가?

"이 시간에 저택에선 도대체 어떻게 빠져나온 건데? 콘체른은 경비를 어떻게 서길래……."

"다 방법이 있지."

네이필리나가 의기양양하게 대답했다.

"알려 주실 생각은 없고? 돌아갈 땐 어떻게 하려고?"

몰래 호위하는 그림자가 붙어 있는 거 아니냐며 바카디는 주위를 두리번거렸다.

'이 사람아, 내가 그림잔데 누굴 데려와.'

네이필리나는 속으로 혀를 끌끌 찼다. 전생의 비밀을 알 턱이 없으니 바카디는 태연한 그녀의 기색에 가슴만 칠 뿐이었다.

"바카디, 이제부터 의뢰인에게 아주 관심이 많아지기로 했나 봐요."

"은인님은 단순한 의뢰인이 아니니까!"

분에 차서 소리 지르는 모습이 꼭 왈가닥 딸내미 때문에 속을 썩이는 아버지의 모습이었다.

"하아. 롭, 애들 데려와라."

바카디는 결국 한숨을 푹 내쉬었다.

"예, 보스. 부르셨습니까??"

그의 명에 따라 건장한 정보원 다섯이 네이필리나의 앞에 섰다. 행동이 재빠르고 극비 의뢰를 다루는 데 잔뼈가 굵은 노련한 놈들만 골라 데려왔다.

"우리 길드에 아주 귀한 귀인이시다. 조심히 모셔라, 어?"

"예에?"

정보원들이 바카디와 네이필리나를 번갈아 바라봤다.

네이필리나의 변장한 허름한 차림을 힐끔거리던 수하 한 명이 바카디에게 은근히 속삭였다.

"보스, 어딜 봐서 귀인이시라는……."

"시끄러워! 말할 수 없는 건 묻지 마라."

그녀의 정체를 아는 롭은 낄낄거리며 입을 다물었다.

"진짜 진짜 귀한 분이시다. 네 목숨보다 귀하게 여겨! 아무도 손대지 못하게 해!"

"보스가 누굴 이렇게 챙기는 건 처음 봅니다."

정보상에 들어온 지 얼마 되지 않은 신입 아인스가 능글맞은 미소를 지었다.

"설마…… 좋아하는 분입니까? 그래서 이렇게 챙기시는…… 아얏!"

"딸이다, 딸! 내가 첫사랑에 실패만 안 했으면! 이만한 딸이 있어! 뭔 쌉소리를 하고 있어!"

이마를 얻어맞은 아인스가 울상을 지었다.

"아니면 아닌 거지, 왜 사람 대굴빡을 때리십니까?!"

"개소리하면 맞아야지."

바카디는 콧방귀를 뀌며 먼저 걸어 나갔다.

"모시겠습니다."

롭이 네이필리나의 곁에 서며 작게 속삭였다. 네이필리나는 고개를 끄덕였다.

'바카디, 저런…… 성격인 줄 몰랐는데. 깐깐한 잔소리꾼인 것도 그렇고.'

유년 시절, 성숙하고 능수능란했던 스테프니의 보스 바카디에 대한 기억이 점점 퇴색되고 있는 것 같았다.

* * *

"곧 경매가 시작됩니다!"

카란툴라 불법 경매장의 내부는 먼저 온 손님들로 가득했다.

"은인님, 이거. 혹시 모르니 들고 있어."

들어가기 전, 바카디는 도무지 안심이 안 되는지 이동 스크롤까지 쥐여 주었다.

콘체른의 스크롤만큼 고급품은 아니었으나, 하급품에도 한 개에 수십 골드는 족히 나가는 게 이동 스크롤이다. 그는 아마 제 몫의 스크롤을 주는 것일 테지.

"여차하면 그걸로 도망치도록 해. 양피지를 찢고 이동하고 싶은 곳을 머릿속에 떠올리면 돼."

"나는 이거 있는데."

"그래도 챙겨. 혹시 모르니까."

카란툴라는 어떤 일이 벌어질지 모르는 곳이라며 바카디는 짐짓 날카롭게 경고했다. 자리에 앉은 네이필리나는 스윽 장내의 분위기를 훑었다.

"클클. 오늘, 아주 기가 막히는 게 나온다는데."

"닥쳐. 내가 침 바른 거니까. 눈독 들이면 팔다리 부숴 버린다."

"지랄은, 그럼 XX, 지금 나와서 한번 붙어 봐? XXX?"

"하라면 못 할 줄 알아? X, XX, XX 새끼……."

불법 경매장이라서 그런지 온 사방이 어두컴컴하고 참석자들 역시 음침하고 난폭했다. 경매장 내에서는 싸움을 허용하지 않는다는 유일한 규칙이 그들을 간신히 제어하고 있는 듯했다.

왁자지껄한 가운데 한 남자가 경매장 안으로 들어섰다. 입구의 장막에 거의 닿을 만큼 키가 큰 남자였다.

"뭐야?"

"에이, 좀 있으면 시작한다고. 빨리 자리에 앉기나 해."

잠시 쏠리는가 싶던 관심은 이내 남자가 경매장 안쪽의 구석진 곳으로 들어가며 사라져 버렸다.

"은인님, 왜 그래? 누구 아는 사람이라도 본 거야?"

네이필리나는 조금 전 들어온 남자의 뒷모습을 좇고 있었다.

'분명 뭔가 느껴졌는데.'

남자가 들어서자마자 그녀는 목덜미를 스치는 스산한 기운을 느꼈다.

누군가 차가운 칼날을 목에 대고 있는 듯한 느낌, 희미하긴 했지만 그건 분명 살기였다.

잘못 봤나 싶어 다시 남자를 찾으려 했을 때, 그는 인파 속으로 사라진 지 오래였다.

"아무것도 아니에요."

카란툴라 경매장. 과연 명성만큼이나 위험한 곳이구나. 네이필리나는 쓴 웃음을 지으며 몸 안에 장착한 무기들을 다시 확인했다.

"경매를 시작합니다!"

턱시도를 멋들어지게 차려입은 사회자의 외침과 동시에 경매가 시작됐다.

"밴시의 심장, 기둥 아래 지팡이 짚은 신사분께 돌아갔습니다!"

"알란시아의 드래곤 블러드 용액! 200실버에 낙찰되었습니다!"

경매가 순조롭게 무르익어 갈 즈음, 바카디가 쿡 하고 네이필리나를 찔렀다.

"아가씨, 나왔어."

"자아! 암브로시아의 푸른 다이아몬드입니다!"

벨벳에 감긴 푸른 다이아가 마침내 모습을 드러냈다.

"다이아가 깨져 있군."

"저게 그 저주받은 아티팩트인가?"

"마지막 주인인 로스의 영주가 죽은 채로 발견됐다지?"

가운데에 크게 금이 가긴 했지만 다이아가 내뿜는 오라는 진짜였다. 사람들의 웅성거림이 커지는 와중에 반대편에서 손이 올라왔다.

"흰색 장갑을 낀 67번 신사분! 900실버 나왔습니다. 다른 분 안 계십니까?"

'힐데가르드의 목걸이가 맞아.'

경매품이 자신이 찾던 목걸이라는 걸 확인한 네이필리나가 조용히 팻말을 들어 올렸다.

"오, 44번에서 천 실버 나왔습니다. 더 안 계십니까?"

하자가 있어 아무도 사지 않을 법한데도 저주받은 아티팩트라는 흥미 때문인지 꽤 여기저기서 손이 올라왔다. 가격은 곧 3천 실버까지 치솟았다.

참가자들이 혀를 내두르며 떨어져 나갔다.

"금 간 걸 어디다 선물하겠나. 다이아는 온전해야만 제값을 받을 수 있는 걸. 나는 이쯤에서 손뗴세."

같은 크기의 다이아가 시중에서 800실버 정도라는 걸 고려한다면 암브로시아의 다이아몬드 경매 가격은 그 가치를 뛰어넘은 지 오래였다.

가장 마지막까지 남은 건 하얀 장갑을 낀 남자와 네이필리나였다.

"6천 실버."

단번에 두 배를 부른 남자가 네이 쪽을 쳐다보면서 비릿하게 웃었다. 그녀가 이 금액을 감당할 수 없으리라 자신하는 듯했다.

"만 실버."

네이필리나가 빙긋 웃으며 되돌려주자 그의 얼굴이 종잇장처럼 구겨졌다.

"만……오백 실, 실버."

남자의 목소리가 부들부들 떨리는 것처럼 느껴지는 건 착각일까?

"은인님, 금액이 너무 높아졌어. 자칫하다간 주머니가 거덜 나는 수가 있다고."

바카디 역시 걱정스러운 얼굴로 충고했다. 그 정도로 값을 치르고 살 만한 물품이 아니라는 뜻이었다.

'그건 그렇고, 저 장갑 낀 놈, 어디서 본 것 같은데?'

자꾸 서로 팻말을 들 때마다 살피다 보니 얼굴이 괜스레 낯이 익었다.

'저 얼굴을 어디서 봤더…… 아, 마르쉐!'

전생에서 마르쉐 후작이 부리던 똘마니였다.

황비의 오라비인 마르쉐 후작은 2황자파의 수뇌이자 힐데가르드 공작가와 끊임없이 권력을 다투는 상대다.

천 실버면 족할 깨진 다이아에 마르쉐가 그 열 배가 넘는 금액을 퍼부으면서까지 손에 넣고자 한다면, 그녀의 예상이 맞는다는 소리였다. 아니, 힐데가르드의 목걸이라고 도장을 꽉 찍어 준 것이나 다름없었다.

네이필리나의 얼굴이 불을 켠 듯 환하게 밝아지자 마르쉐 후작 똘마니의 눈이 흔들렸다.

'미안, 돈지랄이라면 이쪽이 일가견이 좀 있어서.'

권력은 쥐뿔도 없지만, 콘체른은 제국에서 단일 현금 보유액이 제일 높을 정도로 강한 현금력을 소유한 가문이다.

가문에서 매달 나오는 용돈과 헨리가 네이필리나를 위해서 따로 융통해 주는 자금까지 합하면 수도의 어지간한 귀족이라도 얼마든지 갖고 놀 수 있다.

게다가 그녀는 저 사내와 달리 결재받아야 할 상사도, 딸린 처자식도 없으니,

"2만 실버."

'목걸이 하나에 가진 걸 전부 꼬라박는 도박도 상관없다는 거지.'

"허어어억! 2, 2만 실버라니!"

깨진 다이아 하나에 미친 금액이 튀어나오자 사람들이 일제히 숨을 들이 켰다.

고작 부서진 보석이 아닌가!

"2만……."

똘마니가 멈칫했다.

마침내 더 높은 금액을 부르기엔 망설일 수밖에 없는 구간에 도달했기 때문이다.

'혼자서 지르자니 금액이 너무 높고, 그렇다고 후작의 결재를 기다리긴 너무 늦지.'

네이필리나의 예상대로 그녀가 만든 딜레마의 늪에서 똘마니는 치열하게 고민하고 있었다.

'2만……. 제길, 내가 감당할 수 있는 숫자가 아니다.'

그는 예민하고 깐깐한 제 주인을 떠올렸다.

아무리 후작이 시킨 일이지만 함부로 그의 승인 없이 쓸 수 있는 금액이 아니었다. 특히나 2황자를 위한 정치 자금 때문에 후작이 골머리를 앓고 있 는 지금은 말이다.

이러나저러나 혼날 거라면 이왕이면 돈을 아끼는 쪽이 나을 듯했다.

'내 돈도 아니고 주인 돈을 아껴 주는 건데, 이쪽이 덜 혼나지 않겠나.'

마르쉐 후작이 알았다면 똘마니의 뼈를 발라 버렸을 어리석은 판단이었다.

"2만! 2만 실버 나왔습니다! 더 안 계십니까!"

결국, 진퇴양난의 상황에서 갈팡질팡하던 그는 물러서기를 택했다.

"네! 그렇다면 이 블루 다이아는 44번 손님분께 낙찰되었습니다!"

땅. 땅. 땅. 낙찰봉 소리가 울렸다.

마르쉐의 똘마니는 다이아가 든 벨벳 상자가 네이필리나에게 건네지는 일련의 광경을 노려보았다.

'워, 뚫어지겠어.'

네이필리나는 붉은 혀로 입술을 핥았다. 약 올리는 몸짓을 보았는지, 멀리서도 똘마니가 푸들푸들 분에 떠는 게 보였다.

"은인님한테 할 말은 아니지만 말이야, 혹시 미쳤어?"

부들거리는 놈은 그녀의 옆에도 하나 있었다.

"아이고, 머리야……."

바카디는 이마를 짚었다.

깨진 싸구려 다이아 하나에 자그마치 2만 실버를 퍼부은 이 철없는 아가씨를 보니 골이 댕댕하게 아파졌기 때문이다.

"목걸이 하나에 2만 실버? 아니, 이건 목걸이도 아니지. 고작 알 하나에? 그것도 깨진 걸?"

나지막한 속삭임으로 바카디가 맹렬하게 항의했다.

"그 정도면 싸게 샀어요."

"도대체 뭐가 싸단 말이야! 은인님이 호구야?"

'콧대 높은 귀족 중의 귀족, 힐데가르드의 마음을 사는 데 200골드면 아주 싼 거지.'

네이필리나는 피식 웃을 뿐이었다. 바카디가 다시 뒷목을 잡았다.

"가요."

목걸이를 손에 넣은 이상, 그녀가 이곳에 더 머무를 이유는 없다. 그녀가 자리에서 일어났을 때였다.

"자, 드디어 여러분께서 기다리고 기다리던 오늘 경매의 꽃이 나옵니다. 오직 이것만을 위해서 여기까지 오신 분들도 계시지요?"

사회자가 목청을 높였다.

"그 유명한 북부의 야만족! 그 옛날 대륙을 벌벌 떨게 했던 거친 전사들!"

그는 과장된 손짓으로 팔을 쫙 펼쳤다.

"로피진입니다!"

'로피진?'

익숙한 단어가 막 일어서려던 그녀의 발을 잡아 세웠다. 굵은 족쇄를 찬 세 명의 포로가 터덜터덜 무대 위로 올라왔다.

"로피진이다!"

"로피진이 나오다니!"

우워어어어! 군중이 일제히 환호했다. 발로 바닥을 구르고 탁자를 탕탕 내리치니 경매장의 천장이 들썩거렸다.

로피진. 한때 대륙을 휩쓸고 다니던 야만의 종족.

그들은 인간이 아니라 로피진이라는 별개의 종족으로 불렸다. 반신의 피를 타고났다 하여 골격도, 힘도, 내포하고 있는 마나도 인간보다 우세했다.

월등한 체격과 힘을 자랑하는 로피진들은 기마와 전투에 특히나 빛을 발했는데 매섭게 세를 불리는 용맹함은 제국을 위협할 정도였다 한다.

"로피진은 세 살배기 어린아이도 검을 쓸 줄 안다지요! 보십시오, 이들의 완벽한 육체를!"

그러나 대륙 전쟁 때 연합군이 로피진을 몰살했고, 그들은 대륙으로 뿔뿔이 흩어졌다. 그들이 아무리 강했다 한들, 나라를 잃은 백성들의 말로는 무릇 비참할 뿐이다. 마나가 통하지 않는 로피진들의 강인한 몸은 주로 무거운 노역이나 마법의 실험체로 이용되곤 했다.

"아시다시피 사흘 밤낮을 물 한 모금 안 주고 일만 시켜도 벌떡벌떡 일어나는 놈들입니다! 자! 어린아이부터 시작할까요?! 일곱 살! 아주 파릇파릇한 나입니다! 간단하게 100실버부터 시작하겠습니다!"

흔하지 않을뿐더러 아무리 혹사해도 좀처럼 죽지 않으니 비싼 몸값에도 인기가 높았다. 무대로 끌려 나온 로피진들의 온몸에도 상처가 가득했다.

아이와 여자, 그리고 남자. 세 사람의 눈에는 짙은 피로와 절망이 내려앉은 지 오래였다.

"여기!"

"이쪽도!"

아까 낄낄거리던 흑마법사 서넛이 일제히 팻말을 들었다.

"500실버 나왔습니다! 더 안 계십니까?"

경쟁이 치열했다.

"700실버!"

"천 실버! 나왔습니다!"

"천오백 실버!"

로피진 노예들의 가격은 가파르게 치솟았다.

로피진의 희소성을 감안해도 상당히 높은 가격이었다.

"나는 포길세. 아무리 로피진이라도 노예 하나에 천오백 실버는 너무하지."

"실험체가 저것만 있는 것도 아니고. 에이씨, 나도 오늘 공쳤네."

하나둘씩 떨어져 나가고 결국 애꾸눈의 사내 하나만 남았다.

"흐흐흐……. 이때만을 기다렸지."

그가 히죽히죽 웃었다. 죽 찢어진 입꼬리가 자못 괴기스러웠다.

"엄마…… 무서워."

겁에 질린 소년 로피진이 쪼르르 엄마로 보이는 여자 로피진 뒤로 몸을 숨겼다.

한편 네이필리나의 눈이 애꾸눈의 사내에게 향했다. 좀 더 정확하게는 팻말을 들고 있는, 화상에 우그러져 있는 사내의 오른쪽 손에.

'애꾸눈에 화상이라. 여기서 블라디미르를 보게 될 줄이야.'

블라디미르, 살점의 흑마법사.

표적의 몸에 폭탄을 심어 폭발시키고 연기처럼 사라지는 놈이었다. 높은 레벨의 마법을 구동하는 만큼이나 손속이 잔혹하여, 뒷세계에서 악명이 높았다.

'저 손의 화상은 제 스승을 죽일 때 입은 상처라지. 이 자식, 이때부터 종횡무진 제국을 누비고 다녔구나.'

2황자가 즉위할 즈음, 그를 추적하던 황실 수비대에 붙잡힌 블라디미르가 제 입으로 실토한 거다. 아직까진 아무도 그 사실을 모르겠지만.

'로피진 노예들을 낙찰받으려고 일부러 여기 왔구나.'

네이필리나는 놈이 오늘 경매에 참여한 이유 역시 짐작할 수 있었다.

고문을 즐기는 놈이니, 마나가 듣지 않는 로피진을 상대로 마음껏 생체 실험을 해 볼 생각일 테지.

'쓰레기 같은 새끼.'

블라디미르의 눈에 든 이상, 덜덜 떨고 있는 저 소년 로피진의 운명은 이미 정해진 수순이었다. 차라리 빨리 죽여 달라 비는 편이 나을 테지.

"……."

그녀는 문득 손에 잡힌 팻말을 내려다보았다. 소년 로피진의 경매가 거의 끝나 가고 있었다. 경쟁자들이 사라졌으니, 제가 아니라면 아마 저 아이는 블라디미르에게 낙찰될 것이다.

'들어야 할까.'

머리가 빠르게 회전했다. 그녀가 할 행동에 뒤따르는 가능성을 계산했다.

'눈독 들인 걸 가로채이면 저놈은 분명 다시 빼앗으려 들겠지.'

살점의 흑마법사는 악명만큼이나 강자였다. 지금의 저는 그를 상대로 승산이 있을까?

'아니.'

머리가 삐 하는 경고음을 냈다.

전력을 다해도 승리를 장담할 수 없는 위험인물을 이 약해 빠진 몸뚱어리로 상대할 순 없다고. 그러니 쓸데없는 감정에 휘둘려 멍청한 짓은 하지 말라고.

"은인님? 왜 그래?"

그녀의 굳은 반응을 감지하고 바카디가 물었다. 그사이, 사회자가 낙찰봉을 집어 들었다.

"더 없으십니까? 그렇다면, 첫 번째 로피진은 저기 계신 22번 손님께 낙찰되······."

동시에 경매장의 관계자가 소년 로피진을 엄마 로피진의 품에서 빼앗았다.

낙찰자에게 상품을 재빠르게 건네주기 위한 선조치였는데, 되레 상황을 멈춰 버리고 말았다.

"싫어! 싫어! 엄마!"

아이가 엄마의 낡은 옷자락을 붙잡고 가지 않으려고 발버둥 쳤기 때문이다.

"······."

"싫어! 가지 않을 거야!"

자지러지는 비명이 귀 아프게 울리건만, 모친은 멍한 눈으로 멀어지는 아이를 바라보고만 있었다.

"이, 이놈이······. 말을 안 들어!"

무대를 내려와서도 거센 아이의 반항에 관계자와 실랑이가 길어지자, 블라디미르가 둘에게 성큼성큼 다가갔다.

"멍청하긴. 여긴 이 짐승들을 다루는 법을 전혀 모르는군."

"예?"

쫙!

"아악!"

말이 끝나기도 전에 거친 채찍이 아이의 여린 등을 강타했다. 블라디미르가 휘두른 것이다.

"잠깐, 손님. 아직까진 우리 상품인데 이렇게 다루시면 곤란합니다."

"다른 입찰도 없는데 어차피 내게 낙찰될 놈이잖나."

블라디미르가 킬킬 웃었다. 까만 눈이 잔혹하게 빛났다.

"저기 위에 있는 다른 놈들도 수월하게 팔게 해 주지. 내 특기가 로피진 놈들 말 들어 처먹게 하는 거거든."

좌악! 좌악!

"아악! 잘못했어요! 살려 줘요! 아아악!"

바닥으로 쓰러져 애원하는 아이 위로 날카로운 채찍이 연속해서 번쩍였다.

"으어어어!"

콰쾅!

멍하니 서 있던 엄마 로피진이 갑자기 고함치며 아이에게로 달려가려다 발목에 매인 족쇄에 걸려 나동그라졌다.

"어어어어! 으어어!"

혀가 잘렸는지 엄마 로피진은 말을 제대로 하지 못했다. 짐승 같은 울음으로 울부짖을 뿐이었다. 그마저도 블라디미르를 보고 힘을 얻은 관계자의 채찍질에 끊어지고 말았지만.

"그 애를 풀어 줘! 아이잖아! 차라리 나를 괴롭혀!"

남자 로피진이 피 끓는 목소리로 발버둥 쳤지만 역시 발목을 잡는 굵은 족쇄에 힘을 쓰지 못했다.

"으어어어!"

"이 연놈들까지 왜 지랄이야!"

경매품들의 돌발 행동에 화가 난 관계자가 가차 없이 채찍을 휘둘렀다.

철썩. 철썩. 피와 살점이 튀었다. 채찍을 맞으면서도 여자 로피진은 아이에게 다가가려 무대 바닥을 기었다.

"으어어어……."

애끓는 신음이 모두의 귀에 들릴 만큼 선명하건만, 아무도 그들을 말리려 들지 않았다.

암시장이라는 배경, 정체를 숨기고 참가한다는 익명성이 그들의 잔인함을 가중시켰을지도 모른다. 그러나 무엇보다 그들이 나서지 않은 근본적인 이유는, 당연했기 때문이다.

정도의 차이가 있을 뿐, 이게 망국의 잔재인 로피진들이 대륙에서 받는 취급이었다. 그들은 유용하지만 언제든지 밟아 죽일 수 있는 벌레, 그 이상 그 이하도 아니었으니까.

"……눈을 돌리는 게 좋겠어, 은인님이 볼만한 광경이 아니니까."

바카디 역시 눈살을 찌푸렸지만, 그들을 저지하지 못했다.

로피진들을 가혹하게 다루는 이들에게 동의하는 건 아니지만, 그렇다고 저들을 위한답시고 이 경매장에 있는 모든 사람을 적으로 돌릴 순 없었으니까.

"하, 하아, 하아……."

채찍을 내리 맞은 로피진 모자의 입가에서 가쁜 숨이 쌕쌕 새어 나왔다.

생명의 빛이 점점 꺼져 가는 것처럼 위태로운 숨소리였다. 뜨거운 눈물이 그들의 피와 먼지에 더러워진 볼을 타고 흘러내렸다.

그 모습이, 네이필리나에게 꼭 누군가를 떠올리게 했다. 이제는 존재하지 않는, 오직 그녀만이 기억하는 과거에 묻어 두었던 이들을.

마지막 숨을 뱉어 내던 내 형제들의 모습이 저랬지. 우리의 쓰임이 그랬지. 언제든지 쓰고 버릴 수 있는 일회용으로.

팻말을 움켜쥔 여린 손에 잠깐 힘이 들어갔다.

"잠깐, 은인님."

움직임을 알아챈 바카디가 그녀의 손목을 잡아 세우려 했다. 그러나 그녀가 더 빨랐다.

"5천 실버."

"잠깐, 저기 팻말이 다시 올라왔, 44번 손님, 지, 지금 뭐라 하셨지요?!"

사회자가 믿을 수 없다는 눈으로 되물었다.

"세 명 전부, 인당 5천 실버로 사겠어."

다시 한번, 로브 아래로 낮고 분명한 음성이 흘러나왔다.

사회자의 눈이 휘둥그레졌다. 다행히 그는 두 번을 연달아 묻는 실수는 하지 않았다. 경매장 전체가 술렁였다.

"5, 5천이라고 한 거지, 지금? 고작 로피진 어린애 하나에?"

"벙어리 여자도! 5천이라니, 아까 200골드로 목걸이를 산 놈 아냐? 돈이 썩어나나 보지?"

갑작스러운 방해자가 등장하자 로피진들을 노리던 애꾸눈 흑마법사, 블라디미르의 얼굴이 와락 일그러졌다.

"이미 내가 낙찰받았어! 저놈은 내 거야!"

그가 고함쳤다. 그러나 네이필리나는 어깨를 으쓱하며 사회자가 들고 있는 낙찰봉을 가리켰다.

"아니지. 아직 입찰이 끝나지 않았으니까."

봉을 치기 전까지는 비딩이 가능하다.

"그렇지 않나?"

네이필리나의 물음에 사회자의 눈이 쉴 새 없이 흔들렸다.

'저쪽은 천오백 실버뿐이지만 여긴 5천이야. 셋이니까 자그마치 만 오천 실버……! 커미션이 엄청나다고!'

사회자의 수입은 낙찰 가격의 퍼센티지로 계산된다. 그는 이미 방향을 정했다. 게다가 44번의 말대로 봉을 치기 전이다. 없는 규율을 만들어 내는 것도, 있는 규율을 어기는 것도 아니지 않은가!

"예! 맞습니다. 정확하게 얘기하자면 제가 이 봉을 치지 않았으니 누구라도 참여하실 수 있지요. 자, 조금 전 만 오천 실버가 나왔습니다. 다른 분 계십니까?"

인당 5천, 도합 만 오천 실버. 블라디미르로서는 감당할 수 없는 금액이다. 코앞에서 먹잇감을 놓친 그의 얼굴이 야차처럼 변해 사회자를 노려보았다.

"저 쳐 죽일……!"

사회자는 블라디미르의 무시무시한 눈길을 무시했다. 그가 살점의 흑마법사라는 것을 몰랐기에 가능한 일이었다.

"없으십니까? 그렇다면 로피진 세 명, 각각 5천 실버로 일시금에 거래되었습니다! 44번 신사분의 성원에 감사드립니다!"

탕탕 낙찰봉이 울리는 소리가 그 어느 때보다 맑게 울렸다.

"제기랄……!"

분을 참지 못한 블라디미르가 채찍을 집어 들었다. 소년 로피진은 아직 바닥에 나동그라져 있는 상태였다.

'내 손에 넣을 수 없다면 순순히 보내 줄 수 없지.'

블라디미르의 눈에 살기가 선명했다.

'나, 날, 죽일 거야…….'

공포에 질린 소년 로피진이 눈을 꽉 감았다. 그러나 예상과는 달리 블라디미르는 천천히 채찍을 내려놓았다.

'여기선 안 돼.'

경매장에서 난동을 부려 정체를 드러낼 순 없다.

저는 공식적으론 마탑에 쫓기는 몸이니까.

"네놈, 오늘 일을 단단히 후회하게 될 거다."

네이필리나의 어깨를 치고 지나가며 블라디미르가 음산하게 속삭이고는 그대로 경매장을 나가 버렸다.

"휴우우."

'어이쿠, 저 사람 눈치로 봐선 한바탕 난리가 벌어질 줄 알았는데 싱겁게 끝나 얼마나 다행인지…….'

직원이 뒤늦게 가슴을 쓸어내렸다.

"아이구, 감사합니다. 저는 두 분이 싸우시기라도 하는 줄 알고……. 그럼 구매하신 경매품은 지금 가져가시겠습니까?"

"……그러지."

직원이 짝하고 손바닥을 쳤다. 엄청난 커미션을 선물해 준 손님이라 한참은 너그러워진 채였다.

"예. 바로 챙겨 드리지요. 절 따라오십시오!"

* * *

'나답지 않게 충동적이었어.'

상처투성이 로피진들을 보면서 네이필리나는 쓴웃음을 지었다. 솔직하게 말하자면, 이들은 지금 그녀에게 거추장스러운 혹이나 다름없으니까.

그러나 후회하진 않았다. 다시 돌아가도 그 상황이라면 그녀는 똑같은 선택을 할 것이다.

"이제 좀 실감이 나? 은인님이 얼마나 미친 짓을 한 건지?"

목걸이에 로피진까지, 아주 저놈들한테 눈도장 찍으라고 광고를 하지 그래. 분명 속으로 터지는 쓴웃음이었건만, 바카디는 알아차린 듯했다. 그가 잘생긴 눈썹을 찌푸리며 이마를 짚었다.

"됐고, 힐링 포션 가지고 있는 거 내놔요."

"아주 맡겨 놓은 듯이……. 자."

바카디는 투덜거리면서도 이유를 묻지 않고 품속을 뒤져 작은 약병 세 개를 꺼냈다. 네이필리나는 세 로피진 앞에 섰다. 여섯 개의 불안한 눈동자가 그녀를 응시했다.

"들었겠지만 힐링 포션이야. 완전히 멀쩡해지진 않겠지만, 간단한 응급 처치는 될 거야."

그녀가 세 사람에게 포션과 스크롤을 내밀었다.

"이건 이동 스크롤이고. 떠나기 전에, 가고 싶은 곳을 되뇌면 돼."

"이걸 왜 우리에게 주는 겁니까."

남자 로피진의 눈에는 여전히 불신이 가득했다.

"이왕이면 수도에서 멀리 떨어진 곳으로 가는 걸 추천해. 아까 그놈, 꽤나 끈질겨서 괜히 추적이 붙으면 곤란해질 거야."

"당신과 그놈이 한패가 아니란 걸 어떻게 믿고?"

뒤에서 바카디가 작게 욱하는 소리가 들렸다. 네이필리나는 이어 말을 이었다.

"미안하지만 의심 풀어 줄 시간 같은 거 없어. 알아서 판단하도록 해."

그녀는 몸을 돌려 소년 로피진을 향해 손을 내밀었다.

"……무, 무서워."

소년 로피진이 주춤주춤 뒷걸음질 치며 엄마 뒤에 숨으며 불쑥 중얼거렸다.

파란 눈에 비친 순수한 공포가 소년이 여태껏 겪었을 험난한 삶을 짐작하게 했다.

"무서워할 필요 없어."

그녀는 무릎을 굽혀 아이와 눈높이를 맞췄다.

"널 해치지 않을 거야. 약속할게."

상냥하다 하기엔 의례적인 듯한, 조금은 건조하게 느껴지는 음성이었다. 그러나 거기엔 기묘한 신뢰감이 있었다.

"정말로? 날 아프게 하지 않을 거야?"

"그래."

"별님에게 맹세할 수 있어? 영원히?"

"좋아. 맹세할게."

네이필리나가 고개를 끄덕이자, 내내 그녀를 경계하는 눈으로 바라보던 소년이 주춤주춤 다가왔다.

착, 상처투성이 작은 손이 그녀의 손바닥 위에 얹어졌다.

"착하구나."

네이필리나는 재빨리 손목시계의 베젤을 돌려 침을 꺼냈다. 그리고 족쇄의 빈틈에 집어넣었다. 달칵하는 소리와 함께 소년의 팔에서 족쇄가 떨어져 나갔다.

"봐, 아프지 않았지?"

그녀가 자리에서 일어나 허리를 폈다. 그리고 다음 차례라는 듯 남녀 로피진을 응시했다.

"……."

달칵. 달칵. 손발을 죄던 족쇄가 모두 풀렸을 때까지도 그들은 멍하니 서 있었다. 도저히 작금의 상황을 이해할 수 없다는 것처럼, 그저 어안이 벙벙해져 있을 뿐이었다.

"자, 이제 가 봐. 당신들은 자유야."

그녀는 미련 없이 등을 돌렸다. 거기까지가 제 볼일이었다는 듯.

"정, 정말로…… 우리를 풀어 주는 겁니까?"

남자가 믿을 수 없다는 듯 더듬거렸다.

"어째서 포션에 스크롤까지……. 왜 이렇게까지 도와주는 겁니까."

"글쎄."

그녀는 어깨를 으쓱했다.

'죽어 버린 내 형제들 대신이라고 어떻게 말할 수 있겠어?'

그들 위로 덧씌워진 전생의 기억 같은 걸 얘기할 순 없으니까. 주변을 살폈다. 아직까지 쫓아 나오는 놈은 없지만, 방심할 순 없었다. 여유가 없는 상황인 걸 그들 역시 인지한 모양이었다. 남자 로피진이 허리를 숙였다.

"……이 은혜 잊지 않겠습니다."

"어서 가. 애써 구해 줬는데 다시 잡히지 말고."

"으어어어."

스크롤을 찢기 전, 여자 로피진이 네이필리나의 옷깃을 당겼다.

"응?"

"으어어……."

거칠게 터 버린 손으로 여자는 네이필리나에게 간절하게 감사를 전했다. 네이필리나는 대답 대신 고개만 끄덕였다.

찌이익. 양피지가 찢기는 소리가 났다. 눈앞에 있던 세 명의 모습이 흔적도 없이 사라졌다.

"은인님."

바카디가 불쑥 입을 열었다.

"은인님은 방금 150골드를 공중에다 뿌린 거야."

"……."

낙찰받은 로피진을 그대로 풀어 주었으니 틀린 말은 아니다. 피식 웃음이 터져 나왔다.

"아가씨가 그렇게 감상적인 인간이라곤 생각하지 않았는데 말이야."

"실망했어요?"

"……그 정도까진 아니고. 왠지 은인님이라면 그럴 것 같기도 했고."

바카디가 피식 웃었다.

"날 구해 준 것도 이런 맥락 아니었나?"

뭐, 따지고 보면 비슷한 것 같기도 했다. 네이필리나는 어깨를 으쓱했다.

"그래도 다이아 하나에 200골드는 정말 너무했다고."

바카디는 여전히 투덜거렸다.

"이미 사 버렸는걸요. 아니면 바카디가 가서 바꿔 오든지요."

"카란툴라의 돈 귀신들에서 환불을 받아 오라고? 목을 물어뜯길 일 있어?"

유령이 와도 절대로 내놓지 않을 거라며 바카디가 절레절레 고개를 내저었다.

"그럼 어쩔 수 없네요. 아쉬워라."

네이필리나가 유들거리자 바카디는 약이 올라 어쩔 줄 몰라 했다.

"보스를 이렇게 쥐락펴락하는 분은 처음이십니다. 아주 맥을 못 추시네요."

"쥐락펴락은 무슨. 말조심해라."

"틀린 말은 아니잖습니까."

롭과 바카디가 티격태격하다가 멈칫했다.

"저택으로 돌아갈 거지? 안전하게 모시지."

"음……."

경매장을 벗어나 3지구로 들어서는 골목길에 이르렀을 때 네이필리나가 삐뚜름히 고개를 기울였다.

"불청객이 있어서 안 되겠어요."

말이 끝남과 동시에 골목 끄트머리에서 나타난 사내들이 앞뒤를 가로막았다. 선두에 서 있는 건, 네이필리나의 예상대로 마르쉐의 똘마니였다. 그는 등 뒤에 험악해 보이는 수하들 여럿을 데리고서 위협적으로 이쪽을 노려봤다.

"당신이 가져간 그 다이아, 귀한 분이 찾으셔서 내놔야겠소. 대신 값은 더 쳐 주지."

얼마에 줄 건데? 네이필리나가 뜻을 담아 물끄러미 바라보자 그가 냉혹하게 말을 이었다.

"250골드. 팔든가, 아니면 한 푼도 못 받고 뺏기든가. 결정은 형씨가 하쇼."

목걸이를 놓쳤다고 마르쉐 후작에게 잔뜩 혼이 났는지 똘마니도 아까보다 독이 올라 있었다.

"그새 물어보고 왔구나."

네이필리나는 여상하게 대꾸했다.

"그런데 덤을 얹어 주는 게 고작 50골드라니, 서쪽에 사는 독수리 먹이가 많이 부족한가 봐. 보기보다 쩨쩨하네."

서쪽의 독수리. 마르쉐 후작령은 제국의 서쪽에 위치하며 가문의 문장엔 독수리가 그려져 있다. 그녀는 넌지시 너희들의 배후를 알고 있다고 암시한 것이다.

"······."

똘마니의 얼굴에서 혈색이 사라졌다.

"역시······ 힐데가르드였나!"

목걸이를 놓쳤는데 제일 앙숙인 힐데가르드에게 정체까지 들켰다는 걸 알면 마르쉐 후작은 그를 오체분시하려 들 테다.

'아닌데?'

네이필리나는 대답 대신 싱긋 웃기만 했다. 하지만 마르쉐의 수하들에겐 그 웃음이 되레 물음에 대한 확답으로 보였다.

"제길, 이 자리에서 죽여 버려! 단 한 놈도 그냥 빠져나가게 두지 마!"

결국, 그가 선택한 건 영원한 입막음이었다. 고함과 함께 어둠 속에서 일제히 날붙이들이 번쩍였다.

"움직여!"

동시에 바카디의 수하들이 달려드는 공격을 막아 냈다. 좁은 골목에서 두 무리가 격렬히 충돌했다.

"은인님, 내 뒤로!"

바카디가 네이필리나의 앞을 보호하듯 막아섰다. 그녀는 고개를 끄덕였다. 목걸이를 노리고 달려드는 놈들은 네이필리나가 던진 독침과 표창을 맞고 엎어졌다.

'블라디미르, 지금쯤 나타날 때가 됐는데.'

하지만 그녀의 기감 반은 계속해서 다른 쪽에 가 있었다. 블라디미르, 은혜는 원수로 갚고, 원수는 백배로 갚아 주는 사악한 놈이 이렇게 저를 쉽게 포기할 리 없었다.

'지금까지 쏜 독침이 세 박스, 표창은 절반 넘게 남았어. 스크롤과 체력은······.'

공격을 쳐 내면서도 네이필리나의 머리는 쉴 새 없이 상황을 판단하고 가지고 있는 무기의 재고를 되새겼다.

연약한 몸뚱어리 역시 체력을 비축하기 위해 최소한의 동선만을 고집했다.

'우리 쪽 숫자가 너무 적어.'

스테프니 길드원들의 실력이 아무리 뛰어나더라도 장기전은 무리였다. 네이필리나는 스크롤 한 장을 꺼내 바카디의 주머니에 쑤셔 넣었다.

"내가 신호하면, 길드원들과 같이 도망쳐요."

"은인님을 두고 가란 소리야? 말도 안 되는 소리 마."

바카디의 얼굴이 금세 분노로 달아올랐다.

"쿵짝이 잘 맞아야 같은 편을 할 수 있는 거예요."

의미심장한 말과 함께 네이필리나가 앞으로 뛰어나갔다. 놀랍도록 가벼운 움직임이었다.

"안 돼, 은……!"

그녀를 구하기 위해 달려들려던 바카디가 멈칫했다. 네이필리나가 스크롤을 쑤셔 넣었던 뒷주머니에 뭔가가 더 있었기 때문이다.

'목걸이……!'

힐데가르드의 목걸이였다.

바카디가 멈칫, 몸을 굳혔을 때, 갑자기 펑 하는 굉음이 골목을 울렸다.

"쓰레기 같은 놈들, 로피진은 어디로 빼돌렸어?"

시뻘건 눈으로 노려보는 블라디미르가 나타났다. 골목 곳곳에서 폭발이 일었다.

예상대로 블라디미르가 나타난 지금, 마르쉐의 똘마니까지 양쪽을 상대하긴 벅차다. 게다가 블라디미르가 노리는 건 전적으로 네이필리나 그녀일 터.

'뒤를 부탁할게요.'

바카디에게 눈빛을 보낸 그녀가 스크롤을 찢었다.

"도망치려 한다! 목걸이는 저자에게 있어!"

똘마니가 다급하게 소리쳤다. 네이필리나는 이미 행선지를 떠올린 후였다.

"막아!"

허공에서 사라지는 네이필리나를 잡으려고 그들이 달려들었으나, 다시 폭음이 울렸다.

"지겹게 따라붙는 먼지들이 왜 이렇게 많아."

짜증스럽게 중얼거리는 블라디미르 뒤로 살점이 마구 튀었다.

"가소로운 것. 그런다고 쫓아가지 못할 줄 알아?"

블라디미르는 사라진 네이필리나가 있는 쪽으로 입꼬리를 올렸다. 이내 순식간에 그 역시 허공에서 사라져 버렸다.

'2지구 아르보브 거리.'

스크롤이 발동되려는 순간, 네이필리나의 앞으로 붉은 빛이 훅 날아들었다.

아까 블라디미르가 쏘아 보낸 공격 마법이었다. 발아래가 꺼지는가 싶더니 그녀는 차가운 4지구의 돌바닥에 엎어져 있었다.

파스스!

몇 발자국 떨어지지 않은 지점에서 뒤늦게 붉은 빛이 피어올랐다.

"날 추적하고 있군."

네이필리나는 스크롤 하나를 더 찢어 냈다.

'스크롤을 다 쓰기 전까지 따돌릴 수 있어야 할 텐데.'

하지만 블라디미르는 끈질겼다. 스크롤의 좌표를 바꾸어도 붉은 빛은 계속해서 간발의 차로 그녀를 쫓아왔다.

결국, 3지구의 인적이 드문 거리에서 네이필리나는 도망을 멈췄다.

'차라리 여기서 처리하고 가는 게 낫겠어.'

이세 여문의 스크롤이 없었다. 마지막 하나는 만약을 위해 남겨 놔야 했다.

그녀는 텅 빈 거리를 노려보며 왼쪽 손목에 찬 시계를 돌렸다. 독침이 언제든지 분사될 수 있게끔. 허리의 양 주머니와 다리에 찬 무기들도 확인하며 결전을 준비했다.

휙. 거친 바람과 함께 붉은 빛이 회오리친 자리에 마침내 흑마법사가 나타났다.

"쥐새끼처럼 도망치더니, 네놈은 이제 독 안에 든 쥐다."

블라디미르가 킬킬 웃었다. 동시에 그의 옆으로 분신이 여러 개 생겨났다. 사방에서 그녀를 향해 붉은 빛을 쏘아 댔다.

'저걸 직통으로 맞으면 어이쿠……'

네이필리나는 당황하지 않고 차분하게 상황을 가늠했다.

'분신이 총 일곱 개.'

기디언에게 잡혀 죽을 때는 수십 명이 넘는 살수를 상대했는데 고작 일곱 정도야.

'이런 거지 같은 몸이라도 해 볼 법해.'

분신술을 해제하는 방법은 두 가지. 그 마법을 시전한 본체를 죽이거나,

"읏!"

아니면 분신을 전부 죽이는 거다.

그녀는 후자의, 다소 거칠고 무식하지만 확실한 방법을 택하기로 했다. 네이필리나가 쏘아 보낸 독침을 맞은 분신이 바르르 떨더니 연기처럼 사라졌다.

피융!

흑마법사도 가만히 있지 않았다. 그가 휘둘러 대는 지팡이 끝에서 핏빛 광선이 튀어나왔다. 네이필리나가 몸을 비틀어 피하자, 광선이 손목에 낀 마도구에 빗맞았다.

'이런.'

부서진 마도구를 움켜쥐려다 뒤집어쓴 후드가 벗겨졌다. 백금발의 머리

가 앞으로 쏟아졌다.

"하, 계집이었나?"

흑마법사가 킬킬 웃었다.

"더 재밌어질 것 같군. 우리 이 달밤 아래, 너와 나 둘뿐이야."

"다섯이지. 네 분신 셋은 내 손에 벌써 죽었으니까."

흑마법사의 얼굴이 일그러졌다.

"입만 산 맹랑한 년이로군."

"그런 소리 많이 들었어."

전생에서. 네이필리나가 차분하게 독침을 다시 눌렀다.

이동 마법을 쓴 놈의 거리가 단숨에 가까워졌다. 손만 뻗으면 잡힐 거리였다. 네이필리나가 신발의 앞굽이 바닥을 박차자 굽 아래 숨겨져 있던 칼날이 쑥 튀어나왔다. 그대로 마법사의 다리를 베어 내리며 뒤로 물러섰다.

다시 거리가 벌어졌다.

"제길, 이 미친년이……!"

하체에서 느껴지는 화끈한 열기에 그가 이를 부득 갈았을 때, 귀 쪽으로 날카로운 바늘이 날아왔다.

파스스. 분신 하나가 또 연기처럼 사라졌다.

한편, 달 아래에서 둘의 살벌한 결투를 지켜보는 뜻밖의 목격자들이 있었다.

"블라디미르를 찾아왔는데, 뜻밖의 선객이 있을 줄이야. 주군, 보이십니까?"

스카가드 앙헬 대공과 그의 수하 라울이었다. 그들은 폐건물의 꼭대기에서 둘을 내려다보고 있었다.

살점의 흑마법사, 블라디미르.

살아 있는 로피진들을 잡아 터뜨리는 걸 즐긴다는 잔인한 악명으로 마침

내 스카가드까지 움직이게 했다.

"150골드를 주고 구한 로피진을 그렇게 순순하게 풀어 주다니 기이한 자입니다. 스크롤에 힐링 포션까지 내어 주었더군요."

카란툴라 경매장에서 네이필리나가 블라디미르를 상대로 로피진들을 낙찰받을 때, 그들도 그 자리에 있었다.

"그나저나 저 여자, 되게 잘 싸우는데요? 그 블라디미르가 분신술에서 밀릴 줄이야."

라울이 혀를 내둘렀다.

아슬아슬하게 블라디미르의 광선 공격을 피하면서도 분신들을 하나하나 제거해 나가는 솜씨는 흔들림 하나 없이 차분했다.

"저 정도면 1급 용병 정도는 될 거 같은데……."

현직 살수가 아닌가 싶을 정도였다.

"근데 대등하게 싸우는 것치고는 좀 이상하긴 합니다. 감각은 기민한데 몸이 못 따라 주는 것 같은 느낌이랄까……."

아닌 게 아니라, 블라디미르의 손끝에서 붉은 빛이 발현될 때마다 여자의 고개가 먼저 움직였다.

"공격할 걸 아는데 아슬아슬하게 피한다……. 일부러 타이밍을 늦추는 걸까요?"

저 다혈질을 열받게 하려던 거라면 성공이네요, 하고 라울이 킬킬댔다.

잡힐 듯 말 듯 요리조리 피하니 천하의 블라디미르도 점점 이성을 잃고 있었다.

"아니."

스카가드의 느긋한 목소리가 냉랭히 라울의 기대를 잘랐다. 건물의 벽에 방만히 기대앉아 있는 대공에게선 아래의 험악한 상황과는 달리 여유가 흘러넘쳤다.

검은 머리. 건장하고 날렵한 체격을 감싸는 검은 옷. 흑요석이 박혀 있는 검. 너른 어깨에 아무렇게나 걸쳐져 있는 검은 담비 털의 로브가 달빛을 흠뻑 받아 반짝였다.

대공에게서는 금방이라도 어둠 속으로 스며들 듯한 검은색 말고는 다른 색은 찾아볼 수 없었다. 하지만 그 존재감은 그 어느 것보다 화려해, 이곳이 낡은 폐건물이 아니라 휘장이 쳐진 침실이 아닌가 착각하게 만드는 데가 있었다.

"저것도 얼마 안 남았어."

라울은 얼마 남지 않은 게 저 여자인지, 블라디미르인지 괜스레 궁금해졌다.

"하아, 하아……."

거친 숨을 몰아 내쉬는 여자를 보니 아무래도 전자인 것 같다.

"어쨌든 우리로선 잘된 일이지요. 여간 독한 놈이 아닌데 저자 덕분에 놈이 꽤 지치지 않았습니까. 덕분에 손쉽게 처리할 수 있을 것 같습니다."

"……."

조용히 골목 아래를 내려다보는 남자에게선 대답이 없었다.

"하아, 하아……."

네이필리나의 입에서 거친 숨이 터져 나왔다. 비릿한 피 맛을 목구멍으로 삼키며 그녀가 작게 입술을 깨물었다.

남은 분신은 한 개. 하나만 더 죽이면 되는데, 체력이 바닥나 버렸다.

"크크큭……. 이제 그 독침도 다 썼나 보지?"

블라디미르 역시 그녀의 상태를 알아차린 것 같았다.

'어쩔 수 없는 일이지.'

하도 분신이 사방팔방으로 날뛰니 독침이 남용될 수밖에. 인제 와서 아쉬운 건 없었다. 네이필리나는 다리에 붙어 있던 단검을 뽑아 붉은 광선을 쳐 냈다.

문제는 네이필리나 콘체른이 그녀의 예상보다 훨씬 연약했다는 데 있었다. 광선은 쳐 냈지만, 그 반동에 손목이 되레 꺾였다.

'제길, 이렇게 약해 빠졌다니!'

　눈앞을 번쩍하는 통증에도 단검을 내팽개치지 않은 건 순전히 본능이었다. 기회를 잡았다는 듯 블라디미르가 다시 폭격 마법을 쐈다. 네이필리나는 후들거리는 단검을 붙잡고 다시 힘을 주었다.

　빛이 성마르게 다가왔다. 단검을 다시 뽑아 들기엔 너무 늦었다. 그땐 저 붉은 빛이 이미 저를 관통하고 있을 테다.

　이대로 죽을 순 없다. 마지막까지 포기하지 않을 것이다.

　블라디미르가 휘두른 마지막 광선이 날아들기 직전, 네이필리나는 남아 있는 마지막 스크롤을 찢었다.

"안 돼!"

　찢어지는 비명 소리와 함께 그녀가 훅 골목에서 자취를 감추었다.

"저 쥐새끼 같은 년……!"

　눈앞에서 다 된 먹이를 놓친 블라디미르 역시 이를 갈며 이동 마법을 시전했다.

　그리고,

"주, 주군……?"

　스카가드 역시 자리에서 사라졌다. 순식간에 벌어진 일이었다. 라울이 다급하게 제 주인의 이름을 불렀지만,

"어디로 가신 겁니까! 설, 설마 저자들을 따라가신 건……!"

　골목은 언제 그랬냐는 듯 침묵에 젖어들었을 뿐이었다.

* * *

　콰당!

너무 급박하게 시전한 탓인지, 목적지를 제대로 말하지 못한 탓인지, 네이필리나는 허공에서 수직으로 떨어졌다.

허리에서 타는 듯한 통증이 느껴졌다. 바닥으로 고꾸라진 네이필리나가 신음을 삼켰다. 옆구리 살이 움푹 패여 피가 철철 흘러내리고 있었다. 스크롤로 이동하기 전, 놈이 쏘아 보낸 광선을 빗맞은 듯했다.

'살점의 흑마법사라더니, 이름값 하네……. 제길…….'

이를 악물기도 전, 허공에서 붉은 빛이 깜빡깜빡 번쩍였다.

블라디미르, 놈의 추적 마법이다.

'도망쳐야 해.'

그녀는 옆구리를 움켜쥐고 간신히 일어섰다. 발에 채인 거친 풀들이 바스락거렸다. 달빛이 어스름히 비추는 숲속, 네이필리나는 다시 도주를 시도했다.

그러나 서너 발 채 내딛기도 전에, 허공에서 모습을 드러낸 블라디미르의 눈에 뜨이고 말았다.

'제길.'

네이필리나가 입술을 씹으며 재빨리 무기를 찾았다. 그런데, 블라디미르의 모습이 좀 이상했다.

"이…… 씹, 씹어 죽이이이이일!"

쥐를 궁지로 몰아넣는 듯한 여태까지의 여유로운 모습은 어디 가고 그는 증오에 찬 눈으로 네이필리나를 노려보고 있었다.

"개 같은, 너 때문에, 네년 때문에……!"

끔찍한 비명 같은 외침. 뭔가를 참는 듯 악문 잇새로 줄줄 흘러내리는 핏줄기.

그녀는 뒤늦게야 알아차렸다. 놈의 허리 아래가 통째로 사라졌다는 것을.

"네년이 좌표를, 개같이, 제기라아아랄!"

추적 마법을 혹은, 추적 좌표를 제대로 시전하지 못했던 모양이다. 이동 마법을 잘못 시전하면, 신체의 일부가 분리된다는 이야기를 들은 적이 있었다. 고통을 견디고 있는 건 블라디미르 역시 마찬가지인 모양이다. 하체가 통째로 날아갔으니 저쪽이 더 심할지도 모른다.

"차라리 곱게 죽지 못한 걸 후회하게 해 주마."

단숨에라도 그녀의 목을 꺾을 듯한 악독한 눈으로 그가 가슴팍을 더듬었다. 조그만 약병이 그의 손에 쥐어있었다. 네이필리나는 검은 약물이 그의 입 안으로 사라지는 걸 멍하니 바라보았다.

어쩐지 기시감이 일었다.

블라디미르의 입에서 검은 연기가 피어올랐다. 그리고 그를 감싸면서⋯⋯. 투둑, 투둑⋯⋯. 믿을 수 없는 일이 벌어졌다.

그의 반쪽짜리 상체에서 다리가 생겨나기 시작했다. 허벅지에서부터 무릎, 그리고 땅을 단단하게 내딛는 두 발까지. 블라디미르가 다시 하체를 되찾았다.

"크르르르르⋯⋯."

그러나 인간의 것은 아니었다. 핏줄이 하나하나 살아 있는, 검은 반점이 가득한 짐승의, 아니, 괴물의 것이었다.

'괴, 괴물⋯⋯.'

네이필리나가 경악을 삼켰다. 그녀가 두 삶을 통틀어도 한 번도 본 적 없는 끔찍함 그 자체였다. 이 세상에 있어서는 안 될 류의 것을 보고 있다는 생각이 들었다. 보는 것만으로 몸에 오한이 일었다. 그녀가 더듬더듬 뒤로 바닥을 기었다.

그러나 블라디미르, 아니, 반인반수의 괴물은 단 한 번의 뜀박질로 단숨에 그녀의 앞에까지 도달했다. 두웅~! 육중한 둔음이 대지를 울렸다.

아직 인간의 모양을 한 블라디미르의 팔이 그녀의 목을 잡아채 들었다.

"크르르⋯⋯."

"커, 커억⋯⋯ 커억⋯⋯."

금방이라도 숨을 끊어 버릴 듯 목이 졸려 왔다. 시야가 아득해졌다. 네이필리나는 힘껏 발버둥 쳤다. 그러나 괴물의 엄청난 힘에서 벗어날 수는 없었다.

'죽, 죽기 싫어. 이렇게 죽기는⋯⋯.'

이렇게 힘없이, 목이 졸린 짐승처럼 죽기는 싫었다. 그 와중, 괴물의 하체에서 시작된 검은 반점이 블라디미르의 상체까지 번져 갔다. 어깨를 지나 팔꿈치, 그리고 손등까지 점점이⋯⋯.

"커, 커커컥⋯⋯."

그리고 네이필리나의 목을 쥔 손아귀까지 번져 가는 순간, 믿을 수 없는 일이 벌어졌다. 검은 반점들이 네이필리나의 몸 안으로 흡수되듯 빨려 들어간 것이다.

"크르르르?"

블라디미르 역시 처음엔 무슨 일이 일어난 건지 파악하지 못했다. 한번 물꼬를 틔운 물이 쏟아지듯, 블라디미르의 검은 반점은 네이필리나의 몸으로 일제히 모여들었다. 온몸으로 빨려 들어가는 것이 마치 기운을 흡수하려는 것처럼 보였다.

이동하는 검은 반점들 사이에서 검은 연기가 피어난 것도 그때였다. 새까만 안개가 회오리치듯 네이필리나의 몸을 감쌌다. 눈앞이 번쩍이는 듯한 고통이 엄습했다.

"크르륵! 크아아악!"

"아아아악!"

두 사람분의 비명이 새까만 숲을 타고 메아리처럼 울려 퍼졌다. 피부 사이사이로 누군가 유리 조각을 문대는 듯했다. 모든 혈관이 한계를 모르고 팽창하고, 터져 버릴 듯한 이 감각은⋯⋯.

그녀가 아는 감각이다. 섭정공의 성물을 깨뜨렸을 때와 똑같았다. 다만 이번에는 죽음으로 끝이 나지 않았다는 것만이 다를 뿐.

"컥!"

아득한 시야 사이, 갑자기 빛이 번쩍했다.

쿵.

블라디미르였던 반인반수의 몸이 반으로 갈라졌다. 놈의 손에 목을 잡혀 있던 네이필리나 역시 바닥으로 떨어졌다. 무슨 일이 벌어졌는지도 모르고 그대로 숨이 날아갔는지, 블라디미르의 반쪽자리 얼굴엔 고통과 경악이 그 대로 서려 있었다.

그리고 갈라진 시체 사이로 한 남자가 나타났다. 피가 뚝뚝 떨어지는 은 빛 날의 장검을 쥔 채로.

"아아으……."

하지만 놈의 죽음이 그녀의 고통을 멈추게 하지는 못했다. 온몸을 관통 하는 통증에 네이필리나는 몸을 뒤틀었다. 축축이 젖은 풀이 그녀의 볼을 마구 할퀴었지만, 실감조차 하지 못했다. 온통 검붉은 시야 사이로 남자가 제게 다가오는 게 보였다.

아파. 너무 아파. 고통스러워. 차라리 죽여 줘. 죽는 게 나을 것 같아.

눈물이 줄줄 흘렀다. 그녀는 남자에게 애원했다.

"죽여 줘요. 너무 아파요."

"……이런."

짧게 탄식을 내뱉은 남자가 몸을 숙였다. 무릎을 꿇은 채 발버둥치는 그 녀의 몸을 그는 아이 다루듯 손쉽게 들어 올렸다. 남자의 손이 등을 단단하 게 받쳐 그녀를 지탱했다.

"아파. 아파……."

"입을 벌려야지."

높낮이가 없는 느릿한 음성엔 어쩐지 서늘한 울림이 있었다.

"끝내 줘. 시, 싫어. 제발……."

네이필리나가 도리질 쳤다.

"고집은."

남자가 짧게 한숨을 내쉬더니, 이내 굵은 손가락 두 개가 그녀의 입 안을 벌렸다. 굳은살이 박인 거친 살갗이 부드럽고 축축한 점막을 밀어 내며 억지로 공간을 만들었다.

"으으……."

당신 왜 이러는 거야. 누구기에 나를 이렇게 고통스럽게 해.

입은 남자의 손에 점령당해 아무 말도 할 수가 없었다. 네이필리나의 눈가를 타고 눈물이 뚝뚝 떨어졌다.

무엇을 생각하는지 알 수 없는 남자의 무감각한 시선이 잠시 그 눈물에 닿았다고 생각했을 때, 은빛 칼날이 번뜩였다. 블라디미르처럼 나 역시 죽이려는 걸까, 라고 생각한 건 잠시였다.

날카로운 칼날은 남자의 손바닥을 베었다. 후드득. 손바닥을 타고 흐르는 붉은 피가 네이필리나의 입 안으로 떨어졌다.

"삼켜."

남자가 짧게 명령하자 네이필리나는 도리질 쳤다.

"삼키면 편해질 거야. 착하지……."

나지막한 음성이 그녀를 타일렀다. 어린아이를 달래는 듯한 다정함마저 느껴지는 말투였다. 그러나 정작 남자의 손은 거침없이 그녀의 목과 혀를 잡고 떨어지는 피를 강제로 삼키게 했다. 몸부림치던 네이필리나는 속절없이 힘에 굴복할 수밖에 없었다.

그렇게 꿀꺽. 남자의 피를 삼킨 순간, 따갑게 조여들던 목구멍의 넘김이 일순 부드러워졌다.동시에 믿을 수 없게도, 온몸을 강타하던 통증이 사그라들었다. 후두둑. 핏방울이 다시 남자의 손바닥을 타고 떨어졌다. 칼날이 만들어 낸 상처가 제법 깊었다.

그러나 네이필리나는 정신없이 그 핏방울을 삼켰다. 게걸스러운, 야마스러운 행위에 혐오감이 일었으나, 이성과 본능은 달랐다. 어떻게든 이 고통을 멈출 수만 있다면 그녀는 뭐든지 할 수 있을 것 같았다.

"제발, 제발……."

사그라진 고통에도 눈물은 마르지 않고 흘러나왔다. 남자의 피는 지금 이 고통에서 저를 구원하는 유일한 매개체였다.

"그래. 잘했어. 계속 삼켜."

다행히도 낯선 남자는 그녀에게 계속 구원을 베풀어 줄 생각인 모양이다. 네이필리나는 고개를 끄덕이다, 핏방울을 삼키다가, 이내 정신을 잃었다.

* * *

바스락.

귀가 작은 소음을 기민하게 알아차렸다. 네이필리나는 번쩍 눈을 떴다. 싸늘한 숲의 공기가 그녀의 볼을 스치고 지나갔다. 생생하던 고통이 전부 사라진 채였다.

원래로 돌아온 하얀 살갗이 그녀를 반겼다. 피부로 스며들던 검은 연기도, 반점도 없었다. 네이필리나는 더듬더듬 몸을 더듬었다. 블라디미르의 폭격 마법에 파였던 허리 역시 언제 그랬냐는 듯 깨끗하게 치료된 후였다. 아무 일도 벌어지지 않았다는 것처럼 몸이 멀쩡했다.

'꿈이었나……?'

아파 오는 머리를 붙잡고 몸을 일으켰을 때, 툭 뭔가 떨어졌다. 몸을 덮고 있던 무겁고 폭신한 것, 자세히 보니 검은 짐승의 털이 달린 로브였다. 그녀의 것보다 훨씬 크고 두꺼운, 한눈에 보기에도 남성의 것이었다.

"일어났나?"

서늘한 음성에 네이필리나가 퍼뜩 고개를 들었다.

그 남자였다. 블라디미르를 죽이고 저를 구해 준 사람. 흐릿했던 정신이 돌아오고 나서야 그를 제대로 볼 수 있었다.

"……."

심미안과는 거리가 먼 네이필리나였으나 그의 얼굴을 보고 잠깐 할 말을 잊고 말았다.

티끌 하나 없이 새파란 눈동자. 가만히 있어도 미소 짓는 것처럼 끝이 살짝 올라간 모양 좋은 입매. 눈가에 슬며시 자리한 작은 눈물점. 위험하게까지 느껴지는 아름다운 외양이었다.

얼굴과 달리 건장하고 군더더기 없는 근육질의 몸에는 흔한 장신구 하나 걸친 게 없건만, 잘생겼다는 말보단 화려하다는 수식어가 더 어울리는 듯했다.

그 얼굴을 보고 있자니, 네이필리나는 어쩐지 아득한 꿈을 꾼 것만 같았다. 포효하던 블라디미르도, 검은 반점과 연기, 격통까지 모두 환상 속에서 일어난 일이었던 것처럼 현실성이 없었다.

그러나 제 앞에 있는 남자의 존재는 그 모든 게 사실이었음을 증명하고 있었다.

'정말로…… 현실이었어.'

남자의 왼손에 감겨 있는 작은 천 조각이, 그 위로 말라붙은 핏자국이 증거였다. 버석한 나뭇조각처럼 무너져 내린 반인반수의 잔해가 증거였다. 반으로 잘린 블라디미르의 검은 육체는 완전히 말라비틀어진 육포 같았다.

네이필리나가 고개를 돌렸다.

"도, 도대체 무슨 일이 일어난……."

그녀는 아직도 얼떨떨하기만 했다. 아직까지도 혈관이 맹렬하게 팽창하며 제 몸속으로 들어오던 기운이 생생한데. 저는 도대체…….

"블랙 티어를 흡수하다니, 위험한 재주가 있군, 아가씨."

남자의 나직한 목소리에 음률이 담겼다.

"블랙 티어? 그게 뭐죠?"

그가 멈칫했다.

"그게 뭔지도 모르고 놈을 상대한 건가?"

하. 남자의 모양 좋은 입매 사이로 헛웃음이 새어 나왔다.

"블라디미르는 뭘로 변한 거고, 당신의 피는 어떻게 날……."

그녀의 입에서 흑마법사의 이름이 흘러나오자 남자의 눈썹이 슬쩍 올라 갔다. 그건 꼭, 블라디미르를 아는데 어떻게 블랙 티어를 모르냐는 되물음 같았다.

"아무것도 모르는 주제에 그렇게 함부로 손을 대면 안 되지. 내가 아니었 다면 그대도 저 꼴이 났을 거야."

바싹 마른 블라디미르의 시체를 가리키며 꾸중하는 게 어린아이를 야단 치는 것처럼 따끔한 말투였다.

"재미있는 재주지만, 목숨이 아깝다면 오늘 일은 잊도록 해. 포션은 한 개 더 마셔 두는 게 좋을 거야. 후유증이 남으면 큰일이잖아."

느릿한 말투에선 어떤 감정도 읽어 내기 힘들었다. 다정히 웃는 것처럼 미소를 짓고 있지만 정작 푸른 눈으로 냉랭히 그녀를 관찰하는 시선처럼. 말을 마친 남자가 미련 없이 몸을 돌렸다.

"잠깐, 제대로 설명을…… 잠깐만요, 멈춰요!"

잡아야 돼. 머릿속에선 그를 이대로 보낼 수 없다는 생각뿐이었다.

"멈추라니……까……!"

간신히 몸을 일으켰다. 네이필리나는 후들거리는 다리를 붙잡고 그에게 뛰어갔다.

온몸에 힘이 없었다. 간신히 그의 소매를 잡고 지탱했다. 다행히 남자는 더 나아가지 않고 발걸음을 멈추었다.

"아무것도 알려 줄 수 없으면 당신…… 이름만이라도 알려 주세요. 절 구해 준 은혜를 갚겠어요."

어떤 이유가 있던 남자가 저를 구했다는 사실은 변하지 않는다. 네이필리나는 은원에 확실한 편이었다. 전생을 넘어 현생까지 지고 갈만큼.

"……."

마침 붙잡은 쪽에 상처를 내 피를 내어 준 손이 있었다.

"이런, 내 호의를 무례로 갚으면 곤란한데."

살짝 웃음을 흘리던 그는 짧게 팔을 흔들어 손쉽게 그녀를 털어 냈다. 네이필리나가 저도 모르게 손을 뻗으려다 멈칫했다. 수려한 외모 위로 스쳐 가듯 서리는 미미한 불쾌감을 읽어 내지만 않았다면 그를 다시 붙잡았을 것이다.

네이필리나가 주춤주춤 물러나자 남자의 얼굴에 나른한 미소가 번졌다.

"영특해서 좋아. 그럼 몸조심하도록 해, 아가씨."

고개를 숙인 남자의 얼굴이 순식간에 다가왔다. 낮은 음성이 귓가에서 속삭였다.

"피까지 내서 구해 줬는데 죽어 버리면 아깝잖아."

죽 뻗은 검지가 무례하게 그녀의 턱을 톡 간질이나 싶더니, 동시에 눈앞에 푸른 빛이 번쩍였다.

"잠깐만……!"

네이필리나는 멍하게 허공을 바라보았다. 낯선 사내도, 죽은 블라디미르의 시체도 홀연 듯 사라져 버렸다. 손에 남은 건 남자의 것으로 보이는 로브뿐이었다. 주머니 부분이 뭉툭해서 만져 보니 힐링 포션 한 병과 스크롤이 나왔다.

'써도 된다는 건가…….'

준 건지, 놔두고 간 건지 확신할 수 없었다. 생명을 구해 주었으면서도 시종일관 모호하던 남자의 태도처럼. 분명한 건 남자는 스펠도 없이 곧바로 이동 마법을 구동하는 실력자라는 사실이다.

'마법사? 아니면 검사일지도 몰라.'

그러나 아까 블라디미르의 분신을 베어 내던 무형의 검술은 그녀가 아는 수준을 훨씬 뛰어넘었다.

'지금 생각해 봐서 뭐 해. 이미 쫓아갈 수도 없을 텐데.'

제 상태론 불가능하다. 네이필리나는 재빨리 마음을 접었다.

'언젠가 갚을 날이 오겠지.'

그러면서도 어쩐지 속이 허했다.

목을 타고 넘어오던 남자의 뜨거운 피가, 입 안을 벌리던 거친 손가락이 유독 그녀의 기억을 휘저었다.

'정신 차려.'

그녀는 고개를 흔들었다.

'그럼, 아까 그 이상한 기운은 뭐였을까.'

블라디미르, 아니, 그 반인반수에게서 뽑아내는 것처럼 느껴지던……. 네이필리나는 제 손을 바라보았다. 스으. 앞으로 팔을 뻗었다. 다섯 갈래로 뻗어져 나간 손끝, 어쩐지 뭔가 분출하고 싶은 충동이 솟구쳤다.

그 순간, 콰콰쾅! 그녀가 서 있는 거리의 석벽이 볼썽사납게 무너졌다. 그녀의 손끝에서 튀어 나간, 엄청난 힘이 만들어 낸 결과였다.

'마법은 아니야.'

스펠도, 스크롤도 없다.

'정령술일 리도 없고.'

계약한 정령도, 지금 여기 나타나는 정령도 없다.

'그렇다면 이 힘의 근원은 도대체 무엇이길래…….'

네이필리나가 굴러온 벽의 조각을 하나 집어 들었다.

콰지직.

석벽 조각이 그녀의 손아귀에서 과자처럼 부서졌다. 아까 블라디미르가 그랬던 것처럼. 네이필리나는 격전의 과정을 찬찬히 떠올렸다.

블라디미르와 맞닿은 순간, 제 목을 억세게 붙잡은 손을 통해 밀려 들어오던 힘. 솟구치는 기운만큼의 고통이 저를 감쌌지.

'그리고 놈이 급하게 들이켰던 그 액체, 내가 깨뜨렸던 섭정공의 성물과 비슷했어.'

단지 그는 마셨고, 네이필리나는 제 몸에 들이부었다는 게 다를 뿐.

'만약 둘이 같은 거라면?'

그녀가 멈칫했다.

'그래서 내 손을 통해 블라디미르의 힘을 흡수한 거라면?'

성물을 깨뜨렸을 때 저를 감싸던 검은 연기를 기억한다.

온몸으로 스며들던 끔찍한 고통, 그게 만약…… 제 육체를 성수를 담을 매개체로 인식했기 때문이라면?

'내가…… 물통 같은 게 된 건가?'

빨아들인 성수의 기운을 저장하고, 또 필요할 때 꺼내 쓸 수 있는?

괴상한 가설이다. 인간의 육체가 성수를, 아니, 신의 힘을 담는 그릇이 될 수 있다는 이야기는 들어 본 적 없다.

하지만.

'신성한 성수를 블라디미르가 가지고 있는 것도 이상하지.'

그 액체가 가지고 있는 기이한 힘도.

만약 이 힘 때문에 섭정공이 성국에게서 이 액체를 뺏으려 했던 것이라면?

'블랙 티어를 흡수하다니.'

남자가 남기고 간 말이 지금 떠오르는 건 왜일까.

"블랙…… 티어."

조금씩 아귀가 들어맞는다. 하지만 아직까진 가설일 뿐이었다.

"지금은…… 지켜보는 편이 좋겠어."

이 괴상한 액체도, 힘도 명확하게 밝혀진 게 없는 상황이다. 거대한 소용

돌이에 휘말리기엔 그녀의 복수가 먼저였다.

'목숨이 아깝다면 오늘 일은 잊도록 해.'

어쩌면 남자의 말이 맞을지도 모르겠다.

"내 현실로 돌아갈 시간이야."

그녀는 물끄러미 빈자리를 응시하다 마지막 스크롤을 찢었다.

* * *

앙헬 대공저.

허공에 푸른 빛이 번득이다 사그라들었다.

빛이 사그라든 자리에 스카가드 앙헬이 나타났다. 그에게선 차가운 밤의
냄새가 났다.

"주군!"

라울이 헐레벌떡 달려왔다.

제 주인이 사라지고 4지구의 골목에서 홀로 남겨졌을 땐 정말이지 당혹
스러웠다.

"역시 놈을 따라가셨던 거군요. 어쩐지 그럴 것 같았습니다. 그래도 말이
라도 해 주시지, 무좌표 추적은 제 능력으론 따라갈 수 없는 거 아시면
서……. 아! 성공하셨군요?"

라울은 스카가드의 발밑에 널브러진 검은 시체를 보았다.

"시체 상태를 보니 놈이 디에라로 변신했군요? 역시, 놈에게 블랙 티어가
있을 줄 알았습니다."

이로써 성국과 흑마법사들이 로피진을 두고 모종의 거래를 했다는 게 확
실해지는군요.

하룻밤에 얻은 수확치곤 대단히 중요한 증좌였다. 라울의 낯이 밝아졌다.

"하긴, 디에라든 살점의 흑마법사든 우리 주군이 나선 이상 끝이지요. 분명 성공하실 줄 알았습니다."

"내가 한 게 아니야."

스카가드는 부하의 기대에 찬물을 끼얹었다.

"예? 그럼 누가? 주군 말고 누가 이 괴물을 죽일 수 있다는 겁니까?"

"44번, 경매장의 그 여자."

스카가드는 블랙 티어의 힘을 빨아들이던 소녀를 떠올렸다. 힘을 전부 삼키고도 디에라로 변이하지 않던, 신기한 여자. 곧 흡수한 기운을 주체하지 못해 고통에 몸부림치긴 했지만 말이다. 제 피를 덜어 준 건 꽤나 충동적이었다.

갓 태어난 새끼 사슴처럼 비틀거리며 제게 달려오던 꼴사나운 모습에 소매를 잡혀 줬던 것 또한.

"예에? 정말로요?"

목소리가 한층 높아진 수하의 음성을 듣고 있는데, 스카가드의 머릿속으로 정신없이 핏방울을 삼키던 말간 얼굴이 스쳐 지나갔다.

"……"

"그때 놈이 쫓아가는 거 보고 이미 죽었을 줄 알았는데……"

죽기는커녕, 디에라로 변신한 블라디미르를 죽이기까지 했다고? 라울의 눈이 휘둥그레졌다.

"그 여자 도대체 뭐 하는 인간이랍니까? 힐데가르드의 목걸이를 노리질 않나, 굳이 블라디미르랑 척을 지면서까지 샀던 로피진들을 가만히 놓아주질 않나……"

네이필리나가 한창 경매에 임하고 있을 때 그들 역시 그 자리에 존재했다

"도무지 이해할 수가 없군요. 당장 누군지 알아봐야겠습니다."

같이 온 똘마니들이 있던데, 그들부터 추적해야겠군요.

숱한 전장을 오가며 갈고닦은 라울의 정보력은 가히 타의 추종을 불허했다. 아마 내일의 해가 밝아 오기 전, 여자의 정체를 들고 제 앞에 서겠지.

"……."

'들키면 꽤나 속상해하겠군.'

스카가드는 로브를 한껏 뒤집어썼던 여자를 떠올렸다. 제 딴에는 변장에 진심인 것 같았는데.

"그나저나 주군, 로브는 어디 내버리고 오셨습니까?"

단출한 차림이 된 스카가드를 보고 라울이 되물었다.

"아아, 잃어버렸어."

"네? 주군께서요? 오늘은 해가 서쪽에서 뜰 것처럼 이해가 안되는 게 많…… 잠깐! 그 상처는 또 뭡니까? 어떤 놈이 감히! 누구……."

"……."

부드럽지만 서늘한 시선이 라울을 응시하자 그가 찔끔 입을 닫았다.

밖에서야 물 흐르듯 나른한 상태를 고수하니 사람들은 앙헬 대공이 무섭긴 해도 성격은 무난한 줄 알지만 사실 제 주군은 상당히 예민한 사람이었다.

그는 소음이 일정 수준 이상으로 귀를 울리는 것도, 군더더기 설명을 붙이는 것도 싫어했다. 그러니까, 저 눈은 그만하고 닥치라는 뜻이었다.

"치, 치료는 하셔야……."

"됐어."

스카가드가 휙 몸을 돌렸다.

'절 구해 준 은혜를 갚겠어요.'

몸도 제대로 가누지 못하면서 절 똑바로 보고 말하는 기세가 어찌나 결연했던가. 아등바등 블라디미르를 상대할 때도 그랬지.

스카가드의 삐뚜름한 입가 사이로 피식 웃음이 흘렀다. 사선의 끝에 섰다는 걸 모르지 않을 텐데도 좌절하기는커녕, 끝까지 표독스럽게 무기를 쥐던 여자였다. 그 처절한 생존 욕구가 스카가드의 어린 시절을 떠오르게 했다. 여자를 쫓아갔던 건 어쩌면 그래서인지도 모른다. 그는 제가 그녀의 허여멀건 얼굴을 계속 떠올리고 있다는 걸 깨달았다. 저답지 않은 일이다.

손바닥의 상처가 뒤늦은 통증을 토해 냈다. 덩달아 알알이 선 오감이 한껏 예민해지는 걸 느꼈다. 그림처럼 완벽한 얼굴에 한 줌의 짜증이 서렸다.

"그리고 주군, 자리를 비우신 동안에 그 여자가 풀어 준 로피진들도 다시 접촉했습니다. 모두 대공령으로 가는 데 동의하더군요."

스카가드의 턱이 낮게 움직였다. 알았다는 뜻이다.

"따로 분부 내리실 건……."

"……."

없다는 뜻이다. 제 주인을 모신 지 십수 년, 이제 침묵 속에서 답을 찾아내는 건 어렵지 않다.

"어쩨 수도에 오신 후로 더 괴팍해지셨어."

뭐, 언제는 안 그랬냐마는.

휭하니 사라져 버린 제 주인의 뒷모습을 보며 라울은 내심 한숨을 내쉬었다.

* * *

다음 날 만난 바카디는 하룻밤 새에 10년은 늙어 버린 것 같았다.

"은인님, 무사한 거야? 혹시라도 무슨 일이 있을까 봐 걱정했다고."

바닥을 기어가며 비명을 지르던 네이필리나는 어디 가고, 그녀는 멀쩡한 얼굴로 바카디이 앞에 섰다

뽀얀 피부색에 프릴이 달린 연두색 드레스를 입은 이 깜찍한 소녀가 어

제 불법 경매장에서 흑마법사와 목숨을 건 전투를 벌였다는 걸 아무도 믿지 못할 테다.

'죽다 살았지만 굳이 말할 필요는 없지.'

알아 봤자 뭐가 바뀌는 것도 아니고. 네이필리나는 대수롭지 않게 손을 흔들었다.

"네. 잘 처리했어요."

"시간이 늦어 저택 안으로 사람을 들여보낼 수도 없고 얼마나 마음 졸였는지 알아?"

바카디는 콘체른 저택 앞에 사람을 보내 밤새 그녀의 창밖을 살피게 했다는 말을 삼켰다.

"목걸이는?"

"여기 있지."

바카디가 얼른 품에서 가죽 주머니를 꺼내 내밀었다.

"그나저나, 바카디. 다쳤어요?"

네이필리나는 오히려 바카디와 정보원들을 꼼꼼하게 훑어 내리고 있었다. 바카디의 팔목을 감싼 붕대를 발견한 그녀가 물었다.

"아, 그냥 긁힌 거야."

이크, 아까 더워서 걷어 올린 건데, 괜히 그랬군. 바카디가 얼른 소매를 접어 내리곤 딴청을 피울 때였다. 두툼한 봉투가 그의 앞에 내밀어졌다.

"뭐야?"

"열어 봐요. 보면 알아."

안을 열어 보자 빳빳한 지폐가 가득했다.

"어제 돌발 상황에 대한 보상금이에요."

바카디가 정색하고 물러섰다.

"이건 받을 수 없어."

"길드원들, 다쳤잖아요. 그리고 어제처럼 연락이 안 될 때 필요하니까 통신구도 사 놓는 게 좋겠어요."

공짜로 빌려준 스크롤값도 넣었다며 네이필리나가 덧붙였다. 엉거주춤 주머니를 받아 든 바카디가 한참을 망설이다 말했다.

"그럼…… 앞으로도 계속 뵐 수 있다는 거지?"

그는 네이필리나를 제대로 보호하지 못했으니 의뢰에 실패했다고 생각했다.

'명색이 정보 길드장이란 놈이 끄나풀에게 발을 밟히는 것도 모자라 의뢰인 보호에 실패하다니…….'

의뢰인이 신뢰를 잃는 것도 당연하다. 그래서 이렇게 네이필리나와의 인연이 끝일 줄만 알았는데……. 네이필리나가 피식 웃었다.

"내 의뢰는 다이아를 구하는 거였지, 날 지키는 게 아니었어요. 그러니까 받아요."

당신, 돈 받을 자격 있으니까. 건조한 말투에 바카디가 흠칫했다.

'이 아가씨는 본인의 몸은 생각하지 않는 건가.'

어떤 상황이든 제 몸을 최우선시하기 마련이지 않나. 방금 그녀의 말은 꼭 제 안위마저 우선순위가 있다는 것처럼 들렸다.

"그리고……."

네이필리나가 다시 입을 다물었다.

'바카디에게 블랙 티어에 대해서 물어보는 건…… 너무 위험해.'

만약 그게 정말 그릇된 성물이 맞는다면, 성국을 상대해야 한다. 일개 정보상이 감당할 수 있는 수준이 아니다. 그랬다간 스테프니의 형제들을 되레 위험하게 만들 수 있었다.

결국, 네이필리나는 블랙 티어와 낯선 사내에 대한 기억을 홀로 묻기로 했다. 저 혼자 기억하고 찾아야 할 테지만, 어차피 처음 하는 일도 아니니까.

"조만간 또 연락할게요."

찾아온 이유는 그것뿐이었다는 듯, 네이필리나가 깔끔하게 자리를 떠났다. 어젯밤의 일에 대해선 일언반구도 없었다. 아무 일 없는 듯 웃지만, 조용히 침전한 눈을 보고 바카디는 본능적으로 느꼈다. 어제, 그녀가 생존을 건 사투를 벌였으리라는 걸.

"……."

제게 말하지 않는 건 신뢰의 문제일까. 아니면 능력의 문제일까. 어느 쪽이든 그녀와 일하기에 저희가 부족한 건 분명하다. 바카디는 설명 못 할 착잡함을 느꼈다.

"롭."

"예, 보스."

네이필리나가 떠나고 그가 롭에게 돈다발을 던졌다.

"1급 용병들 초빙해서 애들 다시 처음부터 훈련시켜."

"예? 하지만 저희는 정보 길드인데요?"

길드 성격을 잘못 아신 거 아닙니까? 이 정도면 우리, 정보상치곤 강한데? 뜻밖의 명령을 이해할 수 없던 정보원들이 고개를 갸웃했다.

"이대로 괜찮다고? 너희들은 어제 그 난리를 겪고도 그 말이 나와?"

"……아니요……."

"돈은 얼마가 들어도 좋으니 어제처럼 허술하게 당하는 일 없도록 확실하게 훈련해."

"……."

"불평할 거 없다. 나 역시 같이할 테니까."

"보스께서요? 예에…… 알겠습니다……."

길드장인 바카디부터 발 벗고 나서는데 수하들이 거부할 수 있을 리가.

그렇게 스테프니 정보 길드가 제국에서 전투력으로도 막강한 전무후무한 정보상으로 거듭나는 초석이 놓였다.

Ch 4. 힐데가르드

스르르. 네이필리나가 단단하게 매인 줄을 풀었다.

투박한 가죽 천 사이로 푸른 빛을 찬란하게 발하는 다이아몬드가 모습을 드러냈다. 가운데에 하얗게 갈라진 금을 빼고는 흠잡을 데 없는 모습이었다.

"아가씨, 웬 목걸이어요?"

"아, 요 앞에 나갔다가 샀어."

"흐음, 예쁘긴 한데 깨졌네요? 흠이 커서 이건 장신구로 쓰긴 어렵겠 사와요."

어깨 너머로 금이 간 다이아몬드를 본 젤피가 울상을 했다.

"혹시 이걸 제값 주고 사 오셨사와요? 덤터기 쓰신 것 아니셔요?"

"괜찮아. 이건 내가 쓸 게 아니거든."

네이필리나는 서랍을 열어 벨벳 상자를 꺼냈다. 고풍스러운 색에 촉감이 좋아 귀빈들에게 신물할 때 주로 사용되는 선물 상자였다. 안에는 섬세하게 세공된 손바닥만 한 작은 이동식 보관함까지 들어 있었다. 네이필리나는 보관함을 열고, 조심스럽게 목걸이를 집어넣었다.

"젤피."

"예, 아가씨."

"이걸 힐데가르드 공작가로 보내렴."

이제 카란툴라까지 가서 뼈 빠지게 공수해 온 선물의 진가를 확인할 시간이었다.

* * *

"아직이냐? 아직도야?"

힐데가르드 노공작이 원탁을 내리쳤다.

"사람을 그리 많이 풀었는데도 어째서 몇 년째 들리는 소식이 없는 게야."

"각하, 드릴 말씀이 없습니다, 송구합니다."

힐데가르드의 기사들이 무겁게 고개를 늘어뜨렸다.

"좀 더 찾아보겠습니다. 조금만 기다려 주시면……."

말끝을 맺지 못하는 기사단장이 잠깐 창가에 서 있는 소공작 마티어스를 바라보았다. 기사단장은 이곳에 들어오기 전 그와 나누었던 대화를 떠올렸다.

'얼마 전 카란툴라 암시장에 비슷한 목걸이가 들어왔다 합니다. 각하께 말씀드리는 게…….'

'그래서요? 놓쳤잖습니까?'

'하지만 각하께서 저리 애타하시니 결과 보고라도 드리는 게 낫지 않겠습니까.'

'불확실한 보고로 들쑤시지 마세요. 아버지의 물건인지 확인도 되지 않았잖습니까.'

'하지만…… 소공작님……'

'쓸데없는 희망은 독입니다. 이미 죽은 사람이에요. 죽은 사람의 물건 따위를 붙잡고 있는 아집은 할아버지 한 분이면 충분해요. 아시겠습니까.'

그때의 대화를 기억하라는 듯 소공작의 턱이 작게 흔들렸다. 카란툴라의 목걸이 경매 건에 대해 구태여 말을 덧대지 말라는 뜻이었다.

"면목이 없습니다, 각하."

결국, 기사단장은 침묵을 택하고 고개를 숙였다. 아아. 털썩 의자에 주저앉은 노공작이 한탄했다.

"내 눈을 감기 전에 그걸 다시 볼 수 있을지 모르겠다."

탁. 타악. 타아악. 주름진 손으로 탁자를 내려치는 힘이 점점 약해졌다. 감정을 좀처럼 드러내지 않는다던 철혈의 공작도 결국엔 자식을 모두 잃은 한 아비일 뿐이었다.

"그때, 추적대를 보내는 게 아니라 알피부터 데려왔어야 했는데……."

그의 아들 알프레드는 외국을 여행하다 갑작스러운 마차 사고로 사망했다. 다분히 의심스러운 사인에 노공작은 아들을 죽인 범인을 찾는 데 몰두하느라, 알프레드의 마지막을 제대로 수습하지 못했다. 그 미련이 아들이 죽을 때까지 간직하고 있었을 만큼 몹시 아꼈던 목걸이를 찾는 것으로 귀결되었다.

목걸이를 다시 찾으면 비로소 죽은 아들을 보내 줄 수 있을 것 같아서. 주름진 눈가에 물기가 배어들었다. 킁. 노공작이 코를 삼켰다.

"이쯤에서 포기하시지요. 할아버지답지 않게 비효율적인 일에 여력을 쓰십니다."

문제는 그의 손자이자 알프레드의 아들. 이아돌프 힐데가르드 노공작의 뒤를 이을 마티어스가 그다지 감상적이지 않다는 데 있었다.

달빛을 담은 듯한 은발, 큰 키에 우람한 몸집이면서도 늘씬한 허리를 자랑하는 힐데가르드의 귀공자는 고귀한 외모와는 달리 철혈의 공작을 닮은 것으로 유명했다.

그의 언사는 노공작의 저혈압을 단숨에 치료하기에 충분했다.

"이 얼음 같은 놈아. 내가 나 좋자고 이러느냐? 다른 것도 아니고 네 아비의 것이야!"

노공작이 분을 못 이겨 가슴을 쿵쿵 쳤다.

"하나 남은 유품이라고! 너도 내 나이가 되어 보면 먼저 간 자식 놈 생각이 가슴에 사무칠 것이야!"

"……."

글쎄요. 귀공자의 얼굴에 시큰둥한 낯이 떠올랐다. 저는 결혼할 생각이 없으니 자식을 가질 일도, 그를 잃을 일도 없을 것이다.

"죄송합니다."

그러나 그 말을 하면 제 조부가 필시 뒷목을 잡고 쓰러질 것 같아, 마티어스는 꾸역꾸역 목구멍까지 차오른 문장을 삼켰다.

"알피가 마지막으로 세상에 남긴 거다. 내 죽기 전에 그것만큼은 꼭 보고 가야겠어!"

아들이 남긴 유일한 유품이나 다름없으니까.

'한낱 목걸이 따위.'

하지만 십수 년 전이다. 마티어스는 부친에 대한 그리움마저 떠나보낸 지 오래였다. 이미 지나간 죽음을 부여잡고 추억해 봤자 무슨 소용이 있단 말인가.

다이아를 찾는 건, 조부의 관성에 가깝다. 주기적으로 아들을 그리워하는 관성에 장단을 맞춰 주는 것도 여기까지였다.

'부서진 유품 하나를 찾자고 힐데가르드 기사들을 노출시키는 건 다른 문제지.'

"기사단을 무르시지요. 아버지의 흔적을 찾는 일에 쓰기에는 가문에 중요한 일이 너무 많습니다."

평온한 목소리가 끝끝내 노공작의 노성을 터뜨리게 했다.

"이 피도 눈물도 없는 놈아, 썩 꺼져라!"

이크. 마티어스는 어깨를 비틀어 날아오는 유리 펜대를 피했다. 연이어 재떨이가 날아왔다.

누가 재떨이를 던지는 저 꼬장꼬장한 노인네가 황제도 한 수 접고 들어가는 힐데가르드 공작이라 생각할까.

"약해지셨습니다, 할아버지. 저는 가슴이 아플 뿐이지만, 마르쉐 후작이 본다면 아주 좋아하겠군요."

알프레드를 닮은 얼굴을 한 손자는 정적을 언급하며 속을 벅벅 긁어내렸다.

"저 개놈의 자식 같으니……."

노공작은 소리 지를 힘도 없는지 그를 노려볼 뿐이었다.

그때였다. 벌컥 문이 열렸다. 집사가 헐레벌떡 뛰어 들어왔다.

"차, 찾았습니다!"

그 무례하고 갑작스러운 등장에 인상을 찌푸리기도 잠시.

"각하! 도련님의 유품을 찾았습니다!"

목청 높게 내지른 집사의 외침에 노공작도, 마티어스도 우뚝 굳고 말았다.

"지, 지금……."

노공작이 믿을 수 없다는 얼굴로 집사를 향해 몸을 돌렸다.

"뭘 찾았다고?"

"그 목걸이 말입니다! 각하! 목걸이를 찾았습니다!"

노공작만큼이나 지긋한 나이의 집사가 울음 같은 함성을 터뜨렸다.

"콘체른에서 보낸 편지에 알피 도련님의 유품이 들어 있었습니다!"

콘체른? 콘체른이라면 수도의 유명한 졸부 가문이 아닌가. 힐데가르드와는 영 인연이 없는 인물이다.

"콘체른 백작이?"

콘체른의 가주는 상인이었던 걸로 기억하는데? 혼란스러운 와중, 노공작이 가물가물한 기억을 더듬을 때였다. 집사가 세차게 고개를 저었다.

"아니요! 목걸이를 보낸 건, 그 집 막내딸, 네이필리나 콘체른 양입니다!"

"네이필리나…… 콘체른?"

그런 이름이 있었나?

노공작과 마티어스가 문득 서로를 바라보았다.

* * *

며칠 후, 르 아라크네의 다이아 룸.

쪼르르. 찻주전자의 매끄러운 주둥이가 기울었다. 고풍스러운 잔에 담긴 다홍빛 찻물이 아름다운 색을 띠었다. 네이필리나가 가벼운 손으로 찻잔을 들어 올렸을 때.

"그나저나 콘체른 양."

마담 포프리가 입을 열었다.

"힐데가르드 공작가에 초대받았다면서요?"

그녀는 네이필리나가 찻물을 삼킬 때까지 기다릴 여력도 없는 듯했다. 아니, 여태까지 기다린 게 용했다. 네이필리나가 저 문을 열고 들어오는 순간부터 마담은 이 이야기를 하고 싶어서 참을 수가 없었으니까.

"살롱에도 요즘 온통 그 이야기뿐이에요. 힐데가르드 노공작께서 누굴 개인적으로 초대한 건 처음이니까요."

그것도 사교계에서 잘 알려지지도 않은 어린 아가씨를 말이다! 애써 흥분을 감추려 하지만 마담 포프리의 주황빛 눈동자엔 열렬한 호기심이 가득했다.

"그래요?"

"그래요, 라뇨! 사교계가 완전히 뒤집어졌다구요!"

평온해 보이는 기색에 마담 포프리가 푸들푸들 고개를 떨었다.

"아니, 아무리 생각을 해 봐도 콘체른, 아니, 콘체른도 아니지. 당신과 힐데가르드 사이에 접점이 없어요. 다른 가문도 아니고 힐데가르드라고요!"

"……."

"콘체른 양은 실감하지 못할지 모르지만 힐데가르드의 벽이 얼마나 높냐면……."

아마 당신만큼은 알고 있을걸. 네이필리나는 물끄러미 마담 포프리를 바라보았다.

"아, 아니, 재상 포스윈드 경 정도가 아니면 웬만한 귀족은 근처에 두지도 않는 콧대 높은 제국의 명사께서 콘체른 양한테 손수 초대장을 보냈다니 궁금할 수밖에 없잖아요."

"……."

"노공작은 도대체 무슨 연유로 콘체른 양을 초대하신 거죠?"

"……."

"아니면, 혹시 초대를 보낸 게 노공작이 아니라 마티어스 소공작이었던 건가요?"

이쪽이라면 더 대박이다.

'그 철혈의 소공작의 스캔들이라니! 맙소사. 벌써 백만 부는 나갔어!'

마담 포프리답지 않게 상체가 네이필리나 쪽으로 기울어져 있을 만큼 애타는 물음이었다.

하지만 네이필리나 콘체른은 그녀의 호기심을 채워 줄 생각이 없는 듯했다. 그저 말간 얼굴로 차를 마시며 슬쩍 웃을 뿐이었다.

태연한 작태에 마담 포프리의 애만 바짝바짝 달았다.

"그것도 아니면요……. 설마 힐데가르드 공작가도 나처럼 뭔가 콘체른 양에게 약점을 잡혀서……."

"마담 포프리."

쟁. 유리 데이블 위로 찻잔을 내려놓는 소리가 그 어느 때보다 맑았다.

'이쯤에서 한번 짚어 줄 필요가 있겠네.'

"요즘 레이디 D의 소재가 부족한가 보죠?"

흠칫. 마담 포프리가 몸을 기울인 그대로 굳었다.

힐데가르드의 이름에 넋이 나가 잠깐 잊고 있었다. 눈앞에 있는 순진한 소녀의 진정한 실체를.

"이미 충분히 재미 봤을 텐데."

부드럽고 나지막한 목소리.

듣는 사람의 등골을 서늘하게 만들기는 그것으로 충분했다. 치솟던 호기심이 물벼락을 맞은 불길처럼 사그라졌다. 마담 포프리는 황급히 제자리에 앉았다.

"흠흠! 남들이 그랬다는 얘기죠. 칼럼니스트로서 궁금해서 물어본 건 아니었어요."

지난번 방울뱀 자작 스캔들로 가장 수혜를 입은 건 레이디 D, 아니, 마담 포프리라고 해도 과언이 아니었다.

"레이디 D는 언제나 진실만을 말하는군."

"레이디 D는 믿을 만해! 요즘 세상에 저런 사람 하나쯤은 있어야지!"

황색 언론 최초로 대중의 신뢰를 얻었을 뿐 아니라, 날개 돋친 듯이 팔려 나가는 판매고로 돈을 쓸어 담았다.

게다가 네이필리나 콘체른은 특종이 마르지 않는 익명의 제보자였다.

'최근 아치필드 백작이 들인 데릴사위 말이죠. 사기와 폭행 전과가 있는 현상범이에요.'

'성벽 보수 공사를 맡은 누보 경이 조카가 하는 용역 업체에 일감을 몰아 준 거, 알고 있나요?'

어디서 어떻게 찾았지 싶을 정도의 기상천외한 귀족들의 비밀들을 다 알고 있었다.

'황금 알을 낳는 오리 배를 가를 순 없지.'

"알겠어요. 실수했네요."

마담 포프리는 패색이 짙은 전장에서 먼저 물러났다.

"기분을 상하게 했다면 사과할게요."

심지어 공손한 기색으로 먼저 사과를 건넸다. 르 아라크네의 손님들이 봤다면 눈을 씻고 다시 봤을 만한 광경이었다.

"하지만 혹시라도 이 이야기에서 진전이 있으면 꼭 내게 알려 주기예요."

"……."

"네? 다른 잡지사와는 연락하지 않기로요. 콘체른 양과 나는 독점 관계잖아요."

하지만 지난번과 달리 마담 포프리의 얼굴에선 모멸감 따위는 찾아볼 수 없었다.

"……생각해 볼게요, 마담."

"꼭이요, 꼭."

이미 네이필리나가 건넨 독사과의 맛이 너무 달콤하다는 걸 알아 버렸기 때문이다.

* * *

마담 포프리의 말대로 힐데가르드 공작가는 목걸이를 보낸 네이필리나에게 답했다.

"네이필리나 아가씨를 초청하는 공식 초대장이 왔습니다."

은테를 두른 청보랏빛 초대장의 끄트머리에 찍힌 'I. A. H.'라는 머리글자.

'이아돌프 아담 힐데가르드.'

노공작이 직접 보낸 초대장이라는 뜻이었다. 조금 뜻밖이긴 했지만, 전생에서 목걸이를 찾기 위해 집시촌까지 급습했던 전적을 알고 있으니 놀라진 않았다.

하지만 다른 사람들의 반응은 그렇지 못했다. 사교계에 앞서, 콘체른의 여인들이 가장 먼저 뒤집혔다.

"히, 힐데가르드라고?"

시오르샤와 제시안느는 거의 기절할 지경이었다.

힐데가르드는 귀족이었음에도 차라리 황족에 더 가까운 신분. 작위론 고작 두 단계 아래지만 실제로 콘체른과 힐데가르드 사이엔 하늘과 땅만큼의 격차가 존재했다. 콘체른을 무시하는 시오르샤의 친정이나 제시안느의 예전 시댁마저 힐데가르드 앞에선 한 수, 아니, 세 수는 접고 들어가야 할 만큼의 초고위 귀족이다.

"힐데가르드 공작이 왜? 네이, 너 도대체 뭘 했길래?"

눈을 씻고 찾아봐도, 콘체른의 누구도 힐데가르드 공작가와 연이 없는데. 심지어 가주인 맥밀란 역시 황실 공식 행사에서 힐데가르드를 먼 발치에서 본 게 전부다.

'그런데 어째서 네이필리나랑?'

모두의 의문이었다.

"혹시, 네이. 힐데가르드 소공작과 만난 적이 있니?"

사람들은 나름대로 추측했다. 노공작은 좀처럼 바깥 거동을 하지 않으니, 그나마 동년배인 소공작 마티어스와 뭔가 있었을 가능성이 크다고.

하지만 이 가설은 네이필리나를 향한 관심에 더 불을 질렀다. 네이필리나를 초대한 게 소공작이라면,

"둘이 도대체 무슨 사이길래! 언제, 어디까지 간 거야?!"

마티어스 힐데가르드, 그 차가운 사교계의 귀공자가 공작가로 초대할 만큼 두 사람의 사이가 진전이 있다는 뜻이 아니겠는가!

네이필리나는 사람들의 관심에 묵묵부답으로 일관했다. 힐데가르드 역시 세간의 가십에 답한 적 없으니 답은 두 사람만 알 것이다.

하지만 한 가지는 확실했다. 어쨌든 이번 초대로 그녀가 마티어스 힐데

가르드와 만날 것이라는 것.

"도대체 왜 너 따위를 초대한다는 건데?"

그것은 이오테를 가장 분노하게 만든 이유였다. 헬리오스의 젊은 귀족 영애들이 그렇듯, 그녀 역시 마티어스 힐데가르드를 동경했으니까. 그녀는 득달같이 달려와 네이필리나에게 캐물었다.

'누가 보면 내가 제 돈 꾸고 도망친 줄 알겠네.'

얼굴을 사납게 일그러뜨리며 발을 쾅쾅 구르는 모습이 평소 귀족의 예법을 목숨처럼 여기는 이오테라고는 상상할 수 없었다.

"글쎄. 힐데가르드에 가서 물어볼게."

"어떻게 된 건지 제대로 말해! 네가 무슨 짓을 했길래……."

"무슨 짓을 했으니 초대장이 왔겠지?"

"뭐?"

네이필리나는 태연한 얼굴로 초대장을 흔들며 가 버렸다.

"어디 가! 거기 서!"

약이 올라 씩씩거리는 이오테를 뒤로한 채로. 그래도 이오테 정도면 나름 귀여운 편이었다.

"괜히 네이필리나가 공작가에 가서 누를 끼치는 건 아닌지 모르겠어요. 아시잖아요. 아무래도 네이가 바깥에서 자라다 왔으니 예법과 사교성은 한참 뒤떨어질 수밖에요."

시오르샤는 따뜻한 말투로 네이필리나를 후려쳤다.

"그러니 몬테그를 동행시키는 게 좋겠어요. 가문의 장자가 같이 가서 인사하는 게 예법에도 맞고요."

"아니, 왜 몬테그가 가요? 시오르샤의 말대로 예법 때문이라면 우리 루신다가 샤프롱으로 가는 게 더 이치에 맞죠."

죽어도 시오르샤 좋은 꼴은 못 보는 제시안느가 눈을 까뒤집었다.

"게다가 몬테그는 팽팽 놀다가 아카데미에서 제적당했잖아요? 시오르샤,

요즘 같은 시대에 그 반쪽짜리 학력을 어디 가서 내보여요.”

“고모! 제적이 아니라 학업 스트레스로 인한 중퇴예요! 중퇴!”

졸지에 약점이 까발려진 몬테그만 중간에서 억울하게 외쳤다.

“둘 다 시끄럽다. 초대받은 건 네이 하나인데 왜 엄한 애들이 설치는 거냐.”

둘을 한심하게 보던 맥밀란이 사태를 진정시켰다.

“초대받지도 않은 객을 데리고 가는 건 무례한 짓이다. 그리고 힐데가르드 공작가는 무례를 그냥 어영부영 넘길 수 있는 데가 아니고.”

하지만 시오르샤는 쉽게 포기하지 않았다. 시부는 대체적으로 시오르샤의 판단을 존중해 주는 편이었다. 그러니 이번도 그럴 것이다.

“하지만, 아버님, 몬테그는 괜찮을 거예요. 어릴 때부터 고위 귀족들의 자제들과 어울렸던 걸요. 어딜 가도 부끄럽지 않을 교양과…….”

‘그래, 어울리긴 했지.’

네이필리나가 코웃음쳤다.

섭정공의 큰아들 몬테그가 한량으로 이름 높았던 이유. 몬테그를 타락의 온상으로 이끌었던 게 바로 저 귀족 자제들이기 때문이다. 도박에 마약에 여자 문제도 좀 많았나.

“제시안느야 원래 철이 없다 쳐도, 큰아이 너는 좀 다를 줄 알았더니.”

맥밀란의 서늘한 시선이 시오르샤를 응시했다.

“네 아들놈 인맥 쌓아 주는 게 콘체른 얼굴에 먹칠하는 것보다 중요하더냐. 힐데가르드가 그런 어중이떠중이들과 같아?”

시오르샤가 아무리 아들 몬테그의 유흥을 촘촘히 덮어 왔어도 맥밀란은 이미 다 알고 있었다. 겉으로 드러내지 않았을 뿐.

“아, 아버님.”

“어찌 한 치 앞을 안 보고 움직이느냐. 어찌 그리 경솔해!”

서릿발 같은 음성에 시오르샤가 입술을 깨물었다.

"죄송합니다, 제가 생각이 짧았어요."

꾸지람은 제시안느에게도 이어졌다.

"너희들은 애들 보기에 부끄럽지도 않냐? 이 아이들은 너희들의 그 알량한 생각이 안 읽힐 것 같아?"

"아버지……! 쪽팔리게 왜 조카들 앞에서 그러세요!"

제시안느가 항의했지만 맥밀란은 지쳤다는 듯 축객령을 내릴 뿐이었다.

"시끄럽다. 네이만 남고 모두 물러가라."

"아버지!"

"어허! 어서!"

제시안느는 입술을 삐죽이며 문을 쾅 닫고 나가 버렸다.

'왜 또 네이만……. 아버님은 우리 몬테그를 잊어버리신 건가?'

시오르샤는 시부의 눈치를 살피면서도 자못 불만스러운 표정을 감추지 못했다.

'아버님도 참. 저렇게 대놓고 말하시면 저 맹랑한 계집애가 우릴 얼마나 우습게 보겠어.'

그녀는 앞으로 콘체른의 후계자가 될 큰손자를 전혀 존중해 주지 않는 시부가 원망스러웠다. 그러나 더 질척거렸다간 아예 시부의 눈 밖에 나게 될 것이다.

"……네, 아버님."

그녀는 서운함을 뒤로한 채 얌전히 방을 나갔다. 이제 다시, 맥밀란과 네이필리나만 남았다.

"하아, 가관도 아니구나. 초대장 하나에 전부 다 천방지축처럼 밀려 들어와서……."

"가주님, 갑자기 그렇게 열을 내시면 심장에 좋지 않다고 주치의가 경고했잖습니까."

"누가 그걸 모르나. 마음대로 되지 않으니 그렇지."

맥밀란이 지친 얼굴로 땀을 닦았다. 이제는 이런 작은 실랑이도 버거워진 나이가 야속했다.

"죄송해요, 할아버지."

"네가 죄송할 게 무어냐. 저것들이 철이 없는 거지."

'상단에만 신경 쓴다고 자식놈들이 저렇게 한심하게 자랄 줄이야.'

그는 고개를 저으며 초롱초롱한 눈을 하고 있는 막내 손녀를 보았다.

자식 농사가 사업이었으면 그는 망했다. 어떤 망한 사업이라도 되살려 내 봤던 맥밀란이지만 자식들만큼은 맘대로 되지 않았다.

'쏟아부은 만큼 결과가 나오기는커녕, 밑 빠진 독처럼 빨아들이지.'

아니, 예전에는 이렇게까지 실망스럽진 않았던 것 같은데 말이다. 왜 요즘 들어 아이들의 단점이 더 극명하게 보이는지는 모를 일이다.

"네이필리나."

맥밀란은 요즘 들어 그나마 그의 씁쓸함을 가시게 해 주는 유일한 존재인 막내 손녀를 바라보았다.

"힐데가르드엔 무슨 일로 가는 지 얘기해 주지 않을 테냐?"

레이디 D의 정체도 끝까지 숨겼던 손녀다. 맥밀란은 물으면서도 별다른 기대를 하고 있지 않았다.

"다녀와서 말씀드려도 될까요, 할아버지?"

공작가의 개인사와 연관되어 있기에 입을 조심할 필요가 있었다. 게다가 카란툴라 경매장에서 목걸이 때문에 마르쉐 후작의 끄나풀과도 부딪쳤으니, 더 주의해야겠지.

"콘체른에 해가 되는 일은 아닐 거예요. 그건 자신 있게 말씀드릴 수 있어요."

"……그래. 네가 그렇게 말한다면."

맥밀란은 네이필리나를 더 캐묻지 않았다. 때로는 캐물어 봐야 곤란해질 뿐이다.

수단을 쓸 수 있는 아이니 멍청한 짓은 하지 않겠지. 그는 그녀를 손주가 아니라 상단의 인재들을 대할 때처럼 하고 있다는 걸 깨닫지 못했다.

"오래 살고 볼일이구나. 내 자식들 중에서 힐데가르드에 초대받는 날이 오다니."

맥밀란의 목소리에 살풋 감탄이 실렸다.

"바터."

그가 눈짓하자 바터가 다가와 어린아이 주먹만 한 주머니를 내밀었다. 손바닥 위에 얹어진 가죽 주머니의 무게가 묵직했다.

'전부 골드잖아! 수십, 아니, 수백 골드는 되겠어!'

슬쩍 안을 보니 찬란한 금빛이 가득했다. 이게 다 얼마일지 쉽게 가늠할 수가 없었다.

"필요한 게 있거들랑 부족함 없이 준비하거라. 적어도 졸부의 딸이 청빈하다 얘기를 들어선 안 되지 않겠느냐."

네이필리나가 잠깐 놀란 눈으로 맥밀란을 올려다보았다.

"졸부 소리 듣는 데는 의연하신 줄 알았는데요."

맥밀란이 주름진 얼굴로 껄껄 웃었다.

"그런 말이 기분 좋은 사람이 어디 있겠느냐. 상인이 하나라도 더 팔려면 뭐라 떠들어 대든 그러려니 하고 넘어가야지."

그 와중에도 뼛속까지 전설의 장사꾼다웠다.

네이필리나가 잠시 생각하다 주머니를 다시 맥밀란 쪽으로 내밀었다.

'그래도 너무 많아.'

많이 먹으면 탈이 나는 법이다.

"후안으로 충분해요. 이미 제게 너무 많이 주셨어요."

맥밀란의 하얀 눈썹이 스윽 올라갔다.

"힐데가르드에 빈손으로 갈 생각은 아니겠지?"

무릇 초대를 받으면 호스트에게 줄 작은 선물을 들고 방문하는 게 헬리오스 제국의 전통이었다.

'그래서 금액이 컸구나.'

네이필리나의 주머니 사정으론 힐데가르드 노공작의 눈에 들 법한 선물을 살 수 있을 리가 없으니까.

"받아 둬라."

'배려는 감사하지만, 선물은…… 이미 줬는걸요.'

힐데가르드의 목걸이로 말이다.

'여기서 그 사실을 밝힐 수도 없고, 그렇다고 주머니를 홀랑 가져가기엔 양심이 찔리고…….'

그때.

"남는 건 네 용돈 하고."

"감사히 잘 받겠습니다."

맥밀란이 덧붙인 마지막 말에 네이필리나의 양심이 홀라당 날아갔다. 안 그래도 목걸이를 사고, 로피진 노예까지 충동구매 하느라 수중에 있는 돈을 탈탈 털었기 때문이다.

'체하지 않도록 천천히 먹으면 되지, 뭐.'

"가문의 이름에 부끄럽지 않게 잘 다녀오겠습니다."

주머니를 품에 야무지게 넣고 인사하는 그녀의 얼굴이 그 어느 때보다 밝았다.

* * *

콘체른가의 삼 형제 역시 초대장 소식을 들었다.

"네이필리나, 언행과 행동에 각별히 조심하거라. 너 하나 때문에 콘체른의 위신을 떨어뜨릴 순 없으니까."

기디언은 엄한 얼굴로 네이필리나에게 훈계했다.

'할아버지도 안 하신 훈계를 당신이 왜 해?'

그러나 기디언은 제 할 말만 마치고 바로 자리를 떠나 버렸다. 어떻게든 힐데가르드행에 아들을 끼워 넣으려 하던 부인 시오르샤와는 반대였다.

'하긴, 그렇게 하기엔 섭정공, 당신의 자존심이 너무 강하지.'

힐데가르드는 그가 꿈꿔 온 순혈 귀족의 완벽한 본보기. 그의 신분적 열등감을 일깨우는 대상이 아니겠나. 굽신거릴 바에는 차라리 기회를 노려 부서뜨리겠다는 게 기디언의 방식이었다.

'실제로도 그렇게 했고.'

섭정공이 되기 전 힐데가르드를 무너뜨렸으니까.

"힐데가르드? 뭐, 가든지 말든지."

한편 둘째 볼락은 어차피 고위 귀족과의 인맥 따위엔 관심 없는지라 심드렁했다. 네이필리나의 부친인 헨리는 오히려 걱정하는 기색이었다.

"네이, 억지로 가지 않아도 된다."

그는 혹시라도 딸이 상처받지는 않을까를 제일 걱정했다. 귀족 중에서도 가장 최상위층에 위치한 공작이 졸부의, 그것도 가장 막내딸인 네이필리나를 불러서 뭐 하겠다는 건가.

'도대체 누구의 계략이지?'

네이필리나에 대한 세간의 이목, 콘체른을 괄시하는 귀족들의 농간, 아니면 경쟁 상단의 이간질?

'설마, 보그너 후작이 또……!'

그의 머릿속에서 불안한 음모론이 모락모락 피어올랐다.

"제가 힐데가르드면 힐데가르드지, 황명도 아닌데 가지 않으면 목이라도 벤다더냐? 네가 거절하기 힘들면 아빠가 나서마."

"킥킥."

"우리 딸, 왜 웃니?"

평소에는 양처럼 순한 사람이 딸에 관해서는 불길에 뛰어들 만큼 물불

안 가리는 야생마가 되어 버리니 웃음이 날 수 밖에. 네이필리나가 살랑살랑 고개를 저었다.

"걱정 마요, 아빠. 제가 원한 거니까요."

"뭐? 공작가가 널 초대한 게 아니라?"

"음. 말하자면 제가 초대를 하게 만들었죠?"

그래도 아버지라고 할아버지보단 단서를 좀 더 많이 주었다.

"당최 무슨 말인지……. 하아, 어렵구나."

하지만 점점 아리송해지는 표정을 하는 헨리가 이해한 것 같진 않았다.

"아빠는 그저, 네가 행복했으면 좋겠어."

"그럼요. 행복하려고 이러는 거예요."

"공작가에 가서 뭘 할진 말해 주진 않을 테지?"

네이필리나가 대답 대신 싱긋 웃자, 헨리는 한숨을 내쉬었다.

"……그래, 우리 네이는 다 계획이 있지. 맞아. 아빠가 또 잊어버렸구나."

벼랑 끝까지 몰렸을 때도 앙길레라를 스캔들로 차분하게 응징하고, 콧대 높던 큰형수의 기를 꺾어 버린 걸 보면 이번에도 딸에게 뭔가 다른 생각이 있는 것 같았다.

아비로선 그저 믿어 줄 수밖에.

'그런데 한숨이 왜 이리 날까.'

헨리는 아득하게 하늘을 응시했다. 오늘따라 하늘이 몹시 파랬다.

* * *

이윽고 공작가로 향하는 날이 밝았다.

"다녀올게요."

네이필리나는 제비꽃을 연상케 하는 보랏빛 드레스를 입고 마차에 올랐다. 원래 이렇게 요란하게 출발할 생각은 아니었지만……

'초대를 받았다고! 어머나! 그럼 엄마가 꾸며 줄게!'

'힐데가르드의 가화가 뭐더라? 아! 제비꽃이었지!'

초대장 소식을 듣고 잔뜩 흥분한 릴리엔에게 차마 안 된다고 말할 수가 없었다.

'엄마…….. 가능한 한 너무 튀지만 않게 해 주세요…….'

'물론이지! 엄마한테 맡겨!'

지나치게 초롱초롱한 눈이 불안했지만 어쨌든 그녀의 손에 얌전히 몸을 맡겼다. 그 결과가 오늘이었다.

"맙소사, 네이 아가씨! 세상에서 제일 사랑스러우셔요."

릴리엔이 혼신의 힘을 다한 일명 '힐데가르드 룩'이 완성됐다.

동그랗게 솟은 어깨의 퍼프는 발랄함을, 쇄골 아래로 파인 네크라인은 고아함을, 그리고 물결치듯 쏟아져 내리는 풍성한 스커트가 우아함을 더했다.

어린 나이엔 소화하기 어려운 짙은 보라색이 오히려 디자인의 발랄함을 적절하게 눌러 주었다. 릴리엔이 밤을 새워 만든 연보라색 레이스 장갑과 제비꽃 모양의 머리핀이 특유의 소녀다운 사랑스러움을 물씬 살려냈다.

"……흥, 나쁘진 않구나."

"이 정도면 괜찮네. 올케, 생각보다 솜씨 좋다?"

"피. 별로 예, 예쁜진 모르겠는걸."

심지어 시오르샤와 제시안느, 그리고 이오테까지 흠을 찾지 못할 정도였다.

'생각보다 괜찮은 정도가 아닌데?'

네이필리나는 몰래 눈썹을 추켜세웠다. 디자인에만 국한된 줄 알았더니, 릴리엔은 적절한 아이템을 상황에 맞게 매치할 수 있는 재능까지 있었다.

'집안에만 있긴 아까운 재능이야.'

"네이, 잘 다녀오렴."

"네."

그녀는 무심하게 고개를 끄덕였다.

이윽고 도착한 힐데가르드 공작저.

"어서 오십시오, 콘체른 양. 힐데가르드 공작저에 오신 걸 환영합니다."

"오시는 길, 불편한 점은 없으셨습니까?"

공작가의 사람들이다 보니 조금은 콧대가 높지 않을까 생각했다.

"안에서 기다리고 계십니다."

하지만 고용인들은 놀라우리만큼 공손한 태도로 그녀를 안으로 안내했다.

"어서 오게, 콘체른 양."

끼이익. 고풍스러운 카우치가 끌리는 소리와 함께 노공작이 직접 일어나 네이필리나를 맞이했다.

"이아돌프 힐데가르드일세."

맥밀란보다 나이가 많다고 들었는데 전혀 그렇게 보이지 않는 노인이었다. 풍채가 좋고 기골이 장대했으며 목소리는 호통치는 것처럼 걸걸했다. 언뜻 보면 호쾌하다 느낄 수도 있으나 노인의 안광이 호랑이처럼 매서워 사람을 쭈뼛거리게 했다. 날카로운 기가 어깨를 세게 짓누르는 느낌이랄까.

"여긴 내 손자 마티어스네."

노공작이 옆에 서 있는 사내를 소개했다.

은발에 고귀한 회색 눈동자. 섬세하면서도 날카로운 이목구비. 칼에 잰 것처럼 딱 맞아떨어지는 복장까지 귀한 자태를 온몸으로 뿜어내는 귀공자가 허리를 숙였다.

"마티어스 힐데가르드입니다. 힐데가르드에 오신 걸 환영합니다."

허리를 숙이는 각도에서부터 인사말까지, 형식적이지만 그 예법만큼은 완벽했다. 그래. 적어도 겉으로는 말이다.

"네이필리나 콘체른입니다."

네이필리나가 살짝 무릎을 숙여 인사하자 회색빛 눈동자가 힐긋 그녀를 응시했다.

"초대에 응해 주셔서 감사드립니다, 콘체른 양."

외모만큼이나 더할 나위 없이 매끄러운 언사.

'사교계가 들썩거릴 만한 얼굴이긴 하네.'

네이필리나는 기계적으로 수긍했다. 하지만 고상한 미소를 그리고 있는 수려한 외모에 대한 감상은 거기까지였다. 소공작이 아무리 곱상하다 해도 그때 그 남자만큼 강렬한 분위기를 뿜어내진 않았으니까. 그때 그 남자는 정말이지 잊기 힘든…….

'생각 그만.'

네이필리나는 서둘러 생각을 지우고 마티어스를 응시했다.

'그나저나 저 남자, 날 경계하는군.'

네이필리나는 소공작의 흠 잡을 데 없는 아름다운 미소와 달리 그의 회색빛 눈동자가 세세하게 그녀를 탐색하고 있다는 걸 알아차렸다.

"저야말로 초대해 주셔서 감사한걸요."

그녀 역시 예의상 마주 웃어주기만 했다. 투명한 벽을 두고 서로를 탐색하는 두 남녀의 시선이 오갔다.

"콘체른 양이 보내 준 '선물'은 내 아주 고맙게 받았네."

노공작이 소리 없는 탐색전을 허물어뜨렸다.

"오랫동안 찾고 있었는데 도무지 찾을 수가 없어서 내 속을 많이 끓였지."

그는 은근히 마티어스의 시선을 가리며 네이필리나를 자리에 앉혔다.

"내 하나만 물어봄세."

"무엇이든 하문하셔요. 성심껏 답하겠습니다."

"콘체른 양은 이걸 어떻게 찾았는지, 물어봐도 되겠나?"

동시에 무거운 압박감이 어깨를 내리눌렀다. 아까 느꼈던 노공작의 기세가 거짓이 아니었다. 하지만 네이필리나는 눌릴수록 더 꼿꼿해지는 성격이다.

"우연히 경매장에서 이 목걸이를 보게 되었습니다. 그곳에선 힐데가르드가 아니라 암브로시아의 저주받은 목걸이로 알려져 있었지만요."

그녀는 차분하게 대답했다.

"어떤 경매장이지? 힐데가르드의 목걸이인 줄은 어떻게 알았고?"

물음이 자못 날카로웠다. 노공작의 눈은 더 이상 웃고 있지 않았다. 따뜻하던 공기가 차갑게 식으며, 단숨에 취조실 같은 분위기로 변모했다. 네이필리나는 그 기세에 눌리지 않은 채 되레 웃으며 말했다.

"……각하, 외람되오나 질문이 하나가 아닌걸요."

노공작이 순간 멍한 표정을 했다. 제 기세를 뒤엎고 맹랑한 지적이 날아올 줄은 예상하지 못했던 까닭이다.

"하지만 귀한 분께서 궁금해하시니 말씀드리겠습니다. 두 번째 물음부터 답해 드리자면, 저 역시 몰랐답니다. 힐데가르드의 것인 줄은."

"몰랐다? 그런데 내게 보냈다? 콘체른 양, 말의 앞뒤가 맞지 않는다고 생각하지 않나?"

"각하, 저와 저 목걸이를 두고 마지막까지 경합한 이가 누군지 아시나요?"

누군데? 노공작의 얼굴이 물었다.

"마르쉐 후작이랍니다."

"……!"

비스듬히 벽에 기대 있던 마티어스마저 고개를 돌려 네이필리나를 보았다.

"이게 공작가의 물건이라 확신하진 못했습니다. 그러나 마르쉐 후작이 그토록 가지려 애쓰는 것이라면, 힐데가르드가 그 답을 알지 않을까 했지요."

네이필리나는 처음부터 솔직하게 답할 생각이 없었다. 전생의 정보로 알게 되었다고 말해 봤자 누가 믿을까.

"혹은 알고 싶어 하지 않을까, 싶기도 했고요. 목걸이를 보낸 건 제게도 도박이었답니다."

"……."

"다행스럽게도 각하께선 그 답을 주셨고요."

이렇게요.

그녀가 청보랏빛의 초대장을 내밀었다. 노공작이 헛웃음을 내뱉으며 이마를 짚었다.

"……하. 그럼 내가 지금…… 콘체른 양의 수에 넘어간 것이로군?"

목걸이를 보자마자 헐레벌떡 초대장을 썼다. 힐데가르드의 것이라고 공표한 거나 다름없었다.

"하하하, 이런……. 아주 톡톡히 한 방 먹었어."

"……감히 알량한 수로 각하의 의중을 읽어 내려 한 점, 사과드릴게요."

"괜찮네. 나는 마르쉐에서 저 목걸이를 지켜 냈다는 것만으로도 콘체른 양이 무슨 짓을 해도 용서할 수 있을 거라네."

네이필리나 콘체른이 아니었다면, 만약 저 목걸이가 마르쉐 후작의 손에 들어갔다면.

상상만으로도 노공작의 머리가 뻐근해져 왔다. 제 유일한 역린이다. 저는 버티지 못했을 거다.

'마르쉐도 목걸이를 찾고 있었다니……. 내가 너무 내 약점을 질질 흘리고 다녔군.'

마티어스의 말이 맞았다. 진작에 멈췄어야 했다. 먼저 간 아들을 그리다가 악귀들의 손에 제 목을 고스란히 내어 줄 뻔했다.

"첫 번째 물음에 대한 답은……."

"응?"

네이필리나의 음성이 공작을 아찔한 상상에서 벗어나게 했다.

"습득 장소에 대해 너무 자세히 말씀드리지 못함을 용서하십시오. 제 조

힐데가르드 235

부님께도 말씀드리지 못한 부분이라서요."

"조부라면…… 콘체른 백작을 말하는 것인가?"

한때 제국을 누볐던 전설의 장사꾼 맥밀란 콘체른이다. 힐데가르드 노공작도 모를 리 없었다. 네이필리나가 고개를 끄덕였다.

"네, 생각보다 엄한 분이셔서요. 목걸이는 저 혼자 우연히 습득한 것이라 자세한 내막을 아시게 된다면 필시, 제가 혼날 겁니다."

"설마, 불법 경매장도 아닌데 백작이 콘체른 양을 혼낼 리가……."

말을 잇던 노공작이 멈칫했다. 대답 없이 입을 다물고 있는 소녀에게서 답을 읽어 냈기 때문이다.

'콘체른 백이 암시장을 끔찍이 싫어한다지.'

"오호라, 불법이었던가 보군."

"……."

네이필리나는 배시시 웃을 뿐이었다.

"한데 카란툴라를 돌아다니기엔 콘체른 양은 아직 어리지 않나?"

"젊은 청춘의 방황에 나이가 어디 있겠어요. 부디 작은 치기 정도로 봐 주시고 비밀로 해 주셔요."

앳된 얼굴로 천연덕스럽게 제가 악명 높은 불법 경매장을 드나들었다는 걸 시인한다. 마지막엔 조부에게는 숨겨 달라는 깜찍한 당부까지.

조금 전 마르쉐와 힐데가르드 사이를 오가며 심리전을 펼친 노련한 책사는 어디 가고 순진한 소녀만 남아 있었다.

'이런 아이는 처음 보는군.'

그 의외성이 노공작의 흥미를 유발했다. 그는 인사만 하고 내보내려던 마음을 접고 옆에 서 있던 시종에게 손짓했다.

"버스커, 그걸 가져오게."

"예, 각하."

시종이 다가와 은빛 함을 건넸다.

"보게, 콘체른 양."

달칵. 노공작의 주름진 손이 함을 열자 푸른 빛을 쏟아 내는 목걸이가 모습을 드러냈다.

힐데가르드를 상징하는 청보라색의 벨벳에 감겨 있으니 경매장에서 봤을 때와는 달리 몹시 고귀하고 아름답게 보였다. 심지어 중간부가 깨어져 있음에도 다이아몬드는 더욱 푸른 빛을 발했다.

"이 목걸이는 내 아들의 것이었다네."

네이필리나가 물끄러미 함 속에 담긴 목걸이를 내려다보고 있을 때, 노공작이 불쑥 말했다.

"15년 전, 아들놈이 세상을 떠나며 남긴 마지막 유품이지."

"……."

"갑작스러웠어. 말이 미쳐 날뛰며 마차가 절벽에서 떨어지는 게 흔한 일은 아니지 않은가."

"할아버님, 거기까진……."

힐데가르드 소공작의 죽음은 공작가에 있어 역린이나 다름없다. 마티어스가 나서 입을 멈추려 했지만, 노공작이 손을 들어 막았다.

"영원한 비밀도 아니지 않으냐. 이미 아는 사람들은 다 안다."

"할아버님의 입에서 직접 나오게 된다면 그 무게가 다르지요."

마티어스가 마른 얼굴을 쓸었다. 수려한 이목구비에 피곤이 어리는가 싶더니, 서늘한 시선이 네이필리나를 향했다.

"'콘체른'의 아가씨께서 감당하시기엔 지나친 무게이기도 하고요."

단정한 어조 안에 숨은 것은 방금 들은 사실을 입 밖에 내지 말라는 은근한 협박이요, 일부러 '콘체른'을 강조하는 것은 마르쉐와 힐데가르드를 오가며 저울질하지 말라는, 세간의 졸부를 향한 한 줌의 경멸이렷다.

'내가 일부러 노공작의 눈에 들려고 이 목걸이를 찾았다고 생각하는구나.'

네이필리나는 그의 눈에 제가 아주 졸부 그 자체로 보이는 듯하다고 생각했다. 뭐, 그의 의심이 틀리진 않았으니 화가 날 일은 아니었다.

그사이 노공작의 물음이 이어졌다.

"이걸 가지고 있다고 연통만 보냈어도 협상의 여지가 있었을 텐데. 내가 선물만 받고 모른 체하면 어쩌려고 그랬나?"

그래서 마르쉐 후작도 이 목걸이를 손에 넣으려 했던 것이다. 천하의 노공작을 흔들 수 있는 약점이 될 테니까.

하지만.

"각하를 상대로 협상이라니요. 제가 아무리 콘체른이지만 때와 장소를 가릴 줄은 안답니다."

네이필리나는 고개를 저었다.

"각하, 저는 그 목걸이의 의미를 쉬이 짐작할 수 없습니다. 비단 힐데가르드의 것이라서가 아니라, 누군가와 마지막까지 함께했던 물건에 대한 가치를 제가 감히 책정할 수 없기 때문이에요."

"……."

"장사꾼이 값을 모르는 물건을 어찌 팔겠습니까. 이 목걸이는 각하께 되돌려 드리는 거로 제 목적을 다했습니다. 다만 혹 주제넘다 생각하신다면 어린 아이의 치기로 넘겨 보아 주셔요."

"하."

하하하. 결국, 노공작은 웃고 말았다. 눈앞의 소녀에게선 겸손함은 있었지만 구구절절한 굽신거림은 없었다.

데운 우유처럼 허여멀건 피부, 순수한 옥빛 눈동자.

대찬 듯하면서도 기민하게 눈치를 살핀다. 게다가 말은 또 얼마나 청산유수인가. 또랑또랑하게 대답하는 것 좀 보라지.

"감사를 받아도 모자랄 판에 사과라니. 콘체른 양은 이 늙은이를 부끄럽게 만들려는 건가?"

철옹성처럼 단단했던 노공작의 마음이 한없이 너그러워졌다.

"내 죽기 전에 이걸 다시 찾을 수 있을 거라곤 생각지 못했네. 하니 콘체른 양은 나의, 아니, 이 힐데가르드의 은인이지. 이 고마움을 어떻게 갚아야 좋을까."

노공작의 말이 끝나자마자 마티어스의 명화 같은 미간이 찌푸려졌다.

사실 지금까지 거의 내내 저 표정이었다. 목걸이가 일으킨 감동을 주는 분위기에 그는 전혀 공감하지 않고 있는 듯했다.

'아무것도 안 뺏어 가, 이놈아.'

지나친 경계에 네이필리나는 한숨을 내쉬었다.

"뭐든 말해 보게나. 이제 뒷방 늙은이 신세지만 내 힘닿는 데까지는 힘써 봄세."

다른 사람도 아니고 힐데가르드의 공작이 내미는 조건 없는 호의. 네이필리나로서는 백지 수표를 받아 든 것이나 다름없었다.

'하지만 준다고 덥석 받을 순 없지.'

물질적인 보답은 일회성에 그친다. 어렵사리 잡은 공작과의 끈은 한 번으로 놓쳐 버리기엔 너무 아까운 패다. 그녀는 이 끈을 계속해서 이어 나갈 생각이었다.

'적어도 기디언이 바닥으로 곤두박질칠 때까진.'

"외람되지만 보답은 이미 받았답니다."

"이미? 난 준 기억이 없는데?"

네이필리나가 웃었다.

"힐데가르드의 초대장이 도착하고, 제가 마차를 타고 공작저까지 입성한 순간, 노공작께선 목걸이에 대한 보답을 충분히 해 주신걸요."

힐데가르드 공작가에서 마차를 보내 주겠다고 했지만, 네이필리나는 일부러 콘체른의 문장이 그려진 가문의 마차를 탔다. 공작저로 들어서는 콘체른의 모습을 모두가 목격할 수 있도록.

앞서 말했듯 힐데가르드는 귀족 중에서도 순혈 귀족. 고작 초대장 하나만으로도 사교계가 들썩거릴 정도였다. 네이필리나 앞으로 날아온 공작의 친필 서신은 동시에 사람들에게 알리는 예고장이나 다름없었다.

콘체른이 제국에서 가장 유서 깊은 역사를 가진 귀족과 교류하기 시작했다는 걸.

진실은 그저 한 번의 형식적인 인사가 오갔을 뿐이다. 하지만 어디 요즘 세상 사람들이 진실을 신경이나 쓰는가. 세상은 힐데가르드 노공작에게 개인적으로 초대받을 정도로 콘체른의 힘이 커졌다고 생각하거나, 혹은 힐데가르드가 뒤에서 콘체른을 비호한다고 생각할 것이다.

하니 앞으로 콘체른을 대할 때 좀 더 조심스러워질 수밖에 없다. 특히나 보그너처럼 콘체른을 끌어내리려는 귀족들은 더더욱 말이다.

네이필리나는 간접적이나마 제 가문에 한 겹의 보호막을 더한 것이다. 지난번 앙길레라의 스캔들에서 민중의 보호막을 씌운 것처럼 이번에는 귀족의 보호막을 덧씌웠다.

감탄이 나오는 행보였다. 노공작이 헛웃음을 뱉었다.

누가 짐작이나 하겠나. 비상하면서도 교활한 콘체른의 행보가 전부 이 어린 소녀의 머릿속에서 나왔다는걸.

"천하의 힐데가르드가 이용당할 줄이야. 인제 보니 이거, 아주 약은 아가씨였구만."

"하지만 각하, 이 목걸이의 가치에 비해 공작가의 이름값을 빌리는 건 감히 비교할 바가 되지 못하는걸요."

"하하하!"

그럼에도 밉지 않아 보이는 것은 왜일까. 소녀가 찾아 준 아들의 유품 때문일까, 아니면 또랑또랑한 미소 때문일까.

'손자며느리가 있다면 꼭 저랬으면 좋겠군.'

노공작의 시선이 힐긋 옆에 앉은 손자 마티어스를 스쳐 지나갔다.

'저놈은 지나치게 꽉 막힌 데가 있단 말이야. 그러니 짝은 융통성 있고

똘똘한 아이로 골라야겠지.'

그러고 보니 마티어스가 몇 살이더라?

"그럼 이왕 보답한 김에 내 힘 좀 더 써 보지."

"네?"

노공작은 네이필리나에게 황금빛 초대장을 내밀었다.

"조만간 1황녀 전하의 생신을 맞아 신년 연회를 열려고 하네. 조촐한 선상 파티니 콘체른 양이 참석해서 자리를 빛내 주길 바라."

'선상 파티?'

노공작이 킬킬 웃으며 자리에서 일어났다. 그의 갑작스러운 제안은 그것만이 아니었다.

"마티어스, 네가 콘체른 양을 자택까지 모셔다드리거라."

"예?"

마티어스의 얼굴은 마른하늘에 날벼락이 떨어진 것처럼 멍해졌다. 당황하기는 네이필리나도 마찬가지였다.

"아뇨, 각하. 저는 괜찮습니다. 왔던 길을 되돌아가는 것뿐인걸요."

"벌써 어둑해졌네. 헬리오스의 밤길이 얼마나 무서운데 콘체른 양을 홀로 보낸다면 콘체른 백이 나를 뭐라 생각하겠나. 마티어스, 어서 움직이지 않고 뭘 하느냐?"

노공작이 호쾌하게 마티어스를 꾸중했다. 신이 난 건지, 혼을 내는 건지 종잡을 수 없는 목소리였다.

"이만 가 봐야겠군. 콘체른 양, 오늘 즐거웠네. 또 보지."

"하지만 각하, 이건⋯⋯."

"오늘 내가 본 그대라면, 거절하지 않으리라 믿네. 그렇지?"

마티어스에겐 들리지 않게 노공작이 숨죽여 속삭였다.

네이필리나가 멈칫했다. 의도를 숨긴 대로 숨겼건만 노공작의 눈을 완전히 피하긴 어려웠던 모양이다.

'적어도 기분 나빠하진 않는 것 같으니 다행인가?'

정신을 차린 마티어스가 본래의 귀공자로 돌아와 손을 내밀었다.

"……알겠습니다. 밖으로 모시지요, 콘체른 양."

"잠깐만요, 각하…?"

노공작이 그녀의 어깨를 두드리며 속삭였다.

"이왕 잡은 인연이라면 오래 이어 가야 할 것 아닌가."

네?

"콘체른 양. 자주, 오래 보세. 응?"

노공작이 되레 눈을 찡긋했다.

'이런 걸 바란 건 아니었는데.'

소공작과 단둘뿐인 어색한 마차 안에서 네이필리나는 생각했다.

"좀 전의 무례를 사과드립니다."

마티어스가 먼저 침묵을 깼다.

"아시다시피, 콘체른 양께서 찾아 주신 목걸이는 제 아버지의 유품입니다. 그 의미가 조부께는 남다른 터라 그걸 찾기 위해 수년간 힐데가르드의 자원을 쏟아부었죠."

네이필리나는 마차 좌석에 박혀 있던 시선을 슬쩍 들어 올려 눈앞의 귀공자를 응시했다.

조부께는 남다른.

자원을 쏟아부은.

죽은 부친의 유품에 대한 설명치고는 다소 차가운 어조였다.

"그래서 콘체른 양이 목걸이를 선물한 이유가 다른 이득을 얻기 위해서였다고 생각했습니다."

그러나 마티어스는 예상과 다르게 사과를 건넸다.

네이필리나는 사과의 이유까지 말하는 솔직함에 조금 놀랐다가 마티어스의 얼굴을 보고 다시 납득했다. 굴곡이 없는 어조에 여전히 반듯한 얼굴에 비치는 건 죄책감이 아닌 진한 의무감이었기 때문이다.

'잘못했으니 사과를 한다, 이건가. 역시 도련님이네.'

그게 옳다고 배웠으니까, 그게 귀족의 방식이니까. 마티어스가 실제로 제 행위가 사과할 만하다고 생각하는지, 아니, 처음부터 이걸 무례라 생각하는 지는 별개의 문제란 거다.

'그래도 사과라도 하는 게 어디야. 그것도 순혈 귀족가의 후계자가.'

네이필리나는 무미건조한 얼굴로 생각했다.

마티어스 힐데가르드는―네이필리나의 개인적인 평으로는―밥맛이다. 오만하고 사람을 아래로 내려다보며 제 잘난 줄 아는 사내를 누가 좋아하 겠나.

하지만 그만큼 그는 그 오만에 수반되는 책임도 같이 짊어지려 한다. 헬 리오스 제국에는 저런 틀에 박힌 예의마저 무시하고 짓밟는 귀족들이 널렸 다. 그들이 결코 마티어스보다 더 배우지도 더 고귀하지도 못했음에도. 그 런 면에서 마티어스 힐데가르드는 순혈의 이름이 합당한 귀족이었다.

"말은 맞는걸요. 이번 일로 콘체른이 이득을 본 것은 사실이니 소공작이 사과하실 필요가 없답니다."

"아닙니다. 제 편견이 만든 오해이니 사과함이 옳지요."

"졸부에 대한 편견은 누구나 가지고 있는걸요. 처음 겪는 일도 아니고요. 괜찮아요."

앞서 말했듯 이렇게 사과까지 하는 그가 되레 양심적인 거다.

"……."

네이필리나는 별 생각 없이 했던 말이건만 마티어스의 말문이 막혀 버 렸다.

당신도 다른 사람들과 별다를 거 없다는 말에 그는 쿵 하고 한 대 머리 를 맞은 것만 같았다.

'이 여자, 지금 나를 비난하는 건가?'

마티어스는 체면도 잊고 무의식적으로 네이필리나 콘체른을 빤히 바라보고 말았다.

"소공작님, 제 얼굴에 뭐가 묻었나요?"

"아, 아닙니다."

하지만 말간 얼굴에선 비난도, 분노도 찾아볼 수 없었다. 올망졸망한 이목구비와 달리 무미건조한 표정은 심지어 기대조차 안 했다는 듯했다.

당연한 사실을 말하는 평범한 어조. 그게 마티어스를 더 부끄럽게 만들었다. 차라리 '당신, 편견에 찌들었어!' 하고 고함치는 게 덜 충격적이었을까.

'그나저나, 1황녀의 선상 파티라……'

맞은편에 앉은 아름다운 귀공자가 충격에 빠진 줄도 모르고, 네이필리나는 선상 파티라는 변수를 생각했다.

"그런데요, 소공작님. 선상 파티엔 또 누가 참석하나요?"

"예?"

마티어스의 회색 속눈썹이 끔뻑거리다 대답했다.

"아, 1황녀 전하와 로잔 기사단장, 아르놀드 재정 대신……."

평소의 그라면 곧이곧대로 참석자들을 말해 주는 일 따윈 없었을 것임을 본인도 깨닫지 못했다.

'전부 1황녀파에 있는 귀족들이네. 그렇다면 내 생각이 맞아.'

네이필리나는 달빛을 흩뿌린 듯한 그의 은발을 보며 문득 전생의 기억을 떠올렸다. 힐데가르드 공작가는 외손녀인 1황녀를 지지했다. 자연히 2황자를 낳은 황비와 그녀의 친정인 마르쉐 후작과 반목할 수밖에 없었다.

'섭정공은, 아니, 기디언은 2황자 편에 섰어.'

네이필리나의 원수이자 백부인 기디언 콘체른은 마르쉐 후작의 조력자였다. 그는 콘체른의 막대한 부를 아낌없이 쏟아 넣으며 2황자의 신임을 얻어 냈다.

'종국엔 수장인 마르쉐 후작까지 밀어내고 실권을 장악했지.'

결국 기디언은 반정까지 성공했고, 섭정공의 칭호를 얻었다. 나는 새도 떨어뜨릴 권력으로 제국을 마음대로 주물렀다.

그 말은 즉,

'1황녀파가 패배했다는 거지.'

1황녀는 후계 싸움 중 화살에 맞아 죽었고, 노공작 역시 정체를 알 수 없는 독에 당해 세상을 떠났다. 그 과정에서 마티어스 힐데가르드, 이 남자 역시 암살당했다.

'이번 생에는 달라야 해.'

기디언을 무너뜨리려면 힐데가르드가 기디언과 2황자의 대척점에서 남아 줘야 한다.

"콘체른 양?"

마티어스는 생각에 골몰한 네이필리나를 불러 보았다.

"……."

대답이 돌아오지 않았다. 뭘 그리 생각하는 건지, 네이필리나의 시선이 분주하게 창밖의 풍경과 손에 쥔 선상 파티 초대장을 오갔다.

'저 조그만 머리로 이 여자는 대체 뭘 생각하고 있는 걸까.'

이렇게까지 이성에게 관심을 받지 못한 적도 처음이라는 걸, 마티어스는 어렴풋이 깨달았다. 아까 제가 멍하게 답을 하지 못했을 때도 네이필리나 콘체른은 기회를 틈타 말을 붙이기는커녕 고개를 돌리고 제 생각에 빠져 버리지 않았나.

결국, 마티어스가 혼자서 충격에서 빠져나오고 정신을 차릴 때까지도 그녀는 전혀 그를 신경 쓰지 않았다. 네이필리나 콘체른과 이 마차에 단둘이 올라탄 이래, 그녀가 양손을 올리고 있는 저 푹신한 쿠션과 그 자신 중에 어느 쪽이 더 존재감이 있었을지, 마티어스는 감히 확신할 수 없었다.

"……."

자꾸 시선이 갔다.

어깨를 타고 흘러내리는 풍성한 금발. 생각에 골몰한 초록빛 눈동자. 초대장을 잡은 작고 가녀린 손가락. 오밀조밀한 얼굴에 때때로 놀랍도록 무감각한 표정이 스쳐 지나간다.

아까 노공작의 웃음을 터뜨린 수 싸움도 그렇고, 건조한 말투로 허를 찌르는 것도 그렇고, 계속해서 예상을 벗어나는 여자였다.

"그렇게 보셔도 어쩔 수 없어요."

"예?"

그래서 마티어스는 갑자기 날아온 말에 멍청하게 되묻고 말았다.

"뭘 말입니까?"

"선상 파티는 노공작님의 당부 때문에 제가 거절하기 어려워서요. 소공작께서 이해해 주시길 바라요."

네이필리나가 선상 파티의 초대장을 흔들면서 말했다.

"이번엔 힐데가르드의 이름에 기댈 일 없을 테니 걱정하실 필요 없다고 말씀드려도 믿지 않으시겠죠?"

"예? 아닙니다. 저는 선상 파티 초대장을 보고 있었던 게 아니라……."

"그럼요?"

그럼 뭐 때문에 사람을 그렇게 뚫어지게 보니? 투명한 초록빛 눈동자가 그렇게 묻고 있었다.

"……."

마티어스는 머쓱하게 시선을 돌리고 말았다.

처음 있는 일이었다.

* * *

"도착했습니다."

부지런히 달리던 마차의 바퀴가 마침내 콘체른 저택에서 멈췄다. 힐데가르드의 마부가 문을 열었다. 마티어스가 매너 좋게 먼저 일어나 문을 열었다.

"맙소사! 소공작이야!"

"마티어스 힐데가르드가 네이필리나 아가씨와 함께 왔다고?"

힐데가르드의 마차가 콘체른 저택에 들어선 것도 드문 일인데, 심지어 미남 소공작까지 등장하자 고용인들의 이목이 대거 집중됐다. 마차 너머로 시녀 몇몇이 다급하게 어디론가 뛰어가는 게 보였다.

'이오테 아니면 시오르샤의 시녀겠지 뭐.'

네이필리나가 한숨을 내쉬었다. 이오테가 달려올 즈음엔 마티어스는 돌아가고 없을 텐데 어쩌나.

"콘체른 양."

그때 그녀 앞으로 정중한 손이 내밀어졌다. 어느새 마티어스가 반듯하게 선 채 그녀에게 에스코트를 청하고 있었다.

"데려다주셔서 감사드려요. 공작가까지 조심히 돌아가시길 바랍니다."

그의 손을 잡고 마차에서 내린 네이필리나가 살짝 무릎을 굽혔다.

"그럼 이만……."

"콘체른 양."

네이필리나가 미련 없이 등을 돌리려는데 마티어스가 불쑥 말했다.

"아까 말씀하신 황녀 전하의 생신 파티 말입니다."

"네."

수려한 귀공자가 잠시 뜸을 들였다. 회색빛의 시선이 왔다 갔다 하는 것이 뭔가 망설이는 것 같기도 했다.

'도대체 무슨 말을 하려고 저러지?'

네이필리나는 인내심 있게 기다려 주었다. 이윽고 모양 좋은 입술이 살짝 떨어졌다.

"파트너로 함께해 주시겠습니까?"

'파트너?'

생각지도 못한 제안. 네이필리나가 멈칫했다. 초록빛 눈동자가 예상하지 못했다는 듯 동그랗게 커지자 마티어스는 약간의 희열을 느꼈다.

"저랑요?"

"네."

"어째서요?"

"이유가 필요한 거였습니까?"

서로 이해할 수 없는 물음이 이어졌다.

"……."

그리고 이어지는 공백.

"물론 콘체른 양께서 허락해 주신다면 말입니다."

마티어스의 회색 눈동자가 초조하게 대답을 기다리는 것처럼 느껴졌다.

네이필리나는 저 멀리서 달려오는 이오테의 은빛 머리칼을 보며 한숨을 내쉬었다. 답을 해 주기 전까진 이 남자가 가지 않을 듯하니.

"죄송하지만 조금 생각해 봐도 될까요?"

후를 기약하는 에두른 말. 귀족의 화법에선 거절이라는 뜻이나 다름없다.

"……."

마티어스가 놀란 눈을 했다. 수려한 이목구비가 일순 표정을 감출 새도 없이 크게 일렁였다. 그 어딜 봐도 거절당할 줄은 몰랐다는 얼굴이라 네이필리나는 조금 아니꼬워졌다.

'하긴 이 귀공자께서 어디 가서 거절 같은 걸 당해 보셨겠어.'

어쨌든 네이필리나는 부가적인 설명이 필요하다는 걸 느꼈다.

"저는 힐데가르드의 이름이 필요한 거지, 사교계 공통의 적이 되고 싶은 게 아니거든요."

"예?"

그가 말을 되묻자 차분한 시선이 돌아왔다.

'네가 얼마나 인기가 많은지 꼭 내 입으로 들어야겠니?'

무감각한 녹빛 눈동자는 그리 말하고 있었다.

"……."

젊은 두 사람 사이에 아득한 침묵이 맴돌았다. 마티어스의 회색 눈동자가 다시 이성적으로 돌아왔다.

"아…… 이해했습니다."

"이해해 주시다니, 소공작님의 사려 깊음에 감사드려요."

네이필리나가 마지막 거절의 낙인까지 찍으려는 순간, 마티어스의 입이 먼저 열렸다.

"하면 좀 더 생각해 보시고 알려 주시지요."

방금 거절은 눈치채지 못한 것처럼, 평온한 어조였다. 그 천연덕스러움에 네이필리나가 헛웃음을 삼켰을 때, 회색 눈의 귀공자가 허리를 숙였다.

촉. 손등 위로 붙는 부드러운 감촉에 네이필리나는 제가 여태까지 소공작의 손을 계속 잡고 있었다는 사실을 깨달았다.

"……소공작님?"

예법에서 말한 것보다 손등 위로 느껴지는 입술의 감촉이 좀 더 길었던 것 같다.

"긍정의 답을 주시길 기다리고 있겠습니다."

마티어스가 예의 바른 얼굴로 미소를 지었다.

"……살펴 가시길."

네이필리나는 대답 대신 허리를 굽혀 인사하곤 그를 지나쳤다. 마티어스와의 거리가 멀어지며, 달려오던 이오테와의 거리가 점점 가까워졌다.

"야! 네이필리나!"

씩씩거리며 달려온 모양이다. 숨을 잔뜩 헐떡이느라 이오테의 얼굴은 홍당무처럼 시뻘겋게 달아올라 있었다.

"어, 허억, 어떻게 둘, 둘이 어떻게 같이 오는 거야?! 왜 저분이 여기에 너랑 있냐고!"

아까 그 소, 손등 키스는 뭐야! 둘이 무슨 사이길래! 똑바로 말해!

이오테는 말까지 더듬으며 기함했다. 두 눈을 부릅뜨고 양손을 갈고리처럼 펼치는 게 거의 네이필리나에게 달려들 태세였다.

"글쎄. 소공작님께 직접 여쭤보는 게 어떨까? 마침 저기 계시잖니."

나하고 이렇게 실랑이할 여유가 있어? 네이필리나가 차분한 목소리로 되짚어 주자 이오테의 정신이 번쩍 들었다.

'아차!'

"힐, 힐데가르드 소공작님!"

하지만 이오테가 몸을 돌렸을 때 마티어스는 이미 마차에 오른 후였다.

"이랴! 이랴!"

조금의 미적거림도 없이 공작가의 마차는 매정하게 떠나 버렸다. 네이필리나가 가 버린 이상, 이곳에 더 남아 있을 이유는 없다는 것처럼.

* * *

하얀 거품이 몽실몽실 피어오른 욕조에서 도란도란 대화가 울려 퍼졌다.

"그래서 어떻게 됐사와요?"

"어떻게 되긴? 닭 쫓던 개 지붕 쳐다보듯 서 있던데?"

조금 전 정원에서 있었던 일을 이야기해 주자 젤피는 우스워 죽으려 했다.

"사실, 빨리 와 버려서 그 이후는 잘 모르겠어. 거기 더 있었다간 이오테의 분풀이를 받아야 했을 거야."

"맞사와요. 잘하셨사와요. 이오테 아가씨가 얼마나 약이 올랐을까요. 생각만 해도 고소하네요."

젤피가 덩달아 킥킥댔다.

'우리 아가씨 맨날 울리고 상처 주더니. 아이, 속 시원해!'

"아가씨, 뜨거운 물 부을게요."

젤피가 굳은 어깨를 가만히 주물러 주었다. 긴장하고 있었던 탓인지, 목이 뻣뻣했다.

'선상 파티라……. 내 생각이 맞는다면…….'

전생에서 1황녀의 생일을 축하하기 위해 열린 이날의 파티는 그녀의 악몽으로 끝났다. 인근 배에서 탈출한 로피진 노예들이 파티에 난입하여 난동을 일으켰기 때문이다.

'귀족이 다섯 명이나 죽었어.'

노예들이 탈출한 배는 카르키나섬의 목화를 들여오는 무역선으로 밝혀졌다.

문제는 그 배의 주인이 힐데가르드 공작가였다는 것.

'목화선에 로피진 노예들을 숨겨 놓은 이유가 뭐요?'

'전투 노예들을 허가 없이 헬리오스 제국으로 반입하는 건 불법이오! 공작가는 반역을 도모하려던 게 아니오!'

죽은 귀족 중에 중립파도 있었던 터라, 공작가는 전방위에서 공격받았다.

결국, 힐데가르드는 이 일로 카르키나섬의 무역권을 잃고, 1황녀의 세력 역시 크게 약화하였다. 난동을 부린 로피진들 역시 전원 현장에서 사살되었다.

'그들은 이용당한 거야.'

힐데가르드를 공격하기 위한 장기말로 말이다.

'1황녀가 2황자와 제대로 경쟁하려면 힐데가르드의 힘이 약해져선 안 돼.'

기디언 콘체른을 끌어내리기 전까지 힐데가르드는 건재해야 한다.

네이필리나가 고개를 들었다. 뚝뚝. 젖은 머리칼에서 흘러내리는 물방울이 수면 위로 떨어지더니, 미약한 잔물결을 일으켰다.

고작 잔잔한 물결이다.

그러나 방울이 떨어지고 떨어지다 보면, 수면을 뒤엎는 거대한 파도가 되기도 한다는 걸, 그녀는 알고 있었다.

"젤피, 깃펜과 카드를 가져다줘. 소공작님께 편지를 보내야겠어."

젤피가 손뼉을 짝 치면서 좋아했다.

'아까 소공작님의 파트너 신청을 수락하시려나 봐!'

"네! 제가 지금 가져오겠사와요!"

신이 나서 서재로 뛰어가는 젤피의 발걸음이 그 어느 때보다 밝았다.

* * *

며칠 후.

번화가의 아름다운 티 살롱 앞에서 두 사람이 만났다.

"이렇게 빨리 만나 주실 줄은 몰랐는데, 감사드려요."

"콘체른 양께서 답을 주셨는데 어찌 미룰 수 있겠습니까."

"답이라뇨?"

네이필리나가 되물었다. 옷을 새로 맞춘 건지, 머리나 얼굴에 뭘 바른 것인지 마티어스는 저번보다 좀 더 잘생겨 보였다.

"파트너 승낙해 주시려고 저를 만나려 하셨던 게 아닙니까?"

"선상 파티가 열리는 배를 구경할 수 있을지 여쭤보았을 뿐인데요."

마티어스의 표정이 망연해졌다.

"그래서 서신으로 답해 주셔도 충분하다 한 건데, 공작님께서……."

그래. 구태여 만나자고 한 건 저였지. 마티어스가 헛웃음을 내뱉었다. 상냥하게 맥락을 짚어 주는 그녀의 친절에 벌써 이마가 뻐근했다.

"콘체른 양은 여러모로 내 예상을 뛰어넘는 분이십니다."

"칭찬으로 들을게요."

"……."

"……."

"그럼 배는 구경할 수 있을까요?"

거절하실 건가요? 라고 묻는 녹안에 대고 어찌 안 된다 말할 수 있으랴.

"예. 그리하지요. 딱히 어려운 일은 아니니까요."

어쨌든 마티어스는 그녀의 요청을 거절하지 않았다.

"이랴, 이랴!"

네이필리나를 태운 힐데가르드의 마차가 힘차게 바퀴를 굴려 도착한 곳은 2지구의 커다란 부둣가였다. 배들이 여러 척 정박해 있는 와중, 선상 파티가 열리는 배는 눈처럼 새하얀 흰색의 커다란 유람선이었다.

"어라, 소공작님. 어쩐 일이십니까."

갑판 위에 있던 콧수염이 난 사내가 힐데가르드의 마차를 보고 나왔다.

"앙드레 경은?"

"선장님은 잠깐 자리를 비우셨습니다. 소공작님이 오셨다고 연통을 드릴까요?"

마티어스가 괜찮다는 듯 고개를 저었다.

"페드로, 이쪽은 내 손님이시네. 배를 구경하고 싶다기에 모셔 왔지."

"아아, 그러셨군요. 헨리 페드로입니다. 이 배의 부선장을 맡고 있지요."

네이필리나는 부선장 페드로를 유심히 살폈다.

40대 중반 남짓 되었을까. 멋들어지게 난 콧수염에 날렵한 체격, 깔끔한 옷차림은 뱃사람보다는 육지의 장사꾼에 더 가까워 보였다.

"지금은 파티 준비에 한창이라 아가씨께서 구경하실 만한 건 별로 없을 테지만……. 소공작님의 손님을 실망하게 할 수야 있나요."

"그냥 손님일세. 다른 생각은 하지 마라."

"그럼요, 그럼요. '그냥' 손님이신 게지요."

페드로가 다 알겠다는 듯 마티어스를 향해 눈을 찡긋하더니 이내 네이필리나에게 몸을 돌렸다.

"괜찮으시다면 제가 안내하겠습니다."

페드로는 두 사람을 데리고 여객선 내부 곳곳을 누볐다.

"기둥에 쓸 조명이 모자라! 크리스털 라이트를 좀 더 주문해야겠군!"

널찍한 갑판 위로 분주히 뛰어다니는 선원들은 파티 준비에 여념이 없었다.

"좀 더 당겨! 더 세게!"

"으라차차차!"

선원들 대여섯이 달라붙어 굵은 흰색 밧줄을 잡아당겨 난간에다 칭칭 동여맸다.

"배와 육지 사이에 통로를 설치해서 승객들이 자유롭게 오갈 수 있도록 할 생각입니다. 밤에 보면 꼭 바다로 향하는 천국의 길처럼 보일 겁니다."

부둣가와 유람선의 입구 사이에 세워지는 투명한 원통의 통로를 보며 페드로가 의기양양하게 설명했다. 원통 사이사이에 작은 크리스털이 박혀 있어 화려함을 더했다.

"좋은 생각이야. 전하께서 좋아하시겠군."

"하하. 이걸 만들어 내느라 선장님과 선원들과 머리를 싸맸지요. 아름다운 손님께서 보시기엔 어떻습니까?"

"좋네요. 예쁠 것 같아요."

기계적인 감탄사를 내뱉으며 네이필리나는 조금 전 돌아다녔던 여객선의 내부 구조를 머리에 되새기는 중이었다.

'배의 아래층엔 출구가 따로 없어.'

그렇다면 노예들이 이 배로 들어오는 길은 갑판 위가 유일하다.

'배가 높아도 저 밧줄을 잡고 올라온다면 충분히 가능하겠군.'

네이필리나는 갑판의 난간마다 구비되어 있는 구명 밧줄을 바라보았다.

'로피진들이 목화선에서 탈출했다고 했지.'

마티어스의 어깨 너머로 커다란 돛을 단 범선이 보였다. 그녀는 이제야 그 배를 발견한 것처럼 목소리를 높였다.

"저 배는 뭔가요? 돛에 힐데가르드 문장이 그려져 있는 것 같은데."

"예. 저것도 힐데가르드 공작가의 배입니다. 카르키나섬에서 공수한 목화가 실려 있지요."

페드로가 대신 대답했다.

"아가씨, 힐데가르드의 목화로 만든 실이 얼마나 질이 좋은지는 들어 보셨지요? 수도에 있는 고급 의상점 중에 저 목화를 사용하지 않는 곳은 찾기 힘들 겁니다. 저 배도 서해를 돌고 어제 제국으로 들어왔지요."

"아아. 힐데가르드가 카르키나섬의 무역권을 독점하고 있단 얘길 들었어요. 황금을 쓸어 담고 계시겠군요."

마티어스가 콧방귀를 뀌었다.

"콘체른의 영양께서 부를 부러워하시는 겁니까? 제국의 돈 되는 사업 중에 콘체른이 손 안 댄 게 어디 있다고요."

"바다 쪽은 다 한 손 거친 것들뿐인걸요. 콘체른의 이름을 달고 해운을 시작한 적은 아직 없어요. 할아버님께서 바닷길은 내키지 않아 하셔서……."

네이필리나가 너스레를 떨었다.

"각하……."

그때 마티어스의 보좌관이 다가와 그에게 귓속말했다.

"어쩌지요, 잠깐 일이 생겨 자리를 비워야겠습니다."

"전 괜찮아요. 바쁘신 것 같은데 먼저 가 보셔도 되어요."

"아니요. 빨리 처리하고 돌아오겠습니다."

'굳이 돌아올 필요는 없는데…….'

그리 생각하면서도 네이필리나가 고개를 끄덕였다.

나그닥. 다그닥. 꽤나 급한 일이었던 모양이다. 마티어스가 탄 말의 말발

굽 소리가 점점 멀어졌다.

"아하, 콘체른가의 영애셨습니까?"

둘의 대화를 듣고 있던 페드로가 뒤늦게 눈을 빛내며 아는 척을 했다. 네이필리나는 짐짓 모르는 척 고개를 저었다.

"아뇨. 전 소공작님과 동행하지도 않았고 선상 파티에 참석할 예정도 없답니다."

그러니 입을 조심하는 게 좋을 거예요. 그녀가 검지를 입술에 댔다.

"알아들었습니다. 이 입 꼭 다물지요."

눈치도, 계산도 빠른 페드로가 눈을 찡긋했다. 벼락부자 콘체른 가문의 영양이라는 이야기를 들은 순간 네이필리나를 훑어 내리던 시선도 반질거리는 눈 안으로 전부 숨겼다.

"그나저나 저기도 가 봐도 되나요?"

페드로가 네이필리나가 가리킨 쪽을 바라보더니 멈칫했다.

"목화선에…… 말입니까?"

갑자기 저긴 왜?

"네. 저렇게 큰 범선은 처음 봐서요."

"짐만 실려 있을 뿐이라 아가씨께서 재밌어하실 만한 게 없을 텐데요."

'왜 하필 저기에 꽂힌 거야?'

차라리 다른 유람선을 보여 주겠다며 페드로는 네이필리나의 마음을 돌리려고 노력했다. 하지만 콘체른의 아가씨는 고집이 셌다.

"전 다른 배 말고 저 배가 보고 싶어요. 안 되나요?"

페드로는 잠깐 당황한 시선으로 주변을 살폈다.

'내가 올 때까지 부족함이 없도록 잘 모시게. 알겠나?'

조금 전 소공작의 당부를 떠올랐다. 마티어스 힐데가르드가 누군가를 이렇게 챙기는 것은 처음이었다.

'그만큼 이 여자가 중요하다는 말이렷다⋯⋯. 혹 거절했다가 소공작에게 일러바치기라도 하면 낭패지.'

거사를 앞둔 중요한 시점이다. 페드로는 괜히 별것도 아닌 일로 소공작의 심기를 거슬려 일을 그르치는 우를 범하고 싶진 않았다. 게다가.

"궁금한 건 못 참아서요. 부탁할게요, 페드로."

소녀가 사르르 웃으며 챙겨 주는 두둑한 돈주머니에 마지막 망설임마저 기울었다.

'겉만 보여 주는 것 정도야 뭐.'

"흠흠, 원래는 저 배의 선장 허락을 받아야 합니다만⋯⋯."

베닝은 지랄하겠지만, 지금 그의 주머니를 채운 금화에 비교할쏘냐. 페드로가 빙긋이 웃었다.

"마침 그가 저의 친한 친구라서요. 잠시 보여 드리는 것 정도야 괜찮을 겁니다. 이쪽입니다."

* * *

그러나 페드로가 자신 있게 말한 것과는 달리, 목화선의 선장 베닝은 난색을 표했다.

"외부인에게 구경을⋯⋯ 시켜 주라고?"

새카맣게 그을린 피부, 거친 모슬린 셔츠 사이로 보이는 흉터와 상처들. 사나운 표정 사이로 보이는 찌든 피곤까지.

'이쪽이 훨씬 더 뱃사람 같긴 하군.'

페드로와 비슷한 연배라는데 베닝이 훨씬 더 나이 들어 보였다.

"페드로 자네도 그래. 선적을 내려야 하는 지금이 제일 바쁠 때일 줄 알면서 버젓이 손님을 데려⋯⋯."

"저기서 이야기하세! 저기서! 아가씨, 잠깐 실례하겠습니다!"

베닝이 네이필리나를 노려보며 목소리를 높이자 페드로가 황급히 그를 갑판 뒤로 데려갔다.

한 명은 유람선의 부선장, 한 명은 목화선의 선장. 직책과 관리하는 배가 달랐지만, 페드로의 말대로 두 사람은 꽤나 친한 듯했다.

"페드로, 미쳤어? 이 배에 뭐가 있는지 몰라?"

악문 잇새로 베닝의 목소리가 낮게 울려 퍼졌다.

"소공작의 명령인데 난들 어쩌나? 그 자리에서 거절했다가 마티어스한테 달려가서 일러바치면? 이 목화선으로 마티어스까지 데리고 오면? 그땐 어찌할 거야?"

페드로가 어깨를 으쓱했다.

"저 여자가 그놈의 이거라니까?"

따로 돈을 받았다는 얘긴 쏙 빼고 페드로가 슬쩍 새끼손가락을 보여 주었다. 흔히 남성들과 교제하는 여성들을 뜻하는 모욕적인 제스처였다.

"소공작의? 저 멀건 계집애가?"

베닝은 저 멀리서 멍청하게 고개를 두리번거리는 어린 귀족 영애를 보며 되물었다.

"그래! 그냥 대충 보여 주기만 하고 내보내면 돼. 어렵지 않잖아?"

"제길. 제대로 되는 일이 하나도 없어. 귀족 계집애가 갑자기 끼어들질 않나, 소공작이 부둣가로 오질 않나……."

베닝은 거칠게 마른 얼굴을 쓸어내렸다.

"베닝, 데리고 온 놈들은?"

"지하 3층에 가둬 놨어. 수면제를 세 포대나 뿌려 놨더니 다들 맛이 가 버렸지."

"구속구는? 전부 채웠어?"

"당연하지. 날 뭘로 보는 거야?"

자존심이 상했다는 듯 베닝의 목소리가 거칠었다.

"그럼 걱정할 것 없잖나. 잠깐 배를 보여 주는 것 정도야."

"하지만…… 혹시라도…… 들키면 어쩌려고?"

목화가 아니라 노예들을 실어 왔다는 걸 공작이 알면 우리는 죽은 목숨이라며 베닝이 중얼거렸다.

"보게, 베닝. 자네는 한 수 앞만 보니 두 수를 못 내다보는군. 그러니 주야장천 이 거지 같은 목화선을 벗어나질 못하지."

네이필리나가 찔러 준 금화 주머니를 보여 준다면 베닝의 고민이 한층 줄어들었을 테지만, 페드로는 그렇게 하지 않았다. 혼자서 돈을 꿀꺽 삼킬 생각이었기 때문이었다.

'멍청한 새끼, 겁만 많아서…….'

베닝이 불안한 시선을 가만히 두지 못하자 페드로가 되레 그를 책망했다.

"언제까지 바다만 돌 건가? 이제 이 일 끝나면 자리 잡을 데도 필요하잖아. 힐데가르드에 더 붙어 있을 수도 없을 텐데 말이야."

"……."

"저 아가씨의 가문이 어디인 줄 아나? 콘체른이야! 제국에서 제일 부자라는 그 콘체른!"

페드로가 베닝의 옆구리를 쿡 찌르며 속삭였다.

"눈도장이나 잘 찍어 놓게. 혹시 아나, 금화 부스러기라도 떨어질지!"

"오래 기다리셨지요, 아가씨. 죄송합니다."

이윽고 페드로와 돌아온 목화선의 선장 베닝은 네이필리나에게 배를 구경시켜 주었다.

"유람선이랑 달라서 구경하실 만한 게 없을 겁니다."

여전히 내키지 않는지 똥 씹은 표정을 벗어나지 못하고서.

"키를 잡아 봐도 되나요?"

네이필리나는 전혀 눈치채지 못한 척 발랄한 목소리를 높였다.

"그럼요! 안 될 게 무어 있겠습니까! 이 칙칙한 배에 아가씨가 계시니 시야가 다 환해지는걸요!"

무뚝뚝한 베닝 대신 페드로가 신나게 맞장구를 치며 아부를 떨었다.

'저 자식은 물을 거꾸로 처먹었나. 왜 안 하던 짓을 하고 난리야. 그래 봤자 새파랗게 어린 계집애인걸.'

베닝은 귀족 소녀 앞에서 굽신거리며 아부하는 페드로를 아니꼽게 바라보았다.

"이곳이 식당입니다. 선원들이 모여 여기서 식사를 하지요."

"귀하신 분들의 식사에 비하면 돼지죽 같지만, 항해 중엔 아주 꿀맛이랍니다."

딱딱한 베닝의 설명에 페드로가 감칠맛 나는 첨언을 덧붙였다. 네이필리나는 빠르게 눈으로 목화선의 구조를 살폈다.

'1, 2층에는 구조상 노예들을 숨길 만한 공간이 없군. 있다면 맨 아래층인 3층뿐이겠어. 노예들을 빼낼 때는 곧바로 3층부터 공략하라 해야겠어.'

그렇게 반 시간 정도 배를 둘러보았을까. 네이필리나가 복도 옆으로 난 계단을 바라보며 물었다.

"그런데 여기 맨 아래층엔 뭐가 있나요? 거기도 보고 싶은데."

"안 됩니다."

네이필리나가 말을 채 떼기도 전에 베닝이 단호하게 말을 잘랐다.

"외부인에게 보여 줄 수 있는 건 여기까집니다."

"성의 표시를 해도?"

네이필리나가 슬쩍 베닝에게 돈주머니를 쥐어 주었다. 그럴듯한 핑계도 댔다.

"사실은 할아버님께서 목화에 관심이 많으시거든요. 헬리오스 제국에선 힐데가르드의 목화를 최고로 치니, 이참에 좀 자세히 볼까 했죠."

"······."

묵직한 무게에 베닝이 잠깐 뒤에 있는 페드로와 시선을 교환했다.

'이 둘이구나.'

네이필리나는 두 사람이 선상 파티 난입 사건을 꾸민 범인들이라는 걸 알아차렸다.

"아가씨, 지금 보여 드리긴 어렵고 차라리 저희가 따로 목화를 가지고 찾아뵈면 어떨까요?"

'저게 도대체 얼마야······. 콘체른은 돈을 물 쓰듯이 하는군!'

아래층에 선적 대신 약에 취해 있을 불법 노예들이 가둬져 있다는 걸 절대 들켜선 안 된다. 하지만 돈주머니를 포기하기도 아까웠던 페드로는 제나름대로 꾀를 냈다.

"지금 무슨 말을 하는 거예요?"

네이필리나가 짐짓 화난 척 목소리를 높였다.

"당신들이 목화를 빼돌려서 날 찾아왔다는 걸 공작가에서 알기라도 하면? 콘체른이 은혜를 원수로 갚았다고 동네방네 소문이라도 내지 그래요?"

"아가씨, 그, 그러면······."

"됐어요! 못 들은 거로 해요!"

흥! 네이필리나가 콧방귀를 뀌며 베닝의 손에 있던 돈주머니를 도로 낚아챘다.

'이쯤에서 치고 빠져야 해.'

어차피 이들이 아래층을 보여 줄 리는 없으니 너무 난동을 부리면 타깃이 될 뿐이다.

"이만 돌아가죠. 그냥 궁금했을 뿐인데 두 사람은 날 배은망덕한 자로 만드는군요."

'니가 먼저 물어봤잖아요······.'

히스테리를 부리며 배를 나가 버리는 네이필리나의 뒤에서 두 선장은 황당한 표정을 했다.

"그나저나 돈은 두둑하게 넣었던 것 같은데……."

페드로의 말에 쩝. 베닝이 주먹을 쥐었다 폈다 했다.

차라리 처음부터 몰랐으면 모를까, 줬다 뺏기니까 주머니의 묵직한 무게
감이 더 손안에 오래 남았다.

한편 유람선으로 돌아온 네이필리나는 아래에 갇혀져 있을 로피진 노예
의 수를 예상해 보았다.

'이 정도 크기의 배라면 최소 서른 명은 넘을 것 같은데, 어떻게 빼돌
리지?'

이 인원수를 누구에게도 들키지 않고 부둣가에서 빼낸 뒤 다시 수도로
들이기는 어렵다.

'차라리 바다에서 전부 처리하는 게 낫겠어.'

노예들을 목화선에서 탈출시키는 것도, 다른 곳으로 도망시키는 것도.

"콘체른 양."

그때 마티어스가 다가왔다.

쭉쭉 뻗어 나간 장신의 긴 다리가 성큼성큼 그녀의 앞에 도착했다.

"미안합니다, 잠시 중요한 연락이 와서……. 구경은 다 마치셨습니까?"

"네. 덕분에요."

마티어스가 바다를 바라보며 생각에 빠져든 네이필리나를 훔쳐보았다.

"무얼 생각하고 계십니까."

"아무것도 아니에요. 어려운 부탁이었을 텐데 들어주셔서 감사해요."

반사적으로 감사의 인사를 하는 순간에도 네이필리나의 시선은 마티어스
를 비켜 나가 있었다. 그에겐 전혀 관심이 없는 모습이 당황스러우면서도
흥미롭게 느껴지는 건 왜일까.

'이 여자는 정말 배만 보려고 만나자고 한 건가.'

그가 살아왔던 삶을 돌이켜 본다면 마티어스는 제가 그렇게까지 이성에게 어필이 되지 못한다고 생각하기 어려웠다.

"이만 돌아가죠."

그래서 네이필리나가 미련 없이 등을 돌려 마차로 걸어가려 할 때는 조금 섭섭해지기까지 하려 했다.

"파트너는?"

"아아."

끔뻑거리는 네이필리나의 속눈썹이 유독 길었다. 정말 잊고 있었나 보군. 오만한 입가 사이로 헛웃음이 새었다.

"수락한 거로 알겠습니다."

"네?"

"참고로 저는 푸른색의 정장을 입을 예정입니다. 혹 드레스 색을 고르실 때 참고하시라고요."

정석의 미남이 내뱉는 제멋대로의 인사에 네이필리나가 황당한 얼굴을 했다.

"저는 아직 아무 말씀도 안 드렸는데요?"

"오늘 배를 보여 드린 값으로 치르지요. 콘체른의 막내 따님께서 설마 셈을 치르지 않으실 셈입니까?"

무표정한 얼굴로 천연덕스럽게 하는 말에 네이필리나는 더 어이가 없었다.

'오늘 내가 한 일은 당신 가문을 위해서기도 하거든?'

나중에 뒤늦게 고마워하지나 마라. 그녀는 결국 고개를 끄덕였다.

"그러죠."

"댁까지 모셔다드리겠습니다."

"제 마차가 저기 오고 있어서요. 소공작님의 마음만 받아야 할 것 같아요."

마티어스를 한 번도 아니고 두 번이나 집으로 데려가면 이오테의 벌건 얼굴이 터져 버릴지도 모른다.

"그럼 이만."

마티어스가 미련 없이 물러나 인사했다.

'이번에도 또 손등에 쓸데없는 짓 하기만 해 봐.'

"그럼 다시 뵐 때까지 안녕히."

손끝을 말아 쥐며 경계를 세우는 네이필리나를 보고 고고한 얼굴 위로 희미한 웃음이 떠올랐다 사라진 것도 같았다.

그렇게 힐데가르드의 마차가 먼저 떠났다.

"⋯⋯."

"왜 그러시와요, 아가씨?"

젤피가 마차 안에서 머리를 불쑥 내밀었다.

"소공작이 내 예상과 좀 다른 사람인 것 같아."

"어떤 놈으로 생각하셨사와요?"

"딱딱하고 모든 게 정석이어야 하고 찔러도 피 한 방울 나지 않는⋯⋯ 그런 사람인 줄 알았는데⋯⋯."

좀 제멋대로인 것 같아. 자기애도 심한 것 같고.

"알았는데요?"

어느새 젤피가 양 주먹을 옴팡지게 쥐고 있었다. 네이필리나가 뭐라고 하면 공작가 도련님을 때리기라도 할 자세다. 네이필리나는 결국 웃고 말았다.

"아니야. 우리도 가자."

콘체른의 마차 역시 출발하려는 즈음이었다.

"제발, 하루만 더 주십시오!"

부둣가를 빠져나가려는데, 길 반대쪽에서 큰 소란이 들렸다.

"이봐, 뭐 하나?! 빨리빨리 옮겨! 이러다 해 다 지겠군!"

짐꾼들이 배에서 짐을 실어내리고 상인들 여러 명이 남자 하나에 애걸복걸하고 있었다.

"동대륙까지 가서 갖은 고생하면서 가져온 우리 밥줄입니다."

"뱃삯을 이렇게 갑자기 올리는 게 어디 있습니까!"

"물건이 없으면 당장 내일 먹을 양식도 없다고요. 제발 한 번만 더……."

"어허, 내가 시간을 얼마나 줬는데 인제 와서 또 변명이야? 네놈을 고발하지 않는 것만으로도 감사하게 여겨야지!"

땅딸막한 체구의 남자가 매몰차게 그들을 떼어 내며 엄하게 엄포를 놓았다. 네이필리나가 마부에게로 고개를 돌렸다.

"무슨 일인지 알아 오렴."

"네, 아가씨."

마부가 알아 온 실상은 이랬다.

"저 뚱뚱한 사내가 이 부두에서 유명한 악덕 선주 라이핀이랍니다. 매달리는 사람들은 3지구에 사는 상인들이고요."

힐데가르드 공작가처럼 개인 배를 가지고 있지 않은 가난한 상인들은 배를 빌려서 교역을 나간다.

"저 상인들도 라이핀한테 배를 빌렸는데, 그때는 저자가 뱃삯은 나중에 치르라고 했답니다."

긴 여정의 뱃삯을 감당할 수 없는 가난한 상인들이 덥석 물 수밖에 없는 호의적인 제안이었다.

"그런데 막상 동대륙을 갔다 오니까 밀린 뱃삯을 당장 내놓으라 했다는군요."

제국에 무사히 도착하니 까마득한 액수의 금액을 청구하고, 밀린 뱃삯을 갚지 못하면 돈 대신 물건을 가져가겠다는 것이다. 어렵사리 동대륙까지 가서 가져온 물건들을 고스란히 넘겨주게 생겼으니 상인들은 땅을 치고 후회하고 있단다.

상인들이 파산하면, 놈은 기다렸다는 듯 물건을 가져갈 것이기에.

"이번이 처음이 아니더군요. 상습범이었습니다. 뱃길 한번 안 타고 교역품들을 쓸어 가서 아주 몹쓸 놈이라고 원성이 자자하더군요."

"그런데 어찌 저들은 속아 넘어갔을까?"

"라이핀, 저자가 하도 악명이 높아 사람들이 멀리하니, 이제 아예 수도에 올라온 지 얼마 안 됐거나 배를 구하지 못하는 사람들만 전문적으로 노리는 모양입니다. 아주 악질적인 놈이에요."

마부마저 절레절레 고개를 내저으며 그의 주인을 살폈다.

"아가씨?"

"응? 아무것도 아니다. 이제 출발하자."

'……저 상인들을 따로 좀 봐야겠어.'

아무래도 로피진 노예들을 도망시킬 방법을 찾은 것 같다.

* * *

"여보, 나 왔소."

땅거미가 진 저녁, 집으로 들어서는 소로스의 낯빛이 좋지 않았다.

"방법을 찾지 못했나 보군요."

남편의 옷을 받아 드는 아내 역시 덩달아 걱정스러운 얼굴을 했다.

"돈 나올 구멍이 있어야 말이지. 다른 고리대금업자들도 그 악독한 놈의 눈치를 본답시고 우릴 본체만체하는걸."

소로스가 부드득 이를 갈았다.

"내 동료들 볼 낯이 없소. 내가 그놈의 배를 타자고 처음 데려온 거잖소."

"그게 어떻게 당신 잘못이에요. 배를 빌릴 데가 없어서 겨우 찾아낸 게 그 나쁜 놈인 건데."

짐을 덜어 주려는 위로의 말과 깊은 한숨이 번갈아 오가도 상황은 나아지는 게 없었다.

똑똑. 문을 두드리는 소리에 소로스의 아내가 문을 열었다.

"긴? 이 밤에 어쩐 일인가?"

얼마 전 동대륙에 함께 다녀왔던 동료였다.

"찾았네! 찾았어!"

"뭘 찾았단 말이야?!"

"돈을 빌려주겠다는 사람을 찾았네!"

"뭐어?"

소로스가 자리에서 벌떡 일어났다.

* * *

소로스는 눈앞에 서 있는 미청년을 바라보았다.

대낮에 보았다면 무릇 사람들의 감탄을 토해 내게 했을 외모였다. 그러나 험악한 인상과 뺨에 길게 난 칼자국이 함부로 할 수 없는 어려운 분위기를 한껏 자아냈다.

소로스는 용기를 내어 남자에게 물었다.

"저희를…… 도와주신다구요?"

칼자국 난 사내가 그의 물음에 답하듯 한 발 물러났다.

"내가 아니다. 이분의 뜻이지."

소로스는 그제야 그 옆에 서 있는, 검은 후드를 깊게 눌러쓴 인영을 알아차렸다. 남자가 가리키지 않았다면 눈치채지 못했을 정도의 미미한 존재감이었다.

'이 사람이 정말 우릴 도와줄 수 있을까.'

눈에 보이는 건 새까만 후드에 감싸진 왜소한 체격뿐. 어딜 봐도 돈이 많아 보이진 않았다.

'하지만 더 이상 물러설 데가 없어.'

지푸라기라도 잡는 심정이었다.

"빌린 돈이 총 얼마지?"

후드 아래로 담담한 미성이 흘러나왔다. 곧장 하대를 하는 오만한 말투였음에도 그렇게 들리지 않는 묘한 데가 있었다.

"예? 아, 예. 한 사람당 1골드, 저희를 포함해서 하나둘…… 총 일곱이니, 총 7골드입니다."

동대륙으로 한 번 오가는 뱃삯은 아무리 비싸 봤자 10실버를 넘지 않는다. 그걸 열 배로 부풀리다니.

"완전 도둑놈이군."

"바가지인 걸 알아도 할 수 있는 일이 없었습니다. 동대륙으로 가는 게 급해서 계약서를 쓰지 않고 배를 탔거든요."

"배가 이것만 있는 것도 아니었을 텐데 왜 굳이 이 배를 탄 거지? 이미 이 선주의 전적이 유명했다고 들었는데?"

소로스는 깊게 탄식했다.

"헬리오스의 계급이 얼마나 철저한지는 아시지요? 저희 같은 천민 상인들을 태워 주는 배는 많지 않습니다. 삯을 더 낸다고 해도 중간에 내리라고 하는 경우도 있는걸요."

빚을 갚기 위해선 어떻게든 동대륙행이 유일했다.

소로스는 교역만 성공해서 돌아오면 모든 일이 다 잘 풀릴 거라는 희망으로 험한 바닷길을 버텼다. 악독한 선주의 탐욕이 그 앞을 가로막을 걸 생각하지 못한 채.

"당신들이 직접 배를 만들어서 갈 수는 없었나? 그렇다면 놈의 배를 이용할 필요도 없을 텐데. 라이핀의 배 상태가 그리 좋은 것도 아니었다고 들었는데 말이야."

작은 사내가 콕콕 찌르는 점 하나하나가 날카롭지 않은 게 없었다.

"……부끄럽지만 제가 드릴 수 있는 답이 없군요."

그러나 그 점을 알아도 할 수 있는 게 없었다. 소로스의 어깨가 그 전보다 더 축 처졌다.

"범선은 한두 푼이 드는 게 아니라서요. 아무도 섣불리 인부와 돈을 댈 생각을 하지 못하는 터라……."

그러니 놈이 가지고 있는 얼마 안 되는 배로 그토록 유세를 부리는 것이란다.

"부끄러운 말씀이지만, 저희 전 재산을 내놓아도 배 한 척 살 만큼은 되지 못할 겁니다."

"……."

네이필리나는 물끄러미 그들이 가져온 교역품들을 훑었다. 오랜 뱃길에도 상하지 않을 품목들을 고른 걸 보니 상인들의 눈썰미가 좋았다.

소로스는 조마조마하게 작은 사내가 입을 열기를 기다렸다.

'7골드라니, 어마어마한 금액이지.'

제국 평민의 1년 생활비가 1골드가량이다. 그 같은 천민으로서는 몇 년을 모아도 다 채우기 힘든 금액이었다.

'조금이라도 작게 말할 걸 그랬나. 절반, 아니, 단 몇 푼이라도 빌릴 수 있다면 다행일 텐데.'

거짓으로 상황을 숨기고 싶진 않아서 곧이곧대로 대답했지만, 그러지 말아야 했는지도 모르겠다. 남자의 침묵이 이토록 불안한 걸 보면.

이윽고 남자가 입을 열었다.

"7골드라고 했나?"

소로스가 눈을 똥그랗게 떴다.

"저, 정말 저희를 도와주시는 겁니까?"

사내가 툭 하고 탁자 위로 뭔가를 던졌다. 빳빳한 하얀 직사각형의 종이는 무기명 수표였다.

"배, 백 골드……!"

수표에 적힌 숫자에 소로스가 숨을 들이켰다.

"이걸로 밀린 뱃삯을 치르고 남은 돈으론 새 배를 사도록 해. 동대륙을 수십 번 오가도 끄떡없을 튼튼한 놈으로."

사내의 담담한 목소리가 7골드를 훌쩍 넘어서는 금액의 이유를 설명했다.

"이번은 내가 해결해 준다 해도 앞으로도 이런 일이 없을 거라고 보장하진 못하잖아?"

하니 제가 아예 선주가 되는 편이 낫겠다며 사내가 웃었다.

"감, 감사합니다, 정말 감사합니다……. 이 은혜를 어찌 갚아야 할지……."

등잔만 하게 커진 소로스의 눈동자에 이내 물기가 가득 차올랐다.

"흑, 감사합니다. 나리가…… 나리께서 제 은인이십니다. 반드시 갚겠습니다."

그가 무릎을 꿇고 사내를 향해 머리를 조아렸다.

"일어나. 바닥이 더러워."

로브 아래로 손이 불쑥 나와 소로스를 잡고 일으켜 주었다. 사내의 손은 남자답지 않게 하얗고 가녀려서 잠깐 시선이 갔다.

"대신 부탁을 하나 들어줘야겠어. 동대륙으로 가는 다음 교역 일이 그믐달이 뜨는 세 번째 밤이라고 했지?"

"예? 예에!"

"그때 내가 원하는 한 곳을 먼저 들렀다 가 줬으면 하는데."

거기 배달했으면 하는 짐이 좀 있거든. 사내의 말에 소로스가 격하게 고개를 끄덕였다.

말하자면 항해로를 조금 수정해 달라는 거다. 목적지를 바꾸는 것도 아닌데 뭐가 어려울까. 게다가 짐을 실어 배편으로 대신 날라 주는 일은 귀족들의 흔한 의뢰 중 하나였다.

'그래서 이렇게 비밀리에 우리를 찾아오신 게로구나.'

은밀한 보안이 필요한 짐은 헬리오스의 항구에서도 보기 드물지 않다.

"어디든 말씀하시지요. 저희를 지옥에서 건져 주셨는데 뭔들 못 해 드리겠습니까."

소로스는 눈앞의 사내가 저보고 지옥에 다녀오라고 해도 기쁜 마음으로 그럴 자신이 있었다.

"그런데 그곳이 어디입니까?"

나지막한 웃음소리가 났다.

"후안이라고, 들어 봤나?"

* * *

"이 계약서에 서명하면 되겠습니까?"

네이필리나와 소로스는 계약서를 체결했다. 명실상부 선주와 상인의 관계가 된 것이다.

"참고로 이 계약서엔 네르갈의 마법이 걸려 있어. 비밀을 유지하겠다는 서약을 어기면 어떻게 되는지 그대가 더 잘 알겠지?"

신 네르갈의 이름을 걸고 한 맹세를 어기면 신도 죽음을 당한다는 옛 신화를 따라 만들어진 상업 마법이었다. 소로스가 침을 꿀꺽 삼켰다.

"그, 그럼요. 은인께서 실망하실 일은 없을 겁니다."

눈앞의 사내, 아니, 은인은 100골드를 한 번에 내어 주는 담대함만큼이나 철두철미했다.

"그리고."

서명을 마치고 일어서는 소로스에게 사내가 덧붙였다.

"당신과 비슷한 상황에 처한 상인들이 있다면 데려와. 동대륙이든 어디로 떠나든, 뱃삯 걱정 없이 어디든 떠날 수 있게 해 줄 테니까."

"서, 성밸입니까?"

동료들의 배까지 전부 사 줄 수 있다는 말에 소로스가 입을 딱 벌렸다.

"단, 모두 그믐달이 뜨는 세 번째 밤, 같은 시간에 출발해야 해."

소로스의 배가 출발할 시간이다.

"예. 그런 쉬운 조건이라면 지옥에서도 달려올 겁니다."

소로스는 배를 무료로 제공해 준다면 밤을 새워서라도 출발 시간대를 맞출 수 있는 상인 수십 명의 이름을 댈 수 있었다.

* * *

"아가씨, 그 '짐'은 소로스의 배에만 실을 텐데, 다른 배들까지 사서 띄울 필요가 있어?"

소로스를 만나고 돌아오는 길, 바카디가 네이필리나에게 물었다.

"네. 눈을 가려야죠. 로피진 노예들이 사라지면 추적이 들어올 테니까."

같은 시간에 각기 다른 방향으로 향하는 수십 척의 배들이 소로스의 뱃길을 가려 줄 것이었다.

로피진을 실은 게 소로스의 배라는 걸 알아낼 즈음이면, 그 배는 후인이 아니라 동대륙으로 향하고 있을 테고.

'아예 동대륙으로 쫓아와 주면 더 좋겠네.'

그럼 완벽한 따돌림이 될 테니까.

"누구의 눈을 가리시려는 건데? 난 벌써 오한이 인다고."

"글쎄. 곧 알게 될 거예요."

이번 일의 배후는 힐데가르드의 몰락과 1황녀파의 약세를 바란다. 짐작 가는 이들은 몇 있지만, 지금은 발설할 시기가 아니라고 네이필리나는 생각했다.

"그냥 알려 줄 순 없는 거야?"

"일단 듣고 나면 발 뺄 수 없는데 준비됐어요?"

바카디가 멈칫했다.

"당신을 위해서 말하지 않는 거니까 고맙게 생각해요. 이렇게 친절한 의뢰인이 어디에 있나?"

네이필리나가 너스레를 떨자 바카디가 입을 삐죽였다.

"아이고, 감사해라. 은인님의 하해와 같은 배려에 몸 둘 바를 모르겠네."

"그나저나 바카디, 배 몰 줄 알아요?"

"은인님, 내 말 듣고는 계신 거지?"

속이 터진다는 듯 그가 가슴을 두드리는 와중에도 네이필리나는 여상하게 물었다.

"내가 먼저 물었으니 대답해 봐요. 배 몰 줄 아느냐고요."

"아니?"

"그럼 의뢰할게요."

"뭘 말이야?"

"일단 바카디는 배 모는 것부터 배워야겠어요."

시간이 얼마 없네. 조급해지게. 손가락을 꼽으며 날짜 계산을 하는 네이필리나가 혼잣말했다.

"내가 뭘 배운다고? 왜 배워야 하지? 아니, 배를 몰고 어딜 가야 하는데?"

황당하게 되묻는 물음 사이로 바카디는 어느새 제가 말리고 있다는 걸 깨닫지 못했다.

"후안."

"예?"

어디요? 바카디가 눈을 똥그랗게 떴다.

* * *

"세싱에, 신상 파니라니!"

릴리엔은 딸인 네이필리나가 선상 파티에 초대되었다는 이야기를 듣고 몹시 기뻐했다.

"물 위에서 하는 파티라니, 너무 로맨틱하구나. 엄마가 아빠랑 데이트했을 때가 기억이 나네……."

힐데가르드 공작이 주최한 소수의 파티에 소개되었다는 사실보다 선상 파티 자체에 더 기뻐하는 것 같긴 했지만.

"저기 네이…… 혹시 말이다. 혹시……."

"네, 말씀하세요. 엄마."

"있잖니……. 선상 파티에 무슨 드레스를 입을지는 결정했니?"

반짝거리는 눈으로 릴리엔이 묻자 네이필리나는 직감했다.

'그때 그 눈이다. 힐데가르드에게 초대받고 갈 때 그 눈.'

아무래도 그녀를 위해 릴리엔이 따로 준비해 놓은 게 있는 듯했다.

"아니요? 안 그래도 파티가 얼마 안 남아서 걱정하던 중이었어요. 드레스를 새로 만들기엔 너무 촉박해서요."

"그럼…… 엄마한테 여분 드레스가 하나 있는데 볼래?"

조심스럽게 내보인 것은 푸른빛의 드레스였다. 적당히 보수적인 네크라인에 가슴께와 허리께에 과감한 셔링을 사용해서 사랑스러움을 한껏 뽐냈다.

"탄성이 강한 루비안 천을 사용했어. 가볍고 움직이기도 편할 거야."

심지어 몸에 꼭 맞기까지 했다. 네이필리나 콘체른을 잘 아는 사람이 만든 옷이라는 단숨에 알 수 있을 정도였다.

"엄마가 만드신 건가요?"

릴리엔이 멈칫했다.

"밝히지 않으려 했는데 눈치도 빠르구나, 우리 딸."

다행이라는 듯 안심하는 투가 역력했다.

"이 드레스는 정말 멋지네요. 제 마음에 쏙 들어요."

"날 생각해서 말하지 않아도 괜찮아. 오래전에 널 생각하며 구상해 뒀던 거라 유행이 좀 지나기도 했고……."

"누구도 이 드레스를 보고 나면 다른 드레스를 고를 수 없을걸요?"

누군가를 칭찬하는 데는 재주가 없다. 하지만 지금은 없는 재주라도 끌어와야 하는 타이밍이다. 릴리엔이 조심스레 제 눈치를 살피고 있었으니까.

"정말 마음에 들어요! 최고예요!"

입이 찢어지라고 함박웃음을 짓고, 팔을 힘껏 펼쳐 드레스를 들어 올렸다. 평소보다 배는 목소리 톤이 높았다.

정작 드레스를 보는 눈은 무미건조해서 눈치 빠른 사람이라면 괴상하다 여겼겠지만, 딸을 지극히도 사랑하는 릴리엔은 그저 칭찬에 기쁠 뿐이었다.

"저, 정말? 네이 네가 좋아하니 정말 다행이다. 가위를 손에 놓은 지 너무 오래되어서……. 어떨까 걱정했어."

"진짜로요. 혹시 엄마가 만든 다른 드레스도 있나요? 분명 멋질 것 같아요."

"오, 아니야. 이게 처음이자 마지막이란다. 이 집에 들어오면서 전부 처분했는걸."

릴리엔이 손사래 쳤다. 저는 이제 더 만들 생각도, 실력도 안 된다며 고개를 저었다.

'디자인 북을 봤을 땐 아닌 것 같았는데.'

"네이? 왜 그러니?"

"아무것도 아니에요."

아무래도 그녀에겐 뭔가 계기가 필요할지도 모르겠다. 그사이 릴리엔이 손뼉을 짝 쳤다.

"자, 그럼 한번 입어 보겠니? 네 치수에 맞추긴 했지만 손볼 데가 몇

군데 남아 있거든."

릴리엔은 의상실의 재봉사로 돌아간 것처럼 분주하게 움직였다.

"선상 파티고, 초대받은 사람만 온다니까 적당히 보수적인 게 좋겠어. 귀걸이도 아래로 떨어지는 것보단 딱 붙는 게 좋겠구나."

드레스 외에도 하나하나 짚어 내는 요소가 주옥같았다.

'그냥 내버려 두기엔 진짜 아까운데.'

"그나저나 네이."

"네. 엄마."

"마티어스 소공작은 어땠니?"

릴리엔은 어머니로서 딸의 상대에 대한 은근한 물음을 던지는 것도 잊지 않았다.

"네? 아, 좋은 분이셨어요."

"이번 선상 파티에서도 소공작을 볼 테지?"

힐데가르드에서 주최하는 선상 파티니 당연하다.

'파트너로 가기로 한 거 말 안 하길 잘했다.'

그랬으면 이 정도 반응으로 끝나진 않았을 테지. 고개를 끄덕이자 릴리엔이 다 알겠다는 듯 씨익 웃었다.

"엄마는 찬성이야."

"뭐가 찬성이라는 거예요."

"마티어스 소공작. 네이 네 남편감으로 말이야."

키도 크고 얼굴도 아주 준수하다며? 큰형님이 그러는데 여자를 아주 돌처럼 본다더라. 엄마는 그런 게 더 좋아. 한 여자한테 일편단심이라는 말 아니겠어? 엄마 사위는 그런 사람이어야 해.

상냥한 목소리와는 달리 릴리엔은 단호하게 사위 기준을 펼쳤다.

'난 평생 결혼할 생각이 없는데.'

그러니 릴리엔이 사위를 보는 일은 요원할 것이다. 하지만 차마 그녀의

초롱초롱한 눈에 대고 말하긴 어려워서,

"응? 네이? 그렇지?"

"……."

"네이? 엄마 말 듣고 있니?"

"날씨가 참 좋네요……."

네이필리나는 그냥 화두를 돌리는 쪽을 택했다.

* * *

힐데가르드의 선상 파티가 열리기 다섯 시간 전.

유람선의 갑판 위는 오늘의 준비를 위해 바삐 뛰어다니는 선원들로 분주
했다.

"유리 통로에 물 자국이 남았어. 손님들이 입장하기 전에 닦아야 할 것
같은데."

"축포는 충분히 준비됐지? 시간 맞춰서 터뜨려야 해."

"출장 주방장이 따로 직원용 휴게실을 내 달라는데. 제길, 선장은 귀족이
라 그렇다 쳐도 페드로는 도대체 어디 있는 거야?"

"매번 뺀질거리는 놈이 이번이라고 다르겠어?"

"어휴, 그런 놈을 부선장이라고……. 그냥 아무거나 내어 줬다간 나중에
그놈이 지랄할 텐데……."

선원들이 부선장 페드로를 찾으며 투덜거리는 시간, 그는 은밀한 손님을
만나고 있었다.

"……."

창문 하나 없이 밀폐된 선실은 몹시 어두웠다. 문틈으로 겨우 새어 나오
는 복도의 등불이 방을 밝히는 유일한 빛이었다.

"나, 나까지 여기 올 필요가 있소? 그냥 노예들만 실으면 되는 일 아니었소?"

목화선의 선장 베닝도 함께였다.

"이걸 로피진들에게 먹여."

어둠 속에서 베닝을 향해 유령처럼 창백한 손이 쓱 튀어나왔다. 베닝은 하마터면 비명을 지를 뻔했다.

"……안 받나?"

책망하듯 차가운 목소리.

"바, 받겠소."

남자가 내미는 걸 엉거주춤 받아 든 베닝은 침을 꿀꺽 삼키며 병을 살폈다. 어스름한 빛 사이로 보라색의 액체가 담긴 병 위에 혓바닥을 내미는 해골이 그려져 있었다. 그 의미를 알아본 그는 하마터면 병을 떨어뜨릴 뻔했다.

"이, 이건 할루스가 아니오?! 정신 착란을 일으키는……. 금지된 약물일 텐데!"

헬리오스 제국에선 사용이 엄격하게 금지된 약물이었다. 할루스를 복용한 마법사 하나가 심각한 정신 착란을 일으켜 수습 제자 스무 명을 적으로 착각하고 처참하게 학살한 사건이 있었기 때문이다.

"그래서?"

"할루스까지 사용하지 않아도 얼마든지 그들을 부릴 수 있을 텐데, 꼭 이렇게까지 해야겠소?"

"……."

창백한 피부의 남자가 베닝을 응시했다. 발끝에서 냉기가 올라오는 듯한 서늘한 기분에 베닝이 찔끔했다.

"베닝, 자네 왜 그러나! 어서 사과드려. 귀한 분이 말씀하시는데 무슨 무례야!"

페드로가 손을 비비고 얼른 나섰다.

"죄송합니다. 나리가 이해해 주십시오. 물 위에서 짐이나 싣고 다니는 놈들이 다 거기서 거기 아니겠습니까. 머리가 나쁘니 지금까지 이 모양 이 꼴이었던 걸요.”

그는 베닝에게 눈을 흘기며 싸늘해진 분위기를 수습하려 애썼다.

“제가 책임지고 먹이겠습니다. 이 약이면 됩니까? 더 먹여야 할 건 없습니까? 나중에 그놈들 뒤처리까지 생각하신다면 다른 약물이랑 섞어도 괜찮은데 말이죠. 조금만 섞으면 몇 시간 뒤에 숨이 멎…….”

그는 심지어 한술 더 떠 약을 탄 로피진들을 죽일 궁리까지 했다.

하지만 베닝의 귀엔 페드로의 힐난도 들리지 않았다. 가만히 있어도 월등한 전투력을 자랑하는 로피진 노예들이다. 할루스를 써서 그들의 이성마저 빼앗아 버린다면…….

“둘 다 시키는 것만 제대로 하면 돼.”

‘파티는 그 야만인들이 미쳐 날뛰는 사냥터가 될 거야.’

피로 물든 파티장을 상상하자 몸이 움찔거렸다. 오늘의 파티엔 1황녀를 비롯한 고위 귀족들이 대거 참석한다.

“그 짐승들에게 이걸 먹이고 배 안으로 들여놓기만 하면 되는 일이지.”

사내의 서릿발 같은 음성이 조용히 울려 퍼졌다.

“평생 떵떵거리고 살 수 있는 인생의 대가라기엔 너무 사소한 일이지 않나?”

“그렇죠! 나리의 말씀이 맞습니다! 맞지요! 베닝! 뭐 하나! 어서 대답하지 않고!”

베닝은 입술을 깨물었다. 만약 1황녀가 다치기라도 한다면, 제국의 후계자가 뒤바뀔 수도 있다.

‘맙소사, 내가 무슨 짓을 저지른 거지…….’

그의 손끝이 덜덜 떨리기 시작했다. 오늘 이 선상 파티 뒤로 숨겨진 거대한 음모의 규모를 비로소 알아차렸기 때문이다.

“이봐.”

그의 상태를 눈치챈 남자가 피식 웃었다.

“인제 와서 발 빼기엔 너무 늦었다고 생각하지 않나?”

"발, 발을 빼다니. 아니오, 나는 그럴 생각이 추호도……!"

"힐데가르드는 배신자를 용납하지 않지. 특히나 황금에 눈먼 탐욕스러운 변절자는."

"……."

"그렇다고 우리가 그놈들보다 너그러울 거로 생각하면 곤란해."

남자가 피식 웃었다. 달랑거리는 단도의 칼끝이 곧 베닝의 턱에 닿았다.

"……."

스으윽. 날카로운 예기가 살을 베어 내며 아찔한 통증을 불러일으켰다.

"그러니까 할 일이나 제대로 해. 일이 틀어졌다간 네놈 목이 제일 먼저 날아갈 테니까."

베닝은 간신히 고개를 끄덕일 수밖에 없었다.

"쯧."

도망치듯 자리를 떠나는 베닝과 페드로를 바라보는 남자의 눈에 경멸이 어렸다.

어차피 일이 끝나면 둘 다 살려 둘 생각이 없었으니 상관없다. 이미 거대한 화마를 일으킬 불씨를 댕긴 마당에, 작은 벌레 하나가 방황해 봤자 바뀌는 건 아무것도 없을 테니까.

어둠 속에 홀로 남은 남자가 통신구를 꺼냈다.

"모두 준비되었습니다. 이행하겠습니다."

통신구가 답하듯 깜빡거리다 이내 칠흑 같은 어둠 속으로 잠겨 들었다.

* * *

퍼퍼펑! 두두두두!

바다를 향해 쏘아 올린 축포가 터지며 파티의 시작을 알렸다.

네이필리나의 옆에는 마티어스가 있었다. 그녀와 색을 맞춘 듯, 그의 가슴팍에 꽂혀 있는 푸른 튤립 부토니에가 눈에 띄었다.

"콘체른 양, 이쪽으로. 소개해 드리고 싶은 분이 있습니다."

에스코트하는 그를 따라서 발걸음을 옮긴 곳에는 은빛의 미녀가 있었다. 달을 옮겨 담은 듯한 은빛 머리칼과 밤하늘을 닮은 남청색 눈동자. 1황녀 세피니아였다. 옆에는 로잔 황실 기사단장도 함께였다.

'둘이 정혼한 사이였지.'

곧 약혼식을 치를 예정인 두 연인에게선 엄숙하면서도 성스러운 분위기가 났다.

"헬리시온의 첫 번째 별을 뵙습니다. 네이필리나 콘체른입니다."

모두 마티어스 힐데가르드의 옆을 차지한 소녀를 궁금해하고 있던 차였다. 소녀의 소개에 좌중이 술렁였다.

"콘체른이라고? 그 졸부?"

"요즘 좀 언급이 잦아졌던데. 아무리 그렇다 해도 여기 올 급은 아니지 않나?"

"소공작은 무슨 생각으로 저 아가씨를 데려온 거지?"

귀족 사회에서 가지는 콘체른의 인상은 아직 이 정도였다. 눈에 띄게 수군거리는 군중의 앞에서도 네이필리나의 표정은 변화가 없었다.

"콘체른은 2황자 전하를 지지할 텐데."

"맞아, 백작의 장남이 2황자의 마르지 않는 돈줄이라는 걸 모르는 사람이 없는데, 여긴 무슨 일이지?"

"요즘 2황자가 신나게 경마장을 다녀 대는 이유가 있었군."

"하지만 백작이 공식적으로 지지를 표명한 적은 없잖나? 아직 후계자가 정해지지도 않았으니 장남의 독단적인 행동일 뿐, 아직 콘체른은 중립이야."

"차라리 이참에 콘체른을 우리 쪽으로 데려올 수 있다면 좋겠는데."

한편 파티에 참석한 1황녀와 가신들의 반응은 나뉘었다.

"반갑네. 그대가 콘체른의 막내딸이로군."

1황녀는 주변의 소리가 들리지 않는 것처럼 평온한 얼굴로 그녀를 맞았다.

"콘체른 상단이 최근 아젤리아 사막을 횡단했다고 들었는데?"

1황녀는 네이필리나가 아닌 콘체른 백작가의 근황을 먼저 묻는 것으로 이야기의 물꼬를 텄다. 네이필리나는 그녀가 상단의 대외적인 행보를 먼저 언급하는 이유를 알았다.

'제가 콘체른을 주시하고 있다는 걸 알려 주기 위해서겠지.'

네이필리나가 차분히 고개를 숙였다.

"예. 얼마 전 해당 상행이 국경에 도착했다 들었습니다."

"아젤리아는 아직 개발되지 않은 불모지지. 제국 제일의 상단이면서도 콘체른이 매번 도전을 거듭하는 것에 나는 진심 감탄하고 있다네."

"감사합니다. 황녀 전하의 말씀을 들으시면 할아버님께서 정말 기뻐하실 거예요."

오가는 대화 속에서 유지되는 적당한 거리감. 적당한 탐색.

'눈치로 봐선 이미 사정을 들은 것 같네.'

네이필리나가 힐데가르드의 목걸이를 찾아 돌려줬다는 사실을 1황녀 역시 알고 있는 듯했다.

"전하, 콘체른 양은……."

"마티, 목이 마르는구나. 마실 걸 좀 가져다주겠느냐."

하지만 1황녀는 그에 대한 언급을 피했다. 마티어스를 보내고 네이필리나와는 철저하게 콘체른의 공적인 사건들만 언급하며 대화를 나눴다.

'신중한 사람이야.'

네이필리나는 2황자의 수족인 기디언을 백부로 두고 있으니 경계를 풀지 않는다. 그렇다고 완전히 벽을 세우지도 않았다.

힐데가르드 노공작은 오늘의 파티를 계기로 1황녀와 제가 친해지기를 바랐을지도 모르겠다. 그러나 직접 겪은 1황녀의 성격은 신중했다. 아마도 그녀는 본인이 직접 겪고 확신하기 전까진 네이필리나를 곁에 두지 않을 것이다.

"황녀 전하, 만나 뵐 수 있어 더할 나위 없는 영광이었답니다."

네이필리나는 예의 바르게 인사를 하고 미련 없이 자리를 떠났다.

'어차피 지금 1황녀를 지지할 생각은 없어.'

기디언을 무너뜨리기 위해선 2황자에게도 접근해야 한다. 1황녀의 측근이 되어 버리면 2황자는 저를 경계할 수밖에 없고, 그러면 그에게 가까이 접근하기가 어려워진다.

"잠깐, 저도 같이……."

때마침 돌아온 마티어스가 자리를 떠나는 네이필리나를 보았다. 마실 것을 내려놓고 그녀를 따라가려 몸을 움직이자, 네이필리나가 손을 내저으며 만류했다.

"어머, 아니에요. 두 분의 시간을 제가 방해할 순 없지요. 더 이야기하다 오셔요."

마티어스를 지나치는 그녀의 말간 얼굴이 미련 한 줌 없이 개운해 보였다. 물결치며 멀어지는 네이필리나의 푸른 드레스 자락을 보며 마티어스는 말문이 막혔다. 1황녀가 제 손에서 칵테일 잔을 가져가는 것도 알아차리지 못할 만큼.

"마티, 네 마음에 두고 있는 사람이 저 아가씨더냐?"

"예? 무슨 말씀이십니까, 전하."

마티어스가 당황했다.

"내게 데리고 와서 소개시킨 건 저 아가씨가 처음이지 않니."

세피니아가 어깨를 으쓱했다.

"듣자 하니 저 아이, 사교계가 익숙지 않다던데. 파티가 시작하자마자 곧바로 내게 데리고 온 걸 보면 네가 저 애를 위해 일부러 눈도장을 찍은 게 아니더냐?"

"……"

"별일이구나. 네가 누군가를 배려하는 걸 다 보고."

"그런 게 아닙니다. 도대체 무슨 오해를 하시는지……."

"그런데 어쩌니. 저 아인 네 과보호를 그리 반기지 않는 것 같은데."

세피니아가 소리 내 깔깔 웃었다. 아까 마티어스를 단호하게 쳐 내는 네이필라나 콘체른의 말간 얼굴을 떠올리니 피식거리는 웃음이 멈추지 않았다.

"아닙니다. 원래 저런 성격입니다. 저 여잔 원래부터 제멋대로라고요."

마티어스의 고귀한 얼굴이 구겨졌다.

"넌 어릴 때부터 정곡이 찔리면 양쪽 귀부터 붉어지곤 했었지. 지금 네 양쪽 귀가 불타고 있는 건 아느냐?"

"전하의 거짓말에 더 이상 안 속습니다."

"그래? 콘체른 양은 네게 그런 버릇이 있다는 걸 아직 모르는 거 같던데 알려 줘도 될까?"

네 시뻘건 귀 좀 보라고.

"전하!"

1황녀 세피니아는 킥킥 웃었다. 처음으로 여자에게 이리저리 휘둘리는 사촌의 모습이 몹시 우스웠기 때문이다.

* * *

자정이 가까워졌다.

1황녀의 생일 축하가 모두 끝나자 파티 분위기는 더욱 무르익었다.

"부두에서 배까지 이어지는 통로가 아주 아름답군요, 앙드레 경."

멋들어지게 차려입은 하얀 제복. 가슴팍 위로 잔뜩 메달과 훈장을 달고 있는 그는 이 유람선의 선장, 앙드레 경이었다.

"으하하하! 그렇지요? 선원들이 고심해서 생각해 낸 것입니다!"

불그스름해진 피부색을 보아 파티가 시작할 때부터 연거푸 들이마신 붉은 포도주에 취해 버린 듯했다.

"하하하! 발렌타인 40년산! 이 좋은 술을!"

배에 관련된 일은 전부 부선장인 페드로에게 맡겨 버린 채, 앙드레 경 본인은 즐겁게 파티를 즐기는 데 여념이 없었다.

"저러니까 자기 배에서 무슨 일이 벌어지는지도 모르지."

네이필리나는 쯧쯧 혀를 차며 슬쩍 파티장을 빠져나갔다. 힐긋 돌아본 파티장 언저리에 마티어스와 1황녀가 대화하고 있는 게 보였다. 둘을 포위하듯 주위를 감싼 1황녀파의 주요 대신들도.

'마티어스는 한동안 저기 잡혀 있을 테니 됐고.'

그사이 저만 몰래 빠져나갔다 오면 될 것 같다. 어차피 처음에만 좀 눈길을 받았을 뿐, 그녀의 존재감은 여기서 제일 옅다고 할 수 있었다.

나이 지긋한 고위 귀족들 위주로 참석한 파티다. 다들 조무래기 귀족 영애에겐 그렇게 관심이 없었다.

'……마담 포프리도 왔구나. 하긴, 사교계의 여왕이 이런 델 빠질 리가.'

파티장을 빠져나가는 길에 네이필리나는 포스윈드 재상과 이야기하고 있는 마담 포프리를 발견했다. 고운 눈썹이 추켜 올라가는 거로 보아 네이필리나가 이 자리에 있는 걸 보고 조금 놀란 것 같았다.

네이필리나는 슬쩍 지나가며 눈인사를 했다. 마담 포프리는 작게 고개를 끄덕이는 거로 대답을 대신했다.

* * *

"여기 있사와요, 아가씨."

휴게실 용도로 손님들에게 각각 하나씩 배정된 선실로 돌아온 네이필리나에게 젤피가 옷을 건넸다.

"혹시 누가 문을 두드리면 두통 때문에 쉬고 있다고 전해 주렴."

그럴 리는 없겠지만 혹시라도 저를 찾는 이가 있을까 싶어 미리 당부해 두었다.

"네. 걱정하지 마시와요. 어머나…… 이렇게 잘 어울리시다니."

젤피가 말을 하다 말고 동그랗게 입을 벌려 감탄했다.

"영락없이 귀족 나리들이 데리고 다니는 귀여운 시동 같사와요."

빳빳한 남자 셔츠, 튼튼하고 움직이기 편한 바지. 푹신한 빵떡모자. 굽 아래에 칼날이 숨겨진 호신 구두까지 신고 나니 화려한 귀족 아가씨는 어디 가고 개구쟁이처럼 보이는 꼬마 하인이 나타났다.

"두 시간 안에 돌아올게."

"몸 조심하시와요."

젤피가 양 주먹을 불끈 쥐었다. 무슨 말을 해도 작은주인님의 고집을 꺾을 수 없다는 걸 알았다. 그래서 그녀는 차라리 응원을 택하기로 했다.

선실을 빠져나온 네이필리나는 곧장 계단으로 향했다.

파티가 열리는 갑판과 귀족들의 휴게실이 있는 지하 1층보다 더 아래로 내려가기 위해서였다. 인적이 드문 복도로 걸어가는데, 맞은편에서 익숙한 인물이 걸어왔다. 마티어스였다.

'이런.'

"이봐, 거기. 콘체른의 시종이지?"

발길을 되돌아 다른 길로 가려고 하는데, 마티어스가 먼저 그녀를 불렀다.

'콘체른인 걸 어떻게 알았…… 아아, 젤피!'

셔츠를 내려다본 네이필리나가 속으로 탄식을 토했다. 아무개 하인으로 분장하면 들킬 수 있다고 염려한 젤피가 세심하게도, 그녀의 셔츠에 콘체른 문장을 작게 박아 주었던 것이다.

'세상에. 눈도 밝지. 저 거리에서 이 문장이 보였단 말이야?'

찰나의 순간, 그걸 캐치한 마티어스도 대단했다. 어쨌든 피하기는 글렀다. 마티어스가 어느새 성큼성큼 걸어와 그녀의 앞에 있었으니까.

"콘체른의 시종이냐고 내가 물었을 텐데."

이 남자는 귀족이든 하인이든 변함없이 싸가지가 없구나.

"……예에. 맞습니다."

네이필리나가 목소리를 깔며 대충 대답했다.

"……."

대충 먹고 떨어져라 하는 성의 없는 대답에 마티어스가 인상을 구겼다.

"네 주인은 어디 있나."

"두통이 있다 하셔서 휴게실에서 쉬고 계십니다."

"두통? 많이 심하다더냐. 그렇다면 의원을 부르지 않고."

"아뇨. 다만 방해 말라 하셨습니다."

마티어스는 무심하게 대꾸하는 하인을 바라보았다.

'어째 하인도 주인을 닮은 것 같군.'

쥐방울만 한 덩치로 제멋대로인 게 꼭 그 여자를 떠올리게 했다.

공손히 숙인 고개의 방향이 눈앞의 상대를 묘하게 비켜 나가는 것도, 빵떡모자 사이로 비죽 삐져나온 금빛 머리칼도. 그의 가슴팍에 겨우 닿는 작은 키와 셔츠 소매 밖으로 삐져나온 허여멀건 손끝…….

그는 타인의 신체적인 디테일을 하나하나 기억하는 세심한 인간이 아니었다.

하지만 네이필리나 콘체른이란 인간에 관해선 어쩐지 흘려 넘겼던 작은 부분들이 기억에 남아서…….

'아니. 잠깐만.'

마티어스가 멈칫했다.

"네이필리나?"

그 녀석……!

"여기서 뭘 하는 겁니까?"

"사람 잘못 보셨……."

그녀가 부정하기도 전에 마티어스의 손이 재빠르게 빵떡모자를 집어 들었다.

"그 해괴한 꼴은 또 뭡니까?"

쑥 빠져나온 모자 아래로 금빛 머리칼이 쏟아져 내렸다.

네이필리나는 눈을 깜빡였다. 한 번, 두 번, 깜빡이는 사이에 상황 판단을 마쳤다.

'이렇게 된 거 당당하게 나가야겠어.'

"꼴이라고까지 할 정도였나요? 나름 신경 쓴 건데. 이 셔츠 200수짜리 고급 면으로 만든 거예요."

네이필리나가 마티어스의 손에서 빵떡모자를 낚아채곤 뾰족한 목소리로 대꾸했다.

"숙녀의 머리에 마음대로 손을 대시다니, 무례하시기도 하셔라."

"죄송합니다. 하인 분장을 한 숙녀는 또 처음 보는지라 손이 먼저 나갔군요."

마티어스는 모자를 다시 쓰는 네이필리나를 냉랭한 눈으로 내려다보았다.

"아프다는 핑계까지 대시면서 아예 작정하고 분장을 하신 것 같은데."

마티어스는 옆으로 한 발 내디디며 지긋이 네이필리나의 길을 막아섰다. 설명하지 않곤 앞을 내어 줄 수 없다는 듯이.

"정당한 이유가 있다고 말씀드리면 믿으실 건가요?"

"무슨 일을 벌이려는지 알아야겠습니다."

그의 목소리가 놀랍도록 침착해지고 시선은 날카로워졌다. 의심이라는 가시가 그에게서 잔뜩 돋친 듯 보였다.

'잘못하다간 완전히 범인 취급 받겠군.'

네이필리나는 한숨을 내쉬고 손짓했다.

"그럼 따라와요."

                                    * * *

"어디까지 내려가는 겁니까."

"……."

네이필리나의 눈은 여전히 앞을 향해 있었다. 산뜻하게 무시당한 마티어스가 인상을 구겼다.

쉿. 작은 숨소리와 동시에 네이필리나가 마티어스를 벽에 밀어붙였다.

소녀의 힘을 감당하지 못할 그가 아니었으나 갑작스러웠다. 무엇보다 그녀가 몸을 붙여 마티어스를 내리누르는 탓에, 당황하고 말았다.

"무슨 짓……."

작은 손이 그의 입을 가득 막았다. 마티어스가 굴하지 않고 막힌 손 사이로 입술을 움직였다.

"으다다…… 슨을 대는 급니까(어디다 손을 대는 겁니까)."

"입 좀."

닫아요.

소리 없이 속삭인 네이필리나가 복도의 카펫을 눈짓했다. 그녀의 고개를 따라가던 마티어스가 멈칫했다.

"……!"

파란색 카펫 위로 붉은 자국이 커다랗게 진 게 보였다. 피였다. 마티어스가 몸을 굳혔다.

코너의 반대쪽을 살핀 네이필리나가 슬쩍 손에 힘을 풀었다. 네가 직접 보라는 듯.

"콘체른 양, 이 배의 구조는 당신보단 내가 더 잘 알고 있을 겁니다. 차라리 목적지를 얘기해 주십시오. 그곳으로 안내하겠습니다."

"더 말할 것도 없는 듯해요."

"그게 무슨 뜻입니까."

네가 직접 보라는 듯 네이필리나가 대각선 방향을 턱짓했다. 마티어스가 등을 돌렸다.

"……!"

코너를 돈 복도에 유람선의 호위들이 바닥에 쓰러져 있었다.

"한발 늦었군요."

죽은 기사들을 보며 네이필리나가 혀를 찼다. 이 꽉 막힌 귀공자에게 잡히지만 않았다면 좀 더 빨리 움직였을 텐데.

"제길, 복도 통제하라고 했잖아!"

그렇게 생각할 즈음, 선원들이 달려들었다. 선원복을 입고 있으나 움직임이 예사롭지 않았다. 배 안의 병력을 미리 제거하기 위해 파견된 살수들인 듯했다.

"입 막아!"

살벌하게 뛰어드는 놈들에게서 살기가 물씬 풍겼다. 평생 살수로 살았던 네이필리나다. 좁은 배의 복도에서 움직이는 적들의 동선은 눈을 감아도 뻔했다.

쉭. 쉭. 능숙하게 손목시계의 베젤을 비틀어 발사한 독침들이 살수의 귀밑과 목을 꿰뚫었다.

윽 하는 단말마의 비명과 함께 그들이 쓰러지는 걸 본 뒤, 네이필리나는 마티어스 쪽으로 눈을 돌렸다. 그 역시 달려드는 살수 두엇을 처리하고 피가 묻은 단도를 닦고 있었다.

'샌님은 아니었네.'

"그건 어디서 배운 겁니까?"

같은 생각을 한 모양인지 마티어스가 적잖이 놀란 눈빛으로 물었다. 손목시계를 돌려 독침을 숨기며 네이필리나가 능청스레 웃었다.

"오, 이제 서로의 비밀을 다 터놓기로 한 건가요? 저도 소공작께 궁금한 게 많거든요."

"말을 말죠."

"좋은 생각이에요."

"콘체른 양은 이런 일이 일어날 걸 알고 있었던 것 같군요."

"시간 없어요. 나중에 다 설명하면 알게 될 테니 빨리 따라와요."

보초들마저 제거했다면 이제 로피진이 이 배로 올라오는 시간도 얼마 남지 않았다는 뜻이니까.

"예. 그 설명, 꼭 하셔야 할 겁니다."

마티어스가 냉기 어린 목소리로 읊조렸다. 두 사람은 계단 위를 다시 올라갔다.

"윽!"

벽에 등을 대고 이동하다가 선원들이 나타나면 네이필리나가 독침으로 정리했다.

"……."

"죽이진 않았으니 걱정 말아요. 수면제를 바른 거라서, 몇 시간 뒤면 멀쩡하게 깨어날 겁니다."

"난 아무 말도 안 했습니다."

"그래도 힐데가르드의 사람들인데, 죽이는 건 너무하지 않냐는 눈을 하고 계시길래요. 잘못 본 거라면 죄송하고요."

무미건조한 목소리로 한 손을 들어 보이며 사과를 표하자, 마티어스가 한숨을 내쉬며 고개를 절레절레 저었다.

"……가던 길이나 계속 가죠."

"동의해요."

그 후로도 튀어나오는 선원 혹은 살수들을 처리한 두 사람은 조타실이 있는 선교 갑판이 위치한 유람선의 최상층까지 단숨에 도착했다.

'조타실? 여긴 왜…….'

마티어스가 우뚝 굳었다. 조타실 문을 열고 나오던 낯이 익은 사내를 발견했기 때문이다.

"소, 소공작께서 어찌 여길……."

상대방 역시 마티어스를 보고 화들짝 놀랐다. 저도 모르게 뒷걸음질 치다 조타실의 문에 쾅 하고 부딪칠 정도로.

"베닝, 자네가…… 왜 여기 있는 거지."

"그, 그게……."

베닝의 얼굴이 창백하게 질렸다. 왜 마티어스 힐데가르드가 여기 있는 건가! 그의 머릿속이 새하얘졌다.

망을 보던 살수들은 다 어디로 간 거지? 이쪽으로 접근하는 자들은 그들이 전부 처리하기로 하지 않았나?

설마…… 이미 잡혔나? 일이 전부 어그러진 건가?

머릿속이 뒤죽박죽이었다.

"페, 페드로가 조타를 잠깐 봐 달라고 해서요."

"페드로는 어디로 가고?"

베닝이 변명을 더 할 필요도 없었다.

"도망치면 네 가족 목숨은 없는 줄 알아."

반대쪽 난간 아래로 페드로의 목소리가 들려왔기 때문이다.

'입 닥쳐! 소공작이 여기 있다고!'

알려 주기 위해 베닝이 입술을 달싹였을 때, 그는 곧 제 목에 들이밀어진 단도를 발견했다.

"입 벙긋하면 재미없어질 거야."

네이필리나였다. 베닝이 입술을 말아 물었다.

"힐데가르드 기사들은 조타실로 집합. 침입자들을 상대해야 하니 무장하도록."

음모를 감지한 마티어스가 통신석으로 선내의 기사들을 소환했다. 베닝은 밧줄에 꽁꽁 묶여 입막음당한 지 오래였다. 하나씩 모습을 드러내는 힐데가르드의 기사들은 조용히 난간을 타고 페드로 쪽으로 이동했다.

거리가 가까워질수록 페드로의 목소리는 더 선명하게 들려왔다. 소형선에 탄 페드로의 옆에는 짐짝처럼 옮겨져 고개를 푹 숙이고 있는 장정들도 보였다.

"이 배에 탄 귀족들의 코 다섯 개만 베어 와. 그럼 자유야. 너희 로피진들한텐 쉬운 일 아닌가?"

"……."

로피진들은 모두 몸을 구속하는 굵은 족쇄를 달고 있었다. 노예 신분이란 뜻이었다.

"네 가족들을 물고기 밥으로 만들고 싶지 않다면 마셔라."

로피진 노예가 축 처진 손으로 작은 약병의 내용물을 입에 털어 넣었다. 페드로가 잘했다는 듯 구속구를 풀었다.

"기억해, 각자 다섯 개야. 모자라는 개수만큼 네 가족 팔다리 한 짝씩 잘라 줄 테니까 알아서……."

그것을 신호로 소형선에 탄 노예들 모두가 약을 삼키려 할 때였다.

"알아서 죽이면 되나?"

마티어스가 난간을 훌쩍 넘었다.

"그래, 알아서…… 누구야!"

소형선의 갑판이 거칠게 출렁였다. 페드로는 거의 물에 빠질 뻔했다.

"어떤 정신 나간 놈이……! 허억! 소, 소공작……!"

"잡아."

"예, 소공작님!"

힐데가르드의 기사들이 달려들었다. 전부 들켰다는 걸 깨달은 페드로의 얼굴이 아귀처럼 일그러졌다.

'여기서 다 무너질 수는 없어! 그들이 약속한 부귀가 얼만데!'

"뭐 하고 있어! 전부 죽여 버리지 않고! 네 가족이 죽는 걸 보고 싶은 거야?!"

그가 악을 썼다. 로피진 노예들이 주춤주춤 일어났다.

"마셔! 약을 빨리 마시라고!"

"지금 멈춘다면 죄는 묻지 않겠다."

고함치는 페드로의 목소리를 마티어스가 덮었다. 마티어스를 보호하듯 선 힐데가르드의 기사단을 응시한 로피진 노예들은 빠르게 이 승패의 결과를 알아차렸다.

툭. 풍덩.

그들은 재빠르게 무기를 물속으로 던져 버리고 무릎을 꿇었다.

"뭐, 뭐 하는 거야! 네놈들의 주인은 나라고! 내 말을 들어야지! 저자를 죽여 버려!"

"착각하고 있는 것 같은데……."

"우리 주인은 우리야. 네깟 놈이 아니라."

로피진 하나가 이를 악물며 페드로의 목덜미를 쥐고 갑판 위로 던져 버렸다.

하지만 모두가 이성적이진 못했다. 맨 처음 할루스를 마셨던 로피진이 깨질 듯한 머리를 쥐고 배를 향해 몸을 날렸다.

"죽, 죽이라고……."

그는 짐승 같은 몸놀림으로 단숨에 마티어스에게 접근했다.

"소공작님을 보호하라!"

닥치는 대로 부수고 달려드는 모습이 소름 돋을 정도로 사나웠다.

"붙잡아! 포박해!"

하지만 결국 수적 열세를 이기지 못했다. 그는 마지막까지 발버둥 치다 몸을 여러 번 꿰뚫린 후에야 움직임을 멈췄다. 죽음에서 피어나는 피비린내가 바닷바람에 실려 나갔다. 로피진을 처리한 힐데가르드의 기사들도, 죽은 동포를 바라볼 수밖에 없는 노예들의 얼굴도 암흑처럼 어두웠다.

"할루스를 쓴 것 같습니다."

시체에서 떨어진 작은 약병을 살펴본 기사가 보고했다.

"할루스?"

마티어스의 얼굴이 전에 없이 험악해졌다.

누군가 그랬다. 수십의 로피진 부대가 있으면 수천이 모여 있는 전장의 흥망을 바꿀 수 있다고.

고작 로피진 하나를 제압하기 위해 수십 명의 기사들이 달려들지 않았나. 만약 저기 있는 로피진 모두가 할루스에 취한 채 유람선을 공격했다면?

등골이 서늘했다. 도대체 이 여자는 몇 번이나 저를, 힐데가르드를 구해 주는 거지?

"콘체른 양."

마티어스가 네이필리나에게 돌아왔을 때엔 로피진들과 페드로 모두 밧줄로 칭칭 묶어 무릎 꿇린 채였다.

"또 은혜를 입었군요. 그럼에도 당신을 의심했으니 부끄러울 따름입니다."

"……."

"이번엔 어찌 보답해야 할까요."

마티어스가 숨을 가다듬으며 감사를 표했다.

"일단 변절자들부터 처리하는 게 좋겠어요."

아직 배 안에선 파티가 한창이다. 이 상황에서 더 파티를 이어 나갈 순 없겠지만 적어도 귀빈들이 '정신 나간 로피진 무리가 파티장을 습격할 뻔했다'는 사실은 숨겨야 했다.

그러려면 이 갑판에서 벌어진 아수라장을 먼저 정리해야 할 터. 고개를 끄덕인 마티어스의 눈이 붙잡힌 로피진 노예들에게 향하자, 네이필리나가 말했다.

"소공작께선 바쁘실 테니 저들은 내가 맡죠."

지끈거리는 관자놀이를 문지르며 마티어스가 물었다.

"저들을 다시 배에 태워 주세요."

네이필리나는 페드로가 노예들을 태워 온 소형선을 가리켰다.

"콘체른 양께서 말하시는 대로 해."

기사들이 명령을 따라 로피진들을 배에 태웠다.

"어찌할 생각입니까."

망망대해에 수장이라도 할 생각입니까?

"알고 싶으세요?"

소공작은 모르는 게 낫지 않겠어요? 하는 눈으로 그녀가 올려다보았다.

"……콘체른 양의 설명을 찬찬히 듣기엔 상황이 매우 급하긴 하군요."

이종족 노예들의 처분보다는 지금 이 사태를 해결하는 게 우선이었다. 배후가 누군지 알아야 하며 혹시라도 파티장에 숨어들었을지 모르는 간자의 움직임도 처리해야 하니까.

"그럼 부탁하겠습니다."

그는 네이필리나에게 나머지를 맡기고 황급히 유람선으로 들어갔다. 마티어스와 힐데가르드 기사들이 모습을 감춘 바다 위는 적막했다.

"……"

네이필리나는 로피진들을 내려다보았다. 그들이 불안한 시선으로 서로를 마주했다. 조금 전 죽은 동포처럼 자신들 역시 죽여 입막음할지도 모른다.

"……우릴 살려 달란 소리는 하지 않겠소. 하지만 멀지 않은 곳에 가족이 있소. 그들은 아무 죄도 없는……"

밧줄에 칭칭 동여매진 로피진 하나가 더듬더듬 입을 열 때였다.

스르르, 검은 물살을 가르고 그들이 있는 쪽으로 배 하나가 나타났다. 키를 잡은 건 바카디였고, 뱃머리엔 롭이 서 있었다.

"아빠!"

"여보!"

익숙한 외침에 로피진들이 놀라 퍼뜩 고개를 들었다.

"당신이 어떻게……!"

목화 수송선에 갇혀 있어야 할 가족들이 저 배에 타 있었다.

"어서 타. 시간이 없어. 사람들이 오기 전에 여길 벗어나야 하니까."

네이필리나의 건조한 목소리가 울려 퍼졌다.

"오늘 있었던 일은 잊어."

그사이 철커덩 하며 쇠로 만든 판잣대가 배와 유람선 사이에 걸쳐졌다.

"여전히 수도에 남고 싶은 사람이 있다면, 말리진 않겠어. 하지만 추적이 들어올 거야. 알다시피 당신들을 입막음하려 할 거니까 나 같으면 빨리 자리를 피하길 택하겠어."

"당신을 어떻게 믿고……. 우릴 속여 수장시키려는 계획인 줄 어떻게 알고……!"

붙잡힌 로피진 중 하나가 도저히 믿지 못하겠다는 듯 외쳤다.

"안 믿어도 상관없어."

네이필리나가 어깨를 으쓱했다. 그러나 직선으로 그들을 쏘아보는 시선은 몹시도 서늘했다.

"하지만 당신들이 그 정도로 여유 있는 상황인가? 배부른 고민을 하는군."

로피진들은 하나같이 망국의 백성들치고는 기개가 넘친다. 그러니 온 대륙이 그토록 로피진을 경계하고 박해했던 것이리라. 이들을 무릎 꿇리고서도 도저히 안심할 수 없을 것이기에.

"손에 쥐여진 건 무엇이든 잡아당기고 봐야 하지 않나?"

그게 설사 썩은 동아줄이라 해도, 조금이라도 더 오래 살아남게만 해 준다면 저는 이용할 거다. 그것이 그녀가 살아왔고, 살아 나갈 삶의 방식이었다.

"내가 당신들을 너무 과대평가한 건가?"

로피진들이 말문이 막혔다. 일순 앳된 여자에게서 풍기는 분위기가 숨 막히도록 저희를 짓눌렀기에. 곱게 자란 귀족처럼 보이는 여자가 내뱉는 말이라기엔 놀랍도록 처절했다.

'꼭…… 겪어 본 것처럼 말하지 않는가.'

저 앳된 소녀도 저희처럼 궁지에 몰렸던 것처럼. 한 치도 보이지 않는 어둠을 헤치고 살기 위해 바닥을 기어 봤던 것처럼.

"……이름을 알려 주시오. 언젠가, 우리들의 목숨을 살려 준 은혜를 갚겠소."

"갚을 필요 없어. 나 역시 당신들을 이용하는 것뿐이야."

로피진을 구하는 것 역시 제 알량한 계책에 불과하니까.

하지만 로피진들은 단호했다. 이름을 알려 주지 않으면 영영 움직이지 않겠다는 태세였다.

"네이필리나 콘체른."

결국, 네이필리나가 먼저 손을 들었다.

"콘체른. 은인의 이름을 잊지 않겠소."

로피진들은 배를 타기 전, 네이필리나를 향해 깊이 허리를 숙였다.

로피진들이 모두 앉은 걸 확인한 바카디가 네이필리나와 시선을 교환했다. 그는 씨익 웃으며 경례하듯 손날을 세워 관자놀이에 댔다 떼었다.

빠르게 유람선에서 멀어지던 배가 항구에 다다를 즈음이었다. 소로스가 닻을 올렸다. 출발한다는 신호였다.

"돛이 올랐어!"

"이제 우리도 출발하지!"

근처에 대기하고 있던 상인들도 이 신호를 읽었다. 그들의 배 역시 움직이기 시작했다.

거센 물살을 가르고 서른다섯 척의 대의 배는 이윽고 어둠 속으로 사라졌다.

* * *

네이필리나는 멀어지는 배들이 더 보이지 않을 때까지 그 자리에 서 있었다. 별일이 없는 한, 잡혀 온 로피진 노예들은 후안에 도착할 것이다. 거기서부터 어떻게 살아 나갈 것인지는, 그들의 몫이다.

그렇게 얼마나 시간이 흘렀을까. 네이필리나는 다시 유람선으로 돌아왔다. 힐데가르드의 기사가 그녀를 안으로 안내했다.

"콘체른 아가씨, 소공작께서 아가씨가 오시는 대로 모시라고 명하셨습니다. 가시지요."

배 곳곳을 밝히던 휘황찬란한 조명은 모두 꺼진 채였다. 파티장도 텅 비어 있었다. 1황녀 역시 자리를 떠난 듯했다.

'파티부터 중단했구나. 과연 힐데가르드네. 상황 판단이 빨라.'

네이필리나를 맞이한 마티어스의 얼굴은 꽤나 지쳐 보였다.

"모두 되돌려 보냈습니다. 범인을 색출하기 전까진 누구도 안전하지 않은 터라."

그럼에도 날카롭게 벼린 기운만큼은 여전했다.

"맞아요. 힐데가르드의 이름만 나오지 않으면 되니, 이 배에서만 죽지 않으면 상관없죠."

제 의중을 대번에 꿰뚫은 지적에 마티어스가 멈칫했다.

그러나 네이필리나의 얼굴은 무표정할 뿐이었다. 그는 곧 그녀가 저를 비난하려고 한 게 아니었다는 걸 알아차렸다.

"좋은 생각이었어요. 바로 그 점을 놈들이 노렸을 테니까요. 누가 죽든, 힐데가르드의 땅에서 죽으면 모두 공작가의 약점이 되겠죠."

그런데 마티어스가 로피진의 습격을 막아 낸 것도 모자라 아예 그 장소 자체를 없애 버렸으니.

"그쪽도 지금쯤 꽤나 당황하고 있을 거예요."

노공작의 부재에도 힐데가르드의 대처는 노련했다.

"배후 색출은 잘 되어 가고 있나요?"

베닝과 페드로를 붙잡은 지 세 시간이 흘렀다. 사건의 작은 실마리라도 찾아냈을 시간이라 물어본 건데.

"……."

잘생긴 얼굴이 구겨졌다.

"둘 다 입을 열지 않는군요."

"그래요?"

"예. 배후를 짐작하지 못하는 건 아니나 그들의 증언이 있어야 공식적으로 캐물어 볼 여지가 있습니다."

오늘 같은 수작을 부릴 만한 배후를 짐작하기란 어렵지 않았다. 필시 2황자를 위시한 황비와 마르쉐 후작일 테지.

그러나 증좌가 없었다. 정황으로만 밀어붙이기엔 마르쉐 후작은 녹록한 상대가 아니다.

"제가 한번 볼까요."

네이필리나의 제안에 마티어스가 미간을 찌푸렸다.

"콘체른 양이 눈에 담을 만한 자들이 아닙니다."

모르고 들으면 가슴 설렐 만한 로맨틱한 걱정이었다. 그러나 네이필리나가 픽 웃었다.

"고문이라도 하셨나 봐요."

"……."

"지적하는 게 아니라, 전 그들이 어떤 모습이든 놀라지 않을 거라고 말씀드리는 거예요."

"……."

"일단 보여 주기나 해요. 밑져야 본전인데, 지금 나 말고 소공작께 다른 대안이 있는 것도 아니잖아요?"

"이쪽입니다."

결국 마티어스가 한숨을 내쉬며 팔을 내밀었다. 표정은 마땅찮건만 정작 에스코트를 하는 자세는 흐트러짐 하나 없이 완벽해서 네이필리나는 웃음을 참았다.

* * *

지하 3층의 선실, 간이로 만들어 낸 취조실 안에 베닝과 페드로가 앉아 있었다.

휘우. 선실의 창밖으로 피떡이 된 두 사람을 발견한 네이필리나가 작게 휘파람을 불었다.

"생각보다 감성적이셨군요, 소공작님."

냉철한 이성을 자랑하던 미남은 어디 가고 사람을 저리 치즈가 되도록 뭉개 놓다니. 그저 배후만 찾으려고 했다면 단기간에 고통만 유발하면 된다. 저렇게 피 칠갑을 해 놓을 필요도 없었다.

헬리오스에는 상처 하나 없이 죽을 만큼의 고통을 유발하는 고문 방식이 여럿 존재한다. 마티어스가 그 사실을 모를 리 없다.

"……저들은 힐데가르드의 사람이었습니다. 당신도 믿었던 수족에게 배신당하면 다르지 않을 텐데요."

확실히 그답지 않은, 여실히 감정이 드러나는 두 포로의 상태에 네이필리나는 어깨를 으쓱했다.

'배신당하는 거라면 내가 한 수 위일걸.'

그래도 당신은 아무것도 잃은 게 없잖아. 형제도, 가족도, 목숨도. 티끌 하나 묻지 않은 고고한 얼굴로 배신을 말하는 게 조금 우스웠다.

퍼억-!

선실 안에서 연신 시끄러운 소음이 났다. 힐데가르드 기사가 페드로의 의자를 걸어찬 것이다. 의자가 뒤집어지고 페드로가 바닥으로 나동그라지는 게 보였다. 그의 등 위로 무자비한 채찍질이 이어졌다.

"계속 저런 식이었던가요?"

말할 때까지 패고, 또 패고?

"조금만 더 하면 입을 열 겁니다."

"그 전에 먼저 죽겠는걸요."

"……."

네이필리나가 끌끌 혀를 차며 선실 창문을 두드렸다.

'쯧, 역시 도련님이 하는 건 거기서 거기지.'

"나와 봐요."

힐데가르드 기사를 향해 네이필리나는 검지를 까딱여 보였다. 기사가 허락을 구하듯 마티어스를 쳐다보자 그는 고개를 끄덕였다.

달칵. 기사가 선실 밖으로 나왔다.

마티어스와 네이필리나에게 짧게 목례하는 그의 이마에는 구슬땀이 맺혀 있었다.

"뭘 받아먹었는지…… 아주 지독한 놈들입니다. 도무지 입을 열질 않아요."

그렇다는데? 라는 듯이 마티어스가 네이필리나 쪽으로 몸을 돌렸다. 아름다운 회색 눈동자는 어쩔 거냐고 묻는 듯했다.

"페드로는 다른 선실로 옮기세요."

"둘을 분리시키라는 말입니까?"

"네. 솔직히 말하면 저는 소공작께서 둘을 함께 놔두신 게 더 놀라워요."

누가 먼저 입을 여는지, 서로가 서로의 감시자가 될 수밖에 없는 환경을 조성하다니. 네이필리나가 혀를 끌끌 찼다.

"콘체른 양의 말대로 해라."

"예."

취조실로 다시 들어간 기사가 안대로 눈을 가린 페드로를 데리고 나갔다.

이제 취조실에는 베닝뿐이었다. 밧줄에 꽁꽁 묶인 채 고개를 푹 숙이고 있는 그를 네이필리나는 창밖에서 지켜보았다.

"콘체른 양, 지금 들어갈 겁니까?"

"아직요. 기다려요."

"여유가 얼마 없습니다."

조금이라도 빨리 증좌를 손에 넣어야 마르쉐를 궁지에 몰아넣을 수 있다. 시간이 늦어질수록 그들이 대비할 여유만 주는 꼴이 될 테니까.

"있잖아요, 소공작님."

"?"

"원래 궁지에 몰린 쥐는 재빠르게 잡을 수가 없답니다."

그의 재촉에도 네이필리나가 고개를 저을 뿐이었다.

"천천히…… 천천히 움직여야 해요. 그래야 쥐가 미끼를 무니까요."

* * *

"커억. 퉤."

의자에 묶여 있던 페드로가 거칠게 침을 뱉었다.

"비열한 힐데가르드 놈들……."

찢어진 눈두덩이 따가웠다. 흘러내리는 피가 눈에 들어간 것 같았다. 베닝은 입술을 깨물며 페드로의 붉은 침이 피와 먼지로 더러운 선실 바닥 위에 자국을 남기는 걸 지켜보았다.

"베닝, 자네…… 살아 있나?"

"……그래."

베닝이 희미하게 고개를 끄덕였다. 이렇게 될 줄 알았다고, 그래서 내가 미적거리지 않았냐고 페드로에게 따져 물을 만한 기운조차 그에겐 남아 있지 않았다.

조용한 베닝의 모습을 괜찮다는 신호로 받아들였는지, 페드로의 구겨진 얼굴이 조금 펴졌다.

"힘들어도 여기서 포기하면 안 돼. 기억해, 베닝. 입을 열면 죽는 거고 닫으면 살 수 있어."

"……."

"저놈들은 절대 우릴 죽일 수 없어. 우리가 죽으면 유일한 증인이 사라지는 거니까."

"……."

"이렇게 시간을 끌기만 하면 돼. 곧 그쪽에서 연락이 올 거야."

그들이 구하러 올 거라고 페드로는 굳게 믿고 있는 듯했다.

그때 달칵, 문이 열리고 다시 기사가 들어오더니 검은 천으로 페드로의 눈을 꽁꽁 가렸다.

"무, 무슨 짓을, 날 어디로 데려 나가는 거야!"

기사는 우악스럽게 그의 팔을 붙잡고 끌고 나갔다.

"베닝! 내 말을 기억하게! 꼭!"

질질 끌려 나가면서도 페드로는 베닝에게 신신당부하는 걸 잊지 않았다.

"믿어! 믿어야 해! 그래야만 살 수 있어!"

언제나처럼 확신에 찬 음성이었다. 하지만 베닝은 더 이상 페드로를 신뢰할 수 없었다.

'우릴 구하러 온다고? 정말 그럴까?'

하도 악물어 전부 터져 버린 베닝의 입술이 뻐끔뻐끔 끔뻑였다.

그는 묻고 싶었다. 그렇다면 지금은 왜 아무도 오지 않지? 페드로가 사라진 지도 한참이 지났다. 여전히 방 안엔 베닝 저 혼자뿐이었다.

'애들은 무사할까.'

눈에 넣어도 아프지 않을 자식들을 위해 벌인 일이다. 제 새끼들만큼은 저같이 험하게 살지 않았으면 해서. 풍랑이 이는 바닷길이 아니라 따뜻한 미풍이 이는 꽃길이 아이들의 앞에 펼쳐지길 바라서.

'내가 입을 다물면, 내 아이들만큼은 안전해.'

배에 타기 전, 창백한 사내에게 받았던 돈은 전부 아이들에게 돌아가도록 해 놓아서 참 다행이었다. 페드로는 제가 여기서 살아 나갈 수 있다고 믿는 모양이지만, 베닝은 이제 차가운 현실을 마주하기로 했다.

'페드로, 힐데가르드는 우릴 살려 두지 않을 걸세.'

용서를 빌 생각도, 받을 생각도 버렸다.

'하지만 우리 애들만큼은 떵떵거리고 살 수 있을 거야. 그 정도면 의미 있는 마지막이라고…….'

갑자기 베닝의 머릿속에 한 가지 의심이 스쳐 지나갔다.

'만약 페드로가 입을 열면?'

그럼 어떻게 되는 거지? 갑자기 입술이, 아니, 피가 바짝바짝 말랐다.

'기사는 왜 페드로만 데리고 나간거지?'

페드로가 나간 이래, 내내 이곳에 혼자 내버려진 것도 이상했다.

복도를 오가는 발소리는 여전히 분주했다. 뭔가 계속 진행되고 있다는 방증이 아닌가.

'설마…… 저 혼자 살겠다고 날 배신한 건 아니겠지?'

베닝은 이내 고개를 내저었다.

'그럴 리 없어.'

이래 봬도 수십 년을 함께한 친우였다. 친구를 팔아먹을 정도로 탐욕스러울 거라고는…….

달칵. 그때 문이 열렸다. 베닝은 떨리는 심장의 박동을 누른 채, 간신히 고개를 들었다.

* * *

목화 수송선의 선장, 베닝과의 독대가 이루어졌다.

문을 열고 나타난 네이필리나와 마티어스를 응시하곤 정처 없이 떨리던 눈을 할 땐 언제고, 베닝은 단호하게 고개를 저었다.

"나는 아무것도 모르오. 죽이려면 죽이시오."

고개를 돌려 마티어스를 외면하는 시선에서 삶을 포기한 사람 특유의 무기력함이 보였다.

"베닝, 그놈들에게 얼마를 받은 거예요? 뭘 제시했든 그것보다 더 주겠어요."

베닝이 네이필리나를 응시했다. 피로 터진 눈이 '네가 뭔데?'라고 말하는 듯했다.

"내가 하는 모든 말은 여기, 뒤에 계신 소공작님의 인가를 받은 거예요."

"……그냥 죽이시오. 어차피 우릴 살려 둘 생각도 없다는 것 알고 있소."

나는 더 할 말이 없소. 처음 수송선에서 봤을 때처럼 그는 완고했다.

"가망이 없군요. 차라리 페드로를 노리는 게 좋겠습니다."

마티어스가 고개를 절레절레 저었다. 수송선을 이끌던 베닝의 쇠심줄 같은 성격은 그도 익히 들어 본 바 있었다. 거친 풍랑에도 꺾이지 않는 뱃사람 그 자체라고 했다. 아마, 그의 입을 열기는 쉽지 않을 것이다.

그러나 네이필리나의 얼굴엔 표정 변화가 없었다. 그녀는 여상하게 말을 이으며 고개를 끄덕였다.

"그래. 300골드나 받았으니 이렇게까지 충실하게 입을 다무는 것도 이해가 되긴 하네요."

"……."

'3, 300골드라니?'

여태까지 바늘 하나 들어갈 곳 없어 보이던 베닝의 단단한 얼굴이 흔들리기 시작했다.

"지금 뭐라고 했소?"

천연덕스러운 얼굴로 네이필리나가 베닝의 혼란을 가중시켰다.

"부선장 페드로는 300골드에 아카데미 입학금, 2지구의 이층 저택을 약속받았던데, 당신도 그래서 배신한 건가요?"

베닝이 흠칫 고개를 들었다.

"하긴, 힐데가르드의 뱃길을 책임지는 자들을 회유하는데 그 정도는 투자해야 했겠죠."

'페드로 놈이 나랑 다르게 받았어?'

정확한 숫자를 듣자 베닝의 눈이 등잔만 하게 커졌다. 300골드라는 숫자도 믿을 수 없는데, 자식들의 아카데미 학비와 2지구의 집이라니.

'놈은 내게 한 마디도 하지 않았어!'

아카데미의 졸업장과 2지구의 집. 누구든 새로운 삶을 살 수 있는 기반이다. 베닝이 제 자식들에게 주고 싶었던 것들은 바로 저런 것들이었다. 그런데 그걸 페드로의 자식들만 고스란히 가지는 거였다고?

따지고 보면 위험 수당은 그에게 더 주어져야 한다.

'로피진 노예들을 찾아 수송선에 숨겨 헬리오스까지 데려온 건 나니까!'

그런데 어찌 유람선에서 탱자탱자 놀면서 귀족들 비위나 맞추던 페드로가 저보다 더 좋은 대우를 받았다는 것인가?

베닝의 눈에 불꽃이 일기 시작했다. 밧줄에 묶인 몸이 간헐적으로 떨렸다.

"고민이 많은 것 같군요."

그에게 불씨를 던져 놓은 네이필리나는 미련 없이 방을 나가 버렸다.

"말할 생각이 들면 이 벨을 눌러요. 가요, 소공작님."

칠흑 같은 방 안에 베닝 하나만을 남겨 놓은 채.

* * *

"페드로가 뭘 받았는지 어떻게 알았습니까?"

취조실에서 나오자마자 마티어스가 물었다. 몇 시간을 고문해도 나오지 않던 새로운 정보를 네이필리나가 말하니 깜짝 놀랐던 모양이다. 그는 베닝이 있는 자리에서 묻지 않으려고 간신히 참았다.

"모르는데요."

"모른다고요?"

마티어스가 황당한 표정을 했다.

"네. 그리고 아마 페드로가 받기로 한 돈도 많아 봤자 몇십 골드가 고작일 거예요. 사람 한둘에 그렇게 큰돈을 쓸 리가 없으니까."

"그럼…… 방금 당신이 베닝에게 말한 건 뭡니까?"

300골드라고 했잖아? 아카데미에 2지구 부동산까지 아주 물 흐르듯 하시던데?

"당연히 거짓말이죠."

네이필리나가 어깨를 으쓱했다.

"거짓말이었다고요……. 아니, 지금 저기서 거짓말을 한 겁니까?"

"그런데 그게 거짓인 걸 누가 알까요?"

아까 눈에 불을 키던 베닝이? 다른 방에서 부르짖는 페드로가? 아니면 당신이?

"아무도 정확한 금액을 모르잖아요. 서로 떨어뜨려 놓았으니 확인할 길도 없고."

"콘체른 양, 지금 그게 말이 된다고……. 그런 눈에 보이는 수에 저놈이 넘어갈 거로 생각한 겁니까?"

마티어스의 말문이 막혔다. 그때 취조실 문이 열리며 기사가 달려왔다.

"놈이 입을 열었습니다!"

네이필리나가 의기양양하게 그를 쳐다봤다.

"넘어갔네요."

바로 지금.

* * *

쨍그랑-!

탁자 위에 있는 화병과 찻잔이 사정없이 밀려 깨어졌다.

"제기랄!"

탁자를 짚는 가녀린 두 손이 부들부들 떨고 있었다.

"너무 흥분하지 마시지요, 황비 전하. 진정하셔야 합니다."

느릿한 목소리가 차가운 실내를 갈랐다. 황비의 오라비이자 서북부를 다스리는 영지의 주인, 마르쉐 후작이었다.

"어떻게 흥분하지 않을 수 있어요!"

황비는 아름다운 얼굴이 일그러지는 것도 아랑곳 않고 악을 썼다.

"오라버니가 이번 일은 반드시 성공한다고 했잖아! 세피니아 그 고까운 계집애의 지반을 흔들어 놓을 수 있다고!"

쨍그랑!

"힐데가르드가 무너져야만 우리 레클란이 태양을 쥘 수 있어요! 그런데 그 바위 같은 년을 흔들기는커녕……!"

분을 이기지 못한 황비가 화병을 들어 벽에 던져 버렸다.

"배후가 밝혀지면 내 아들까지 위험해질 거야!"

"그럴 일은 없을 겁니다. 걱정 마시지요, 누이."

마르쉐 후작이 느긋하게 그녀를 진정시켰다. 두 손으로 그녀의 어깨를 잡고 돌려세운 그가 천천히 등을 쓸어 주었다.

"어차피 쓰고 버리는 패가 아닙니까. 힐데가르드가 알아도 우리에게 뭐라 하진 못합니다. 증거가 없는데 어찌 황자 전하를 끌고 올 수 있을까."

"내가 아끼는 아이예요. 꼭 그 애의 가족이었어야 해요?"

마르쉐 후작이 얼굴을 찌푸렸다.

"지금 다른 대안이 있습니까? 누이는 어린애 같은 말을 하시는군요."

언제 그랬냐는 듯 목소리가 얼음장처럼 차가워졌다.

"지금 신을 비롯하여 서북부의 모든 귀족들이 2황자 전하를 위해 목숨 바쳐 움직이고 있건만, 누이는 고작 시녀 하나를 내어 주기 아까워하시는 겁니까?"

"……."

황비는 대답 대신 입술만 깨물었다. 후작의 말에 반박하진 못하고, 자존심이 단단히 상한 듯했다.

'또 이렇게 보내면 일을 내겠지.'

시중을 죽을 때까지 채찍질하거나, 인간 사냥을 하거나. 황비가 분노를 푸는 방법은 무궁무진했다. 불같은 성격이니, 그런 식으로 제풀에 지쳐 꺼지길 기다리는 게 낫다.

하지만 지금은 황제의 비호가 필요한 시점이다. 괜히 황제에게 들켜 눈밖에 날 순 없으니, 마르쉐 후작은 이쯤에서 황비를 다독여 줄 필요성을 느꼈다. 그는 다시 상냥한 목소리로 황비의 어깨를 잡고 돌려세웠다.

"누이, 곧 더 나은 시녀로 들여보내겠습니다. 입 안의 혀처럼 구는 귀엽고 노련한 여인으로요."

"또 새 여자의 치마 속을 더듬고 있었나 보지요?"

황비의 지적이 자못 날카로웠다. 마르쉐 후작이 귀여운 것을 본다는 듯 미소를 지었다.

"알고 있잖습니까. 이 오라비에겐 오직 누이와 레클란밖에 없다는 것을."

그녀의 관자놀이에 입술을 대고 후작이 나지막하게 속삭였다. 씨근덕거리던 황비의 숨이 점점 잦아들었다.

"레클란이 잘못되면 난 죽어 버릴 거야."

황비는 후작의 품에서 숨을 고르며 중얼거렸다.

"그 아이는 황제가 되어야 해요, 반드시."

얼마나 많이 되뇌었는지, 그녀의 말 한 마디 한 마디에 독기가 어려 있었다.

"예. 그러니 누이가 앞으로 더 잘해야지요. 폐하의 눈이 1황녀에 닿지 못하게."

마르쉐 후작이 지그시 어깨를 짓눌렀다.

"그웬, 난 언제나 누이를 믿어. 그렇지 않았다면 당신을 황궁으로 들여보내지도 않았을 테지."

"……."

"이제 얼마 남지 않았어. 조금만 더 버틸 수 있지?"

"……."

지난 세월을 떠올리는 아름다운 두 눈에 복잡한 감정이 스쳐 지나갔다.

황비는 제 오라비를 응시했다. 마르쉐 후작은 불혹의 나이에 들어섰음에도 여전히 깔끔하고 곱상한 외모의 소유자였다.

"그웬?"

저 아름다운 미소가, 따뜻한 손길이, 상냥한 음성이 저를 진창에서 구원했었다.

'그리고 나를 배신했지.'

그웬은 잊지 않았다. 그는 그 대가를 톡톡히 치러야 할 것이다. 언젠가, 때가 오면…….

"……돌아가겠어."

황비는 대답하지 않고 등을 돌렸다.

쾅! 문이 거칠게 닫혔다. 뒤도 돌아보지 않고 떠나 버리는 그녀의 아름다운 뒷자락엔, 아무도 모르는 케케묵은 분노가 살풋 묻어 있었다.

* * *

[힐데가르드 유람선 습격 사건의 배후, 일라인 남작으로 밝혀져!]
[일라인 남작, 자택에서 숨진 채 발견. 극단적 선택 추정!]

떠들썩하던 유람선 난입 사건의 배후는 일라인 남작으로 드러났다. 힐데가르드 노공작의 주름진 손이 신문을 펼쳐 들었다.

[지난밤, 일라인 남작이 숨진 채 발견됐다. 그는 힐데가르드 유람선을 탈취하려고 한 소동의 주동자라는 혐의를 받고 있다.

그의 유서에서는 힐데가르드 공작가에 대한 사죄와 모든 죄를 시인하는……

황실 수사부는 좁혀 오는 수사망에 부담을 느껴 스스로 목숨을 끊은 것으로 보고……]

"일라인이라…… 들어 본 적 없는 이름인데……"

"황비가 부리는 측근 시녀의 가문이더군요. 2황자파에선 어차피 들킨 것, 잃어도 상관없는 패를 내민 것 같습니다."

마티어스는 무미건조한 손길로 신문을 접어 옆으로 치웠다.

"결국 꼬리 자르기야."

노공작이 쯧쯧 혀를 찼다.

"마르쉐에겐 처음부터 쓰고 버리는 패였겠지."

마르쉐 후작은 뻔뻔스럽게도 일라인 남작을 내미는 것으로 사건을 무마하려 했다. 그러나 힐데가르드 공작은 손에 들어온 목줄을 쉬이 내줄 정도로 만만한 위인이 아니었다.

'이건 단순히 1황녀 전하가 아니라 명백히 헬리오스 제국을 노린 도전이요, 망발입니다.'

청문회에 참석한 노공작은 지긋이 후작을 내려다보며 여론을 장악했다.

그는 기세를 몰아 일라인 남작의 연락책으로 밝혀진 마르쉐 후작의 오른팔까지 고꾸라뜨리며 공작가의 위력을 과시했다.

'힐데가르드가 드디어 본격적으로 움직이는 건가?'

'2황자파는 요즘 그리 기세등등하더니, 아무 반격도 하지 못하는군.'

측근을 **뺏긴** 마르쉐로서는 **뼈아픈** 한 수였다.

"이로써 2황자파 놈들이 조금은 몸을 사리겠군요."

1황녀 세피니아가 만족의 미소를 내보였다.

"레클란의 발밑에서 기는 놈들을 당분간 보지 않아도 된다니, 속이 시원합니다."

"예, 전하. 마르쉐는 선택을 잘못했습니다. 충성한 부하를 헌신짝 버리듯 하는 걸 보면 누가 그에게 충성하려 하겠습니까."

노공작이 다시 혀를 찼다.

"새겨들으소서, 전하. 신하를 다룰 땐 무릇 내 몸을 대하듯 아껴야 합니다. 설사 내치는 그 순간까지도요."

"외조부님의 말씀은 매번 새겨듣고 있습니다."

1황녀는 진중하게 고개를 끄덕였다. 모친인 리에타 황후가 세상을 떠난 이후, 그녀의 든든한 지지 기반이 되어 준 외조부였다. 어찌 신뢰하지 않을 수 있을까.

"그나저나, 앙헬 대공은 끝끝내 참석하지 않았더군요."

화두를 바꾼 1황녀는 입술을 깨물었다.

"대공은 중립이니 오지 않는 게 당연합니다."

"하지만 이번엔 내가 직접 초대장을 보냈습니다. 적어도 예의상 얼굴은 비춰 줄 줄 알았는데."

"전하, 어찌 아직도 대공을 마음에 두고 계십니까. 그는 믿을 수 없는 자입니다."

노공작이 충고했다.

"하지만 믿을 수 없을 만큼 강하죠."

1황녀가 시시 않고 내뱉었다.

"이 지지부진한 후계자 대결을 단숨에 뒤집을 수 있을 정도로."

"……."

앙헬 대공의 뒤에는 북부군이 있다. 척박한 땅에서 적들을 섬멸하는 살벌한 자들.

숫자는 적으나 명실상부 헬리오스 최강의 전력이었다. 로피진 같은 전투에 특화된 이종족 하나 없이 전부 순수한 인간들로만 구성되어 있는데도 그랬다.

그들이 아니었다면 헬리오스의 국토는 지금처럼 건재할 수 없었으리라. 황제가 그를 눈엣가시처럼 여기면서도 꼼짝할 수 없는 원인이 아닌가. 타국들이 헬리오스를 공격할 수 없는 가장 큰 이유가, 앙헬 대공군 때문이었으니까.

"대공이 내 뒤에 있다면 부황이 나를 아무리 멸시해도 상관없어요. 설사 레클란을 선택하신대도, 뒤집을 수 있으니까."

리에타 황후의 죽음 이후, 황궁은 세피니아에게 무정한 정글이었다. 피를 나눈 부친 역시 그녀에겐 안식처가 아니었다.

"전하, 거듭 말씀드렸듯."

노공작이 짧게 일갈했다.

"손에 쥐고 흔들 수 없는 자라면 황녀 전하의 밑에 들어올 수 없습니다."

'그리고 앙헬 대공은 전하께서 감당하실 수 있는 자가 아니구요.'

2황자 레클란이 이리라면 앙헬 대공은 사자였다.

'그것도 아주 많이 굶주린 놈이지.'

사자는 으레 가장 뒤떨어지는 자식을 무리에서 내쫓아 버린다고 한다. 생존 경쟁에서 도태될 것 같으면 가차 없이 떨구고 가는 것이다.

선황제 알렉산드르의 씨를 받았지만 비천한 천민의 몸에서 난 8황자 스카가드의 처지 역시 그와 다르지 않았다. 황실은 별 기대 없이 그를 사지로 내몰았다. 열두 살의 소년에게 기다리는 건 비참한 죽음뿐이었다.

그러나 스카가드는 살아남았다. 온전히 살아남은 것도 모자라, 단숨에 최상위 포식자로 군림했다. 그가 이끄는 사나운 북부군이 제국을 침공한 대륙 연합군을 몰아냈을 땐 모두 인정할 수밖에 없었다.

그들이 불모지로 스카가드 앙헬을 내몬 건 짐승의 목줄을 풀어 버린 일이었다는 걸.

'진작에 놈을 죽여 버렸어야 했는데……!'

황제가 땅을 치고 후회했으나 때는 늦었다. 이미 우리를 벗어나 버린 맹수를 다시 집어넣기란 불가능에 가까웠기에.

황실은 하는 수 없이 스카가드에게 앙헬이라는 새로운 성과 대공 위를 내렸다. 그를 헬리오스 황실의 일원으로 다시 들이지 않기 위한 한 수였다. 황제는 그 대가로 드넓은 북부를 대공령으로 내주어야 했다. 앙헬 대공은 언제 이를 드러냈냐는 듯 중립을 고수하며 다시 세간의 이목 사이로 사라졌다.

하지만 힐데가르드 공작은 잊지 않았다. 스카가드가 개선식을 핑계로 군사를 이끌고 수도에 들어서던 순간, 제 등을 타고 흐르던 소름을.

'저자가 고작 대공 위로 만족할 리 없다.'

지금이야 황제가 그의 고삐를 간신히 제어하고 있다지만, 그 이후는?

군주가 감당할 수 없는 신하에게 날개를 달아 주는 행위가 얼마나 위험한지, 그는 1황녀가 잊지 않길 바랐다.

"전하, 이 늙은이의 말을 귀담아들어 주소서. 제가 바라는 건 오직 전하의 영광뿐입니다."

"……."

1황녀는 아무 말도 하지 않았다. 그녀 역시 노공작의 의중을 모르지 않았다.

하지만.

'외조부께서는 내가 그를 제어할 그릇이 되지 못한다고 말씀하고 싶으신 것이지요?'

신중한 눈동자에 한 줌의 오기가 피어났다. 이내 패배감이 그 자리를 대신했다.

'스카가드 앙헬.'

1황녀 자신마저 감히 그 거대한 남자를 쥐락펴락할 수 있다고 생각할 수 없기에. 힐데가르드 노공작은 당연한 사실을 말한 것뿐이다.

그것이 쓰디쓴 진실일 뿐.

"……."

두 조손 사이에 잠시 어색한 침묵이 흘렀을 때 노공작이 다시 입을 열었다.

"전하께서 운용하실 수 있는 상대라면 콘체른이 더 나을 겁니다."

콘체른? 1황녀가 고개를 들었다.

"콘체른 백은 너무 나이가 많지 않…… 아아, 네이필리나 콘체른을 말씀하시는 거로군요."

1황녀는 곧 얼마 전 파티에서 만났던 말간 소녀를 떠올렸다. 담담한 얼굴로 마티어스를 당황시키던 소녀.

'그러나 그것뿐이었지.'

"그렇게 특별한 점은 보이지 않던데요."

"이번 일을 그 아이가 잡아낸 걸 알고 계십니까, 전하?"

"네. 하지만 고작 그것 하나만으로 내가 그 아이를 가까이 두어야 할 이유는 되지 못하지요."

담담한 목소리 속에 태생적인 오만함이 스며 있었다. 황제의 미움을 받고 있다고는 하나 세피니아, 그녀는 이 헬리오스 제국의 1황녀다. 차기 황제로 거론되는 후보인 만큼 그녀를 위해서 이 정도의 희생과 충성을 바치는 사람들은 모래알만큼 많았다.

"게다가 콘체른의 장남은 2황자의 뒷돈을 대어 주는 거로 알고 있는데……. 그 조카를 가까이 두라?"

불쾌한 기색이 곧은 아미에 서렸다. 세피니아는 네이필리나 콘체른에게서 시선을 떼지 못하던 제 사촌을 떠올렸다.

"마티어스 때문인가요? 선상 파티에서도 그 여자앨 내게 소개하지 못해서 안달이더니 이젠 아예 내 옆으로 밀어 달라, 외조부께도 부탁하더이까?"

"전하, 잘못 보셨습니다."

노공작이 고개를 저었다.

"그 아이, 이번 일의 대가로 힐데가르드 무역선이 제국으로 들여오는 동대륙산 목화의 1할을 요구했습니다."

"……."

힐데가르드가 제국으로 들여오는 목화의 1할. 규모 자체는 클지 몰라도, 힐데가르드를 기사회생시킨 값치고는 그리 엄청난 대가는 아니다.

"그게 어쨌단 거죠?"

가문이 거대 상단을 하고 있으니 목화가 필요한 데가 있어 요구하지 않았겠나? 1황녀는 대수롭지 않게 물었다.

"무슨 뜻인지 모르시겠습니까?"

노공작이 인내심 있게 설명했다.

"전하, 이건 네이필리나, 그 아이가 선을 그은 겁니다."

선?

"콘체른은 군중이 알고 있는 상인의 입장을 고수하겠다는 거지요. 여기서 더 나가면 콘체른이 1황녀 전하를 지지한다는 인상을 줄 테니까요."

1황녀가 멈칫했다.

"명석한 아이입니다. 동시에 신중하기도 하지요."

"그러니까 지금."

고운 눈매가 살짝 찌푸려졌다.

"그 어린 아가씨가 지금 감히 나와 레클란을 두고 저울질하고 있다는 겁니까?"

"군주가 신하를 선택하듯 그 반대도 가능함을 전하께선 모르지 않으실 겁니다."

"하."

"배포도, 책략도, 앞을 내다보는 눈도 뛰어납니다. 솔직히 고백하건대, 그 아이가 아니었다면 우리는 꽤나…… 곤란해졌을 겁니다."

"……."

"지금의 전하께 필요한 인재지요. 그러니……."

노공작이 진중하게 충고했다.

"그 아이의 마음을 얻으소서."

1황녀는 대답 없이 생각에 잠겼다.

* * *

"이게 대체 어떻게 된 일이냐. 힐데가르드가 네게 은혜를 입었다는 말은 뭐고, 보낸다는 목화는 또 뭐야?"

맥밀란의 손에 서신이 들려 있었다. 청보라색의 장식이 그려진 걸 보니 힐데가르드에서 온 것이다.

"설마 그 습격 사건…… 네이필리나 너와 관련된 건 아니겠지?"

'과연 맥밀란 콘체른이네.'

맥밀란에겐 제가 힐데가르드의 유품을 찾아 주었다는 것과 그 대가로 선상 파티에 초대되었다는 것만 말했다. 하지만 전설의 장사꾼이라 불리었던 그의 직감은 사실 관계만으로 추측하여 단숨에 진실까지 다다랐다.

"제대로 얘기하거라. 어물쩍 넘어갈 생각 따윈 없으니."

엄중한 목소리가 그녀를 꾸중하듯 흘러나왔다. 그 자존심 강한 기디언마저 한 수 접고 들어가는 이가 부친이자 가주인 맥밀란이었다. 이 콘체른 저택의 일원들은 그의 말 한마디에 몸을 떨고, 어깨를 움츠리며 한 걸음 한 걸음을 조심스럽게 내딛곤 했다.

그러나 네이필리나만큼은, 가주의 노성에도 눈 하나 깜짝하지 않았다. 그녀는 되레 차분한 목소리로 덧붙였다.

"네. 사건을 해결하는 데 제가 도움을 주었어요."

결정적인.

……이라고까진 말하지 않았다.

"맙소사. 어찌 그런 아둔한 짓을……."

하지만 맥밀란은 듣지 않아도 그 경중을 짐작할 수 있었다. 어중간한 도움이었다면 힐데가르드 노공작이 서신에서 '은혜를 입었다'라고까지 말하지 않았을 테니까.

"네이 너를 믿고 있었건만 나를 이렇게 실망시키다니. 이번 일로 황실이 발칵 뒤집힌 걸 알고도 하는 소리냐?"

맥밀란의 목소리가 대번에 높아졌다.

"다른 이들도 아니고 힐데가르드와 마르쉐다. 제국의 다음 후계가 이들의 손에 달려 있어!"

쿵!

주름진 손이 원탁을 세게 내리쳤다.

1황녀파의 수장 힐데가르드와 2황자파의 수장인 마르쉐. 제국을 양분하는 두 세력이다.

어느 하나를 택하기엔 둘 다 너무도 거물이었다.

"고위 귀족들의 싸움에 괜히 끼었다가 등이 터져 나가는 건 우리야! 마르쉐의 등에 칼을 꽂고 그 분노가 어니토 될시 생각도 하지 못했던 거냐?"

"가주님, 진정하시지요."

분위기가 지나치게 고조되자 바터가 황급히 그를 만류했다. 노기를 띤 맥밀란의 턱이 푸들푸들 떨렸다.

'내가…… 잘못 보았구나. 명석한 아이라고 생각했건만, 쓸데없는 호승심이 강한 것뿐이었어.'

그래서 더 뼈아팠다. 어쩌면, 처음으로 제 핏줄 중에서 흡족함을 느꼈던 아이라서.

"너무 화를 내시면 몸이 상하셔요, 할아버지."

네이필리나가 차분하게 눈앞에 놓인 물잔을 맥밀란 쪽으로 밀었다. 맥밀란이 발끈해서 자리에서 일어나려는 걸, 바터가 토닥였다.

"날 걱정하는 놈이 이 사달을 만들어?"

"할아버지. 콘체른이 언제까지 중립을 지킬 수 있다고 생각하세요?"

"네이필리나, 네가 아직도!"

"아니, 그들이 언제까지 콘체른을 중립으로 내버려 둘 거로 생각하세요?"

멈칫.

"이미 2황자는 우리를 가신으로 생각하고 있을 거예요. 그 이유는, 할아버지께서 더 잘 아시겠죠."

2황자에게 자금을 대고 있는 기디언을 가리키는 말이었다.

"그 돈은 가주인 내가 보낸 게 아니다. 내가 움직이지 않는 한, 콘체른은 영원한 중립이야."

"세상 사람들도, 아니, 그들도 그렇게 생각할까요?"

"……."

네이필리나가 한숨을 내쉬었다.

"할아버지, 콘체른은 누가 봐도 맛있는 고깃덩이예요. 주인도 없는데, 크기는 큼직하고 육즙이 가득하죠."

"……."

"이럴 땐 포크를 한 사람에게만 들려 줘선 안 돼요."

"……양쪽에 다 들려 줘야 한단 말이냐?"

"그래야 서로 호시탐탐 기회를 노리겠죠. 혼자서 달려들어 고기를 죄다 찢어발기는 게 아니라요."

2황자파의 아래로 들어가면, 콘체른은 그들의 마르지 않는 지갑이 될 것이다. 이미 지금도 기디언 때문에 1할쯤은 그러고 있고.

'반쪽짜리 귀족 따위, 우리 무리에 끼워 준 것만으로도 감사해야지.'

평민 출신 졸부의 돈을 가져와 쓰는 데 눈치 볼 필요도, 다른 가신들보다 대우할 필요도 없다. 하지만 만약 그 반대쪽에 힐데가르드가 있다면 이야기가 달라진다.

"그들이 콘체른을 노릴 때 움직였다간 너무 늦어 버려요. 위험하기도 하고요."

"너……."

"외부에선 기디언 백부가 마르쉐의 곁에 있는 것처럼 보이죠. 그러니 누군가 반대급부로 힐데가르드의 친분을 만들어 내야만 했어요."

"그 누군가…… 너라는 말이냐?"

"다른 분을 찾을 수 있었다면 그렇게 했을 거예요."

하지만 찾지 못했다는 뜻이다. 그래, 콘체른의 그 누구도 힐데가르드 공작가를 상대로 이 아이보다 의연할 순 없겠지. 심지어 맥밀란 저조차도 말이다.

"그리고 할아버지가 걱정하실 일은 없을 거예요. 마르쉐 후작은 유람선 사건을 훼방 놓은 게 저라는 걸 알아내지 못할 테니까."

네이필리나가 서신을 턱짓했다.

"힐데가르드만 알고 있죠."

"그럼 공작가에서 목화를 보낸 이유가⋯⋯."

"네. 노공작께서 원하는 걸 말씀하라시기에, 목화를 보내 달라 말씀드렸어요."

힐데가르드와 콘체른이 주고받을 건 딱 거기까지라는 거다.

"오직 상인으로서 그 둘을 상대해야 콘체른이 안전할 수 있으니까요."

상인은 언제든지 좋은 가격을, 좀 더 나은 질을 제시하는 상대와 거래한다. 어느 한쪽으로 완전히 스며든 것도, 그렇다고 밀어내는 것도 아니다. 어중간한, 누가 보면 박쥐라고도 할 수 있을 만한 비겁한 행위가 용인받을 수 있는 직업은 오직 단 하나, 상인이다.

가격. 비교. 경쟁.

그 자체가 수천 년간 상인들이 생존해 온 정수이기에.

"⋯⋯."

맥밀란은 말문을 잃었다.

'고작⋯⋯ 고작 열여덟 살이야. 그런데 어찌 저럴 수 있을까.'

세상의 풍파를 겪지도 못한 저 조그만 머리통에 어찌 이런 기지가 켜켜이 숨어 있단 말인가. 맥밀란이 마른 얼굴을 쓸어내렸다.

"네게 주었던 골드가 어디에 쓰였는지 알겠구나."

'배를 사서 후원하는 것 역시, 이 아이의 계획이었겠지.'

저를 찾아낼 수 없을 거라고 네이필리나가 자신한 이유가 있었다. 마르쉐 후작의 추적대는 지금쯤 항구를 떠난 배들을 좇아 중간 대륙의 온갖 해안가를 정신없이 뒤지고 있을 테니까.

네이필리나가 고개를 끄덕였다. 할 말은 다 했으니 이제 처분을 기다리고 있다는 듯 차분히 눈을 내리깔았다.

"⋯⋯이걸 겁이 없다 해야 할지, 대범하다 해야 할지⋯⋯."

그 모습마저도 제 행동을 후회하지 않는다는 담담한 자신감이 흘러났다. 어처구니가 없었다.

"목화는, 네가 얻어 낸 것이니 네 마음대로 해 보아라. 나는 이 일에서 손을 떼겠다."

"할아버지."

"하지만."

맥밀란의 냉랭한, 그러나 이성적인 목소리가 울려 퍼졌다.

"네 말대로 콘체른은 상인이다. 네이필리나 너 역시 다르지 않지."

그는 몸을 돌려 주름진 손으로 서랍을 뒤졌다. 세월 때문인지, 서랍을 여닫는 속도가 느렸다.

'가주님.'

바터가 도와주려는 듯 다가오려 했지만, 맥밀란은 단호히 고개를 내저었다.

턱. 이윽고 탁자 위로 무거운 주머니가 얹어졌다.

"지난번에 네게 주었던 것과 같은 숫자다. 다만 골드가 아니라 헥시온이지."

헥시온 금화가 가득 담겨 있는 주머니. 1헥시온은 100골드다.

주머니에 담겨 있는 건 작은 영지를 살 수 있을 정도의 엄청난 금액이었다.

"가문을 위해서라 했지. 그렇다면 역시 내가 지불하는 게 옳다."

네이필리나 네가 행했던 일과 앞으로 네가 행할 일 모두 말이야.

"여러 번 세탁한 자금이니 어디에 써도 추적당하지 않는다. 필요한 곳에 쓰거라."

"……."

네이필리나에게 준 돈의 온전한 운용권을 넘겨주는 발언이었다. 기디언이나 다른 자식들이 들었다면 눈을 까뒤집고 넘어갔을 만큼의 의미였다.

네이필리나는 주먹을 꽉 쥐었다. 부동을 자랑하던 그녀의 감정이 흔들리는 순간이었다.

'100헥시온……'

전생에 섭정공이 스테프니 길드에 내걸었던 의뢰비 5천 골드의 두 배다.

이 조그만 주머니에 담겨 있는 것보다 적은 돈 때문에 제 모든 형제가 처참하게 농락당하고, 몰살당했다.

"……받을 수 없어요."

아니, 받지 않을 거다. 맥밀란을 응시하는 그녀의 눈이 무겁게 아래로 침전했다.

제멋대로 일을 벌인 손녀딸의 등에 맥밀란은 되레 날개를 달아 주려 한다. 애정이라면 애정이고, 호의라면 호의였다.

하지만.

'내가 지금 하는 모든 행동은 당신의 아들을 부수기 위해서야.'

만약 그가 내어 준 이 상냥한 마음 한 조각이 궁극적으로 제 아들을 무너뜨리게 하는 원천이 됐다는 걸 알게 된다면, 이 노인은 버틸 수 있을까.

그건 맥밀란 콘체른을 기만하는 짓이다. 스윽. 네이필리나가 주머니를 조부 쪽으로 밀어 냈다.

"모든 건 제힘으로 할 거예요. 그러니 받지 않겠어요."

그는, 아니 이 가문은, 그저 지금처럼 이 자리에 있어 주기만 하면 된다.

네이필리나가 기디언을 진창으로 끌어내릴 때까지.

* * *

"……가주님."

네이필리나가 나간 후에도 맥밀란은 한동안 말이 없었다. 바터는 그의 침묵을 이해했다.

조금 전 이 방에 있던 소녀가 풀어놓은 엄청난 진실을 들었던 저 역시, 아직까지 소름이 식지 않았으니까.

"어쩌면…… 바터."

맥밀란은 거절당한 주머니를 내려다보았다.

그는 평생 인간의 욕망을 가장 가까이서, 빈번하게 봐 온 사람이었다. 그래서 놓치지 않았다. 헥시온이 가득 담긴 주머니에 잠시 머물던 손녀딸의 눈을.

'받을 수 없어요.'

하지만 그 초록빛 눈은 이내 다시 곧게 저를 향했지.

욕망을 삼켜 낼 수 있는 아이였다. 눈앞에 놓인 황금을 밀어 두고 제가 가려는 길을 나설 수 있는 아이였다.

"있잖나, 네이필리나가 우리를 위해 힐데가르드를 끌어들인 거라 했을 때, 말이야."

"예, 가주님."

"나도 모르게 화가 풀려 버리고 말았어."

마음 한구석이 흡족해지더라고. 내가 죽더라도, 이 집안을 일으켜 세울 이 하나는 남아 있겠구나 싶어서 말일세.

"……가주님."

"사실, 걱정이 많았었다네. 세상을 상대하기엔 헨리는 지나치게 바르고 제시안느는 자존심만 강해서 앞을 내다보지 못하지. 볼락, 그놈이야 뭐 제시안느의 성만 바꾼 거고. 그리고 기디언은……."

"……."

"가진 욕심에 비해 너무 유약해. 모든 게 준비되어 있는 상태에서만 움직이지, 그놈은."

그놈은 실패가 두려운 거야. 기디언이 2황자의 손을 잡은 것도 그래서일 거다. 지금 황제가 가장 아끼는 자식은 명실상부 2황자니까.

2황자의 낭비벽을 잘 알면서도 잠자코 아낌없는 물주가 되어 주는 방식으로 기디언은 단숨에 황자의 신임을 샀다. 덕분에 마르쉐 후작을 비롯한 2황자파의 가신들의 빈축을 사긴 했지만 상관없다.

'기디언 그놈에게는 좋은 일이지. 황자가 황위에 오르고 나면, 그에게 보답할 테니까.'

하지만 손실을 따져 보자면 콘체른 전체에겐 득보단 실이 많을 것이다. 흘러 나가는 건 콘체른 백작가의 황금이나, 영광은 기디언 개인에게만 쥐어질 테니까.

그런데 네이필리나가 그 양상을 바꿨다. 그 아이가 힐데가르드를 비공식적으로 오감으로서 기디언의 행동 역시 그 개인이 아니라 '콘체른 백작가' 자체의 움직임으로 만들어 버렸다.

백작가가 전략적으로 양 세력 사이를 동등하게 오가고 있다는 인상을 주면서.

'잠깐, 설마 네이필리나가 그걸 노리고 움직인 건가⋯⋯?'

맥밀란의 입이 작게 벌어졌다. 그가 바람이 빠지는 듯한 웃음을 지으며 고개를 절레절레 저었다.

"가주님?"

"어쩌면 네이필리나 그 애는⋯⋯."

"⋯⋯."

"그 애는 내 역량을 넘어서는 아이인지도 모르겠군."

내가, 이 맥밀란 콘체른이 감당할 수 있을 것 같지가 않아.

낮게 읊조리는 목소리가 공기를 맴돌았다. 저런 번뜩이는 기지를 여태까지 어떻게 숨겨 두고 있었을까. 사랑의 배신이 손녀딸을 각성시키기라도 한 걸까.

모르겠다. 하지만 맥밀란은 제가 해야 할 일은 분명히 알았다.

이 아이를 자유롭게 풀어 두는 것. 이제 막 싹이 나려는 저 작은 날개를 광활한 하늘에 펼쳐 보일 수 있게 지켜봐 주는 것. 적어도 제가 건재할 때까지는 말이다.

"바터."

"예, 가주님."

"내 부탁 하나 함세."

"무엇이든 하명하시지요. 최선을 다해 따르겠습니다."

"네이필리나…… 저 아이를 지켜 주게나. 혹 내가…… 더 이상 저 아이가 가는 길을 지켜봐 줄 수 없을 때가 온다면 말이야."

"무슨 약한 말씀이십니까. 아가씨가 결혼을 하고 아이를 낳아 행복한 가정을 꾸릴 때까지 가주님께서 다 지켜봐 주셔야지요."

"……자네도 알고 있겠지만 내 자식들은 욕심이 많아. 탐욕도 강하지. 특히……."

맥밀란은 말을 끝맺지 않았다. 그러나 바터는 그가 누구를 암시했는지 알 수 있었다.

"네이는 영특한 아이니 제 재능을 드러내고 다니진 않을 거야. 아까 순순히 사실을 인정한 것도, 내가 가주라서겠지."

"……."

"제 살길은 알아서 찾으리라 생각하지만, 그래도 만약 누군가 저 애의 날개를 꺾으려 한다면."

"……."

"자네가 네이필리나를 도와주게."

그의 음성은 조금 피로하게 들렸다. 오랫동안 무거운 짐을 지고 나른 노새처럼 축 처진 어깨에서 그의 세월이 느껴졌다.

"예, 가주님. 그러겠습니다."

바터는 조용히 고개를 끄덕였다.

* * *

어느덧 시간이 흘러 로피진들을 데리고 갔던 바카디가 돌아왔다.

"은인님이 맡기신 짐은 전부 문제없이 잘 도착했어. 추적도 전부 따돌렸고."

"나머지 로피진들은?"

"분부대로 인근 돌산 지대로 데려다 놨지. 아예 셸터처럼 만들어 놨던걸?"

바카디는 후안의 돌산 사이사이에 자리하던 동굴을 지적했다.

"후안 앞바다로 군대가 쳐들어오지 않는 한 그들을 발견하긴 꽤 어려울 거야."

로피진들을 실어 나른 상인 소로스 역시 더 묻지 않고 곧바로 동대륙으로 출발했다고 한다.

"무슨 일인 건지 물어볼 만도 한데 사정을 짐작한 건지 입을 꼭 다물더군. 소로스가 동대륙에서 돌아오면 다시 은인님을 찾아오겠다고 했어."

보기 드물게 괜찮은 상인이라 좀 더 지켜봐도 좋을 것 같다고 바카디는 말했다. 그러나 나는 심드렁했다.

"그건 두고 봐야 할 일이죠. 소로스에게 미행은 붙였어요?"

곤경에서 구해 주었다고 그가 영원히 입을 다물 거라고 생각하지 않는다. 인간은 과거를 금세 잊어버리기 마련이니까.

"그래. 소로스가 마르쉐 쪽과 접촉하는 게 보이면 처리할 거야. 맙소사, 은인님. 네르갈의 마법을 걸어 놓고도 안심하지 못하는 거야?"

바카디가 투덜거렸다. 길드에 평생을 몸담았건만 나처럼 철두철미한 의뢰인은 처음 본단다.

"글쎄요. 안심의 문제가 아닌 거 같은데."

차라리 믿음의 문제에 가깝지. 그리고 나는 사람에게 있어 그 믿음이 얼마나 얄팍해질 수 있는지 알고 있다.

"있잖아, 가만히 보면 은인님은 인간 자체를 불신하는 것 같아."

바카디가 물끄러미 나를 내려다보며 턱을 긁었다.

"그런데 또 불쌍한 사람은 덥석덥석 잘 도와준단 말이지? 성격 되게 모순적인 거 알아?"

"보고할 건 그게 단가요?"

먹이 자체를 주지 않기로 한 걸 알아차렸는지 바카디가 피식 웃었다.

"그럴 리가."

해가 쨍쨍한 후안의 햇살에 그을린 그의 피부는 전보다 더 구릿빛을 띠었다. 미소 사이 하얀 이가 싱그럽게 드러났다. 칼자국을 감안해도 눈길을 끌 수밖에 없는 외모였다.

"좋아 보이네요. 때깔이 아주 반질반질한 걸요."

"은인님 때문에 남부 해안까지 가서 뺑뺑 돌아다닌 사람한테 할 말이야, 그게?"

시꺼먼 얼굴에 배신감이 어렸다.

"그래서 의뢰비 많이 줬잖아. 그렇게 받아먹고, 양심이 좀 없는 거 아닌가요?"

내가 지적했다. 어려운 일이었던 만큼 길드를 하나 새로 만들 수 있을 정도의 큰 액수였으니까.

"그래서 말인데, 은인님⋯⋯."

마침 원하던 대화의 물꼬를 틔워 주었다는 듯 훤칠한 미남의 안색이 밝아졌다.

"매번 이렇게 우리한테 의뢰하는 것도 귀찮잖아. 의뢰비도 한두 푼이 아니고."

손바닥을 슥슥 비비며 바카디가 슬며시 나를 살폈다.

"지금 내 돈 걱정을 해 주는 거예요? 나 콘체른인데?"

조금은 순수하게 놀랐던 거 같다. 헬리오스 제국에 어디 콘체른의 돈 걱정을 해 주는 사람이 있나 싶어서. 울컥하는지 바카디의 이마에 작게 주름이 졌다.

"아니, 부자는 뭐 돈 안 아껴도 된대? 은인님, 그거 폭삭 망하기 딱 좋은 생각이야. 그리고 콘체른을 걱정하는 게 아니라! 내가 걱정하는 건……!"

분통을 삭히려는 듯 그가 가슴을 쿵쿵 쳤다.

"하려던 말이나 계속 해 봐요"

"……하아. 그러니깐 말이지."

입술이 댓 발 튀어나와 있던 건 어디 가고, 바카디가 목소리를 가다듬었다.

"흠…… 내가 하고 싶은 말은…… 흠, 있잖아."

뭘 말하려고 이렇게 뜸을 들일까.

"이참에 차라리 우리 길드, 은인님이 사는 건 어때?"

"뭐?"

나는 고개를 들었다. 얼굴에 어린 당혹스러움을 미처 감추지 못한 채.

"그렇게 놀랄 일이야? 우리 스테프니가 그 정도로 허접하진 않거든?"

바카디가 2차로 울컥했다.

"아니, 그 말이 아니라…… 길드를 내게 판다니. 말이 안 되잖아요. 도박이라도 했어? 내가 지불한 의뢰비만 해도 꾸려 나가기 부족하진 않을 텐데."

"도박이라니…… 날 뭘로 보고……! 그리고 말이 왜 안 돼? 나도 그렇게 스테프니……."

바카디의 눈은 진지했다. 장난이나 떠보는 게 아니었다. 정말 내게 길드를 넘기겠다고? 다른 사람도 아닌 보스, 당신이?

나는 자세를 바로 했다.

"어째서?"

"……이유를 이미 알고 있지 않아?"

바카디가 이해할 수 없다는 표정을 지었다.

"보…… 아니, 바카디. 당신 꿈이 스테프니 길드를 제국에서 제일가는 정보상으로 키워 내는 게 아니었어요?"

이렇게 한 사람에게 귀속된 영세 길드가 아니라.

"스테프니라는 이름만으로 최고 의뢰비가 보장되는 명성을 원했잖아요."

"그건 옛날에…… 아니, 근데 은인님이 내 꿈을 어떻게 알지?"

'전생에 당신 부하였으니까, 알지. 허구한 날 외치고 다녔잖아.'

나는 속엣말을 삼키고 시치미를 뗐다.

"그게 중요한 게 아니지. 내 말이 틀렸어?"

"글쎄…… 생각이 좀 바뀌었다고나 할까."

바카디가 머리를 긁적였다.

"내 힘으론 거기까지 올라가는 게 힘들 거 같아. 근데 은인님이라면……
가능할 것도 같단 말이지."

"……"

그가 슬쩍 네이필리나의 반응을 살폈다.

"어떻게 생각해?"

"……"

초롱초롱한 눈망울에 네이필리나는 할 말을 찾지 못했다.

"가격은 애들 인건비만 쳐서 양심적으로 부를 테니까, 고민 그만하고 받
아 줘."

아니, 이제부턴 보스가 되겠네, 하고 중얼거리며 바카디가 무릎을 꿇었
다. 건들거리는 말투와 달리 주인에게 하듯 공손히 내밀어진 손과 함께.

"참고로 이 무릎, 아무한테나 꿇는 무릎 아니야. 은인님이니까, 내 보스
가 될 분이니까 이 바카디가 이렇게까지 하는 거지."

"……"

"은인님? 내 말 듣고 있는 거야?"

"……위험해질 수도 있어요."

내가 낮게 경고했다.

"길느가 내 것이 되면 앞으로 내가 시키는 일을 당신이 거부할 수 없다

는 소리예요. 알아들어요?"

"그걸 모르고 길드를 통째로 은인님한테 내미는 거겠어?"

은인님을 만난 후 내 삶이 얼마나 파란만장해졌는지 알아? 배신한 부하한테 칼 맞아 죽을 뻔하질 않나, 흑마법사와 싸우질 않나…….

"밀수한 로피진 노예들을 몰래 탈출시키질 않나……. 어휴……."

그가 너스레를 떨었다.

"말했잖아. 나는 은인님한테 베팅하기로 했다고. 이건 판돈을 좀 더 키우는 거랄까."

바카디가 씨익 웃으며 손을 내밀었다.

"……."

그 손을 보는데, 한 가지 상상이 내 머리를 스쳐 지나갔다.

'이 복수가, 모든 게 끝나고 나면.'

어쩌면 나는 다시 이들과 살아갈 수 있지 않을까.

'말도 안 되는 꿈을 꾸고 있어…….'

전생을 기억하고 있는 건 오직 나뿐이다. 그러니 이 은원의 해갈도 오직 나 하나로 끝날 것이다. 끝나야만 했다.

하지만 형제들의 거리로 다시 돌아가는 상상을 하는 것만이라도 조금 편안한 마음이 들었다. 내게 여전히 돌아갈 곳이 있다는 것 같아서.

"좋아요."

투박한 손 위에 손을 얹었다. 바카디가 빙그레 미소 지었다.

"좋은 판단이야, 보스."

* * *

"인건비만 쳐서 부르겠다더니, 정말 너무 양심적으로 불렀네?"

바카디가 제시한 가격은 100골드. 지난번 로피진 탈출 의뢰 때 내가 지불한 금액보다 작았다.

"바카디, 왜 이렇게 몸을 사린 거야?"

스테프니 길드를 인수한 시점부터 나는 더는 바카디에게 존대하지 않았다.

그를 무시하거나 존중하지 않아서는 아니었다. 내가 길드의 주인이 됐고, 바카디를 포함한 스테프니의 정보원들이 내 수하가 된 이상, 그전의 수평 관계는 더 이상 유지할 수 없었을 뿐이다.

'아무리 저들이 내 전생의 형제들이었다지만, 여긴 얕보이면 단숨에 잡아먹히는 곳이지.'

"그야, 비싸면 보스가 사려 하지 않을 테니……. 아니, 걱정한 건 아니고, 우리 애들 몸값은 충분히 계산했어. 대신 내 연봉을 더하지 않았을 뿐이지."

길드 규모가 아직 작아서 그런 거라며 인당 인건비는 높게 쳤다고 그가 입술을 삐죽였다.

하지만 어쩐지 내 금전적인 부담을 덜어 주려고 대는 핑계인 것 같아서 나는 잠시 멈칫했다. 목걸이에 로피진 노예들, 그리고 상인들의 배를 사면서 최근 큼지막한 지출이 꽤 많았다.

그리고 바카디는 그걸 전부 옆에서 지켜봤었지.

"500골드."

"무슨 소리야. 내가 적은 거 못 봤어?"

"500골드. 그렇지 않으면 인수 안 해."

바카디가 당혹스럽다는 듯 턱을 쓸었다.

"은인님, 돈지랄도 지랄이야. 나 지금 당신을 보스로 모셔도 되나 하는 의심이 들었어."

"홀랑 다 먹으라고 주는 돈 아니야. 정보원들이랑 정보 입수 루트를 제대로 다시 징비하라고 주는 돈이기도 해."

정보상의 생명은 단연 정보를 알아 오는 루트다. 때때론 돈을 주고 사오기도 하고, 평소 곳곳에 심어 놓는 정보원들에게서 얻기도 한다. 그런 루트가 얼마나 많이, 깊게 뻗어져 나가 있는가에 따라 정보상의 수준이 갈린다.

"애들도 훈련시키고. 내가 맡은 이상 허투루 꼬리 잡힐 일이 있어선 안 돼."

누구에게도.

"잡히면 나한테 먼저 죽을 줄 알아."

"……역시, 보스한테 베팅하기 잘했어."

조용히 읊조리자 바카디의 얼굴이 밝아졌다.

"정보 입수 루트니 훈련이니, 도대체 그런 건 어떻게 알고 있는 거야?"

빡빡하게 구니 고까워해야 하건만 되레 안심하는 표정이다. 그가 붉은 도장을 쾅 찍었다.

명실상부 스테프니 길드가 내 손에 들어오는 시점이었다.

"잘 부탁해, 보…… 아니. 잘 부탁드립니다, 보스."

바카디가 내 앞에 무릎을 꿇고 손을 가슴에 얹었다. 마치 충성 맹세라도 하는 신하처럼.

"이제 스테프니 길드의 운명은 당신 손에 달렸어요."

그가 누군가에게 경어를 쓰는 건 처음 봤다. 그리고 그 누군가가 나라는 것도 아직은 낯설기만 했다.

"평소처럼 하던 대로 해."

"그럴 수는 없지요. 보스가 알다시피 우리 길드가 위계질서가 좀 세거든요."

그가 눈을 찡긋했다. 잘생긴 눈매에 얼핏 장난기가 담겼다.

"아, 그건 그렇고 보스가 말한 그 후안의 버려진 돌산 말입니다."

바카디가 주머니를 뒤적거리더니 하얀 돌멩이를 주르륵 쏟아 냈다. 날카롭게 잘린 돌멩이의 한쪽 면이 반질거리며 빛났다.

"명반 맞지요, 이거?"

"……."

"광산인 거 같던데."

바카디 역시 눈을 반짝 빛냈다.

"이게 로피진들을 후안으로 보낸 이유지요? 광산의 광부로 넣는다면 누구도 쉬이 발견하진 못할 테니까."

"눈이 좋네. 이거 원석이라 레기움 공화국 사람이 아니면 알아보기 힘든데."

"첫 양부모가 레기움 출신이었거든요. 나중에 파양당하긴 했지만."

그가 어깨를 으쓱했다. 바카디가 제 개인사를 먼저 꺼내는 건 처음이었다. 하지만 뭐, 스테프니 거리 출신치고 사연 없는 사람 찾긴 힘드니까. 파양이라면 어쨌든 어딘가 입양은 갔단 소리다. 나는 평생 구빈원에 박혀 있었는데.

"이것 봐. 이 얘기 꺼내면 보통 사람은 내 눈치를 살피는데, 보스는 정작 이런 쪽은 영 무심하단 말이지. 도무지 종잡을 수가 없어."

내 영혼 없는 끄덕임에 바카디가 고개를 절레절레 내저었다.

"헬리오스에도 명반 광산이 있다는 게 알려지면 레기움 공화국이 아주 뒤집어지겠군요."

"……."

"그럼 이제 본격적으로 명반 사업에 뛰어드시는 겁니까?"

"아직."

아직은 때가 아니다. 나는 고개를 저었다.

"아직이라뇨?"

"우린 명반에 대한 독점권이 없잖아."

독점권. 그게 있어야 이 좁고 거대한 시장을 단숨에 쥘 수 있다.

"내 손아귀가 풀리지 않으면 한숨조차 쉬이 나갈 수 없을 때, 움직일 거야."

"어찌할…… 생각이시기에? 귀족들에게 연줄을 대어 보시려고요? 힐데 가르드 공작가를 생각하고 계십니까?"

나는 고개를 저었다.

"아니, 그보다 좀 더 강력해야 해. 누구도 부정하기 힘든 권위가 필요하 거든."

"힐데가르드보다 권위가 높은 자가 제국에 얼마나 있겠습니까?"

헬리오스 황실 정도가 아니면…… 하고 중얼거리던 바카디가 한숨을 내 쉬었다.

"대체 누굴 생각하고 계신…… 하아, 이번에도 말 안 해 주실 거죠?"

알면서.

나는 눈을 찡긋했다.

Ch 5. 드위브 볼더

콘체른 저택.

오랜만에 바터가 찾아왔다.

"막내 아가씨, 목화는 어떻게 하실 요량이십니까."

힐데가르드에서 내게 보내 준 1할의 목화를 어떻게 처리할지 물어보기 위해서였다.

현재 산더미처럼 쌓인 목화는 콘체른 상단의 자재 창고에 보관되고 있었다.

"다음 달에 힐데가르드에서 또 목화가 들어온다지요? 아직까지는 상단의 창고로 감당할 수 있지만 곧 대책을 찾으셔야 할 겁니다."

매달 창고 보관비로 10실버씩 나가는 비용을 제외하고도 목화 자체의 관리 비용도 생각해야 한다며 바터가 짚어 주었다.

"저 목화들로 무엇을 하실 생각이십니까?"

"이제부터 만들어 내야죠."

"아가씨의 계획을 여쭤도 되겠습니까? 미약하나마 힘이 되고 싶습니다."

나는 고개를 들었다. 눈이 마주치자 바터가 미소를 지었다. 나를 바라보는 눈빛은 귀여운 조카를 보는 양 따뜻했다.

하지만 나는 그가 여전히 이 가문을 여기까지 끌어올린 가장 뛰어난 조력자라는 사실을 잊지 않았다.

인정에 한없이 이끌리는 무른 인간이었다면 맥밀란 콘체른이 곁에 둘 리 없겠지.

"바터 아저씨. 할아버지가, 제가 뭘 하는지 알아 오라 하시던가요?"

맥밀란의 돈을 거절한 이후 내 첫 행보다. 분명 그는 내가 이 목화로 뭘 하려는지 궁금해할 테지.

정곡을 찔린 바터가 멈칫하더니 쓰게 웃었다.

"아니요. 그것과는 조금 다른 명령을 내리셨습니다만, 지금 아가씨께 말씀드릴 순 없을 것 같군요."

그렇게 말하면 오히려 이쪽이 궁금해지는데.

'맥밀란이 날 경계하고 있나?'

기억을 되살려 봤다. 가주의 앞에서 나름 착한 손녀딸로 있으려고 했는데, 실패한 걸까?

"괜찮아요."

"이미 어디 가실지는 정해 두신 듯한데, 외출하실 겁니까?"

자리에서 일어나려는 내게 바터가 물었다.

'경계도 풀 겸, 행선지를 미리 밝혀 두는 게 좋겠어.'

이번엔 카란툴라 같은 불법 경매장이 아니라 합법적인 곳에 갈 거니까.

"대장장이 길드에 가 보려고 해요."

"대장장이 길드요? 거긴 왜……."

바터의 눈살이 잠깐 걱정스레 찌푸려졌다. 어린 귀족 영애가 갈 만한 곳은 아니라고 생각하는 듯했다.

"인력이 하나 필요해서요."

"아가씨가 그리 말씀하시는 걸 보니, 단순한 시녀나 하인이 필요하신 것 같진 않군요."

어쨌든 나를 막을 생각까진 없는지 그가 고개를 끄덕였다.

"……그렇다면 콘체른 기사단에서 호위를 데려가시지요."

괜찮다고 말하려는데 바터가 미리 눈치채고 빙그레 웃었다.

"거추장스러우시다면 거부하셔도 괜찮습니다. 하지만 가주님께서 아가씨가 호위 하나 없이 수도를 돌아다니신다는 얘기를 들으시면, 이번엔 아예 아가씨의 전용 호위 기사를 새로 들이려 하시지 않겠습니까?"

요즘 가주님께서 아가씨의 신변을 꽤나 걱정하시는 터라.

"이미 눈치채셨겠지만요."

그러면서 바터는 슬쩍 3별관의 경비들을 훑었다.

'요즘 들어 경비 태세가 좀 더 촘촘해졌다 생각했는데, 맥밀란의 명령 때문이었나?'

"……콘체른 기사단의 기사들 중에 아가씨가 원하시는 이로 고르시지요. 하루 호위로는 나쁘지 않을 겁니다."

'기사가 붙어 봤자 거추장스럽기만 한데.'

내 몸 하나는 내가 안전하게 지킬 수 있다는 말은 씨알도 먹히지 않을 듯했다. 콘체른가의 막내딸 전생이 살수였다는 걸 누가 믿을 수 있겠나.

'아예 계속 호위가 붙는 것보다는 이쪽이 낫지.'

나는 빠르게 포기했다.

"네, 그편이 안전하다면 그렇게 할게요."

착한 아이처럼 순순히 고개를 끄덕였다.

"잘 생각하셨습니다. 가주님께서도 안심하실 겁니다. 그렇다면 지금 바로 기사단으로 모시지요."

그가 빙그레 웃었다.

"뭐? 호위가 필요하다고?"

가는 길에 둘째 큰아버지인 볼락과 마주쳤다.

"너 또 어딜 돌아다니려고 그러는 게냐?"

그는 한창 땀을 흘리며 권투 연습을 하던 중이었다.

"애먼 기사는 데리고 가서 뭐 하려고? 너 하나 때문에 기사단 훈련을 엉망으로 만들라는 거냐?"

그는 내 호위를 차출한다는 말에 달갑잖음을 한껏 표했다.

"계집애가 정신 사납게 싸돌아다니지 말고 얌전히 집에나 있거라. 괜히 또 구설에 올라 가문 망신시킬 생각일랑 말고!"

하얀 붕대로 감싼 주먹이 천장에 매단 모래주머니를 쳤다.

퍽, 퍽-! 모래주머니에서 하얀 먼지가 났다. 열기에 시뻘겋게 달아오른 얼굴. 우락부락한 몸에서 뚝뚝 떨어지는 땀과 푸슉푸슉 뿜어지는 콧김이 한창 먹이 싸움 중인 고릴라를 연상케 했다.

"가주님의 명령입니다. 최근 기근 때문에 수도 민심이 흉흉해져 걱정이 많으신 터라."

동행한 바터가 나 대신 대답을 대신했다. 스스럼없이 허리를 굽히고 말을 높이는 모양새는 평민이 귀족들 대하듯 공손했다.

그러나 그 내용은 볼락의 등을 쭈뼛 세울 만한 것이었다.

"참, 볼락 님. 가주님께선 이참에 기사들의 전력도 확인하고 싶으신 모양이더군요."

"확인이라니."

"아시다시피 콘체른 산하 사업들의 하반기 결산안 준비 기일이 다가오고 있어서요."

콘체른 백작가 산하의 사업들은 유통 중심의 상단과 영지 경영, 군수 사업, 호텔업 등 문어발처럼 뻗어 있다. 그중 기사단과 군수 사업을 담당하고 있는 게 둘째, 볼락 콘체른이다.

볼락의 얼굴이 멈칫, 흔들렸다. 그가 젖은 주먹으로 코밑을 벅벅 문질렀다.

"⋯⋯결산안? 그걸 벌써 준비한단 말이야?"

하지만 콘체른은 상단 중심이라 사실 수도의 타 유명 무가와는 거리가 많이 멀었다. 기사단도 볼락의 성화에 구색을 갖추기 위해 겨우 맞춰 놓았을 뿐이다.

그 예로 콘체른 기사단의 상급 기사는 기사단장과 볼락, 단 두 명이었다. 딱히 기사단을 보유했다는 그 자체로 수익을 만들어 낼 수 있는 구조는 아니었단 소리다. 요즘 들어 볼락이 기사단은 내버려 두고 군수 사업에 골몰하고 있는 이유기도 했다.

"예. 늘 미리 앞서 확인하길 좋아하시는 분이시잖습니까."

"⋯⋯."

"하지만 전력이란 게 어디 한낱 숫자로 표현할 수 있는 류의 것이던가요. 가주께서 누구보다 효율을 중시하는 분이신 건 볼락 님이 더 잘 아실 테고⋯⋯."

바터가 천연덕스럽게 말을 끌었다. 끌리는 공백 동안 볼락이 머릿속에서 맹렬하게 계산기를 두드리는 게 보였다.

"가족이 필요할 때 호위를 차출하는 것조차 힘들다니, 자칫하면 기사단의 존속이 필요할지 재고하실지도 모르겠군요."

"하하. 무슨 말인가. 나는 그저 네이를 걱정했을 뿐이라네."

볼락이 언제 그랬냐는 듯 억지스러운 웃음소리를 냈다.

"우리 기사단이 나처럼 다 용맹해서 누굴 골라도 뛰어나. 네이필나, 너하나 정도는 눈 감고도 호위할 수 있지."

ㅢ가 냉탕 주먹으로 제 가슴을 내리쳤다. 딴에는 호쾌한 쾌남 흉내를 내

고 싶은 것 같은데 이쪽에선 포효하는 고릴라처럼 보인다는 걸 알지 모르 겠다.

"원하는 놈으로 마음껏 골라 가거라."

호쾌한 승낙이 떨어졌다.

'드리블 솜씨가 보통이 아닌데.'

바터 스테판은 원하는 대답이 나올 때까지 사람을 요리조리 몰고 가는 능력이 출중했다. 작게 감탄사를 내뱉자 바터가 내게 눈을 찡긋했다.

그렇게 도착한 콘체른 기사단의 연무장.

"누구야?"

"막내 아가씨잖아!"

"여긴 어쩐 일이시지?"

"바터 스테판까지! 가주님이 뭔가 하실 말씀이 있으신 건가?"

신기한 눈으로 우리를 곁눈질하는 기사들 사이에서 짜증 나는 얼굴이 쑥 나왔다.

"뭐야, 네이필리나. 네가 여긴 어쩐 일이야?"

이오테의 쌍둥이 오빠, 페이선이었다.

'맞다. 여기 페이선이 있었지.'

볼락의 아들이다 보니 거의 차기 기사단장으로 대우받고 있다고 젤피에 게 들었던 것 같다.

"호위 때문에."

"허? 네까짓 게 어딜 나간다고 호위까지 필요해?"

페이선이 인상을 찡그리며 쏘아붙였다. 누가 쌍둥이 아니랄까 봐, 페이선 역시 눈치 보는 어른들이 없으면 안하무인에 막말을 서슴지 않았다.

"아가씨의 호위를 찾으라는 가주님의 명령이 있었습니다."

바터가 불쾌한 기색으로 대신 답했다. 페이선이 날 함부로 대하는 모습에 적잖이 기분이 상한 것 같았다.

"할……아버지가?"

너 따위한테 왜? 이해할 수 없다는 듯 페이선이 고개를 갸웃거렸다.

"볼락 님께서도 네이 아가씨가 원하는 기사로 차출하라 허락하셨구요."

"아버지가…… 그럴 리가 없는데……."

"믿기지 않으시면 가셔서 확인하고 오셔도 됩니다. 자, 그럼 저희는 공사
가 다망한 터라."

바터는 페이선의 궁금증을 풀어줄 생각이 전혀 없는 듯 매몰차게 등을
돌렸다.

"단장, 준비는 다 됐습니까?"

"예. 스테판 님. 연락을 받고 준비해 두었습니다. 전체, 정렬!"

기사단장의 우렁찬 외침과 함께 기사들이 일렬횡대로 가지런히 섰다.

"아가씨, 마음에 드는 기사가 있으십니까?"

바터는 가주와 볼락의 허락까지 떨어졌으니, 원하는 이로 마음껏 골라
보라고 했다.

"흐음……."

나는 주욱 선 장정들을 훑어보았다.

'아까 수련하는 거 슬쩍 봤는데 딱히 엄청난 놈은 없던걸.'

애초에 콘체른 기사단의 전력이 그리 높지 않았다. 다들 중하급 기사들
이니 누굴 골라도 고만고만했다.

"음……."

'진짜 호위가 필요한 것도 아니니, 데리고 다니기 편한 인상으로 고르는
게 좋겠는데…….'

볼락처럼 다혈질 고릴라같이 생긴 사람이면 좋을 것이다.

'그렇다고 볼락을 데려갈 순 없고…… 어디 보자.'

찬찬히 기사들의 얼굴을 살필 즈음이었다.

"하, 어쩔 수 없지. 네가 기사를 보는 눈이나 있겠어?"

페이선이 머리를 쓸어 넘기더니 거만하게 앞으로 나왔다.

"이 몸이 동행해 주지. 감사하게 생각해. 이 기사단에서 검술은 내가 제일……."

"됐어. 비켜."

페이선은 외탁을 해서 호리호리한 체격과, 딱 봐도 예민해 보이는 인상의 소유자라 처음부터 아웃이었다. 검술은 곧잘 하는지 모르겠지만 이미지 자체는 곰보다는 족제비에 가까웠다. 솔직히 겉만 봐선 볼락과는 전혀 닮지 않았다.

'차라리 볼락과 비슷한 느낌이 나는 건…….'

"저기 있는 저 기사는 이름이 뭐죠?"

나는 늘어선 기사들 끝에 불쑥 솟은 머리통 하나를 가리켰다.

"예? 누굴 말씀하시는지……."

"저기, 맨 끝에 있는 기사요."

그는 여기서 키도, 덩치도 제일 커서 장신의 기사들 중에서도 머리가 쑥 올라와 있었다.

"저 아이 말입니까?"

기사단장이 잠깐 당황한 낯을 했다.

"아가씨, 저놈은 스콰이어입니다만……."

스콰이어, 정식 기사가 아니라 기사의 시중을 드는 종자를 말했다.

"괜찮아요."

스콰이어라도 괜찮다. 나는 뛰어난 검사가 필요한 것도, 성실한 호위가 필요한 것도 아니었으니까.

'게다가 험악한 걸로 치면 여기서 1등이야.'

깡패 저리 가라 하는 얼굴이라 길에서 절대로 시비가 걸릴 일은 없을 듯했다.

"흠…… 단장님, 좀 더 숙련된 기사는 없습니까?"

"바터 아저씨, 저는 저 기사가 마음에 들어요. 제가 원하는 사람으로 고르게 해 주신다고 하셨잖아요?"

"그건 그렇지만……."

"하…… 엔. 앞으로 나와라."

기사단장이 턱짓하자 청년이 터덜터덜 걸어 나왔다.

"저, 저 말입니까?"

"그래."

가까이 오니 덩치가 더 컸다. 땀에 젖은 갈색 머리. 곰을 연상케 하는 덩치. 험상궂은 인상.

'젊어진 볼락 같아.'

그러나 동그랗게 말린 어깨와 푹 숙인 고개가 어쩐지 주눅이 들어 있는 듯했다.

"큭, 너는 어째 골라도 꼭 너 같은 걸 고르냐. 이건 뭐 평민들끼리 알아보는 표식이라도 있는 거야?"

페이선이 낄낄대며 빈정거렸다.

"저런 반푼이를 데려가서 뭘 하려는진 모르겠지만, 뭐, 마음대로 해. 있든 없든, 티도 안 날 테니까."

"그래."

"단장, 네이필리나가 골랐으니 됐죠? 쓸데없는 걸로 시간을 빼게 만들어. 자, 모두 해산!"

페이선이 비릿한 미소를 지으며 기사들을 뿔뿔이 흩어지게 했다.

"뭐 하고 멍청히 서 있어? 각자 가서 자기 할 일들 해!"

기사들에게 버럭 짜증을 내면서 가는 길에 부러 엔과 어깨를 부딪치고 가는 것도 잊지 않았다. 고목나무 같은 엔의 덩치 때문에, 그래 봤자 타격감이 없었지만.

'기강 한번 개판이네.'

기사단장이 버젓이 있는데도 페이선이 저 지★을 떠는 걸 보니 가관이었다. 페이선이 있는 한, 콘체른 기사단이 잘될까 걱정할 필요는 없을 것 같다.

"엔, 네이필리나 아가씨께서 널 선택해 주셨으니, 아가씨를 잘 보필하도록 해라."

기사단장은 바터에게 걱정 말라는 듯 어깨를 두드렸다.

"이래 봬도, 여기서 힘이 제일 센 놈입니다. 성격도 우직해서 아가씨 하나는 제대로 지켜 낼 겁니다."

"우직……하다, 라……."

햇살에 찡그린 눈썹과 두툼한 광대, 그리고 툭 불거져 나온 안구는 야생에 풀어놓은 한 마리의 고릴라를 연상케 했다. 깡패처럼 생긴 험상궂은 외양과 영 반대되는 수식어에 바터가 찜찜한 얼굴로 고개를 끄덕였다.

"너, 이름이 엔이라고?"

나는 엔에게 몸을 돌렸다.

"예? 예에!"

말까지 더듬는다. 아까 페이선의 시비를 그대로 받아 주는 것도 그렇고, 겉만 봐선 곰도 때려잡을 것 같은데 여러모로 의외였다.

"오늘 잘 부탁할게."

"예! 예에! 최, 최선을 다해 모시겠습니다."

공손하게 고개를 끄덕이는 청년의 갈색 머리칼이 나풀거렸다.

* * *

네이필리나와 젤피, 그리고 엔.

우여곡절 끝에 대장장이 길드로 가는 마차가 꾸려졌다.

"아가씨, 제가 왜 여기 타고 있을까요."

헨리의 보좌관인 제임스가 한숨을 내쉬었다.

"내가 물을 말이야. 왜 타고 있는 거야?"

원래는 네이필리나와 엔, 그리고 젤피만 가려고 했었는데 마차가 출발하려는 즈음, 별안간 그가 올라탔다.

"흑, 헨리 님이 저를 종이장 구겨 넣듯 마차로 집어넣으셨어요. 아가씨를 보필하라고."

가차 없이 밀린 등이 아프다며 제임스가 훌쩍거렸다. 하지만 젤피가 몰래 과자를 하나 쥐어 주자 그는 이내 잠잠해졌다.

한편 엔은 조용히 마차 한구석에 앉아 창밖을 내다보고 있었다. 그가 앉아 있으니까 마차 한쪽이 꽉 찼다. 콘체른의 마차가 결코 작은 게 아니었는데도.

"그나저나 아가씨가 왜 저 스콰이어를 택했는지 알겠습니다."

제임스가 과자를 우물거리며 엔을 힐끔거렸다.

"3지구의 대장장이 거리라면 호구 등쳐 먹기로 둘째가라면 서러울 곳이 아닙니까?"

장인 길드답게 좋은 제품을 구하긴 어렵지 않았지만, 대장장이들의 악명 높은 상술로도 유명한 곳이다. 칼과 불을 다루는 사람들이다 보니 다른 곳보다 유독 험상궂은 인상의 소유자들이 많았다.

게다가 손님을 봐 가면서 시비를 거는 공격적인 호객에 강매까지 한단다. 잘못 걸리면 교환도 어렵고 환불은 더더욱 힘들어서, 수습 기사들에게 특히나 악명이 높았다.

"웬만한 중급 기사들 갑옷까지 털어 내는 곳이라고요. 하지만 저 덩치면 뭐, 어디 가도 절대 맞진 않겠지요."

마차 한 면을 꽉 차지하는 엔의 덩치 때문에 자리가 비좁다고 투덜댈 때는 언제고, 제임스가 만족스러운 눈으로 그의 어깨를 응시했다.

"도착했습니다."

달그락달그락, 굴러가던 마차 바퀴가 멈췄다. 대장장이 길드였다.

"갓 나온 따끈따끈한 장검 보고 가십쇼!"

"골라 골라 잡아요! 아머 새로 맞추면 무구를 서비스로 드립니다!"

다른 길드 거리보다 배는 넓은 거리에 뜨끈뜨끈한 열기가 뿜어져 나왔다. 앞에는 대형 상점이, 뒤쪽엔 장인들 각각의 대장간으로 이루어진 이 길드 거리는 대장장이들이 무기를 제작하고 판매까지 함께하는 환경을 제공했다.

"형씨, 무구 필요하지 않아? 하나 맞추고 가지?"

"예에? 저한테 말하는 겁니까?"

"여기 형씨 말고 또 누가 있어? 엉?! 그래서 필요하지?"

"어, 어…… 필, 필요는 한 것 같은데……."

가판대마다 우락부락한 장정들이 호객 행위에 한창이었다. 하지만 네이필리나 일행만큼은 아무도 막는 이가 없었다.

"엔, 아무 말도 하지 말고 그냥 검집에 손만 대고 있어."

그리고 이제부터 대답은 모두 하나로 통일하자.

"에엥으로. 알겠니?"

"예? 에엥이요?"

엔이 눈을 동그랗게 떴다. 덕분에 툭 불거진 광대가 더욱 강하게 부각됐다.

"그래. 이왕이면 여기 눈썹도 살짝 찡그려 주고."

네이필리나가 왼쪽 눈썹께를 톡톡 두드렸다.

"아, 아가씨가 명하신다면……."

엔이 성실하게 허리에 찬 검집 위에 손을 얹었다. 물결치듯 눈썹을 일렁이는 것도 함께였다.

"……와."

"인상 한번 정말 대단하와요."

고작 그 간단한 동작만으로도 언제든 검을 뽑아 칼춤을 춰 댈 듯한 위압감이 완성됐다. 힘깨나 쓰는 덩치들이 몰려있는 대장장이 길드 거리에서도 엔의 존재감은 독보적이었다.

"저기 아가씨, 거기 예쁜 팔목에 찰 만한 작은 단도 하나……."

분위기를 모르고 네이필리나에게 대장장이 하나가 앞을 가로막을 때도 있었지만.

"엔."

'대답, 하나로 통일하라 하셨지.'

잠깐 고민하던 엔이 턱을 들고 대장장이를 응시했다. 그의 키가 너무 커서 내리꽂는 듯한 시선 구도가 만들어졌다.

"에엥?"

험상궂게 구겨진 인상, 우락부락한 덩치가 만들어 낸 그림자, 그리고 솥뚜껑 같은 손이 얹힌 검.

"죄, 죄송합니다!"

대장장이가 새파래져서 황급히 뒷걸음질 쳤다.

"잘했어. 가자."

"……."

호객하는 점원들은 조용히 입을 말아 물었고, 반대편에서 걸어오던 행인들도 엔을 보고 지레 멀리 돌아갔다.

'데려오길 잘했네.'

험악한 분위기로 유명한 길드 거리를 마음껏 쏘다니고 있는데도 전혀 시비가 붙지 않았다.

되레 힐끔힐끔 물러나기만 할 뿐.

"그나저나, 아가씨. 어디로 가시는 건가요?"

제임스가 네이필리나와 엔 사이에서 옹졸한 어깨를 한껏 펴려 노력하며 물었다.

"간판대마다 죄다 훑어보고 계시잖아요. 콘체른 상단에서 다루는 무구도 절대 길드에 뒤지지 않는데……."

안다. 하지만 네이필리나가 찾고 있는 건, 좋은 무구가 아니었다.

"왜 어렵고 더운 길을 가려 하실까."

제임스가 땀을 닦아 내며 작게 투덜거릴 즈음, 네이필리나의 눈이 반짝 빛났다.

'찾았다.'

열두 번째 간판대였다. 사람들이 바글바글했다.

"역시 마스터 칼리답군!"

"마스터 칼리의 검은 최고지. 고블린 목을 몇 번 썰어도 날이 나가는 일 따윈 없다니까?"

"칼리의 제품이라면 믿을 수 있어. 여기서 제일가는 마스터인걸."

'꽤나 유명한가 보군.'

네이필리나가 인파 사이에서 작은 단검을 집어 들었다.

"사시려고요?"

제임스가 빼꼼 고개를 내밀었다. 구경만 하던 그녀가 물건을 직접 집어 든 건 처음이었기 때문이다.

'드워프가 만든 거군.'

햇빛 아래 검날을 비스듬히 비춰 보니 작은 글자들이 보였다.

'카잘리드어.'

드워프들이 쓰는 고유의 언어 체계다.

하지만 수백 년 전, 드워프가 중간 대륙을 떠나며 소실된 지 오래다.

'찾았다.'

"아가씨, 단검을 찾으십니까? 안에 들어오면 더 좋은 게 많답니다."

주근깨가 흩뿌려진 개구진 인상의 점원이 반갑게 그녀를 맞이했다.

"이걸 만든 장인을 보고 싶은데."

네이필리나가 단검을 흔들었다.

* * *

"곤란합니다. 마스터 칼리는 개인적인 만남 요청은 받지 않으시는걸요."

한껏 곤란한 낯을 한 점원이 고개를 저었다.

"꼭 만나 보고 싶어서 그러는데 어떻게 안 되겠어?"

네이필리나가 은화를 하나 내밀었다. 점원의 눈이 호수에 바위를 던진 듯 거칠게 흔들렸다.

"······지금이라면 한창 작업 중이실 겁니다. 방해받는 걸 아주 싫어하시는 분이라, 마스터 칼리가 작업할 땐 대장간에 누가 얼씬거리기라도 하면 그야말로 불 뿜는 용처럼······."

은화 두 개.

"응? 이렇게 부탁할게."

은화 세 개.

"안 되는데에····· 진짜아······."

은화 다섯 개.

네이필리나가 연이어 찔러 넣어 주자 흔들리던 호수가 반으로 갈라져 버렸다. 점원은 못 이기는 척 대장간으로 향하는 길을 가르쳐 주었다.

"제가 보냈다는 얘기는 절대로 하시면 안 됩니다요. 그저 우연히 마주친 거예요. 아시겠지요?"

"당연하지."

점원이 일러 주는 길을 따라 들어간 열두 번째 대장간. 문밖으로 챙챙, 철을 내리치는 소음이 들려왔다.

쿵쿵!

엔이 문을 두드리자 갑자기 철 소리가 뚝 끊겼다.

'붉은 수염을 한 사람이 마스터 칼리라고 했지.'

땅딸막한 남자가 벌컥 문을 열었다. 붉은 수염을 곱게 리본으로 묶은 채였다.

"마스터 칼리?"

"그런데?"

대장장이가 걸걸한 목소리로 대답했다.

"이거, 마스터 칼리의 작품이라던데, 당신이 만든 건가?"

네이필리나는 조금 전 집어 들었던 단검을 내보였다.

"당연한 말을 묻고 있어. 이 대장장이 길드에서 제가 만들지 않은 걸 파는 놈도 있다던가?"

멍청한 질문을 한다는 듯 칼리가 어깨를 으쓱했다. 네이필리나는 대장간 안을 스윽 훑었다. 방금 전까지 철을 내리쳤던 것치곤 몸이 바짝 말라 있었다.

"땀 한 방울 흘리지 않는 대장장이라니. 대단한데?"

"그, 그건…… 수건으로 다, 닦아서 그런 거요!"

칼리가 다급하게 수건을 집어 들며 변명했다. 네이필리나는 슬쩍 몸을 돌렸다.

"사그라진 불씨에 남은 건 한 줌의 재뿐. 드위브 볼더."

네이필리나는 칼날에 새겨진 카잘리드어를 읽어 내렸다.

'드위브는 드워프가 본인 스스로를 가리킬 때 쓰는 호칭이지.'

"뭐라는 거야?"

전혀 이해하지 못했다는 듯 칼리가 인상을 찡그렸다.

"진짜 당신이 만든 게 맞아? 난 아닌 거 같은데."

"무슨 개소리야! 내 검이나 내놔!"

칼리가 네이필리나에게서 단검을 뺏어 들려 다가가기 직전. 그의 목덜미는 엔의 굵은 손에 대롱대롱 매달려 있었다.

"아가씨한테…… 예를 갖춰라."

가만히 있어도 깡패같이 생긴 남자가 죽일 듯한 눈으로 칼리를 노려보았다.

"에엥?"

네이필리나가 알려 준 필살기도 함께.

마침 엔의 어깨 너머로 대장간의 붉은 배경까지 덧대어지자, 그에게선 흡사 지옥의 악마가 살아 돌아온 것처럼 흉흉한 분위기가 났다.

"……아이쿠, 아가씨. 이것들을 제가 만들지 않으면 다 누가 만들겠습니까."

칼리의 말투가 놀랍도록 공손해졌다. 입술을 길게 늘어뜨리며 그가 억지로 웃는 낯을 만들었다.

"신에게 맹세코 이놈이 만든 것입니다."

하지만 입에 침도 바르지 않고 거짓말을 하는 건 여전했다.

"여기 3지구 길드는 확실히 자유롭지. 출신이 뭐든, 신분이 뭐든 실력만 확실하다면 누구든 마스터가 될 수 있으니까."

상단의 엄격한 검증을 버텨 내기 힘든 대장장이들이 주로 길드로 빠졌다.

"아까 상점에서 보니까 마스터 칼리가 만들었다 하면 날개 돋친 듯이 팔리더군. 드워프가 만들었다고 해도 가히 부족하지 않을 정도야. 재질, 모양. 움직임. 그 어느 하나 빠지는 데가 없었어."

네이필리나의 찬사에 칼리가 으쓱함을 감추지 못했다.

"흠흠. 있는 재주 조금 쓴 것뿐인데요, 하하. 감사한 일이지요."

"하지만 그대도 알다시피 이 널널한 길드에도 단 한 가지 규칙이 있잖아. 남의 작품을 제 것인 양 하는 건 절대 용납하지 않는다는 거."

칼리의 웃던 미소가 그대로 멈췄다.

"이 단검, 정말, 당신이 만든 게 맞아?"

"……."

차가운 시선이 대장간에 주욱 펼쳐져 있는 무기들을 하나씩 훑었다.

"사그라진 불씨에 남은 건 한 줌의 재뿐. 드워브 볼더. 아까 내가 읽은 건 여기에 쓰여 있는 문장이야."

"……."

"카잘리드어, 오직 드워프들만 쓰는 고대 언어지. 드워프들은 제가 만들어 낸 작품에 무조건 카잘리드어로 흔적을 남겨야 해."

"……."

"그렇지 않으면 죽을 때 천국으로 가는 길을 찾을 수 없다고 생각하거든."

드워프들은 살아생전 얼마나 많은 작품을 남겼느냐가 자신의 사후를 결정한다고 믿는다. 작품에 남긴 자신의 흔적이 천국까지 인도한다고.

단도의 검날을 훑던 네이필리나가 다른 무기들도 짚었다.

"공교롭게도 여기도, 여기도, 전부 카잘리드어가 새겨져 있네."

"……그, 그런 건 들어 본 적도……. 이건, 전부 내가 만든 거요. 내 손으로 직접……!"

"읽지도, 알아듣지도 못하는 언어를 새기면서?"

네이필리나의 통렬한 지적에 칼리가 입술을 깨물며 뒷걸음질 쳤다. 불안정한 시선이 힐긋 뒤를 응시했다.

'저기구나.'

네이필리나는 대장간의 안쪽으로 걸어갔다.

"안 돼……!"

칼리가 네이필리나를 막으려 했으나 엔의 저지에 막혔다. 화로 뒤편의 작은 암실처럼 보이는 곳에 커튼이 쳐져 있었다.

촤르륵-!

두껍고 무거운 커튼을 걷어 내자, 지친 모습의 드워프가 창살 안에서 고개를 들었다.

"……."

흐리멍덩한 두 눈이 나를 응시했다.

"드워프, 여기 있네."

칼리가 털썩 바닥으로 주저앉았다.

* * *

"마스터 볼더?"

네이필리나의 물음에 드워프가 고개를 들었다.

"마스터 볼더, 당신이 맞아?"

하지만 드워프는 대답 대신, 침울한 시선을 이내 바닥으로 내려뜨릴 뿐이었다.

네이필리나의 허리춤에 겨우 닿을 듯한 작은 키, 바닥까지 늘어뜨린 무성한 수염. 낡고 지친 모습이었다. 하지만 그녀가 그를 마스터 볼더라고 확신할 수 있었던 건,

"저 손."

양손이 있어야 할 위치에 낡은 갈고리가 대신 박혀 있었기 때문이다.

'비운의 볼더. 전설적인 대장장이.'

그는 자살로 생을 마감한 대륙 최초이자 마지막 인벤터 드워프였다. 그가 세상을 떠난 후, 볼더가 남긴 발명품들의 도안들이 세상에 나오며 유명해졌다.

"모르오. 내가 처음 샀을 때부터…… 저 꼴이었단 말이오."

칼리가 고개를 흔들었다. 절대로 제가 자른 게 아니라는 듯.

"두 손이 잘린 덜떨어진 드워프를 어디다 쓰겠소? 내가 옆에서 도와주니 겨우 이 정도로 밥벌이나 하는 거지."

"중요한 건, 그게 아냐. 내가 미리 알아봐서 망정이지, 만약 길드장에게 들켰다면 당신, 지금 두 다리 멀쩡하게 서 있진 못했을걸."

근데 그걸 그녀만 눈치챘을까?

"당신, 어차피 들키는 건 시간문제였어. 간도 크지."

대장장이 길드는 3지구의 길드 중에서도 유독 험악하기로 악명이 높다. 규칙을 어긴 상대는 가차 없이 내쫓긴다.

"그러니 내가 눈감아 줄 때 처리하는 게 좋지 않겠어?"

현재 이 대장장이 거리에선 적어도 드워프의 이름을 내건 대장간은 없다.

"당신이 이름을 도둑질하고 있었단 게 알려지면, 길드장이 가만히 있을까?"

"……말할 거요?"

"어쩔까?"

네이필리나가 고민하듯 턱을 쓸었다.

"저 드워프, 내게 넘기면 생각해 보지."

"그럼 나는 뭘로 먹고살란 말이오?"

"지금 그걸 걱정할 여유가 있나? 대장장이 길드에서 허튼짓을 하다 걸리면, 손목을 잘라 쫓아낸다지?"

제품의 질에 대한 무한한 자부심. 그것이 대장장이 길드를 지탱하는 유일무이한 가치였다. 마스터 한 명의 신뢰도는 곧 길드 전체의 신뢰도와 직결된다.

"……그리고 이 정도면 새 적성을 찾기에 충분하지 않겠어?"

네이필리나가 내민 주머니 안을 확인한 칼리의 얼굴빛이 밝아졌다.

"……그럼, 어쩔 수 없지요."

덜컹, 철창 문이 열렸다.

볼더는 무미건조한 눈으로 열린 철창 뒤에 서 있는 칼리를 바라보았다.

"네 새 주인이 될 분이시다. 인사해."

"……."

볼더가 휙 고개를 돌리며 무시하자 칼리가 주먹을 흔들었다.

"이 멍청한 놈아! 어서 일어나지 않고 뭐 해!"

전 주인 칼리의 호통에 볼더는 자리에서 터덜터덜 몸을 일으켰다.

"됐네."

네이필리나가 철창 사이로 들어갔다. 먼지투성이 바닥 위로 드레스 자락 끝이 더러워졌으나 그녀는 개의치 않았다.

"볼더."

네이필리나가 시선을 맞추고 그의 이름을 부르자 드워프가 비로소 그녀를 올려다보았다.

"잘 부탁해."

볼더는 별생각이 없었다. 어린 여자가 뭐라 말하는 게 귀에 들어오지도 않는다. 그저 귀를 스쳐 지나갈 뿐이다. 그는 그냥 고개를 끄덕였다.

어차피 이래도 저래도 족쇄에 매인 몸이다. 저는 노예였다. 주인이 바뀐 것뿐이니 의욕이 살아날 리도, 무력감이 사라질 리도 없다.

"저래 봬도 튼튼해서 무슨 일을 시키든 잘 해낼 겁니다. 목숨 줄이 얼마나 질기다고요."

칼리가 볼더를 내려다보며 자랑스레 대답했다.

"휴식 시간이고 뭐고 계속 굴려도 끄떡없어요. 드워프 수명 아시지요? 아직 수십 년은 한참 남았습니다. 마음껏……."

"그래? 잘됐군."

네이필리나는 칼리의 말을 끊고 자리에서 일어났다. 그때 마침 대장간의 문이 열렸다.

"길드장 어른? 여긴 어떻게……."

칼리의 눈이 휘둥그레졌다. 사무소에서 느긋하게 체스나 두고 있을 양반이 여긴 무슨 일인가?

"콘제튼 양!"

길드장은 칼리는 안중에도 없이 네이필라나를 향해 양팔을 벌리며 다가왔다.

"콘체른가에서 방문하셨다는 얘기를 들었습니다! 저는 이 대장장이 길드를 맡고 있는 옵실론입니다!"

그는 콘체른가의 직계가 길드 거리에 들어왔다는 얘기를 듣고 헐레벌떡 달려오는 길이었다.

"저희 거리는 어쩐 일로 찾아 주셨을까요? 콘체른 상단과의 계약에 저희 길드는 언제나 열려 있답니다!"

발끝까지 굽신거리는 길드장의 저자세에 한 번, 뒤늦게 알게 된 여자의 정체에 칼리는 두 번 놀랐다.

"코, 콘체른이었습니까?"

그 마르지 않는 황금의 가문?

'엄청난 대어였잖아!'

제국 전국과 대륙을 오가는 콘체른 상단에 물건을 납품하면 매출이 기하급수적으로 뛴다.

대장장이 길드 거리 하나로 먹고사는 것과는 차원이 다르다.

'지금 내가 이 난리를 피우는 이유를 알겠나?'

'예! 길드장 어른! 저도 돕겠습니다!'

칼리와 길드장이 시선을 교환했다.

"칼리가 만든 단검을 좋아하셨다던데…… 확실히 저희 길드에서 제일 뛰어난 마스터지요."

길드장이 입꼬리를 올리며 두 손을 싹싹 비볐다. 마스터 칼리를 시작으로 콘체른 상단의 유통망을 뚫을 수 있다면 그는 못 할 것이 없었다.

"칼리의 작품이라면 콘체른 상단의 위상에도 뒤떨어지지 않을 겁니다. 절대로 후회하지 않으실……."

"글쎄요."

네이필라나는 도도한 얼굴로 고개를 픽 돌렸다.

"코, 콘체른 양?"

언제 그랬냐는 듯 냉기가 흐르는 얼굴에 칼리도, 길드장도 당황했다.

"심지어 본인이 만든 것도 아니잖아요? 아시다시피 저희 할아버지께선 투명성을 가장 중요하게 생각하신답니다."

"예에? 죄송하지만 콘체른 양께서 무, 무슨 말씀을 하시는 건지 이해하지 못했습니다만……."

"마스터 칼리의 이름을 대고 나가는 모든 물건들, 정말 그가 만든 게 맞습니까?"

차갑고 단호한 시선. 길드장은 곧 그녀의 말을 알아들었다.

"아가씨의 말씀은 그가 지금……."

슬쩍 몸을 비켜선 네이필리나의 뒤로 선 늙은 남자 하나가 길드장의 눈에 들어왔다.

그녀의 허리께에도 오지 않는 작은 키. 무성하게 자라난 수염. 그을린 팔다리와 갈고리가 박힌 손.

"아닙니다! 저건 그냥……. 이봐! 야, 약속이 다르잖아!"

잔뜩 당황해서 제 시야를 막으려는 칼리까지. 그것만으로도 길드장은 모든 내막을 알아차렸다.

"자세한 룰은 길드 내에서 해결해야 할 일이겠지요."

네이필리나의 담담한 목소리가 그의 머리 위로 찬물을 붓는 것 같았다.

"하지만 대장장이 길드가 이 정도로 마스터 관리가 안 되어 있는 줄은 몰랐습니다. 드워프는 제가 거두겠습니다만, 길드장님과 대장장이 길드의 명성에 누가 되지 않게, 조속하게 해결이 되었으면 하네요. 그래야 저도 할아버지께 말씀드릴 면이 설 테구요."

칼리의 일을 처리하지 않는 한, 대장장이 길드가 콘체른 상단과 협업할 일은 요원할 거라는 은근한 암시였다.

길드장의 얼굴이 붉으락푸르락해졌다.

"데려가라."

"예!"

함께 온 대장장이들이 칼리의 양팔을 붙잡았다.

"아닙니다! 길드장님, 오해입니다!"

칼리가 바락바락 발버둥 쳤으나 저만큼이나 건장한 대장장이들의 힘을 이겨 낼 순 없었다.

"날 속였어! 저 비열한 계집이!"

드워프도 뺏겼고, 비밀도 털렸다. 네이필리나에게 속았다는 걸 깨달은 칼리가 악을 썼다.

"콘체른 양께 무슨 망발이냐! 빨리 재갈을 씌우지 않고 뭐 해!"

"읍! 으읍!"

화들짝 놀란 길드장이 그의 입을 막았고, 칼리는 결국 질질 끌려 나갔다.

"……실례하겠습니다. 오늘의 무례는 찾아뵙고 사죄드리겠습니다."

길드장은 새빨개진 얼굴로 자리를 떴다. 칼리의 운명이 어디로 향할지는 자명했다.

"……."

그는 악덕 주인이 잡혀 나가는 걸 무심한 눈길로 바라보았다.

그는 조용히 철창을 나왔다. 분노도, 통쾌함도 없었다. 지난 3년간 먹고 자고 했던 철창 밖을 처음으로 내딛는 순간에 대한 회한만 있을 뿐이었다.

"그나저나, 볼더. 뭐 챙겨 가고 싶은 건 없어?"

"……됐소."

"지금 가져오는 게 좋아. 여길 오는 건 오늘이 마지막일 테니까."

화가 머리끝까지 난 길드장이 칼리의 공방을 그대로 남겨 둘 리 없다. 볼더가 잠깐 고개를 끄덕이더니 피곤한 얼굴로 철창 구석을 뒤적거렸다.

그의 손에는 낡은 양피지 꾸러미가 쥐여 있었다.

목탄으로 대충 휘갈긴 듯한 낙서투성이 종이가 그가 이곳에서 챙긴 유일무이한 물품이었다.

'……저게 나중에 세상에 알려진 도안들인가.'

칼리의 대장간을 떠나기 전, 네이필리나가 볼더를 붙잡고 약속했다.

"당신은 나와 함께 갈 거야."

볼더는 무미건조하게 고개를 끄덕였다. 되레 기함한 건 제임스였다.

"자, 잠깐만요. 아가씨, 정말 이자를 데려가시겠다고요? 정말로요? 오늘 마스터를 찾으려 여기까지 오신 거잖습니까?"

"찾았어. 난 저 드워프면 돼."

제임스가 뒷목을 잡았다. 길드 거리를 샅샅이 살필 때는 언제고, 별안간 철창 안에 갇혀 있는 저 늙은 드워프를 데려가겠다니.

그것도 그냥 드워프도 아니고…….

"양손이 다 잘렸잖습니까! 손이 없는 드워프를 어디에 씁니까."

헨리가 저를 딸려 보낸 건, 바로 이런 상황을 막기 위해서였을 것이다.

제임스는 제 주인의 딸이 잘못된 선택을 하는 걸 막아야 했다. 그러니 반드시 이 거지 같은 드워프를 저택까지 데려가지 못하게…….

"제임스, 입조심하라고 누가 경고해 주진 않았어?"

쓸데없이 입을 나불대면 일찍 죽기 마련이지. 오래 살려면 꼭 조심하는 게 좋겠어.

"안 그래?"

네이필리나의 나지막한 읊조림에 제임스의 등골이 쭈뼛 섰다. 그의 주인집 딸은 조그만 체구에 목소리도 그리 크지 않았지만, 가끔 저렇게 사람의 기를 팍삭 깎아 누를 때가 있었다.

"헨, 헨리 님께서 좋아하지 않으실 겁니다."

"상관없어. 볼더는 내 사람이니까. 그리고 그렇게 따지면 나도 제임스가 아빠 옆에 있는 게 좋진 않거든."

"아가씨……?"

"하지만 난 아빠한테 저 겁도 많고 편견에 찌들린 놈 보기 싫으니 당장 잘라요! 라고 말하지 않는걸."

"네, 네에?"

"하하. 농담이었어."

네이필리나가 싱긋 웃었지만 제임스의 가슴엔 깊은 스크래치가 새겨진 지 오래였다.

"……."

볼더는 저를 두둔하는 여린 인간을 물끄러미 보았다.

'볼더는 내 사람이니까.'

조금 전 저 인간이 한 말을 그도 들었다. 하지만 감동도, 감정도 없었다. 말 한마디에 희망을 걸기엔 그는 너무 많은 인간들을 겪어 왔다.

"볼더. 나를 따라서 10년만 함께해 줘. 그렇다면 당신에게 자유를 줄게."

"……."

볼더는 시큰둥하게 고개를 끄덕였다. 그는 모든 게 귀찮았다. 여자가 약속을 지킬 거라고도 생각하지 않았다.

자리를 옮길 거라면 빨리 옮겨서 잠이나 잤으면 싶었다.

'죽으면 영원히 잘 수 있을 텐데.'

어떻게 살아 나갈 것인지, 무엇을 하며 살 것인지. 살아 있는 자라면 누구라도 응당 가지고 있을 기초적인 물음이 그에게는 무용했다.

'어차피 바뀌는 건 아무것도 없을 테니까.'

양 손목에 박힌 쇠갈고리를 내려다보는 시선이 잠시 침전했다.

자유가 되어 봤자, 제가 뭘 하겠나.

"그럼 갈까?"

여자가 마차의 문을 열었다. 볼더에게 먼저 타라고 손짓하자 그는 고개를 저었다.

"됐소. 나는 짐칸에 타겠소."

말이 끝나기가 무섭게, 그는 마차의 뒤로 가 버렸다.

"저, 저……! 아가씨! 저 건방진 꼴을 보십쇼! 데려가 봤자 싹수가……!"

"그만해."

다른 인간이 펄펄 날뛰는 소리도, 그를 저지하는 여자의 음성도 들렸다. 하지만 볼더는 아무것도 들리지 않는 척 고개를 돌렸다.

눈을 감기 전, 잠깐 올려다본 하늘이 몹시 푸르다고만 문득 생각했을 뿐.

* * *

드워프와 함께 돌아온 네이필리나를 보고 콘체른 가족들은 기함했다.

"윽! 저 끔찍한 건 뭐야! 내 눈에서 치워!"

"별난 것들만 모아 오셨군. 네이, 너는 구질구질한 것만 좋아하는구나."

볼락의 쌍둥이들은 잔뜩 눈을 찌푸렸고.

"맙소사. 네이, 네게 심미안이라는 게 존재하긴 하는 거니? 내게 부탁했다면 잘생긴 드워프로 찾아 줄 수 있었는데 말이야."

몬테그는 거드름을 피우며 제 유흥 경험을 뽐냈다.

'그나마 시오르샤가 자리를 비워서 다행이지.'

"아가씨께서 생각이 있으셨겠지요……. 무사히 다녀오셔서 다행입니다."

"그, 그래. 네이. 엄마 아빠가 도와줄 게 있을까?"

그래도 바터와 네이필리나의 부모님은 긍정적인 편이었다.

"자, 여기가 이제 볼더가 머무를 곳이야."

네이필리나는 볼더에게 아예 3별관 근처 부지에다 오두막집을 따로 지어 주었나.

'사람들과 마주치는 걸 좋아하지 않는 듯했지.'

자연 친화적이라는 드워프들의 특성상 가장 숲과 나무가 많은 곳으로 정했다.

안은 생각보다 넓었다. 푹신한 침대와 아늑한 카우치, 요리를 할 수 있는 부엌과 거품 목욕도 가능할 만한 욕조.

"여긴 온전히 당신 공간이니까, 자유롭게 쓰도록 해."

전부 볼더의 키에 맞춰 특별히 제작된 가구들이었다.

동그란 원탁 책상 위에는 헨리가 가져다 놓은 카잘리드어 책들이 놓여 있었고, 벽에는 릴리엔이 만들어 준 드림캐처도 걸려 있었다.

"악몽을 몰아내 준대. 엄마가 만들어 주신 거라 나는 잘 모르겠지만."

"······일은 언제부터 하면 되오?"

좋아하는 기색은커녕 볼더는 시큰둥하게 물었다. 어차피 저 인간 여자가 제게 원하는 건 분명했다.

'귀족이니 무기가 아니라, 귀금속을 원할지도 모르지. 액세서리는 좀 서툰데.'

제게 실망한 여자는 뭘로 절 때리려 할까?

칼리처럼 채찍? 아니면, 나무 몽둥이? 맨손?

그는 전 주인들의 체벌 도구를 떠올렸다. 가뜩이나 가라앉은 기분이 더 바닥으로 내려앉았다.

'아픈 건 싫지만······.'

그가 날이 벗겨진 쇠갈고리를 서로 맞부딪치며 시선을 피했다.

"······."

네이필리나는 고개를 저었다.

'인벤터 드워프를 찾은 게 중요한 게 아니야.'

며칠 지켜보니 알겠다. 눈앞의 드워프에겐 삶의 의욕이 전혀 없었다.

자살로 생을 마감하는 비운의 볼더.

"일은 없어."

이대로라면 그 미래가 머지 않은 듯했다.

"잘 먹고 잘 쉬고, 잘 자고. 당신이 할 일은 그것뿐이야."

"……."

"그럼 쉬어."

들어와서 무엇을 해야 할지 일장 연설이라도 할 거라 생각을 했는데 네이필리나는 곧바로 자리를 떠났다. 큰 오두막집엔 볼더, 그 혼자뿐이었다.

바작바작바작. 벽난로의 장작불이 타들어 가는 기분 좋은 소리가 났다. 훈풍이 오두막집 안을 맴돌았다. 오크나무가 타오르는 익숙한 냄새가 코끝을 스몄다.

고향의 냄새였다.

하지만 고향을 떠난 지 너무 오랜 시간이 지나서일까, 이제 볼더에겐 너무 낯설게만 느껴졌다.

"……."

볼더는 허리를 구부리고 몸을 둥그렇게 말아 넣었다. 그가 자리 잡은 곳은 푹신한 침대도, 안락한 카우치도 아니었다. 계단 아래에 위치한 작은 공간에는 빛이 들지 않아 어두컴컴했다. 이 집에서 제일 좁고 어두운 곳이었다.

훈풍도, 나무의 고소한 향기도 미치지 않는 자리.

"……."

볼더는 조용히 고개를 무릎에 댔다. 씻지 않은 수염에서 퀴퀴한 냄새가 났다.

괜찮았다.

이 구차하고 시큼한 냄새는, 적어도 그가 아는, 익숙한 냄새였으니까.

* * *

볼더의 오두막집을 나온 젤피는 잔뜩 약이 올라 있었다.

"아가씨가 얼마나 열심히 꾸민 건데 저런 똥 같은 반응이래요?"

드워프면 다야? 꽁꽁 막힌 할아방탱 같으니라고!

젤피가 씩씩거렸다.

"언니, 저 드워프는 아직 준비가 안 된 것 같아요."

동행했던 미르딘이 그녀를 달랬지만 젤피의 분노는 가시지 않았다.

'절망한 상태로 너무 오래 혼자 버텼어. 사실 아직까지 살아 있는 것도 용하다고.'

하프 엘프인 미르딘이 느끼기에 저 드워프의 생기는 이제 얼마 남지 않았다. 인간이든 엘프든 드워프든, 삶에 대한 한 줌의 열정이 하루하루를 살아가게 만드는 건데, 저 드워프의 열정은 전부 싸그리 말라 버린 듯했다.

'도안만큼은 애지중지하는 걸 보면 꼭 죽고 싶어 하는 것만은 아닌 것 같고.'

아니면 힘을 내지 못할 만큼 너무 지쳐 버렸거나.

'하긴, 그럴 만도 하지. 드워프에게 양손은 목숨과도 다름없는데.'

그러나 미르딘과는 다르게 젤피는 볼더가 가진 절망의 깊이를 이해하지 못했다. 그녀는 식사를 챙겨 주러 갈 때마다 씩씩대며 돌아왔다.

"아가씨, 저런 배은망덕한 난쟁이한텐 대장간을 만들어 줄 필요도 없사와요!"

"하지만 이미 만든 걸 부술 수는 없잖아."

사실 오두막집의 뒤편에는 네이필리나가 볼더를 위해 만든 대장간이 있었다.

"그럼 주지 마시와요! 우리 아가씨가 피땀 흘린 작업 공간을 어디 날로 먹으려고! 저 뻣뻣한 고개가 풀어질 때까진 어림도 없사와요!"

사람들의 이목을 싫어하는 그가 마음 편히 작업할 수 있도록 만들긴 했는데.

"지금은 어차피 보여 줄 수도 없어."

대장간을 보여 주면 볼더는 곧바로 일을 시작하라는 의미인 줄 알 것이다.

"게다가 왜 족쇄는 채우지 않으셨사와요? 저러다 도망이라도 가면 어쩌시려고요?"

"가면 가는 거지, 뭐."

네이필리나는 솔직히, 차라리 그편도 나쁘지 않을 것 같다고 생각했다.

적어도 도망을 친다는 건 볼더가 삶에 대한 조금의 의욕이나마 가지고 있다는 뜻일 테니까.

'전설의 인벤터 드워프를 놓치는 건 아깝지만, 옆에서 송장 치르는 것보단 낫지.'

혼자 생각하고 있었는데 젤피가 그녀의 마음을 읽었는지 고개를 절레절레 내저었다.

"아가씨는 진짜, 따뜻한 호구, 똑똑한 호구이시와요. 아가씨 같은 분은 없을 것이와요. 귀족이 뭐 이렇사와요."

"칭찬이야, 젤피?"

"……."

욕이구나. 네이필리나는 웃음을 참았다.

"너무 그러지 마. 젤피도 볼더가 어땠는지 봤잖아."

잘린 양손. 철창. 노예. 채찍.

"적어도 10년 이상을 그렇게 살았는데 어떻게 한순간에 괜찮아지겠어."

"……흠, 그, 그건 그렇사와요. 동의해요."

"그러니 젤피가 잘 챙겨 줘. 일단 사람은 살려 놔야 할 거 아냐. 젤피도 아까 봤지?"

"네. 우리만 없으면 딱 물에 뛰어들고 싶단 표정이었사와요."

저 할아방탱은 아마 발장구도 치지 않을 것이와요. 그저 꼬로록 가라앉겠죠.

"거봐."

"……."

주근깨가 설탕처럼 흩뿌려진 젤피의 콧잔등이 심각한 낯으로 접혔다.

"……아가씨, 자고로 우리 모친께서 그러셨사와요."

뭔가 결심한 것처럼 눈빛이 자못 결연했다.

"뭐라 하셨기에?"

"맛있는 걸 먹으면 살고 싶어진다고요!"

* * *

짹. 짹.

새들이 지저귀는 소리에 볼더가 눈을 떴다. 이 집에 오게 된 지 벌써 일주일이 지났다. 그는 멍하게 쏟아지는 햇살을 바라보았다.

쿵! 쿵쿵! 오두막집이 흔들릴 정도의 거센 노크 소리. 그리고 이내 벌컥 문이 열렸다.

"헉, 허억, 일어났으면 문 좀 열라니까! 헥헥……."

숨을 가쁘게 내쉬는 주근깨 소녀는 여자의 시녀였다. 볼더는 결국 제멋대로 쳐들어올 거면서, 꼬박꼬박 노크를 하는 의미는 무엇일까, 라고 속으로만 생각했다.

"식사 가져왔사와요! 따뜻할 때 먹어야 해요!"

"……."

"또 안 먹었사와요? 나 참."

어제저녁 가져온 그대로 남겨진 쟁반을 발견한 젤피가 한숨을 내쉬었다.

'날 내버려 둬.'

"아침은 갓 짠 우유랑 방금 구운 토스트여요! 둘이 먹다 셋이 죽어도 모를 맛이와요!"

음식이 담긴 쟁반을 한 아름 내려놓고 젤피는 제 할 말만 했다. 이젠 볼더가 대답을 하든 말든 신경조차 쓰지 않는 것 같았다. 따뜻할 때 먹어야 한다며 그녀는 몇 번이고 당부를 잊지 않았다.

"이건 여름별 초예요. 향이 좋아서 가져와 봤어요."

머리칼이 하얀 어린 하프 엘프 하나도 매일 꽃과 풀들을 가져와 화병에 꽂아 두곤 갔다. 때문에 볼더의 오두막에선 싱그러운 자연의 향기가 풍겼다.

"물 주는 거 잊으면 안 돼요!"

'귀찮아.'

쨍알쨍알, 쿵! 쨍알쨍알쨍알, 쿵쿵!

주인은 그래도 과묵한 편인데 그의 시녀들은 쉴 새 없이 지저귀는 종달새처럼 시끄럽기만 했다. 특히 주근깨가 있는 쪽은 아주 시끄러웠다!

"꼭!"

가끔 화통을 삶아 먹은 것 같기도 하고.

볼더는 한숨을 내쉬었다. 그는 쟁반으로 팔을 뻗었다. 갈고리 끝에 쟁반의 가장자리를 걸고 슥 잡아당겼다. 노르스름한 황금빛의 토스트에선 아직 김이 모락모락 피어오르고 있었다.

'따뜻할 때 가져와야 한다고 또 헐레벌떡 뛰어왔겠지. 땀을 뻘뻘 흘리면서.'

어릴 적 드워프 마을을 뛰어놀던 아이들이 그랬던 것처럼.

볼더는 한입거리로 잘린 토스트 한 조각을 입에 넣었다. 그 땀방울이 가상해서, 먹는 것이다. 다른 이유는 없었다.

폭신한 빵이 입 안에 녹아 없어졌다. 상큼한 블루베리가 입맛을 돋우고, 갓 짠 우유의 싱그러운 차가움이 햇살의 열을 식혔다. 창틀에 주르륵 자리한 화분 사이에선 고향의 풀 냄새가 났다.

'언제쯤 죽을까. 어디에서 죽을까. 어떻게……'

그럼에도 불구하고 머릿속을 부유하는 생각은 이런 음울한 것들뿐이다.

'……그래도 여긴 아닌 것 같군.'

따스한 이 집 안에서 목을 매면, 괜히 못 할 짓을 하는 것 같았다.

저를 구해 준 여자도, 꼬박꼬박 밥을 챙겨 주는 저 시녀나 꽃을 챙겨 주는 하프 엘프도 굳이 제 시체를 보고 놀랄 필요까진 없으니까.

'밖을 찾아봐야겠어.'

그렇게 볼더는 처음으로 집 밖으로 나왔다. 젤피가 가져다준 아침 식사를 남김없이 비웠다는 사실은 깨닫지 못한 채.

울창한 녹음이 그를 반겼다. 싱그러웠다. 볼더는 죽을 자리를 직접 찾아보기로 했다.

"……이건…….."

그러다 발견했다. 오두막집 뒤에 위치한 대장간 하나를.

[볼더의 공간]

카잘리드어로 쓰인 간판. 아무래도 여자가 준비한 것인 듯하다. 제가 일할 곳이 여기일까?

"……잠깐 보는 것 정도야."

볼더는 무심코 일어난 충동에 지고 말았다.

삐그덕. 문이 열리고, 활활 타오르는 불씨 대신 싸늘한 공기가 그를 반겼다.

그는 천천히 대장간을 둘러보았다. 담금질을 하는 망치와 집게, 숫돌이 가지런히 진열되어 있고, 철과 나무, 여러 가지 재료도 함께였다.

순간 낡은 양피지에 그렸던 수많은 도안들이 볼더의 머리를 스쳐 지나갔다.

'여기서라면…… 만들 수 있을까?'

저도 모르게 철기를 향해 손을 뻗었을 때,

스르릉-!

손의 쇠갈고리가 쇠에 긁혀 소름 끼치는 소리를 냈다.

"이 허접한 손으로 뭘 하겠다고."

드워프는 위대한 창조와 발명의 종족이다. 볼더 역시 그 일원으로 무한한 자부심을 느꼈다.

한때는.

그가 두 손을 잃기 전에는 말이다. 더 이상 고향으로 돌아가지 않는 이유도 그래서였다.

"돌아가 봤자, 누가 날 드워프라 인정하겠나."

병신이 된 양손으로 드워프 장인다운 작품을 만들어 내는 건 이제 불가능했다. 아무리 최선을 다해 봤자, 인간을 현혹시킬 쓰레기를 생산하는 게 고작이다.

그는 죽을 때까지 드위브 볼더라는 이름을 계승하지 못할 거다.

'하다못해 한 손만이라도 멀쩡했다면.'

그가 한숨을 내쉬었다. 잠깐 반짝거리던 드워프의 눈이 다시 침잠했다.

하지만 그다음 날도, 그다음다음 날도 볼더는 죽지 않았다. 젤피가 가져다주는 식사를 먹고, 하루 종일 대장간에 앉아 있었다.

그렇다고 뭘 만드는 것도 아니었다. 그저 대장간 한구석에 앉아 재료들을 물끄러미 바라보는 게 다였다. 조금 달라진 게 있다면, 책상 위로 제 도안들을 가져와 펼쳐 놓았다는 것 정도일까.

'저건 이렇게, 이건 이렇게 조립해서…… 실로 이어서, 전력을……'

그의 눈은 도안과 재료들을 번갈아 오갔다. 머릿속에선 멀쩡한 손을 가진 제가 쉴 새 없이 움직였다.

하지만 현실에서 이 도안들을 제가 만들게 되는 일은 오지 않을 거란 걸,

볼더는 잘 알고 있었다.

"오랜만이야, 볼더."

네이필리나가 의원을 데리고 볼더를 찾아온 것도 그즈음이었다.

"치료를 한다 해도 원래대로 손을 되돌리는 건 불가능합니다."

볼더의 잘린 손을 본 의원이 고개를 절레절레 저었다.

"제대로 된 치료 없이 너무 오랜 시간이 지나 버렸어요. 쇠갈고리가 이미 살과 엉겨 붙어 버려, 대수술이 될 겁니다."

그렇게 억지로 떼어 낸다 해도, 잘린 손을 다시 살릴 수는 없다고 했다.

'역시 그렇지.'

두 사람의 대화를 듣던 볼더의 눈이 다시 가라앉았다. 그는 숨죽인 채로 의원의 말을 수긍했다.

'손을 치료하다니, 그런 기적이 일어날 리 없잖아. 뭘 기대한 건가.'

네이필리나 콘체른 때문에, 그녀의 시녀 때문에, 따뜻한 집과 꿈꿔 왔던 작업 공간 때문에.

하마터면, 희망을 가질 뻔했다. 하마터면, 다시 살고 싶어질 뻔했다.

"……."

네이필리나는 늙은 드워프의 눈에 잠시 실낱같은 불씨가 타오르다 꺼져 버리는 걸 보았다.

'이럼 곤란한데.'

힐데가르드가 보낸 목화가 계속 창고에 쌓이고 있는 지금, 언제까지 볼더가 의욕을 되찾기만을 기다리고 있을 수만은 없었다. 공수한 목화를 처리해서 기디언과 대적할 기반을 만들기 위해선 그의 힘이 꼭 필요했다.

"정말 방법이 없겠어요?"

"마법이나 성수가 아니면 불가능할 겁니다."

그마저도 형태를 구현하는 정도밖에 되지 않겠지만요. 의원이 고개를 저으면서 뒤늦게 덧붙였다.

"성수, 성수라……."

네이필리나의 되뇜을 들은 제임스가 멈칫했다. 그는 의원을 오두막집으로 안내하기 위해 네이필리나와 동행한 참이었다.

"잠깐만요, 아가씨. 무슨 생각을 하시는지 짐작이 가는데 말입니다. 설마, 설마 아니시지요?"

"볼더, 잠깐 여기서 기다려."

그러나 네이필리나는 이미 몸을 돌려 3별관으로 가는 중이었다.

"안! 됩! 니! 다!"

제임스가 쫓아오며 결사반대했다.

"그게 어떤 보물인지 알긴 아십니까? 제국에 딱 서른 개 있는 보물 중의 보물이라고요! 헨리 님이 얼마나 공들여서 찾으신 건데……!"

딸의 병약한 몸을 걱정하며 헨리가 대륙을 뒤져 공수해 온 값비싼 엘릭서였다.

"그걸 지금 저 드워프한테 쓰시겠다고요? 진심으로 하시는 말은 아니시겠죠?"

"아빠가 주셨으니 이젠 내 거잖아."

그러니 어디에 사용하는지도 내 소관이지.

"그, 그 말을 지금, 헨리 님한테 하시면 뒷목을 잡고 넘어가실 겁니다."

"제임스만 입 다물면 아빠는 모르실 거야. 그러니 이건 우리 둘만 아는 비밀로 하자."

네이필리나가 눈을 찡긋하자 그가 가슴을 내리쳤다.

"차라리 제게도 비밀로 해 주시라고요!"

"그럴 순 없지. 제임스가 뒤처리를 해 줘야 하는데."

목소리가 쓸데없이 단호했다.

'큽……. 아가씨, 저한테 왜 이러세요…….'

제임스는 눈물이 핑 돌았다.

"엘릭서는 내가 조만간 다시 구해서 채워 놓을 테니까 너무 걱정하지 마. 알았지?"

"아가씨이!"

엘릭서가 아무리 최고급 성수라 한들, 결국엔 소모품이자 상품이다.

'조만간 성국의 사절단이 성수를 잔뜩 들고 제국을 방문할 거야.'

써 버린 엘릭서는 그때 보충해도 늦지 않다.

"저는 이제 모릅니다. 저는 모르는 일이라고요!"

울먹이는 제임스를 뒤로하고 다시 오두막집으로 돌아온 네이필리나의 손에는 푸른색의 엘릭서가 들려 있었다.

"볼더."

"왜 이렇게까지 하는 거요?"

볼더는 손을 내미는 대신 물었다. 그녀를 도저히 이해할 수 없다는 눈이었다.

"말했잖아. 나는 당신이 필요하다고."

뽁. 네이필리나는 약병의 조그만 마개를 열었다.

"10년 동안 내 곁에서, 그리고 그 후로도 당신이 오래오래 살았으면 해."

이왕이면 지금보다 행복하게 말이야.

"하지만 너무 기대하지는 마. 나도 결과가 어떻게 될지는 모르니까. 그저 할 수 있는 걸 해 보는 거야."

주르륵. 푸른색의 액체가 잘린 오른쪽 손목의 단면 위로 흘러내렸다.

"……!"

그리고 놀랍게도, 잘린 단면에서 새살이 돋아나기 시작했다.

"더, 더 부으십시오! 살과 뼈가 차오르고 있습니다!"

의원이 환희에 차 네이필리나를 재촉했다.

투욱. 쨍그랑!

채워지는 살이 쇠갈고리를 밀어 내며 바닥으로 떨어뜨렸다. 서서히 손바닥이 만들어지는가 싶더니 끄트머리가 다섯 개로 갈라지고…….

"더! 좀 더 부으십시오!"

"말, 말도 안 돼……."

잘린 오른쪽 손이 생겨났다.

어린아이의 손처럼 작고, 연약했지만, 그래도 어쨌든 손은 손이었다.

볼더는 믿을 수 없다는 듯 제 새로운 손을 바라보았다. 다섯 손가락을 쫙 펴고 또 하나씩 구부리면서.

하지만 네이필리나의 엘릭서 한 병으론 잘린 손목 양쪽을 전부 되살리기까진 무리였다.

"제임스, 혹시 엘릭서 한 병 더 없어?"

"이 귀한 보물을 한 개도 모자라 두 개나 남한테 쓰시겠다고요? 말이 되는 소릴 하세요, 아가씨, 이미 로열 엘릭서를 가지고 있다는 것에서부터 말이 안 되는 거였다고요."

"그래서, 없냐고."

"없어요! 먹고 죽으려고 해도 없어! 딱 한 병 있는 거 방금 홀랑 다 쓰셨잖아요!"

제임스가 답답하다는 듯 가슴을 쳤다.

"성수로 인한 인위적인 재생이라, 계속 움직이고 쥐는 훈련을 해야 합니다."

한편, 새로 생겨난 손을 진짜 제 손처럼 쓰는 건 이제 환자 스스로의 의지에 달렸다며 의원이 당부했다.

"……미안. 내 힘으론 여기까지네."

'엘릭서 하나로 다 될 거라고 생각했다니, 어리석었어.'

방금 전까지 자신만만했던 걸 생각하니 네이필리나는 조금 계면쩍었다.

"볼더? 울어?"

그래서 볼더의 수염을 타고 마구 흘러내리는 눈물을 봤을 땐 깜짝 놀라고 말았다.

"흑, 흐으윽……."

구슬 같은 물방울이 드워프의 얼굴에서 펑펑 쏟아지고 있었다.

"고맙소, 고맙소. 내 이 은혜 잊지 않겠소……."

볼더는 네이필리나의 하얀 손을 쥐고 짐승 같은 울음소리를 냈다.

"이것으로 충분하오. 내 더 바라지도 않소. 나는 주인에게 평생의 빚을
졌소."

손 하나만도 간절했다. 하나로도 충분했다.

인간을 믿지 않기로 한 그였으나, 네이필리나 콘체른은 그의 단단히 걸
어 잠근 마지막 빗장까지 무너뜨렸다.

그리고 삶을 향한 불씨를 다시 일깨웠다.

볼더는 새 오른손으로 텅 빈 엘릭서 병을 집어 들었다.

"이 손을 주기 위해 주인이 치른 대가를 나 드워브 볼더, 평생 잊지
않겠소."

그의 마음속에 더 이상 죽음은 없었다. 그 자리를 꾹꾹 내리누르고 있던
창작에 대한 열정이 메웠다.

지난 생, 천재로 단명했던 마스터 볼더의 운명이 바뀌는 순간이었다.

* * *

"주인, 목화를 많이 가지고 있다 들었소."

오른손이 생긴 후로, 며칠 동안 작업실에 틀어박혀 있던 볼더가 나와 한
첫 마디였다.

'그건 또 어디서 들었대?'

저쪽에서 젤피가 뿌듯한 표정을 짓고 있는 걸 보니 출처를 알 것 같았다.

'둘이 좀 친해졌나 보네.'

그사이 볼더가 쭈뼛거리며 입을 열었다.

"그래서 말인데…… 쌓인 목화를 처리할 만한 기계가 필요하지 않소? 내

가 예전에 생각해 두었던 게 하나 있어…… 한번 만들어 봤소."

그는 대장간 가장자리에 놓인 천을 잡아당겼다. 스르르, 검은 천이 벗겨지며 아래에 있던 사각형의 기계가 모습을 드러냈다.

"목화로 실을 잣는 방적기와, 그 실로 천을 짜는 방직기를 합쳐 봤소."

볼더는 찬찬히 설명을 덧붙였다.

"양쪽 축에 매달린 길쭉한 통이 보이시오? 마나 통이라오."

그 안엔 마석이 들어 있는데, 이 마나 통을 달면 인간이 따로 기계를 움직일 필요 없이 자동으로 움직일 수 있게 만들어져 있었다.

"보시오."

그가 시범을 보이듯 왼쪽의 기다란 축에 목화를 걸었다. 그것을 신호로 마나 통이 노랗게 빛을 내더니, 방적기가 쿵덕쿵덕 움직이며 실을 뽑아 냈다.

다시 반대쪽 축의 마나 통이 파란빛을 내더니, 뽑아 낸 실이 동그랗게 돌아가며 옷감을 짜기 시작했다. 마나 통을 매단 방직기는 나는 듯이 움직였다. 그러고는 순식간에 베 한 필을 만들어 냈다.

'이, 이게 말이 돼?'

네이필리나는 어안이 벙벙했다.

"……물론 방적기에서 방직기로 넘어가는 부분이나 자질구레한 건 좀 더 손을 봐야겠지만……."

쭈뼛쭈뼛 변명을 덧붙이는 볼더의 옆에서 네이필리나가 입을 딱 벌렸다. 자동 방적기와 방직기가 발명되는 건 지금으로부터 10년 후다. 볼더의 천재성은 그 시기를 당긴 것도 모자라 두 개를 합쳐 버렸다.

게다가 마석으로 움직이는 자동화까지!

"맙소사. 어떻게 이런 걸 생각해 냈어?"

네이필리나가 그를 껴안고 볼에 키스를 했다.

"그, 목화를 빨리 처리할 방법을 생각하다 보니……."

"볼더는 천재야!"

드워프의 얼굴이 새빨갛게 물들었다.

"별, 별거 아니요. 별로 어려운 것도 아니었소! 새로 만드는 것도 아니고, 있는 걸 개량한 것뿐이니까."

네이필리나는 완성된 베를 만졌다. 생산 속도도, 양도 다 만족스러운데 단 하나 걸리는 게 있었다.

"근데 말이야, 이거 천이…… 너무 거친데."

"그, 그건 목화의 질이 좋지 않아서……."

하긴, 네이필리나가 힐데가르드 공작에게 요구한 건 유통상에서 질이 좋지 않아 납품하지 못하고 버려지는 최하급의 목화였다.

"이런 싸구려 실로는 제대로 된 천을 만들기 힘들 거요. 주인, 어떻게 하실 생각이오?"

원단의 질은 결국 좋은 실에서 비롯되기에 이것만큼은 다른 대안을 찾지 못했다고 볼더가 덧붙였다.

"생각한 게 있어."

네이필리나가 가는 실타래처럼 보이는 은빛 머리카락 다발을 흔들었다. 지난번, 앙길레라의 지하실에서 가져온 미르딘의 머리카락이었다.

"이건…… 엘프의 머리카락이로군!"

볼더는 곧바로 알아보았다.

"그렇다면 원단의 질을 끌어올리는 게 가능할지도 모르겠소. 엘프에게는 정화 능력이 있으니 말이오."

볼더는 종이에 잔뜩 계산을 해 댔다. 그리고 벌떡 자리에서 일어나 엘프의 머리카락 하나를 빼내어 방직기에 섞었다.

달그락달그락. 베틀이 움직이며 얼마 지나지 않아 또 다른 직물이 완성됐다.

"성공이야!"

"몹시 보드랍사와요. 실크 같은걸요."

"상한 목화를 썼는데 엘프의 머리카락 한 올로 이렇게 탈바꿈하다니!"

직물의 상태가 기대 이상이었다. 실크처럼 매끄러우면서도 튼튼하게 짜여져 모두의 감탄을 자아냈다.

'하프 엘프라서 온전히 정화가 가능할까 걱정했는데.'

그녀는 미르딘을 향해 엄지를 추켜세웠다.

"이걸 뭐라 이름해야 하겠사와요?"

네이필리나는 곰곰이 생각하다 입을 열었다.

"……미르딘의 머리카락이 들어갔으니까, 엘비쉬는 어때?"

그렇게 이름이 정해졌다.

"사람이 없어도 마나 통이 달려 있는 한, 이 기계는 계속 돌아갈 수 있소."

목화 창고 근처로 기계를 옮기면 목화를 바로 공수할 수 있을 테니 생산량이 더 극대화될 거라고 볼더는 말했다.

"아니야. 볼더의 방직기에 대한 건 당분간 우리끼리만 아는 비밀로 하는 게 좋겠어."

세상에 내놓기엔 지나치게 빨랐다.

"주인이 원하시는 대로. 나는 상관없소."

볼더가 고개를 끄덕였다.

"그나저나 아가씨, 직물은 만들어졌는데 이걸 어떻게 팔죠?"

"일단 사람들한테 선보여야지."

"어떻게요?"

"옷감을 가장 잘 선보이는 방법이 뭐겠어?"

네이필리나가 씩 웃었다.

"옷을 만들어서 파는 거지."

* * *

"어떻게 생각하세요?"

네이필리나는 엘비쉬를 모친 릴리엔에게 보였다.

"잘 찢어지지도 않고 튼튼한 데다 빛깔이 영롱하구나. 따로 약품 처리를 하지 않았는데도 이렇게 선명한 색이라니. 게다가 직물 자체에서 윤기가 나."

릴리엔은 이런 재질은 처음 본다며 칭찬을 아끼지 않았다.

"드워프랑 한창 공방에 있다더니, 이게 그 결과물이니? 엄마는 좋아. 이 정도면 콘체른 상단에 납품하는 데는 전혀 문제가 없겠는걸?"

아버님께서 아주 좋아하시겠구나, 하고 릴리엔이 덧붙였다. 네이필리나가 고개를 저었다.

"아니요. 이건 콘체른 상단에서 팔지 않을 거예요."

"그래? 그럼 어떻게 하려구?"

"엄마, 실은 부탁이 있어요."

"응?"

부드러운 천에서 떨어지지 않는 릴리엔의 손끝을 바라보며 네이필리나가 입을 열었다.

"엄마가 이걸로 옷을 만들어 주세요."

"뭐?"

릴리엔이 눈을 동그랗게 떴다. 그녀가 평가한 대로 괜찮은 천이다. 아니, 아주 훌륭했다. 아름다우면서 제작까지 편리하니, 대중성까지 있었다. 하지만 아무리 획기적인 직물을 개발해 본들, 사람들이 그 존재조차 알지 못한다면 무슨 소용이 있겠는가.

"야회 드레스가 필요해요."

"네이, 그게 무슨……."

"대략적인 치수는 옆에 같이 적어 놨어요. 사교계에 나온 적 없는 디자인이면서도 원숙하고 무거운 느낌이 나면 좋을 것 같아요. 조금 과할 정도로요."

"……네가 입을 게 아니구나."

네이필리나가 고개를 끄덕였다.

"네. 엄마와 제게 가장 도움이 될 만한 사람이에요."

릴리엔은 재봉사로서 재도약이 필요하고 네이필리나는 명반의 독점권이 필요하다.

그 두 가지를 한 번에 충족시킬 수 있는 여성이 헬리오스에 얼마나 있을까.

'탐욕스러운 황비는 명반의 독점권을 그냥 넘겨주지 않을 거야. 반드시 함정을 넣거나 제 몫을 챙기려 들겠지. 2황자비는 아직 황비의 꼭두각시일 뿐이고.'

그렇다면 남은 고귀한 피는 단 하나.

'세피니아 1황녀.'

명분까지 있었다.

'조만간 있을 사절단 환송식에서 일이 터질 거야.'

헬리오스를 방문한 옵실레움 왕국 사절단의 접대를 맡은 1황녀의 실수로 사절단장이 머리끝까지 화가 나서 나가 버렸다.

'30년 전, 지금의 옵실레움 국왕을 위협했던 반란군들의 상징이 카네이션이었대. 워낙 오래전이라 아무도 기억하고 있진 않았지만, 나이 지긋한 사절단장은 달랐던 모양이야.'

'근데 아뿔싸, 1황녀가 카네이션이 그려진 드레스를 입고 나타났네? 환송식이고 뭐고, 다 파투 났지 뭐.'

'그 일로 1황녀의 무능함이 두드러졌잖아. 411, 근데 사실 원래 1황녀가 입은 건 그 카네이션 드레스가 아니었어.'

'황비가 손을 쓴 거지.'

'어떻게 알긴, 그 드레스, 우리가 처리했으니까 알지. 그놈들, 더러운 짬밥은 이쪽에 다 밑긴다고.'

"그러니 실수가 있어선 안 돼요."

제가 1황녀에게 제공할 드레스는 그녀를 완벽히 곤경에서 구해 내면서도, 사교계의 이목을 끌 수 있어야 했다.

"그렇게 중요한 일이라면, 엄마가 해서는 안 될 것 같아. 난 가위를 놓은 지도 오래됐고……."

릴리엔의 입에서 마담 누아르나 호레이쇼 등 수도에서 유명한 재봉사의 이름이 줄줄 나왔다. 하지만 네이필리나는 고개를 저었다.

"엄마의 디자인 북을 봤어요. 엄마라면 충분히 하실 수 있어요."

"뭐? 디자인 북을? 맙소사. 네이……!"

릴리엔의 얼굴이 홍당무처럼 붉어졌다.

"그, 그건 그냥 끄적인 거란다. 버리려고 모아 둔 거였어!"

"그런 것치곤 되게 소중하게 보관하셨던데요."

네이필리나는 모친의 손을 응시했다. 고운 손 위로 이제는 흐려진 옅은 상처가 보였다.

시오르샤나 이오테는 천한 평민의 흔적이라며 이 상처들을 깎아내렸었다. 그러나 그것은 릴리엔이 한때 치열하게 달려 나갔던 열정의 흔적들임을 네이필리나는 알고 있었다.

"엄마가 얼마나 뛰어난 재봉사였는지 들었어요. 그걸 전부 포기하고 저 때문에 이 집안으로 들어오셨다는 것도요."

"맙소사. 네 아빠가 쓸데없는 얘기를 했구나."

"절 위해 뭘 포기하셨는지 잘 알아요."

릴리엔이 멈칫했다.

"……감사해요. 그리고 죄송해요."

내가 당신의 진짜 딸이 아니라서.

"한 번도 말씀드린 적 없는 것 같아서요."

하지만 그 애 대신 당신에게 전부 되찾아 주겠다. 당신의 꿈도, 열정도.

"네이필리나."

릴리엔의 말문이 막혔다. 그녀는 굳은 얼굴을 하는 제 딸을 바라보았다.

"……우리 아가가 언제 이렇게 컸을까."

으앙으앙 울음을 터뜨리던 게 엊그제 같은데 어느새 순식간에 세월이 흘렀다.

강보에 싸여 사랑스러운 초록빛 눈동자를 깜빡거리던 귀여운 아기는 순식간에 릴리엔과 시야를 같이하는 숙녀가 되어 있었다. 눈물이 차오른 눈으로 릴리엔이 고개를 저었다.

"사과하지 말렴. 네가 태어난 순간부터, 내 꿈은 너였단다."

네이필리나의 볼을 쓰다듬는 손은 몹시 다정했다. 몽실몽실한 온기가 그녀를 감쌌다.

"……."

네이필리나는 잠시 멈칫하다가 이내 눈을 감고 얌전히 손길을 받아들였다. 건조하면서도 침전된 바다에서 꺼낸 듯한, 조금 목이 멘 목소리가 흘러나왔다.

"그럼 제가 이렇게 잘 자랐으니까, 엄마의 꿈은 이루어진 거겠네요."

"당연한 말을 하는구나."

"그럼 엄마, 이젠 다음 꿈을 찾을 차례에요."

엄마의 첫 번째 꿈을 되찾아야죠. 네이필리나는 그것이 꼭 제 소명이기라도 한 듯이 말했다.

"제가 되찾아 드릴게요."

반드시.

릴리엔은 그저 눈물진 얼굴로 웃으며 고개를 끄덕였다.

* * *

엘비쉬 천 여러 필이 3별관에 도착했다.

그리고 얼마 지나지 않아…….

쾅앙-! 사랑스러운 레이스가 가득한 헨리 부부의 침실 문이 눈앞에서 닫혔다.

"여보! 이 방을 써야겠어요! 나가 줘요!"

3별관에서 제일 크고 볕이 잘 들어 작업하기 최적화된 방은 둘의 침실이었다.

"도, 도대체 무슨 일입니까? 왜 문을 닫는 거예요? 내, 내가 뭘 잘못했습니까?"

면전에서 내쫓긴 것도 모자라 두껍게 닫혀 버린 문에 헨리가 우왕좌왕했다. 안쪽에서 상냥하면서도 살벌한 목소리가 들려왔다.

"달링, 당분간 날 찾지 말아요! 아주 바쁘니까! 문 열면! 우린 끝이에요!"

"여, 여보? 릴리엔?"

"헨리 님! 잠깐 실례하겠습니다!"

"바쁘다, 바빠!"

그때 릴리엔의 시녀 마그다와 엘리가 부자재로 꽉 찬 바구니를 안고 침실로 들어갔다.

"이게 다 무엇이냐?"

"헤헤, 헨리 님. 드디어 마님께서…… 다시 시작하셨다고요!"

신이 난 엘리가 슬쩍 바구니 안을 보여 주었다. 다른 크기의 가위 여러 개를 비롯한 갖가지 도구들, 그리고 레이스, 리본 등의 부자재가 가득했다.

"정말이냐? 오오, 드디어……!"

사랑스러운 아내의 사그라진 꿈을 늘 안타까워하던 그였다. 어떤 심경의 변화가 있었는진 모르지만, 릴리엔이 다시 가위를 들었다는 사실이 기쁘기 그지없었다.

"당신이 다시 일을 시작했는데 침실 따위가 대수겠습니까! 다 쓰셔도 됩니다!"

필요한 게 있으면 얼마든지 사 오거라! 먹을 건 필요하지 않나? 아예 당신이 일할 작업실을 새로 알아볼까? 헨리 역시 신이 나서 외쳤다. 그러다가 멈칫했다.

"그런데 여, 여보, 릴리엔. 그럼 나는 어디서 자면 되겠습니까?"

"알아서 해요!"

"알, 알아서?"

당황한 헨리의 목소리가 복도에 홀로 울려 퍼졌다.

* * *

헨리가 베개를 들고 나타났다.

"네이, 아, 아빠가 말이다…… . 당분간 옆방에서 신세를 좀 져도 되겠니?"

2층은 네이필리나의 공간이라 미리 허락을 구해야 한다고 생각한 모양이다.

"아빠가 저녁에 책 읽어 줄까? 어릴 땐 우리 네이, 아빠가 자장가 불러 주면서 재워 주고 그랬잖니, 응?"

"아니요. 자장가는 필요 없어요, 책도요."

"어, 어떻게 그렇게 고민도 않고 단박에…… ."

"그냥…… 옆방에서 주무세요. 젤피에게 말해 두었어요."

졸지에 침실에서 밀려난 헨리에게 제 옆방을 내준 지 며칠이 지났을까.

"어떻니?"

새하얗게 불사른 예술혼과 함께 덩달아 새하얘진 혈색의 릴리엔이 드디어 모습을 드러냈다.

"잠은 좀 주무신 거예요?"

헨리 부부의 침실에서 두문불출하고 있단 얘기는 전해 들었다. 하지만 그냥 귀로 들었을 때와, 눈 그늘이 턱까지 내려온 릴리엔을 실제로 보는 건 차이가 컸다.

"말도 마세요. 마님께서 사흘째 밤을 꼬박 새우셨다니까요? 아가씨 드레스에만 매달리셨어요."

엘리와 마그다가 절레절레 혀를 내둘렀다.

"겨우 사흘 가지고 뭘. 의상실에서 일했을 땐 일주일 밤을 꼬박 새운 적도 있는걸. 그나저나, 그게 중요한 게 아니야."

짜잔-! 릴리엔이 드디어 완성된 검은 드레스를 내보였다.

"네이 네가 말했던 대로 기존의 레이스나 리본 장식은 아예 제외해 봤어. 대신 선은 좀 더 분명하고 과감하게 썼단다."

독특한 디자인이었다. 가슴을 크게 부각하지 않으면서도 옆선을 따라 자리한 섬세한 드레이핑이 눈에 띄었다. 거기다 자르르 물결처럼 흔들리는 풍성한 드레스 끝자락이 탄성을 자아내게 했다.

"원숙하고 무거운 느낌을 주려고 검게 염색을 했는데, 세상에, 이 직물은 놀라울 뿐이야. 윤기가 전혀 변치 않더구나."

천 자체가 아름다워 엘비쉬의 특성을 최대한 살리려 했다고 릴리엔이 덧붙였다.

'예쁘다.'

드레스를 잘 모르는 네이필리나의 눈에도 아름다워 보이는 것만은 분명했다.

"어떻니……?"

조마조마한 얼굴로 그녀가 물었다. 네이필리나는 고개를 끄덕였다.

"네, 됐네요."

이거면 되겠네. 그녀는 살수로서 살아왔던 때처럼 무미건조한 말투로 단출한 감상을 내뱉었다.

"그……러니?"

릴리엔의 얼굴이 창백해졌다. 순간 네이필리나는 아차 싶었다.

'맞다. 이렇게만 말하면 안 되지.'

"……완벽해요. 이보다 더 좋을 수 없는걸요."

짝짝짝. 격렬한 박수 소리도 함께였다.

"마음에 든다니 다행이구나. 사실 걱정했었어. 가위를 놓은 지가 너무 오래돼서……."

릴리엔은 그제야 가슴을 쓸어내렸다. 딸에게 괜찮다는 평가를 받고 다시 완성된 드레스를 보니, 뒤늦은 감동이 벅차올랐다.

'내가 만든 드레스.'

뭔가에 정신없이 몰두했던 적이 얼마 만인가. 푹 빠져 있던 사흘이 눈 깜짝할 새에 흐른 것 같았다.

"혹, 혹시 드레스가 더 필요하진 않니? 아니, 엄마가 꼭 아쉬워서 그런 건 아니고……. 혹 네이 네가 필요하다면 말이야."

릴리엔은 드레스를 어루만졌다. 아쉬운 작별 인사를 하는 것처럼, 떨어지기 싫은 것처럼 시선이 내내 드레스에 박혀 있었다.

"아뇨. 지금은 더 필요하지 않을 것 같아요."

"아, 그렇구나."

눈에 드러나는 실망감에 네이필리나가 작게 미소 지었다.

"앞으로의 일은 이제 저한테 맡기시고 엄마는 좀 쉬시는 게 좋겠어요."

곧 굉장히 바빠지실 테니까.

* * *

옵실레움 사절단의 환송식 당일.

"하아, 하아……."

1황녀 세피니아는 가까스로 치밀어오르는 분노를 자제하고 있었다. 조금 전, 황비가 포도주를 엎질러 그녀의 옷을 더럽히며 시비를 걸었기 때문이다.

'어머, 이 좋은 날 귀한 드레스를 더럽혀서 어찌합니까. 귀빈들께 부끄럽지 않게 어서 갈아입고 오세요, 황녀.'

옵실레움 왕국은 헬리오스의 중요한 우방국이다. 황제의 비호를 받지 못하는 그녀로서는 지지 기반을 다질 중요한 파티였다. 황비 역시 그걸 알고 이 자리까지 걸음한 것이리라.

누가 봐도 황비가 고의로 엎지른 거였다. 뒷말이 나올 걸 알면서도 기어코 다가와 사달을 내는 걸 보면 지난번 힐데가르드 유람선 습격 사건 때 독이 잔뜩 오른 모양이다.

포도주가 가슴팍으로 엎질러지는 순간, 그 자리에서 황비의 뺨을 치지 않은 건, 순전히 세피니아의 인내심 덕분이었다.

하지만 세피니아의 화를 머리끝까지 올리는 일은 그다음에 일어났다.

"화, 황녀 전하. 드레스가 전부……!"

준비해 두었던 여분의 드레스가 갈기갈기 찢겨 있었다. 자리를 지키던 호위와 시녀들도 사라졌다. 세피니아의 곁에 남아 있는 건 최측근 시녀들뿐이었다.

"여분 드레스가 없습니다. 어쩌죠, 황녀 전하?"

시녀는 울음을 터뜨렸다. 세피니아가 이번 환송식을 성사시키기 위해서 얼마나 애썼는지 누구보다 잘 아는 시녀였다.

"제, 제 잘못이에요. 죄송해요, 황녀 전하. 제가 더 잘 봤어야 했는데……."

"앤지, 네 잘못이 아니다. 황비가 이렇게 움직일진 몰랐던 내 실책이지."

환송식은 본국으로 귀환하는 사절단을 배웅하기 위해 황성의 서쪽 외곽에서 열렸다.

수도에서 옵실레움에 가장 근접한 지역이었다. 그 말은 즉, 황궁 내에서만큼 세피니아를 보호하는 힘이 강하지 않다는 뜻이다.

'그러니 그 여자가 매수한 자들이 여기까지 침입할 수 있었겠지.'

세피니아가 입술을 깨물었다.

안일했다. 힐데가르드의 비호 아래, 환송식 자체를 무사히 끝내는 것만 생각했다. 드레스 같은 자잘한 문제로 발목을 잡힐 줄은 생각지 못했다.

힐데가르드 노공작이나 마티어스 역시 여성 쪽에는 문외한이다 보니 작금의 상황을 알아차리는 데 시간이 걸릴 테다.

'늦게 들어가면 분명 레클란이 나 대신 나서려 할 거야.'

2황자 레클란이 호시탐탐 기회를 노리고 있지 않던가.

'제게 맡겨 주십시오, 폐하. 반드시 성공적으로 완수하겠습니다.'

'쓰읍…… 알았다. 하지만, 조금이라도 흠을 잡혔다간 레클란에게 곧바로 넘길 테니, 그리 알거라.'

저를 눈엣가시처럼 여기는 부황에게서 겨우 따낸 기회였다. 이렇게 날려 보낼 수는 없었다.

"황녀 전하, 곧 사절단장이 들어올 겁니다. 그들을 맞이하려면 전하께서 먼저 연회장으로 돌아가셔야 하니, 제 드레스를 입고 가시지요."

그녀의 충실한 가신인 귀네브 후작 부인이 제안했다. 제 드레스를 내어 주는 대신, 연회 내내 이 작은 휴게실에 처박혀 있게 되어도 상관없다는 충심이었다.

하지만 세피니아는 고개를 저었다.

"부인은 나와 함께 입장했지 않습니까."

누군가는 귀네브 후작 부인의 드레스를 1황녀가 입었다는 걸 눈치챌 것이다.

"황녀 전하! 드레스를 구했습니다!"

"전하! 손님이 왔습니다!"

상황을 타개하려 달려 나갔던 세피니아의 측근 시녀 둘이 동시에 돌아왔다.

앤지의 손에는 새로운 드레스가 달려 있었고, 클로버의 뒤에는…….

"오랜만에 뵙습니다, 황녀 전하. 그간 강녕하셨습니까."

콘체른이 있었다.

* * *

"시간이 왜 이렇게 오래 걸리지?"

"황녀 전하는 도대체 언제 오시는 거예요?"

수군대는 연회장의 말소리는 점점 커져 갔다.

시곗바늘은 째깍째깍 점점 나아가고 있건만, 연회의 주최자인 1황녀가 아직도 모습을 드러내지 않았기 때문이다.

"곧 사절단이 들어올 텐데, 그때도 저 자리를 비워 두고 있을 텐가? 그게 무슨 추태야."

"오늘같이 중요한 날, 황녀 전하도 참……."

"지금이라도 2황자 전하가 미리 준비하셔야 하지 않겠어요?"

황비는 슬쩍 부채를 펼쳐 그 뒤로 비릿한 입꼬리를 올렸다. 그녀는 옆에 서 있는 레클란을 향해 돌아섰다. 나비의 날갯짓처럼 가벼운 몸짓에서 살랑거리는 미풍이 부는 것 같았다.

"준비해 두거라. 황녀는 돌아오지 않을 거니까."

확신하는 말투였다.

"예, 어머니."

지난번 실패로 이를 가시더니 어머니께서 벌써 손을 써 두신 모양이로군.

'세피니아 누님이 단단히 화가 났겠는걸.'

레클란의 씩 웃는 미소가 두드러졌다. 얼굴 하나로 황제의 마음을 사로

잡았다는 황비가 낳은 아들답게 레클란 역시 호쾌한 인상의 미남이었다.

그러나 아름다운 푸른 눈동자에선 어쩐지 정제되지 못한 사나움이 물씬 풍겼다.

"비, 내 옆에 서세요."

"레클란, 중요한 자리잖니. 황자비는 나와 있으면 돼."

"어머니, 이 사람은 내 유일한 정비입니다. 사절단도 누가 차기 황후가 될지 미리 알고 있어야지요."

도박과 사치에 미쳐 있으면서도 여자 문제는 없는 레클란은 제 아내만큼 은 꽤 아끼는 애처가였다. 공식적인 자리에서는 꼭 황자비를 대동하여 그녀 의 면을 세워 주곤 했으니까.

"……네가 그렇다면 어쩔 수 없지. 하지만 잊지 말렴. 너는 황제가 될 사 람이야. 언제나 네가 최우선시해야 할 건 네 아내가 아니라……."

"이해해 주실 줄 알았습니다. 비, 무얼 하고 있습니까. 이리 와요."

제가 원하는 데까지만 듣는 것도 유전이었다. 레클란이 아내를 향해 손 을 뻗었다.

"예? 예에…… 전하."

그때였다.

"옵실레움 사절단 입장합니다!"

문지기가 우렁차게 외치자 황비의 아름다운 얼굴에 미소가 번졌다.

"레클란."

"예, 압니다."

그러나 그도 잠시.

"1황녀 세피니아 힐데가르드 헬리오스 전하 드십니다!"

연이어 울리는 1황녀의 이름에, 미소는 간데없이 사라지고 말았다.

"동시 입장이야?"

사람들이 수군거리는 가운데 문이 열렸다. 옵실레움 사절단장의 에스코트를 받으며 1황녀 세피니아가 등장했다.

조금 전 더럽혀진 드레스 때문에 인상을 굳히며 연회장을 나갔던 모습은 어디 가고, 세피니아는 당당하고 우아한 등장으로 좌중을 휘어잡았다.

그녀가 새로 갈아입은 드레스는 꼭 맞는 것처럼 몸에 감겼다.

한 걸음 한 걸음 발을 옮길 때마다 보석이 흩뿌려진 흑빛 천이 물결치듯 일렁이며 보는 이들의 탄성을 자아내게 했다.

허리는 부드럽게 곡선을 감쌌고, 적당한 노출이 있었지만 우아함을 잃지 않았다.

"맙소사, 이런 드레스를 준비하고 계셨군요!"

"도대체 누구의 작품인가요? 처음 보는 드레스인데?"

"꼭 별빛을 담아 놓은 것 같아!"

천 자체에서 피어나는 반짝거림이 연회장의 샹들리에보다 밝았다. 세피니아에게선 요정들을 이끄는 왕처럼 엄숙하면서도 신비한 분위기가 풍겼다.

자리를 비운 황녀를 은근히 비난하던 분위기는 사라진 지 오래였다. 사람들의 이목은 전부 세피니아에게 꽂혔다.

"황녀 전하께서 미천한 소신들을 위해 직접 걸음해 주시다니, 감사하기 그지없습니다."

문이 열리기 전, 사절단장과 무슨 대화가 오갔는지, 분위기가 몹시 정다워 보였다.

"옵실레움은 우리 헬리오스의 소중한 친우요. 귀빈들의 마지막 배웅을 맡은 내가 황녀로서 어찌 본분을 다하지 않을 수 있겠소."

세피니아가 부드럽게 웃음 지었다.

"폐하께서도 내게 여러분들이 귀환할 때까지 부족함이 없기를 연일 당부하셨다오."

"폐하께서요!"

감격에 젖은 옵실레움 사절들의 얼굴이 밝았다.

"헬리오스에서 본국과의 관계를 이렇게 중히 여겨 주신 걸 국왕 폐하께서 아신다면 분명 기뻐하실 겁니다."

"또한, 황녀 전하께서 저희에게 보여 주신 호의도요."

사절단장이 살짝 세피니아에게 몸을 기울였다. 그러고는 사람들에게는 들리지 않을 크기로 작게 속삭였다.

"사실은 1황녀 전하를 조금 오해하고 있었습니다."

"응? 그게 무슨 말이오."

"연회 전 누군가 서한을 보냈더군요. 황녀 전하께서 우리 옵실레움 왕정의 정통성을 인정하지 않는다고요. 그래서, 민란을 일으켰던 옵실레움 혁명군의 상징이 이 연회장에 있을 것이라고, 제게 경고하더군요."

그리 말하는 사절단장의 시선이 연회장의 장식들을 지나 종국엔 세피니아를 향했다.

"하지만 보시다시피 이곳 어디에도 붉은 카네이션은 없지 않습니까. 결국엔 양국을 이간질하려던 협잡꾼의 하수였군요."

순간 세피니아가 몸을 굳혔다. 머릿속에 시녀 앤지가 가져왔던 여분의 드레스가 스쳐 지나갔다.

'붉은 카네이션 자수가 만발해 있었지.'

등줄기가 차갑게 식어 내리는 듯했다.

아끼던 시녀의 배신보다 그녀를 더 분노케 하는 건…….

'네이필리나 콘체른이 나타나지 않았다면, 만약 그대로 그 카네이션 드레스를 입었다면, 어떻게 되었을까.'

부황에게 간신히 얻어낸 이 기회가 실패로 돌아가는 것도 모자라 그녀의 발목을 잡았을 거다.

"예. 질 낮은 술수군요. 수치스러운 모습을 보였습니다."

속에서 피어나는 불길은 뒤로하고 세피니아는 평온한 목소리로 속삭였다.

"최근 쓰러지신 후로, 폐하의 용태가 지지부진하다 보니 황실이 조금 어수선합니다. 시국의 불안정한 틈새를 타 자리를 보전하는 데만 혈안이 된 삿된 자들이 있다 보니……. 경께선 이해하실 수 있겠지요?"

그러면서 황비 쪽을 바라보는 건 덤이었다.

'아아, 아직 황제가 후계를 정하지 않았지. 헬리오스 황실도 복마전을 이루고 있구나.'

"물론이지요. 저 역시 그런 무도한 자들이라면 일가견이 있답니다. 왕국의 미래보다 본인의 안위만이 중요한 자들이죠."

황비의 이간질에서 30년 전, 옵실레움 왕실을 위협하던 반란군들을 떠올린 모양이다.

"황녀 전하께서 근심이 크시겠군요."

사절단장이 이해한다는 듯 불쾌한 시선으로 황비와 2황자 쪽을 괜히 흘겼다.

'이로써 적어도 당분간 옵실레움과 2황자가 가까워질 일은 없겠군.'

세피니아가 웃음 지었다.

"경과 나의 우정이 양국의 가교가 될 수 있다면 나 역시 기쁠 것이라오."

앞으로도 계속 말이오. 이번에는 누구나 들을 수 있는 목소리였다.

"여부가 있겠습니까. 신과 옵실레움은 1황녀 전하와 헬리오스의 환대를 잊지 않을 것입니다."

둘의 대화가 미래를 말했다. 그게 무슨 뜻인지 모르는 자는 없었다.

"황녀 전하께서 늦은 이유가 따로 있으셨군."

"옵실레움을 편으로 들이셨구나."

"과연, 보이지 않는 곳에서도 외교를 펼치고 계셨던 거로군요."

그 결과, 조금 전 불미스러운 분위기를 자아내던 1황녀의 부재에 대해 수군거림은 힘을 잃었다.

"자, 마지막까지 그대들이 즐겁게 지내길 바라오."

연주가 시작되며 환송식의 진정한 시작을 알렸다.

"……준비해 두라면서요. 어머니는 어떻게 일을 저따위로 처리하십니까?"

레클란이 씩씩거렸다.

조금 전 사절단장에게 인사를 건넸다 저를 본체만체하는 놈의 뻣뻣한 반응 때문에 망신 아닌 망신을 당하고 온 참이었다. 분을 참지 못한 그는 성큼성큼 긴 다리로 자리를 박차고 나가 버렸다.

세피니아는 그 기회를 놓치지 않고 사뿐사뿐 황비에게 다가왔다.

"저런, 레클란이 심통이 났군요. 동생이라 그런지 아직도 귀여운 데가 있더이다."

부드러운 중저음의 목소리에 권위가 실려 있었다.

"……무사히 귀환해서 다행입니다, 황녀. 혹 내 실수로 누가 되진 않을지 걱정했거든요."

"예. 덕분에 되레 사절단장과 입장할 기회가 됐습니다. 감사한 일이지요."

"……."

"그럼 오늘 즐거운 밤 보내시길."

세피니아는 빙긋 웃으며 지나쳐 버렸다. 황비는 말없이 그녀의 뒷모습을 바라보았다.

연회장을 당당히 누비는 검은 드레스의 뒤태가 미끄러지듯 물결쳤다.

"건방진 계집……."

주먹을 쥐고 있는 가녀린 손에 힘이 잔뜩 들어갔다. 날카로운 손톱이 속살을 찌르며 날 선 통증이 일었다.

* * *

환송식이 끝났다.

"전하! 전하, 용서해 주세요! 제발! 제가 눈이 멀었습니다! 다시는 전하를 배신하지 않겠어요! 제발!"

끌려가는 앤지의 비명을 뒤로하고 시녀 클로버가 세피니아에게 고개를 숙였다.

"환송식이 무사히 끝나 정말 다행이에요."

"그래. 하마터면 손에 쥔 것마저 잃어버릴 뻔했지."

세피니아가 피식 웃었다. 황비가 제 측근에게마저 손을 뻗치는 것도 알아차리지 못했다는 게 입맛이 썼다.

"하지만 되레 황녀 전하에게 좋은 일이 되어 버렸잖아요? 전하도 황비의 표정을 보셨죠? 어찌나 붉으푸르락하던지⋯⋯. 2황자가 나가 버릴 땐 제 속이 다 시원했다구요."

"그래. 그렇지."

세피니아가 고개를 끄덕이며 금빛 초대장을 내밀었다.

"네이필리나 콘체른에게 보내렴."

궁지에서 구해 준 선물의 주인에게 보답할 차례였다.

* * *

1황녀 세피니아가 드레스를 매우 마음에 들어 한 듯했다.

금빛 초대장을 받은 다음 날, 3별관 앞으로 황실의 마차가 들어섰다.

"네이필리나 콘체른 양을 모시러 왔습니다. 동행하실 분은 모친인 콘체른 부인이십니까?"

"네."

네이필리나는 릴리엔도 황실의 마차에 함께 태웠다. 드레스를 만든 장본인이니 그녀 역시 함께여야 했다.

"네이, 어, 엄마는 지금 무슨 일이 벌어지고 있는지 모르겠구나."

황궁으로 향하는 내내, 릴리엔은 벌벌 떨었다.

"엄마, 나쁜 일은 없을 거예요. 제가 약속할게요."

네이필리나는 떨리는 그녀의 손등 위에 제 손을 얹었다.

"혹시, 알고 있었니? 황녀 전하께서 우릴 부르실 거란 걸?"

"……글쎄요."

네이필리나는 대답 대신 창밖으로 시선을 던질 뿐이었다.

"기다리고 계십니다."

시녀의 안내를 따라 들어간 아름다운 방에서 1황녀 세피니아가 그들을 맞이했다.

"어서 오게."

"헤, 헬리시온의 첫 번째 별을 뵙습니다! 릴리엔 콘체른입니다!"

릴리엔은 다급하게 허리를 숙였다.

황족을 대하는 예법이 이게 맞았나? 오는 내내 입으로 외우고 있었건만 1황녀를 마주한 지금, 머리가 새하얗게 비워진 것만 같았다.

"……."

그사이 네이필리나와 세피니아가 눈을 마주쳤다. 황녀의 시선은 릴리엔이 누구냐고 묻고 있었다.

"……헬리시온의 첫 번째 별이시여, 찾으셨던 선물의 주인은 사실 이분이랍니다."

네이필리나가 매끄럽게 대신 대답했다.

"저는 그저 전달자였을 뿐이구요."

"전달자라?"

"예. 드레스를 만든 건 제가 아닙니다."

세피니아가 릴리엔을 향해 몸을 돌렸다.

"그럼 그대가 만든 건가?"

"예? 예에, 마, 맞습니다."

"디자인이 독특하더군. 감촉도 부드럽고, 움직이기도 편했어."

"아아……."

네이필리나는 릴리엔의 옷자락을 슬쩍 잡아당겼다. 재봉사로서의 설명이 필요할 때였다.

"예, 전하. 엘비쉬라는 원단을 썼습니다. 활동성에 중점을 두어 가볍게 만들었지요. 오랜 시간 동안 입고 움직여도 지치지 않도록요."

다행히 정신이 든 릴리엔이 설명을 이어 나갔다.

"원단의 가벼움과 디자인의 과감함을 진하고 무거운 색으로 상쇄하려 했습니다."

"엘비쉬? 처음 들어 보는 듯한데."

세피니아가 묻자 네이필리나가 대신 대답했다.

"예. 이번에 직물 개발을 성공하였습니다."

"콘체른 상단이, 아니면 그대가?"

둘을 나누어 묻는 이유는 자명했다. 세피니아는 이번 선물을 보낸 배후가 콘체른 백작가인지 네이필리나 개인인지 묻는 것이다.

"제 수하의 재능이 뛰어나 좋은 결과를 얻었지요."

네이필리나 콘체른 혼자서 움직인 결과라는 뜻이다. 네이필리나는 공손하게 무릎을 숙이며 덧붙였다.

"그리고 이 재봉사의 손끝에서 아름답게 완성됐구요. 완성된 드레스에 어울릴 분을 생각해 봤더니, 한 분밖에 떠오르지 않더군요."

네이필리나가 너스레를 떨자 세피니아가 피식 웃었다.

"그게 나였다는 건가?"

황비가 판 함정과, 변절자의 존재까지 알고 있었던 네이필리나 콘체른이 정말 그 이유로 이 드레스를 제게 보냈을까?

'바라는 게 따로 있다는 거로군. 그걸 여기서 얘기할 마음은 없다는 거고.'

눈치로 봐도, 비슷한 외양을 봐도 엘비쉬 드레스를 만든 재봉사와 그녀는 모녀 관계로 보였다.

'아무래도 모친은 저 아가씨의 진짜 모습을 모르는 듯한데.'

제가 만든 드레스가 환송식에서 어떤 정치적 역할을 해냈는지도 눈치채지 못한 듯했다.

'그럼 전부 저 아가씨의 머릿속에서 계획되고 나왔다는 건데.'

고작 스물도 되지 않은 소녀가 저를 두 번이나 곤경에서 구했다.

'외조부님의 말씀이 맞았구나.'

황위를 위해서 그녀는 제게 꼭 필요한 인재였다.

'곁에 두어야겠어.'

세피니아가 릴리엔 쪽으로 뒤돌아섰다. 네이필나 콘체른과 더불어 놓칠 수 없는 사람이었다.

"그대, 릴리엔이라고 했나?"

"예? 예. 그렇습니다, 황녀 전하."

"조만간 황실에서 주최하는 작은 티 파티가 있네. 그때 입을 옷을 부탁하고 싶네."

"네, 네에?!"

"아, 평소에 입을 가벼운 드레스도 몇 벌 더 주문하고 싶은데."

세피니아가 덧붙이자 릴리엔의 눈이 휘둥그레졌다. 1황녀는 차기 후계자 후보임과 동시에 현 헬리오스 사교계의 꼭대기에서 군림하는 초상위 포식자 중 하나다.

'그녀가 입고 쓰는 모든 것이 곧 유행이 되지.'

수도에서 가장 잘나가는 재봉사들조차 1황녀의 선택을 받으려고 줄을 섰다.

그런 그녀가 지금 제게 드레스를 의뢰하다니?! 얼마나 놀랐는지 릴리엔은 몸을 휘청거리기까지 했다.

"제, 제게 말입니까?"

"그럼 저 멋진 드레스를 만든 사람이 따로 있나?"

"하지만 저는 출신도 변변찮고, 대단한 재봉사도 아닌걸요. 어찌 제가 황녀 전하의 옷을 감히……."

"출신이 뭐든, 과거가 어쨌든 내겐 중요치 않아. 중요한 건 오직 결과지. 자네가 만든 드레스처럼."

세피니아가 싱긋 웃으며 릴리엔의 어깨를 두드렸다.

"나는 그대를 계속 보고 싶으니 새겨듣는 게 좋겠어."

릴리엔의 턱이 바르르 떨렸다. 치밀어오르는 눈물을 참고 겨우 대답했다.

"무, 물론이죠. 후회하지 않으시도록 황녀 전하께 어울릴 최고의 옷을 만들겠습니다."

"좋네. 기대하겠어."

세피니아가 만족스럽게 고개를 끄덕였다.

"클로버, 마담 릴리엔을 드레스 룸으로 안내하거라. 내 취향을 참고하는 데 도움이 될 거요."

마담 릴리엔.

세피니아는 그녀를 아예 수도의 지긋한 재봉사들과 같은 호칭으로 불렀다.

"예, 전하. 마담, 이리 오시지요"

시녀를 따라 릴리엔이 자리를 떠났다.

"어머니의 꿈을 이뤄 주셔서 감사드립니다. 늘 바라셨거든요."

"그대 때문이 아니니 공치사는 사절이야. 이래 봬도 공과 사는 분명해. 마담의 실력이 별로였다면, 다음 드레스를 맡기는 일 따위 없었을 걸세."

콘체른 양에 대한 고마움은 별개로 말이야. 세피니아가 말을 이었다.

"콘체른 양, 그대는 공교롭게도 날 두 번이나 구해 주었어. 힐데가르드가 무너질 뻔했고, 그다음은 내가 흔들릴 뻔했지."

신중하면서도 군더더기 없는 말투의 세피니아답지 않게 찬사가 길었다.

"그대가 아니었다면 내 이리 편히 이 자리에 서 있진 못했을 걸세."

"과분한 말씀입니다. 황녀 전하께서는 저 없이도 능히 잘 헤쳐 나가셨을 겁니다."

"콘체른 양."

"예, 전하."

"내 사람이 되게."

네이필리나가 흠칫 어깨를 굳혔다. 공교롭게 연달아 1황녀파를 돕게 되었으니 황녀의 경계를 깨는 것까진 예상했다.

'하지만 이렇게 빨리 손을 내밀 줄은 몰랐는데.'

황녀의 성격상, 차라리 대가를 지급할지언정 저를 제 쪽으로 끌어들이기까지는 좀 더 시간이 걸릴 줄 알았다. 그 배경에 힐데가르드 노공작의 조언이 있었다는 걸 네이필리나가 알 리 없었다.

그녀는 조금 당황했다.

'지금 이 자리에선 승낙할 수도, 거절할 수도 없어.'

방직기에 원단까지 개발하며 얻은 기회인데 무턱대고 대답을 피하며 1황녀의 마음을 상하게 할 수도 없다.

'이것 참 애매하네.'

"강요는 아닐세. 부탁이지. 나는 그대가 필요해."

"전하를 보필하기엔 제가 너무 미흡한걸요. 과분한 청을 거두어 주십시오."

"미흡하다니. 내 입으로 그대에게 얼마나 고마워하고 있는지 꼭 들어야겠나?"

세피니아의 눈에 피식, 장난기가 스쳤다. 지난번과 달리 네이필리나를 경계하지 않는 태도의 변화가 명백했다.

'이러면 말을 좀 꺼내 볼 수도 있겠어.'

"부족한 저를 품어 주시는 전하의 은혜에 몸 둘 바를 모르겠사옵니다."

네이필리나가 무릎을 굽히고 황족을 맞이하는 예를 다시 했다.

"그럼……."

"하지만."

다시 이어지는 말에 세피니아의 표정이 풀어지려다 멈췄다.

"저는 상인입니다."

"반쪽짜리 귀족이라 후계 싸움에 끼어들 수 없다는 핑계를 대려는 건가? 선황께서 그대 가문에 내린 작위는 아직 건재해. 누구도 그걸 부정할 순 없어."

혹 아니면, 더 높은 곳을 꿈꾸고 있나? 혼잣말처럼 날아오는 세피니아의 마지막 말이 날카로웠다.

네이필리나는 차분하게 대답했다.

"하지만 여전히 졸부인 건 변하지 않지요. 위계를 세워 달라는 부탁이 아닙니다."

그저.

"제 꿈 역시 차기 황제의 황금 길을 닦는 것이 아니라, 콘체른 상행의 도로면 족하다는 말씀을 드리고 싶었던 것뿐."

"고위 귀족들의 명성을 보호막으로 두르려 했던 자가 하는 말치곤 겸손하군."

"가문의 힘이 한미하니, 살아남기 위해선 무엇이든 해 보려던 것뿐인걸요."

네이필리나가 미소 지었다.

"황녀 전하께서 원하시는 게 있다면, 필요하신 게 있다면 그 무엇이든 가져다드릴 수 있습니다. 그러나 그 말이 제가 전하의 사람이라는 뜻이 되지는 않을 겁니다."

"감히 나와 레클란 사이를 저울질해 보기라도 하겠다는 건가?"

세피니아의 목소리에 드물게 노기가 담겼다.

"전하, 상인은 무릇 한 군데에서만 거래하지 않습니다. 하지만 그 거래 하나를 성사시키기 위해 모든 힘과 여력을 다하지요. 오직 거래에 대한 신뢰만이 저희의 무기니까요."

"……."

"저는 제 목을 내어놓았습니다. 하여 여쭙습니다. 황녀 전하께선 제게 무얼 주실 수 있으십니까?"

세피니아는 말문이 막혔다가 이내 헛웃음을 터뜨렸다.

'외조부님, 도대체 어디까지 보신 겝니까.'

'군주가 신하를 선택하듯 그 반대도 가능함을 전하께선 모르지 않으실 겁니다.'

이 어린 아가씨의 눈에 비친 저는 어떤 사람일까.

네이필리나 콘체른의 눈에 나는 헬리오스의 차기 군주로, 제가 충성을 바칠 주군으로 비칠 수 있을까.

세피니아는 자신할 수 없었다. 처음 겪는 낯선 긴장감과 불쾌감, 그리고 설렘이 그녀를 잠식했다.

"무엇이 필요한데?"

그러나 그녀가 느끼는 감정들 중 그 어느 것도 아름다운 얼굴 위로 나타나지 않았다.

"무엇이든 제공하지. 내 사람이 되어 달라는 제안은 물리지 않을 걸세. 나를 선택한다면, 그대는 후회하지 않을 테니까."

진중한 목소리에 헬리오스 제국 1순위 후계자다운 자신감이 깔렸다.

"전하, 저는 맹세를 믿지 않습니다."

그러나 네이필리나는 고개를 저었다.

"감정은 유한하고 인간은 나약하지요. 신의는 욕망에 잡아먹히고, 욕망은 힘 앞에 굴복하기 마련이지요."

이미 겪어 알고 계시겠지만요. 네이필리나가 조용히 시녀 앤지의 배신을 지적했다.

"그 어느 것도 완전한 게 없는데, 어찌 제가 감히 전하께 그런 도박을 하라 말씀드리겠습니까."

"……."

"하지만 계약은 다릅니다."

"다르다, 라."

"계약이 존재하는 한, 저와 전하의 사이는 유효합니다. 신의도, 욕망도 무관하지요. 전하께선 그 무엇도 걱정하실 필요가 없습니다."

"……."

"제게 족쇄를 걸고자 하신다면 세상에 이것보다 안전한 족쇄가 어디 있겠습니까."

"그대를 곁에 두고 싶다면 선택하라?"

받아들이면 잠시나마 곁에 둘 수 있을 것이다. 그러나 내치면 거기서 끝이다.

'발칙하기도 하지.'

감히 황녀의 제안을 거절하는 것도 모자라 알량한 조언까지 없다니.

하지만 우습게도 화는 나지 않았다. 그만큼 눈앞의 아이가 탐이 나서일까, 아니면 아이의 말을 부정하지 못해서일까.

"주고받는 것이라 했지. 그대가 내게 주었으니, 내가 이제 그대에게 줄 차례라는 거로군."

세피니아가 릴리엔의 드레스를 턱짓했다.

"그래서, 콘체른 양에겐 무엇이 필요한가? 말해 보라. 계약의 추를 비등하게 할 만큼 바라는 게 있을듯한데."

세피니아가 몸을 돌려 네이필리나에게 물었다.

'지금이다.'

네이필리나가 웃었다.

"제국 내 유통되는 명반의 독점권을 가지고 싶습니다."

그리고 얼마 후. 1황녀의 서신이 날아왔다. 그 안에는 금빛 두루마리도 함께였다.

명반의 독점권이 네이필리나의 손에 들어왔다.

Ch 6. 라리스

사교계에 새로운 파란이 일었다.

"저기, 그 소식 들었어요? 1황녀 전하께서 전속 재봉사를 지정하셨다는 거?"

"콘체른가의 셋째 며느리 말이죠? 평민 출신 재봉사라니, 저도 깜짝 놀랐지 뭐예요. 1황녀 전하께서 얼마나 까다로우신 분인지 모두 알잖아요."

"지난번 옵실레움 환송식 때 전하께서 입으셨던 검은 드레스 기억나요? 그게 그 여자의 작품이었다는군요."

"맙소사! 말도 안 돼! 정말요?"

귀부인들의 눈이 휘둥그레졌다. 그도 그럴 것이, 그날 밤 1황녀가 입은 드레스는 아직까지도 회자될 만큼 특이하고 신기했으니까.

"그뿐만이 아니에요. 요즘 황녀 전하께서 들이시는 드레스는 전부 그 여자의 작품뿐이라는군요."

"흠흠, 그렇군요."

"릴리엔…… 콘체른이라고 했지요?"

조용히 재봉사의 이름을 알아낸 귀부인들이 슬금슬금 자리를 떠났다. 그들은 제자리로 돌아오자마자 바삐 시녀들을 찾았다.

"당장 릴리엔 콘체른에게 연락해!"

한편 콘체른가에서 열리는 티 파티에서도 비슷한 현상이 일어나고 있었다.

"그게 정말이에요, 릴리엔? 지난 무도회 때 1황녀 전하의 드레스를 만들었다는 게?"

"정말 릴리엔이 만든 게 맞아요?"

티 파티 참석자들의 모든 관심이 제게 쏠리자 그녀는 당황하면서도 조용히 고개를 끄덕였다.

"네. 제가 만든 게 맞아요."

"세상에!"

"맙소사!"

귀부인들의 눈이 휘둥그레졌다.

'황궁에 마음대로 드나들 거야!'

'1황녀와의 친분!'

'다른 황족들과도 마주치겠지!'

여러 이해관계가 있었으나 그중에서도 제일 중요한 건,

'드레스가 너무 예뻤어!'

일단 릴리엔의 드레스 그 자체였다.

"언제 그런 재능을 숨기고 있었던 거예요?"

"도대체 원단은 뭘 쓴 거예요? 처음 보는 천이었는데."

"흠흠."

시오르샤가 크게 헛기침을 했다. 이쯤하고 다시 티 파티의 본론으로 돌아가자는 무언의 압박이었다. 하지만 시오르샤의 은근한 눈치도 이번엔 그들을 멈출 수 없었다.

"그럼 릴리엔, 내게도 드레스를 만들어 줄 수 있어요? 이번에 중요한 연회가 있거든요."

"잠깐! 나도! 내가 먼저 물어봤다구요!"

그들이 앞다투어 릴리엔에게 드레스를 주문하려 했다.

"치수는 어디서 재면 돼요? 가봉은 여기서? 따로 살롱은 없나요?"

질문은 끝이 없었다.

'시오르샤가 꽤나 배가 아프겠는걸.'

제시안느는 웃음을 킥킥 참았다. 짐짓 엄한 목소리로 귀부인들에게 선포했다.

"이보세요들. 아무리 드레스가 중요하다지만 티 파티의 호스트를 이렇게 무시해서야 되나요. 시오르샤가 얼마나 심혈을 기울여 준비했는데."

제시안느는 이번에도 화려하게 장식된 티 파티의 촛대와 테이블을 가리켰다.

"아, 아름답네요."

"네. 예뻐요. 콘체른 큰부인의 안목은 역시 알아줘야 한다니까요."

그러나 귀부인들의 감탄사에는 다소 영혼이 없었다. 예의상의 감탄을 끝내자마자 기다렸다는 듯 릴리엔에게로 몸을 돌렸으니까.

"그래서 릴리엔, 언제쯤이면 가능할까요?"

"⋯⋯지금 당장 말씀드릴 수가 없어요. 주문이 밀려 있는 터라⋯⋯."

1황녀 전하께서 이번 시즌의 드레스들을 맡아 달라 하셨거든요. 릴리엔은 뒷말은 혼잣말처럼 가볍게 흘려보냈다. 곧바로 거절하는 것보단 1황녀를 전면에 내세우는 게 그들에게도 더 나을 것이라는 걸 본능적으로 알았기 때문이다.

하지만 릴리엔의 말 한 마디 한 마디에 귀를 쫑긋하고 있던 모두에겐 똑똑히 들렸다.

"이, 이번 시즌을 통째로!"

귀부인들의 반짝이는 눈은 밤하늘의 별보다 초롱초롱해졌다.

"난 얼마든지 기다릴 수 있어요!"

"그럼요! 릴리엔이 어디 가는 것도 아니고, 우린 계속 이렇게 볼 사이잖아요."

"티 파티는 계속 참석할 거지요?"

"네? 아…… 아무래도 일이 밀려들어서 참석은 어려울 것 같아요. 매번 늦는 것도 죄송스럽고……."

부드러운 말씨치고 릴리엔의 표정이 제법 단호했다. 지난번만 해도 시간을 잘못 안 제게 늦었다고 눈총을 주던 사람들이다.

'사교계의 인맥을 쌓는 것보다 이 일을 제대로 잘 끝내는 게 더 중요해.'

우리 네이필리나가 어떻게 만들어 준 기회인데.

'더 이상 티 파티 참석을 안 한다구?'

'살롱이 있는 것도 아니고, 파티를 나다니는 사람도 아니니, 그럼 만날 수가 없다는 거잖아!'

"어머, 우리가 하루 이틀 본 사인가요? 릴리엔의 사정은 충분히 봐줄 수 있어요."

"부담 갖지 말고 언제든 여유가 날 때 참석해요."

"하지만, 형님께서 주최하시는 티 파티인걸요. 그렇게 제 맘대로 할 수는 없지요."

릴리엔이 슬그머니 시오르샤의 존재를 짚어 주었다.

"아……."

귀부인들은 그제서야 정신이 들어 시오르샤의 눈치를 살폈다. 하지만 그것도 잠시였다.

"시오르샤는 당연히 승낙할 거예요. 가족인데 그 정도 사정도 못 봐주겠어요?"

콘체른의 큰며느리 옆에 붙어 떨어지는 부스러기보단, 1황녀와 함께 사교계의 최신 유행에 발맞추는 게 훨씬 더 중요했다.

"저희 말이 맞지요?"

"괜찮지요, 대부인?"

여러 쌍의 눈들이 압박하듯 시오르샤를 향했다. 시오르샤는 알았다.

그녀가 NO를 외치는 순간, 저 바퀴벌레 같은 부인들은 물밀듯이 이곳을 빠져나가 버릴 것이라는 걸.

"……그럼요."

시오르샤는 빙긋 미소 지었다. 하지만 찻잔을 쥐고 있는 그녀의 손아귀는 부들부들 떨리고 있었다.

* * *

"마담 릴리엔이라고 들어 봤나?"

"아, 1황녀 전하께서 전속으로 삼았다던 그 재봉사 말이지?"

"콘체른가의 막내며느리기도 해!"

"요즘 사교계 최신 유행은 다 마담 릴리엔의 손을 거쳐 간다더군."

릴리엔의 드레스는 선풍적인 인기를 끌었다.

레이스와 비즈를 피한 간소한 장식. 심플하면서도 과감한 선. 그리고 움직이기 편한 재봉 라인으로 확실하게 이목을 끌었다.

"무엇보다 아주 독특한 원단을 쓴다더군. 엘……비쉬라던가?"

"가볍고 부드럽기도 하지만 무엇보다 그 반짝임이 예술이라더군. 어느 각도에서 봐도 환하게 빛이 나."

돌풍처럼 나타난 재봉사의 등장에 사교계가 술렁였다.

"도대체 어디로 가야 드레스를 의뢰할 수 있는 거야?"

릴리엔은 여전히 침실에서 작업을 계속하고 있었다. 커다란 침대와 넓은 테이블과 드레스 룸으로 변모한 내부는 수도의 여느 의상실과 다름없는 모습이었다.

"마님, 로시피엘 후작가에서 드레스를 주문하고 싶답니다."

"안젤리카 로이젠 연합 사령관도 개선 연회 때 입을 드레스를 의뢰하고 싶대요."

요즘 콘체른 저택에서 가장 북적거리는 곳은 3별관이었다.

"도대체 언제까지 집안을 이렇게 부산스럽게 할 거지?"

3별관을 찾아오는 방문객들이 늘어나며 시오르샤가 짜증을 냈다.

"아버님, 우리 콘체른이 저잣거리 시장통도 아니고, 가문의 보안도 중요한데 언제까지 이렇게 계속 낯선 사람들이 저택을 들쑤시게 놔두실 건가요?"

그녀는 은근히 시부가 릴리엔을 혼내서 의상 일을 그만두게 하길 바랐다.

하지만 맥밀란은 그녀를 물끄러미 바라보더니,

"큰애는 중앙관에 살고 있으니 그럴 만도 하지. 네가 그토록 괴롭다니, 1별관으로 돌아오는 게 좋겠다."

되레 청천벽력 같은 소리를 했다.

"제 말뜻은 그게 아니고⋯⋯."

"중앙관이 정문과 마주 보고 있으니 온갖 소리가 다 들릴 만하지. 1별관은 그만큼 시끄럽지 않을 게야."

'내가 거길 어떻게 들어갔는데!'

중앙관은 시오르샤의 자존감을 채워 주는 근원이다. 차기 백작가가 제 손에 들어올 거라는 표식인데 그걸 다시 시부에게 넘기라니!

"아, 아버님. 관을 옮길 정도로 힘들다는 말씀은 아니었어요."

시오르샤는 황급히 말을 돌렸다.

"저는 다만 릴리엔의 섣부른 행동이 가문에 해가 되진 않을까, 걱정하여⋯⋯."

게다가 릴리엔이 다시 일을 시작하게 되면 분명 출신에 대한 말이…….

"네가 괜찮다니 됐다. 그 애 일은 내가 알아서 할 테니 이만 나가 보거라."

"가주님, 오늘 분점에서 올라온 보고서들입니다."

바터가 기다렸다는 듯, 서류를 가져와 내밀었다. 명백한 축객령을 내리는 분위기에 시오르샤는 더는 가주실에 머물지 못했다.

달칵. 문이 닫히는 소리가 나자, 서류를 넘기던 맥밀란이 혀를 쯧쯧 찼다.

"큰애 심술이 조금 과하군."

"……네이 아가씨께 경고해 두시는 게 낫지 않겠습니까."

이대로라면 시오르샤 말고도 가문 내에서 릴리엔의 행보를 못마땅해하는 이가 또 나올 것이다. 맥밀란이 피식 웃었다.

"이미 알고 있는 걸 뭘 하러? 준비도 다 해 놨더구만."

"예? 알고 있다니요? 준비는 또 무슨 말이십니까?"

"오늘 아침 내게 와서 말해 주더군. 1지구 로열 거리에 제 어미의 의상실이 생겼으니, 놀러 오라고."

"예에?"

* * *

"엄마."

릴리엔이 한창 황녀의 드레스를 고안하느라 분주할 때, 네이필리나가 말했다.

"엄마의 손님들이 콘체른 저택으로 계속 찾아오게 만들 수는 없잖아요. 그러니 접근성을 위해서라도 따로 의상실을 내는 게 좋겠어요."

"의상실?"

네이필리나의 제안에 얼마 지나지 않아,

"라리스(LA LYS). 한 떨기 백합이란 의밉니다. 당신의 이름이기도 하고요. 어떻습니까, 여보?"

"맙소사. 너무 의미 있어요. 헨리, 당신은 어쩜……!"

릴리엔(Lilyen), 그녀의 이름을 따 '한 떨기 백합'이란 상호를 건 의상실이 수도에서 제일 비싼 금싸라기 건물에 들어섰다. 헨리의 깜짝 선물이었다.

"게다가 이건 헨리, 당신의 건물이잖아요!"

"예, 그러니 월세도, 공사도, 소음도 상관할 필요 없지요. 당신은 아무것도 걱정하지 않고 일에만 몰두하면 됩니다."

조물주 위에 있다는 건물주 남편을 둔다는 게 진정 무슨 뜻인지 릴리엔은 오늘에서야 몸소 경험했다.

"내가 약속했잖습니까. 당신의 꿈을 꼭 다시 찾게 해 주겠다고."

사실 내가 아니라 우리 네이가 한 거긴 하지만. 조금 목이 멘 목소리로 헨리가 머쓱하게 머리를 쓸어내렸다.

"세상에, 세상에!"

손님들이 들어서는 내부는 부드러운 크림색의 벽과 가구로 되어 있어 릴리엔처럼 부드럽고 상냥한 분위기를 자아냈다.

작업실 벽에는 각종 원단과 재봉 기계들이 즐비했다. 하나하나 헨리의 손이 닿은 것들이었다. 릴리엔은 감격에 겨워 헨리의 품 안에 뛰어들었다.

"여보…… 나, 정말 열심히 해 볼 거예요."

남편과 딸이 만들어 준 소중한 공간이자 기회였다. 어찌 꿈같지 않으랴.

릴리엔은 의지를 다잡았다. 훗날 '헬리오스 패션의 혁명가'라고 불린 마담 릴리엔이 처음으로 각성하는 순간이었다.

* * *

릴리엔 콘체른을 자신의 전속 재봉시로 고용하겠다는 황녀의 공식적인 성명이 내려온 후, 라리스 의상실은 날개 돋친 듯 호황을 이뤘다.

까다로운 1황녀가 선택한 재봉사라는 소문이 널리 퍼졌고, 라리스에서 쓰는 직물이 좀 다르더라는 소문이 두 번째로 퍼졌다.

"그 엘비쉬라는 원단은 라리스 의상실에서만 취급한다지요?"

"확실히 디자인이 세련됐어요. 특이하지만 아예 선을 넘지는 않는단 말이야."

무엇보다 라리스 의상실의 가장 큰 자산은 릴리엔의 손끝에서 만들어진 독특한 드레스였다.

"게다가 이 액세서리들을 봐요. 루비며 진주 가루며 보석을 아낌없이 달았군요. 과연 콘체른이야."

라리스 의상실은 콘체른의 이름을 달진 않았지만, 그 배경을 등에 업었다.

"각하, 콘체른 상단의 보석류 제품들이 덩달아 매출이 올랐습니다."

드레스를 샀으니 보석과 구두까지 연계 수익이 생길 수밖에.

"그래?"

"예. 릴리엔 마님께서 저희 상단의 보석을 주로 쓰시다 보니, 홍보 효과가 지대합니다. 제품을 찾는 손님들 대부분이 의상실을 거쳐서 오시더군요."

그 변화가 콘체른 상단에도 긍정적인 영향을 미쳤다.

'굳이 내 상단의 상품을 고집하는 건, 네이필리나 그 아이의 결정이겠지.'

콘체른 상단의 매출을 돕고 있으니 제 어미의 의상실은 내버려 두라는 뜻일 테다.

모친의 살길을 터 주면서도 가문의 상생을 꾀하는 수라니. 맥밀란은 흐뭇하게 웃었다.

"그렇다면 협업해 준 파트너께는 응당의 대가를 지불해 드려야지."

라리스 의상실로 들어가는 콘체른의 물건들은 전부 무상으로 제공하라 이르게.

"예, 가주님."

* * *

라리스 의상실로 주문이 밀려들었다.

"마담 릴리엔의 드레스를 입으려면 최소 1년은 기다려야 한다죠?"

"정말 아쉽네요. 디자인도 그렇고, 그 엘비쉬란 원단도 신기해서 꼭 보고 싶었는데."

헛걸음을 하거나, 대기 명단에 이름만 올리고 돌아가는 손님들의 수가 점점 늘어났다.

"우리 형편으론 불가능해. 저 의상실 드레스 엄청 비싸잖아. 황녀 전하와 고위 귀족들이나 입는 걸 우리가 어떻게 감당하겠어."

"그래도 열심히 돈 모으면 언젠가는……."

그 손님들은 비단 귀족들에게 국한되지 않았다. 릴리엔의 드레스가 선풍적인 인기를 끌며 평민들의 관심 또한 높아졌기 때문이다.

'저렇게 돌려보내긴 아까운데. 결국 저들도 우리 잠재 고객이잖아.'

발길을 돌리는 사람들의 뒷모습을 바라보며 네이필리나는 생각했다.

재료와 원단은 충분했다. 볼더의 마석 방직기는 쉴 새 없이 원단을 쏟아내고 있으니까. 힐데가르드 공작가에서도 꾸준히 목화가 제공되고 있다. 기실 부족한 건 밀려드는 주문을 다 쳐 내지 못하는 의상실의 작업 속도뿐이다.

'하지만 릴리엔은 이미 최선을 다하고 있어.'

건강에 무리가 갈 정도로 의상실에 매달려 있는 사람을 더 채찍질할 수는 없다.

게다가 릴리엔의 장점은 손님 하나하나의 개성과 특성을 살리는 드레스다. 시간에 쫓긴다고 그 강점을 잃을 수는 없었다.

'디자인이 유출될 수 있으니 사람을 더 들이기도 어렵고.'

라리스가 폭발적인 인기를 누리게 되면서 수도에 있는 의상실의 이목이 전부 쏠려 있는 지금, 드레스를 훔치려고 잠입하는 자들이 없을 거라고 단언하긴 어려웠다.

'그럼 다른 방식을 생각해 봐야 하는 건데.'

톡. 톡. 검지로 책상을 톡톡 두드리며 생각에 빠진 그녀는 무심히 시선을 던졌다.

의상실 곳곳에 장식처럼 걸려 있는 릴리엔의 드레스들. 최초로 1황녀와 인연을 맺었던 환송식의 드레스도 정중앙에 걸려 있었다.

'저기 걸린 건 초안본이고, 완성품은 1황녀의 드레스 룸에 있겠지만.'

잠깐, 초안본? 네이필리나가 멈칫했다.

"황녀 전하의 드레스들을 기성복으로 만들어서 팔면 어떨까요?"

얼마 후, 네이필리나가 1황녀의 환송식 드레스를 가져오며 제안했다.

"기성복이라니?"

"기성복?"

레디 투 웨어. 사이즈만 찾아서 바로 입을 수 있는 옷으로 만들자는 얘기였다.

"엄마의 드레스 디자인은 한 번 입고 버려지기엔 너무 아까워요."

사람 한 명 한 명의 치수에 맞춰서 만드는 게 아니라 정해진 규격이 있다면 지금보다 작업 속도가 배로 늘어날 것이다.

"전하의 드레스와 완전히 똑같을 필요는 없어요. 그러면 가격도 너무 높아질 거고요."

황녀에게 제공했던 단 하나뿐인 드레스라는 희소성도 사라지겠지.

"저 초안본 정도라면 충분할 것 같아요."

"글쎄. 황녀 전하께서 허락하실지 모르겠구나."

"아마 허락하실 거예요."

황녀가 입은 드레스가 널리 퍼질수록 그녀가 미치는 힘이 커지는 것이나 다름없었다.

세피니아 황녀 역시 그 사실을 모르지 않을 테니.

"어라, 로즈! 너도 샀구나! 1황녀 전하가 입었던 드레스?!"

그리고 그렇게 나온 라리스 의상실의 기성복은 대박이 났다. 귀족들의 전유물로만 여겨졌던 의상실의 턱을 낮춘 결과였다.

"응, 세 달 치 월급을 쏟아부었지만 만족해! 내가 또 언제 황녀 전하가 입으셨던 드레스를 입어 볼 수 있겠어?"

평민들에게 높은 가격대긴 했지만, 황족과 같은 드레스를 입을 수 있다는 소비 심리를 자극한 마케팅이 성공적으로 작용했다.

"라리스 의상실의 레디 투 웨어 드레스는 여기서 찾으실 수 있습니다!"

"수도에 가면 무조건 라리스 의상실은 꼭 들러야지! 완전 명소라구!"

기존의 의상실로는 밀려드는 손님들을 감당할 수 없었다. 그래서 네이필리나는 의상실 옆에 아예 기성복 전용 매장을 만들었다.

"환송식 드레스 말고도 여러 가지 드레스가 있답니다. 마음껏 구경해 보시고 입어도 보세요!"

평민도, 귀족도 상관없었다. 누구든 들어가서 자유롭게 쇼핑할 수 있다는 게 라리스의 모토였다. 기성복 매장 앞에도 끊이지 않는 줄이 이어졌다. 라리스는 이제 아예 하나의 관광명소로 자리 잡은 지 오래였다.

"지방에도 분점을 만들어 줘요!"

"의상실까진 바라지도 않아요! 기성복은 얼마든지 더 만들 수 있잖아요!"

분점 의뢰도 끊임없이 쏟아졌다. 헬리오스의 제국민 전체를 겨냥한 박리다매의 효과는 놀라웠다. 릴리엔 의상실에서 황실과 귀족들을 상대로 내는 매출보다 기성복 내상 하나에서 나오는 매출이 수십 배였다.

"정말 황금을 쓸어 담고 있네."

그 와중, 연이어 터지는 성공 가도에 호시탐탐 진입을 꾀하는 자가 있었다.

"그래서 내 말 생각해 봤니, 네이필리나?"

시오르샤였다.

"네. 말씀하세요, 큰어머니."

릴리엔이 3별관에 있을 땐 작업을 방해하지 못해 안달이더니, 독립한 후 의상실과 기성복 매장까지 연이어 성공하자 언제 그랬냐는 듯, 이렇게 찾아온 것이다.

"너나 네 엄마나 사업을 알면 얼마나 알겠니? 이제 라리스라면 그냥 구멍가게 하나가 아니잖니."

시오르샤가 걱정스러운 얼굴로 눈썹을 늘어뜨렸다.

"지금 의상실 운영은 전적으로 네이 네가 맡고 있다지? 얼마나 힘들고 어려웠을까. 내가 걱정이 돼서 밤에 잠도 자지 못하겠더구나."

"……."

"자고로 이렇게 머리 아프고 복잡한 건 사람을 시켜서 해야 하는 법이란다."

마침내 시오르샤가 물꼬를 텄다.

"네?"

네이필리나는 코웃음을 삼키고 고개를 까우뚱했다.

"죄송해요. 지금까지 하신 말로는 큰어머니께서 뭘 말씀하시는지 잘 모르겠어요."

"얘가 꼭 말로 해야만 아니?"

"……."

물끄러미 시오르샤를 바라보는 네이필리나의 시선은 '네'라고 말하고 있었다.

"흠흠, 흠! 너도 참, 이렇게 눈치가 없어서야. 그래서 말이야, 우리가 너와 네 엄마를 도와줄까 해."

우리?

"사업 경험도, 머리도 없는 네가 라리스를 이끌어 오며 얼마나 힘들었을까."

"……"

"하지만 더는 걱정할 필요가 없단다. 다행히 네 사촌 오빠, 몬테그가 너를 도와주겠다는구나."

아하. 왜 댓바람부터 달려왔나 했더니, 이 황금 달걀이 가득 담긴 바구니를 제 아들에게 넘기기 위해서였다.

"하지만 몬테그 오빠는 와이너리를 운영하고 있잖아요?"

"얘는. 뛰어난 사내라면 사업 두세 개 정도 운용하는 건 일도 아니란다. 알다시피 우리 몬테그는 아카데미를 다니면서 충분한 학식과……"

"제적당하지 않았나요? 그때 고모가 그렇게 말씀하셨던 것 같은데."

"……"

'저 계집애가……!'

시오르샤의 눈가가 살짝 떨렸다.

"하하. 그래도 아카데미 문턱조차 가지 못한 자들과 비교할 바는 못 되지."

일단 지식인의 반열에 올라섰다는 것부터 귀족의 소양은 평민과 비교할 수도 없어.

물론 네이필리나 너는 이런 걸 잘 몰랐겠지만……

"어머나, 큰어머니. 그건 좀 위험한 발언인 것 같아요. 아카데미에 가지 않은 건 할아버지도, 기디언 백부도 마찬가지 아닌가요?"

네이필리나가 천연덕스러운 표정으로 되물었다.

작은 곡식 상단을 운영하는 데도 벅찼던 맥밀란은 책을 펼 여력조차 없었고, 그의 자식들 역시 아카데미의 높은 학비를 감당하며 공부를 할 여유가 없었다. 그들의 어린 시절 대부분은 콘체른 상행을 따라다니기 바빴으니까.

나중에 돈과 시간적 여유가 되었을 땐, 그들에겐 아카데미보다 더 중요하고 재밌는 일들이 산재했다. 이를테면 돈을 벌고 돈을 쓰는 일들 말이다.

결국 맥밀란과 그의 자식들 중 아카데미를 졸업한 건 막내 헨리뿐이었다. 세간에서는 그 사실을 꼬집어 콘체른의 귀족답지 않음을 공격하곤 했다.

"큰어머니께서 두 분의 소양을 다른 귀족들보다 낮다고 평가하신 걸 들으시면 되게 섭섭해하실 것 같아요. 특히 할아버지께서요."

저명한 학자 가문의 딸인 시오르샤와 기디언이 맺어진 데에는 콘체른의 학벌을 조금이나마 세탁해 보겠다는 맥밀란의 뜻이기도 했다.

그 대신 큰며느리인 그녀에게 남부럽지 않을 돈과 가문의 전권을 줌으로써 최대의 예우를 해 주었다. 친정에도 여러 번 원조를 보내 주었고.

콘체른의 학벌 콤플렉스의 수혜를 가장 많이 받은 그녀가 이제 와서 콘체른의 교양을 들먹이다니?

시오르샤가 당황해서 손을 내저었다.

"나는 그런 말을 한 적이……!"

"물론 그런 의도는 절대 아니셨겠죠. 하지만, 작위를 받았음에도 졸부라 불리던 우리 가문의 내력을 누구보다 잘 아시잖아요?"

듣는 귀가 있으니 밖에선 좀 더 조심하시는 게 좋겠다며 네이필리나는 충고를 건넸다. 이를 꽉 무는 시오르샤의 턱이 진동하듯 떨렸다.

"……그래. 날 걱정해 주는 귀여운 조언이니 새겨들으마. 그래서, 몬테그는 언제부터 출근하면 되겠니?"

어딜 구렁이 담 넘듯 넘어가시려고?

"어머, 오빠가 많이 바쁠 텐데 정말 가능할까요? 조만간 콘체른 산하 사업들의 하반기 결산이 있을 거라던데요."

와이너리의 실적은 괜찮나요? 네이필리나는 요즘 들어 가파르게 하향 곡선을 그리는 몬테그의 와이너리 실적을 꼬집었다.

"할아버지께서 꽤 신경을 쓰시는 것 같던데, 계속 매출이 안 나오면 운영진을 바꾸려 하실지도 모르겠어요. 아마 이번 결산안을 보고 결정하시지 않을까요."

'결산안? 그걸 벌써 한단 말이야?'

"저, 정말이니?"

시오르샤가 침을 삼켰다. 저 말이 사실이라면 와이너리 운영을 개판으로 맡겨 놓고 유흥가를 쏘다니는 몬테그는 당장 돌아와야 한다.

"네. 바터 아저씨가 살짝 알려 주셨어요."

시부의 오른팔이 한 말이라면 확실하다는 뜻이다.

'지금은 안 되겠어. 때가 아니야.'

의상실에 정신이 팔려 있느라 미리 숫자 작업을 맞춰 놓지 않으면 시부는 분명 와이너리를 다시 빼앗아 버릴 테니까.

"그럼 나라도 널 도와야겠구나."

빠르게 판단을 끝낸 시오르샤가 살짝 눈을 흘기면서 턱을 들었다.

"알다시피 나는 사교계에 인맥이 많잖니? 릴리엔의 출신이 걸려서 주문을 망설이는 귀족들이 많아."

내가 그들의 마음을 돌릴 수 있단다. 은혜라도 베푸는 듯한 시혜적인 태도였다.

"마음은 정말 감사하지만 주문은 지금도 지나칠 만큼 밀려드는걸요. 딱히 더 도와주실 필요는 없을 것 같아요."

시오르샤의 미소가 위태롭게 일그러졌다. 그녀는 입꼬리를 다시 올리며 다시 진입을 시도했다.

"그 천을 만드는 데 사람이 더 필요하진 않니? 내게 실력 좋은 기술자들이 많단다……!"

"아아, 엘비쉬 생산은 볼더가 전적으로 맡고 있어요. 참, 그가 드워프인 건 이미 알고 계시죠?"

어떤 인간을 데려와도 드워프보다 뛰어나긴 힘들 테다.

"실력 좋은 기술자들은 큰어머니께서 좀 더 유용하게 쓰실 수 있겠네요."

그야말로 창과 방패의 싸움이었다.

"의상실은 어머니가 계시고 또 1황녀 전하께서 감사하게도 충분히 선전해 주고 계셔서……."

네이필리나가 수줍게 웃었다.

"감사하지만 큰어머니나 몬테그 오빠 모두 마음만 받도록 할게요."

"……주, 주문이 정말 많나 보구나. 모두 소화하기 힘들 텐데 콘체른 상단으로 아예 들이는 건 어떻겠니?"

네이필리나는 속으로 코웃음 쳤다.

'상단으로 가져오면 그걸 홀라당 하시려고? 어림도 없지.'

"아니요. 저흰 지금 이대로가 좋아요."

어머, 큰어머니. 다시 매장으로 나가 봐야 해서 실례할게요.

시오르샤가 다시 붙잡을 새도 없이 네이필리나는 쌩하니 자리를 떠나 버렸다.

'저, 저…… 건방진!'

노란 드레스 자락이 시오르샤의 약을 올리듯 사랑스럽게 살랑였다.

* * *

"어린애 속에 능구렁이가 몇 마리나 들어 있는지!"

시오르샤는 씩씩거리며 중앙관으로 돌아왔다.

드르륵, 쾅-!

거칠게 서재 문을 여닫아 버리는 시오르샤를 본 중앙관 고용인들이 서로 시선을 교환했다.

"뭐야, 오늘은 또 무슨 일이야?"

"뭐긴 뭐겠어. 큰마님, 지금 3별관에서 오시는 거야."

"아…… 역시……. 또 한바탕 속을 뒤집히고 오셨나 보구나."

고용인이 알만하다는 듯 고개를 끄덕였다.

"근데 지금 이 시각이면 서재에 주인님 계시지 않아?"

고용인 하나가 지적하자 다른 이들이 불에 덴 듯 황급히 흩어졌다.

"이크, 괜히 불똥 튈라. 오늘은 저기 얼씬도 하지 말자!"

드르륵!

벌컥 열린 서재의 문 뒤로 시오르샤가 나타났다.

쾅-!

굉음을 내며 닫히는 문이 지금 그녀의 감정 상태를 대변해 주었다.

"모자란 자금은 영지에서 끌어와……."

"기존 세율을 높이면…… 할 수 있으니…… 새로운 과세 항목을……."

"거쳐 세탁…… 2황자 전하……."

재산을 관리하는 두 명의 보좌관들과 한창 회의 중이던 기디언이 귀를 때리는 소음에 고개를 들었다.

"시끄럽게. 무슨 일이지? 서재에 있을 때는 아무도 들이지 마라 했을 텐데."

기디언은 대번에 인상을 찌푸렸다. 비밀스러운 일을 논의하던 중이라 특히 더 그랬다. 매부리코 끄트머리에 걸린 작은 외알 안경 사이로 매서운 눈매가 드러났다.

"이대로 손 놓고 있을 참이에요?"

"뭐가?"

"뭐라뇨! 네이의 사업 말이에요!"

기디언이 무심하게 반문하자 시오르샤가 팩 쏘아붙였다.

"하. 다들 잠깐 나가 있어."

"예. 말씀 나누십시오."

두 부부의 분위기가 심상치 않은 걸 알아차린 보좌관들이 슬금슬금 빠져나갔다.

"당신은 생각이 없어? 네이의 이름을 대놓고 꺼내면 어떡해?"

외알 안경을 벗겨 내린 기디언이 짜증스럽게 콧잔등을 문질렀다.

"어차피 당신이 부리는 아랫사람들인데 무슨 상관…… 아니, 지금 그걸 신경 쓸 때예요?"

부창부수라고 시오르샤도 지지 않았다.

"네이필리나 그 애가 계속 집안을 제멋대로 휘젓고 다니는 거, 이대로 놔둘 거예요?"

"머리에 피도 안 마른 계집애가 호승심에 이것저것 손대 보는 거야. 몬테그도 그랬잖아. 당신은 뭐가 그렇게 심술이 나는 건데?"

2황자의 신임을 얻기 위해 수도 곳곳을 쏘다니며 고군분투하는 기디언에게 아내의 고민은 그리 대단치 않은 것이었다.

"이것저것 손대 본다고요? 걔가 벌인 일은 벌써 그 수준을 넘어섰다고요!"

시오르샤가 날카롭게 고함쳤다.

"어디서 늙은 난쟁이를 하나 주워 와서 만든 괴상한 기계로 엘비쉬가 뭔가를 만들어 내더니, 수도 노른자 땅에 제 어미 의상실을 차려 준 것도 모자라서…… 지난주에 오픈한 기성복 매장이 벌써 몇 개째인지 짐작이나 가요?"

"엘비쉬 그건 한정판이라서 그리 많이 팔리지도 않는다던데. 너무 과장하는 거 아닌가?"

"엘비쉬만 파는 게 아니니까 그렇죠. 그 기계 하나만으로 거의 직물 공장 수준이라니까요?"

콘체른 저택에서 네이필리나의 직물 사업에 가장 관심이 많은 사람을 꼽으라면 단연 시오르샤였다.

"목화는 힐데가르드한테 받아, 인건비도 안 들어가, 직물 하나마다 이윤이 얼마나 많이 남겠느냐고요! 우리 몬테그는 겨우 와인 한 병 팔려고 그 고생을 하는데!"

와이너리 거래처를 뚫는단 핑계로 수도의 술집들을 마음껏 오가는 몬테그가 들으면 '제, 제가요?' 하고 반문했을 대사였다.

"당신 말대로 고작 스물도 안 된 계집애가 수도의 돈을 죄다 쓸어 담고 있다고요."

부러움과 질투, 그리고 선망이 다채롭게 섞인 목소리.

"그 돈들이 다 어디로 갈 것 같아요? 당신 동생의 힘이 되지 않겠느냐고요!"

심드렁하게 아내의 바가지를 듣고 있던 기디언마저도 이번은 흠칫했다.

"아버님께서 아직도 후계자를 정하지 않은 이유를 모르겠어요?"

그녀가 검지를 들어 3별관의 방향을 가리켰다.

"헨리를 염두에 두고 계신 거라고요!"

"……."

험악해진 남편의 표정을 인지하면서도 시오르샤는 멈추지 않았다.

"당신이 2황자 전하를 좇아다니면서 귀족들 사이를 기웃거릴 동안, 헨리는 착착 앞으로 나아가고 있는 거 안 보여요?"

"뭐?"

"당신은 돈을 물처럼 쓰고 있는데 저쪽은 돈을 산처럼 벌어 온다고요. 아버님이 봤을 때 어느 쪽이 더 기꺼우시겠어요?"

그녀가 검지가 맥밀란의 가수실과 헨리의 3별관 방향을 연이어 가리켰다.

"네이의 직물 사업으로 벌어들이는 돈이 지금 콘체른 상단 매출의 1할은 넘는대요! 헨리가 아무리 후계에 관심이 없다 해도 아버님이 떡하니 작위를 안겨 주면, 헨리라고 생각이 안 바뀌겠어요? 그럼 당신과 나, 우리 애들은 그냥 닭 쫓던 개 되는 거라고요!"

손수건을 꺼내어 분노의 눈물까지 찍어 내는 시오르샤의 모습은 다소 과장된 데가 있었다.

'저런 식으로 날 도발해서 밀어붙이려는 거지.'

기디언 역시 그 사실을 알고 있었고.

애정 한 자락 없어도 서로 20년 넘게 함께 부대낀 부부였다.

'네이의 사업, 자기한테 달라는 말이잖아.'

제가 바라는 것이 있으면 무슨 억지를 써서라도 그걸 손에 넣으려 하는 게 제 아내의 습성이니까.

"알았으니까 그만. 이만 나가. 바빠."

기디언이 손을 휘휘 내저었다. 제 말을 귓등으로도 듣지 않는 듯한 남편의 무심한 모습에 시오르샤는 화가 났다.

"뭘 그만하라는 거예요. 그런 무책임한 말 따위……."

"쓸데없는 데 신경 쓸 여력 있으면 당신 일이나 제대로 하라니까."

매서운 입을 가진 건 시오르샤만이 아니었다.

거기다 기디언은 사람의 모멸감을 자극하는 화법을 구사하는 자였다. 심지어 제 아내에게마저도.

"황비든 2황자비든 공략해서 옆자리를 꿰차라 했잖아. 당신이야말로 남편이 혀가 빠지게 귀족들 뒤나 닦아 주고 있는 거 안 보여?"

"여보!"

"평민이니 재봉사니 하며 무시하던 헨리의 아내는 1황녀가 그리 좋아한다던데. 허구한 날 티 파티니 뭐니 열어 놔 봤자 실속은 그쪽이 다 챙겼군."

"당신……!"

"네이 돈을 가져오고 싶으면 뭐라도 해 보고 불평을 해. 나한테 징징대지만 말고. 아, 게르투드의 학자들께선 고귀해서 그런 일은 안 해 보셨나?"

빈정거리며 아내의 표정을 한껏 구겨 놓은 채 기디언은 등을 돌렸다. 무심한 뒷모습은 일방적으로 둘 사이의 대화를 단절시켰다.

"한심하긴."

* * *

쾅-!

기디언의 뒤로 굉음이 울렸다. 화가 잔뜩 난 시오르샤가 서재를 박차고 나가는 소리였다.

"큰마, 마님! 천천히 가세요!"

쩔쩔매며 멀어지는 시녀들의 목소리. 다시 스멀스멀 서재로 들어온 보좌관들이 잔뜩 눈치를 봤다.

"두 분, 괜……찮으신 겁니까? 큰마님, 화가 많이 나신 것 같았는데……."

"아까 하던 얘기나 계속해."

하지만 기디언은 아무렇지 않아 보였다. 괜한 데 시간을 뺏겼다며 그는 다시 신경질적으로 외알 안경을 썼다.

'네이의 직물 사업으로 벌어들이는 돈이 지금 콘체른 상단 매출의 1할은 넘는대요!'

하지만 아내가 와다다 쏟아 낸 잔소리와 불평들이 전부 쓸모없는 쓰레기만은 아니었다.

'그 정도로 돈이 많이 벌린다고?'

30년 넘게 이어진 제국 최고 상단의 매출 1할은 결코 적은 금액이 아니다. 게다가 네이필리나가 직물 사업을 시작한 지가 채 반년이 되지 않았다는 걸 가늠해 본다면…….

계산을 끝낸 기디언이 자리에서 일어났다.

시오르샤는 저보다 더 탐욕스러운 남편의 입에 사과를 고이 가져다 바쳤다는 것도 깨닫지 못할 것이다.

'내가 가져와야겠군.'

가뜩이나 자금 융통 때문에 골머리를 앓고 있던 기디언이었다. 제가 맡은 콘체른 영지의 세수까지 몰래 빼내 오려고 보좌관들과 머리를 맞대는 중이었는데…….

'네이 걸 가져오면 굳이 머리 아프게 세탁할 필요가 없지. 아버지의 눈을 피해서 비밀스럽게 움직일 필요도 없고.'

콘체른 상단 산하로 네이필리나의 사업을 끌어오면 손을 대기 더 쉬워질 것이다.

"그래서 이 부분은……."

"네이필리나의 직물 사업 말이야."

기디언이 한 손을 들어 보좌관의 보고를 막았다.

"좀 더 자세히 알아봐."

탐욕이라면 콘체른에서 제일가는 사내의 욕망이 입을 쩍 벌렸다.

* * *

그리고 얼마 뒤.

맥밀란에게 영지 보고를 하러 들른 자리에서 기디언은 슬쩍 화두를 풀어 냈다.

"아버지, 그 엘비쉬 말입니다."

"네이의 직물 말이냐?"

"예. 규모가 단순한 수준을 넘어선 것 같습니다. 시장의 주목도가 상당히 높습니다."

보좌관들이 조사해 온 직물 사업의 규모는 기디언의 예상보다 훨씬 더 탄탄하고 컸다. 그런데 그 주인이 스무 살도 안 된 어린애라니, 심지어 그 애가 제 조카라니!

이건 뭐 거리 한복판에 탐스러운 사과가 나 먹어 주십시오, 하고 전시된 판이였다.

기디언은 번득이는 욕망을 숨기고 차분히 대답했다.

"다른 상단들이 눈독 들이고 있다더군요. 늦기 전에 콘체른의 사업으로 편입시켜야 합니다."

"주인이 네이필리나니 내가 아니라 그 아이와 이야기해 볼 일이지."

그 방법은 이미 시오르샤가 시도했다가 실패했다. 네이필리나가 얼마나 요리조리 잘 빠져나갔는지 시오르샤의 입에서 전부 들었다.

기디언은 고작 이런 것으로 새파랗게 어린 조카딸에게 쩔쩔맬 생각이 없었다.

'부인도 참 어리석어. 네이가 아니라 아버지를 찾아갔어야지. 가주의 말 한마디라면 모두 해결되는 것을.'

콘체른 가주의 영향력은 절대적이다. 그러니 필요한 건 맥밀란의 인가뿐이었다.

'직물로 벌어들이는 돈의 규모가 엄청나다. 아버지가 이런 황금 알을 낳는 거위를 손수 놓아주실 리 없지.'

시장성 있는 사업은 공격적인 인수 합병을 통해 기어코 콘체른의 이름을 붙였던 맥밀란이었다.

콘체른 상단이 단숨에 성공 가도를 달릴 수 있었던 건 잘될 사업을 알아

보고, 독점하는 맥밀란의 동물적인 감각 덕분이었다.

'사실 아직까지 네이 혼자서 운영하게 내버려 두신 것도 신기한 일이지.'

하지만 언제가 됐든 집어삼키려 계획하고 계셨을 터. 그는 자신만만했다.

"쯧쯧쯧."

부친이 저를 보며 혀를 쯧쯧 차기 전까진.

"너는 한심하게 애 것을 뺏어 오고 싶으냐?"

"예? 아니, 아버지. 그렇지 않습니다. 오해하신 겁니다."

기디언이 두 손을 내저었다.

"다만 따지고 보면 네이필리나가 사업을 이렇게 크게 키울 수 있었던 것도 다 아버지와 가문 덕분이잖습니까."

당황하다 보니 그답지 않게 말이 길어졌다.

"네이의 배움을 위해서도 받은 건 갚아야 한다는 걸 알려 주는 게 좋지 않을까요?"

"비단 직물 사업뿐만 아니라 의상실, 기성복 판매장, 액세서리 매장……. 우리 상단의 노련한 노하우가 필요할 겁니다."

"쯧쯧. 그렇게 따지면 네이가 우리 상단에 들어올 일은 요원할 게다."

머리부터 발끝까지 기디언을 훑어내리는 시선에 진한 한심함이 묻어 있었다.

"네가 가져오고 싶어 하는 그 사업 전부 네이필리나가 만든 거니까."

"예?"

"엘비쉬를 개발하는 것에서부터 매장을 열고 손님을 끄는 것까지. 전부 그 애가 계획하고 실현시킨 거다. 내가 조력한 건 아무것도 없어."

"그, 그럴 리가……."

그럴 리 없다. 맥밀란이 뒤에서 조력해 준 게 아니라면 어떻게 그렇게 단시간에 급부상할 수 있었겠는가?

"아버지가 그 애를 눈에 띄게 아끼시는 건 알고 있습니다. 하지만 거짓말까지 하시며 감싸고 도실 줄은 몰랐……."

"이 멍청한 놈. 전제가 처음부터 틀렸다는 걸 알면 거기서 멈춰야지."

네가 틀렸다는 걸 인정하기가 그렇게 힘이 드느냐?

"내가 너를 몰라? 네가 지금 뭘 노리고 있는지 내가 정녕 모른다 생각해?"

맥밀란이 한심하게 그를 내려다보았다. 눈에서 경멸과 실망이 그득했다.

"너는 부끄럽지도 않으냐? 지금까지 되지도 않는 사업이니 정치니 한다고 내게서 가져간 돈이 벌써 얼마냐. 그런데 단 한 번이라도 결과를 낸 적이 있어? 죄다 말아먹지 않았느냐."

맥밀란은 기디언을 매섭게 질책했다.

아들이 정치판에 끼어들려 했을 때도 그러려니 했다. 다른 쪽으로 재능이 있다면 그걸로 빛을 발하면 되는 일이라고 여겼다.

하지만.

"어찌 다른 사람도 아니고 네 조카애 것에 눈독을 들여."

남의 것을 뺏는 건 가르친 적 없다. 어찌 이리 실망스러울까.

제대로 가르치진 못했어도 잘못된 걸 가르치진 않았다 여겼다.

"가주님, 너무 화를 내시면 몸이 상하십니다."

바터가 차분한 목소리로 둘 사이를 중재했지만, 맥밀란의 분은 쉬이 식지 않았다.

"꿈도 꾸지 말아라. 알겠느냐?"

그는 답지 않게 강한 언질을 주며 자리를 떠나 버렸다.

"한심하긴."

힐긋 그를 지나치며 내뱉은 한마디. 기디언은 주먹을 꽉 쥔 채 우두커니 서 있었다.

"……한심하다고요."

모멸감에 몸을 떠는 그는 제가 똑같은 말을 제 아내에게 했다는 사실조차 기억하지 못하는 듯했다.

"예. 아버지는 아직 저를 모르십니다."

바터의 부축을 받고 걷고 있는 맥밀란의 뒷모습은 늙고 왜소했다.

"제 것이 되지 않을 거라면······."

멀어지는 부친의 등 뒤로 기디언의 눈이 비정하게 반짝였다.

"저는 차라리 부숴 버리니까요."

〈다음 권에 계속〉